MAURIZIO
NAPPA
2020

Narratori ◄ Feltrinelli

Nicolas Bouvier
La polvere del mondo

Traduzione e cura di Maria Teresa Giaveri

Titolo dell'opera originale
L'USAGE DU MONDE
© Éditions LA DECOUVERTE, Paris, 1985
First published in 1963

Traduzione dal francese e cura di
MARIA TERESA GIAVERI

Illustrazioni di
THIERRY VERNET

Per la cartina alle pp. 8-9 © Donatien Roche.

© Giangiacomo Feltrinelli Editore Milano
Prima edizione ne "I Narratori" giugno 2020

Stampa Grafica Veneta S.p.A. di Trebaseleghe - PD

ISBN 978-88-07-03351-3

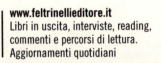

www.feltrinellieditore.it
Libri in uscita, interviste, reading,
commenti e percorsi di lettura.
Aggiornamenti quotidiani

razzismobruttastoria.net

La polvere del mondo

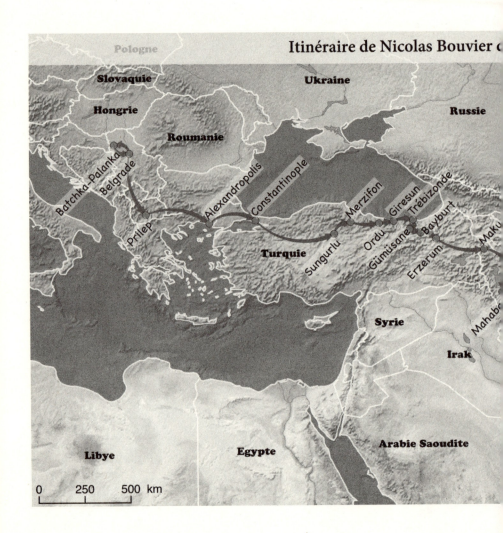

L'Usage du monde (1953-1954)

Note : L'orthographe des lieux reprend celle de N. Bouvier. Les pays sont représentés avec leurs frontières actuelles.

La felicità dell'andare
di Paolo Rumiz

Non perdete tempo a leggere questa introduzione. Rischiereste di trovarvi soprattutto la mia invidia per un modello di scrittura che reputo irraggiungibile con le mie modeste forze. Potete davvero fidarvi se vi dico che il racconto vi prenderà fin dalla prima riga, perché avete tra le mani uno dei più grandi libri di viaggio di sempre. Quei libri cui non è possibile aggiungere nulla e che hanno raggiunto la perfezione proprio tagliando il superfluo. Volete un esempio?

Solo un grande libro può farvi venire voglia di andare fino a Prilep, in Macedonia, un buco polveroso dove non si ferma quasi nessun turista, perso tra alture brulle e minareti, con un fiumiciattolo torbido, bancarelle di peperoni e rivendite di *burek*. Ebbene, dopo aver letto questo libro, rischierete di andarci apposta per verificare se ci sono ancora quelle facciate dai "balconi panciuti rosi dal verderame" di cui parla Nicolas Bouvier. E magari ci andrete d'agosto, come è capitato a me, con un caldo bestiale, a cercare quelle "lunghe gallerie di legno" dove, appunto in agosto, si mette a seccare "uno dei migliori tabacchi del mondo", sperando di incontrare i "turchi installati in città dai tempi di Solimano", che "vivono tra di loro, si aggrappano alla loro moschea o ai loro campi sognando solo Smirne o Istanbul". E al ritorno, scommetto, racconterete agli amici che a Prilep avete sognato l'Oriente a occhi aperti e respirato quel profumo di melone che segna l'inizio dei grandi viaggi a Est e vi riempie le narici fino in Afghanistan e oltre.

Se questo non vi basta e volete ancora sapere cos'è per me *La polvere del mondo*, rispondo che ce l'ho sul comodino da quindici anni e spesso lo apro a caso, così, per fare il pieno di buona prosa e respirare a fondo l'aria del viaggio, sapendo che il film di quelle immagini sedimenterà nel sonno e mi darà una ripulita alla morchia dell'anima.

Ho regalato questo libro a decine di amici, l'ho letto infinite volte in pubblico e lo so praticamente a memoria. Assieme a Bouvier, solo Derek Walcott mi ha posseduto in modo così totale col suo *Omeros* (pure lui fisso sul comodino), e così come il secondo si è rivelato una miniera di metafore, il primo continua a essere per me un maestro di sobrietà, anzi, direi, frugalità letteraria. Qui è difficile trovare una parola di troppo, qualità somma per un giornalista educato a sforbiciare come me. Calvino, se l'avesse letto, ne avrebbe lodato densità e leggerezza, velocità sintattica e lentezza dell'andare. Un'estetica del non detto, sorretta da aggettivi ben dosati o spiazzanti. Il giusto mix di tenerezza e disincanto nei confronti degli uomini, e degli Ultimi in particolare. Le percezioni sensoriali a tutto campo, con speciale attenzione all'acustica e ai profumi. Una bella sfida per la traduttrice Maria Teresa Giaveri, per la quale Bouvier non è solo "letteratura di viaggio", ma molto di più: "un viaggio nella letteratura".

In compagnia del pittore (e fisarmonicista) Thierry Vernet, autore degli schizzi di contorno, Bouvier viaggia dunque dai Balcani all'India nei mitici anni cinquanta, tempi in cui la strada non ha ancora perso la sua voce millenaria e la fobia degli stranieri non ha ancora contaminato il mondo. Il tutto a bordo di una Topolino che si guasta continuamente, viene assalita da grappoli di bambini rapati e scalzi, spinta a mano su per i monti roventi della Persia e talvolta caricata su camion dai freni guasti. Un mezzo di trasporto che diventa passe-partout narrativo e sfiora nomadi, montagne, pastori, camionisti, cammelli, poliziotti, pecore e fruscia a ruote sgonfie su una strada cancellata dalla sabbia solo per approdare al capannone di Ramzan Sahib, in Pakistan, nelle mani di meccanici pronti ad aggiustare "i macinini più raccapriccianti". Un'avventura che si consente il lusso di soste anche di mesi, come a Tabriz, d'inverno, nell'Azerbaigian iraniano. Perché il viaggio, vivaddio, non è affatto bulimia chilometrica, ma capacità di ascoltare la strada anche da fermi. È stato Bouvier a insegnarmi che l'equazione movimento = racconto non è affatto assoluta.

Per il resto, le immagini restano testardamente agganciate ai sensi e alla percezione di un viaggio fisico reale. Molti sostengono che si può viaggiare lo stesso "senza alzare il culo dalla poltrona". Quelli che lo pensano, scrive l'Autore, sono dei forti. "Ma io no, io ho troppo bisogno di questo concreto punto d'appoggio che è lo spostamento nello spazio. Del resto, fortuna che il mondo si estende per i deboli e li soccorre; quando poi esso, come certe sere sulla strada di Macedonia, si riassume nella luna a sinistra, la corrente argentata della Morava a destra, e la prospettiva di scovare dietro l'orizzonte un villaggio dove vivere nelle prossime tre settimane, sono ben lieto di non poterne fare a meno."

Qui la felicità dell'andare contamina il lettore molto spesso con la descrizione dei piccoli riti del quotidiano nomade. Come accade nell'estrema Turchia, a due passi dalla frontiera iraniana. "Si ascolta l'acqua bollire sul fornellino al riparo di una ruota. Addossati a una collina, si guardano le stelle, i movimenti vaghi della Terra che se ne va verso il Caucaso, gli occhi fosforescenti delle volpi"... e ci si affretta "ad affondare quell'istante supremo come un corpo morto in fondo alla memoria, dove si andrà a ripescarlo un giorno. Ci si stiracchia, si fa qualche passo, pesando meno di un chilo, e la parola 'felicità' pare troppo scarna e particolare per descrivere ciò che vi succede". Da qui una delle considerazioni chiave del libro: "In fin dei conti, ciò che costituisce l'ossatura dell'esistenza, non è né la famiglia, né la carriera, né ciò che gli altri diranno o penseranno di voi, ma alcuni istanti di questo tipo, sollevati da una levitazione ancora più serena di quella dell'amore, e che la vita ci distribuisce con una parsimonia a misura del nostro debole cuore".

I luoghi dunque. Belgrado, con "il greve odore dell'olio dei tram della sera, gremiti di operai dagli occhi vuoti", città il cui sangue robusto "sembra[va] tale da cicatrizzare qualunque cosa". Gli zingari di Serbia e le loro canzoni "consunte, eccitate, vociferanti" che narrano "piccoli furti, magri colpi di fortuna, luna d'inverno e pancia vuota". La Macedonia di "lucciole, cantonieri in babbucce, modesti balli campagnoli ai piedi di tre pioppi, calmi fiumi dove a volte il traghettatore non si è ancora alzato e il silenzio è così perfetto che un solo colpo di clacson vi fa sussultare". La Grecia, dove il blu, il colore dei Balcani, passa da una tonalità un po' sorda a "un blu marino di un'intensa gaiezza, che agisce sui nervi come caffeina" e dove il ritmo delle conversazioni si velocizza improvvisamente. Istanbul, con la vecchia e misteriosa Wanda, padrona di un alberghetto, che benedice i due viaggiatori chiamandoli "piccioncini" e poi si mette a parlare in polacco, senza rivolgersi più a loro ma "a una di quelle ombre antichissime, e care, e perdute, che accompagnano le persone anziane in esilio".

Che immagini. L'Anatolia, il grande snodo del viaggio, dove i maestri di montagna "con una caparbietà di artigiani" lavorano una "contadinaglia nodosa, reticente, ma in fondo avida di imparare, che è la forza del paese" e dove di sera il silenzio è interrotto da una gragnola di piccoli colpi, perché l'altopiano è nero di tartarughe che si abbandonano ai loro amori cozzando i carapaci come arieti. E poi la frontiera iraniana, sorvegliata da soldati insonnoliti, dove finisci contro "i fianchi dell'Ararat che alzano nella notte un muro di più di cinquemila metri", mentre "nuvole parigine" corrono sopra una luna di seta e "i ricordi della dura Anatolia si sciolgono come zucchero nel tè". E che dire di Tabriz sepolta nella neve, città "patibolare, ma affascinante", dal meraviglioso profumo di pane, dove brulicano etnie di ogni tipo insieme a "mantelli rattoppati, lugubri berretti, soldati color terra e donne sepolte nei loro chador a fiori" e dove i nibbi girano al largo dei tetti, in un cielo sempre grigio.

Scene che restano stampate nella mente, come la perdita degli appunti di viaggio, che un cameriere ha gettato nelle immondizie e di cui l'Autore trova solo pochi frammenti bruciacchiati in una discarica abitata da asini e avvoltoi, in mezzo a zaffate "deleterie". O, a est di Esfahan, la rottura dei freni di un camion dove Nicolas e Thierry hanno trovato un passaggio sul cassone dopo un guasto alla loro macchinina, e restano prigionieri del mezzo che non può far altro che buttarsi in discesa a clacson spiegati tra "maledizioni, galoppo di cammelli spaventati, esplosioni di galline, cadute, grida, forme colorate che si precipitano verso le cunette della strada". E poi, quella stessa notte, l'apparizione su un terrazzo di una bellissima zingara che non sa di essere vista e resta accovacciata a guardare le stelle mostrando "i piedi nudi, il getto scuro e divergente delle cosce, le linee del collo teso e gli zigomi che brillano nel chiaro di luna". Ma vi sto dicendo troppo.

Che nostalgia. Ho fatto appena in tempo a vivere la coda di quel mondo – nei Balcani, in Turchia e in Afghanistan – e non so cosa ne sia rimasto. Oggi molte di quelle frontiere sono diventate difficili, impercorribili o ostili. Forse, dell'Oriente che cerchiamo è rimasto solo un mito tenuto in vita nelle sale da tè per turisti o nei compartimenti di lusso dell'*Orient Express*. Qualcosa di simmetrico al sogno dei poveri che migrano verso un'Europa che non c'è, immaginandola materna e salvifica. Una reciproca, grande illusione. O forse semplicemente la ricerca di ciò che manca. Negli anni cinquanta non c'erano ancora guerre e reticolati fra "noi" e "loro", ma esistevano già le premesse del grande equivoco. Bouvier scrive a proposito della profonda Turchia: "Quello che manca qui è la tecnologia, mentre invece noi vorremmo uscire dal vicolo cieco in cui la troppa tecnologia ci ha ficcati". Mentre "noi contiamo sulle loro ricette per rivivere", loro contano sulle nostre, "per vivere". E così ci si incontra spesso senza comprendersi, e a volte il viaggiatore si spazientisce. "Ma in questa impazienza c'è molto egoismo." È un'idea suprematista che ci porta a illuderci di poter esportare democrazia ovunque.

Eppure, a distanza di tanto tempo, resta immutata, negli inquieti d'Occidente, quella voglia antica di andare verso il sole che sorge. Orientarsi viene dalla parola "Oriente" per la ragione banale che a ovest c'è solo il nulla dell'oceano e l'Europa non è che un frastagliato promontorio dell'Asia, dunque le genti sono sempre arrivate da quella direzione. Guardare a Oriente significa cercare inconsapevolmente le nostre origini, e questo vale soprattutto per chi appartiene al popolo del Libro. Ed ecco che, mentre oggi alcuni uomini senza cultura o in malafede, spesso in nome di Cristo, alzano fili spinati e sfogano le loro frustrazioni proprio sui migranti che vengono dalle terre di Cristo, in altri uomini, oggi come negli anni cinquanta, resiste l'istinto di sognare la Grande Madre dei popoli sugli atlanti, e la voglia di andare verso le distanze che si allungano e il tempo che rallenta. L'Asia. Ed essi nuotano verso le loro sorgenti, spesso lungo piste carovaniere che non esistono più, accontentandosi di filtrare l'essenza del mito oltre la realtà contingente.

Da qui, in Bouvier e nei suoi umili seguaci, la capacità di

intuire l'essenza dell'islam meglio di tanti. Qualcosa che va oltre Ibn Batuta e la leggenda di El Andalus, ma anche molto al di là di quella che Samir Kassir chiama "l'infelicità araba", madre di rancori e terrorismi, e che in questo libro si sublima sui monti afghani, in una religione alimentata senza sosta dallo spettacolo di una natura "dove l'uomo appare un umile accidente, e dalla sobrietà e lentezza di una vita in cui la frugalità uccide la meschinità". Sì, l'*Allah u akbar*: tutto si risolve in questo, "un Nome la cui magia basta a trasformare il nostro vuoto interiore in spazio". Il che, naturalmente, "non impedisce, naturalmente, l'inganno, né gli eccessi di violenza; né le risa salaci che fioriscono allegramente nelle barbe". E poi l'Antico Testamento, che in Afghanistan si trova come "saldato" alla vita quotidiana. E con il povero Issa, Cristo, circondato da apostoli inaffidabili, che non mettono mano alle armi per difenderlo. Da quelle parti è sempre stato meglio girare armati, anche in tempo di pace, perché da che esiste l'Afghanistan essere guardinghi è di rito. Una precauzione che permette "a un re su tre di morire nel suo letto".

Chi parte non ha bisogno di motivi per andare, perché il viaggio basta a se stesso. Voi pensate di farlo, ma "subito è il viaggio che vi fa, o vi disfa". L'istinto di partire, ho avuto più volte modo di rendermene conto, è qualcosa cui ci si arrende, come davanti alla vita.

Si sognano mete, fino a quando l'inquietudine migratoria si impossessa di noi allo stesso modo delle oche quando è tempo di migrare. E si va, basta un pretesto. Ma solo quando si smette di aggrapparsi a miserabili tabelle di marcia, l'avventura comincia. Da quel momento, il mondo ti viene incontro. Hai sete e trovi qualcuno che ti tende una borraccia o un grappolo d'uva. Perdi l'orientamento ed ecco un ragazzino sbucato dal nulla che ti indica la strada. Andare, incontrare, condividere. In un viaggiatore la maturità arriva quando la meta passa in secondo piano. Allora, "come un'acqua, il mondo filtra attraverso di noi, ci scorre addosso, e per un certo tempo ci presta i suoi colori. Poi si ritira, e ci rimette davanti al vuoto che ognuno porta in sé, davanti a quella specie d'insufficienza centrale dell'anima che in ogni modo bisogna imparare a costeggiare, a combattere e che, paradossalmente, è il più sicuro dei nostri motori".

Paolo Rumiz

Premessa

I shall be gone and live. Or stay and die.
                                    WILLIAM SHAKESPEARE

Ginevra, giugno 1953. Passo di Khyber, dicembre 1954

Avevo lasciato Ginevra da tre giorni e procedevo senza fretta quando a Zagabria, fermo posta, trovai questa lettera di Thierry:

Travnik, Bosnia, 4 luglio

Stamattina, sole splendente, calura; sono salito a disegnare tra le colline. Margherite, frumento giovane, ombre calme. Al ritorno, incrocio un contadino sopra un pony. Scende e mi arrotola una sigaretta che fumiamo accovacciati sul bordo della strada. Con le mie poche parole di serbo riesco a capire che porta a casa dei pani, che ha speso mille dinari per andare a trovare una ragazza con grosse braccia e grossi seni, che ha cinque figli e tre vacche, che bisogna stare attenti al fulmine che l'anno scorso ha ucciso sette persone.
Poi sono andato al mercato. È giornata: sacchi fatti con la pelle intera di una capra, falci da farti venir voglia di mietere ettari di segale, pelli di volpe, paprica, fischietti, scarpe, formaggio, gioielli di latta, setacci di giunco ancora verde a cui danno l'ultima mano dei tipi baffuti, e dominante su tutto ciò, la galleria degli storpi, dei monchi, dei tracomatosi, di quelli che hanno il tremito o le stampelle.
Stasera sono stato a bere un goccio sotto le acacie per ascoltare gli tzigani che, davvero, superano se stessi. Sulla via del ritorno ho comprato una grossa pasta di mandorle, rosa e oleosa. L'Oriente insomma!

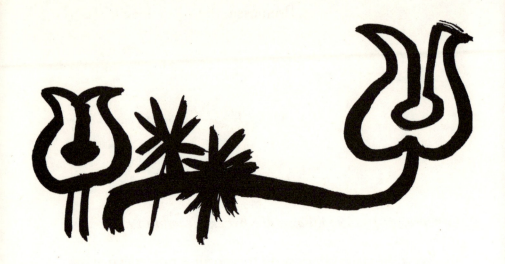

Controllai la carta. Era una cittadina situata in un circo di montagne, nel cuore della zona bosniaca. Da lì, lui contava di risalire verso Belgrado dove l'Associazione dei pittori serbi lo invitava a fare una mostra. Avrei dovuto raggiungerlo lì negli ultimi giorni di luglio con il bagaglio e la vecchia Fiat che avevamo rimesso a posto, per continuare verso la Turchia, l'Iran, l'India, e forse ancora più in là... Avevamo davanti a noi due anni e soldi per quattro mesi. Il programma era vago, ma in casi simili l'importante è partire.

È la contemplazione silenziosa degli atlanti, a pancia in giù su un tappeto, tra i dieci e i tredici anni, che mette la voglia di piantar tutto. Pensate a regioni come il Banato, il Caspio, il Kashmir, alle musiche che vi risuonano, agli sguardi che vi si incrociano, alle idee che vi aspettano... Quando il desiderio resiste anche dopo i primi attacchi del buonsenso, si inventano ragioni. E ne trovate, ma non valgono niente. La verità è che non sapete come chiamare quello che vi spinge. Qualcosa in voi cresce e molla gli ormeggi, fino al giorno in cui, non troppo sicuri, partite davvero.

Un viaggio non ha bisogno di motivi. Non ci mette molto a dimostrare che basta a se stesso. Pensate di andare a fare un viaggio, ma subito è il viaggio che vi fa, o vi disfa.

...Sul retro della busta c'era anche scritto: *La mia fisarmonica, la fisarmonica, la fisarmonica!*

Buon inizio. Anche per me. Stavo lì in un caffè alla periferia di Zagabria, senza fretta, davanti a un bicchiere di vino bianco col selz. Guardavo scendere la sera, svuotarsi una fabbrica, passare un funerale – piedi nudi, scialli neri e croce in ottone. Due ghiandaie litigavano tra le foglie di un tiglio. Coperto di polvere, con un peperone mezzo rosicchiato nella destra, ascoltavo in fondo a me stesso precipitare gioiosamente il giorno, come una scogliera. Mi stiracchiavo, inalando l'aria a litri. Pensavo alle proverbiali sette vite dei gatti; avevo proprio l'impressione di entrare nella seconda.

Un odore di melone

Belgrado

Suonava la mezzanotte quando fermai la macchina davanti al caffè Majestic. Un gradevole silenzio regnava sulla strada ancora calda. Attraverso le tende a filet vidi Thierry seduto nel locale. Aveva disegnato sulla tovaglia una zucca a grandezza naturale che riempiva, per ammazzare il tempo, di minuscoli semi. Sembrava che il parrucchiere di Travnik non lo avesse visto spesso. Con le sue alette di capelli sulle orecchie e i piccoli occhi azzurri, aveva l'aria di un giovane squalo vivace e sfinito.
Restai a lungo col naso contro il vetro prima di raggiungerlo al tavolo. Brindammo. Io ero felice di vedere il vecchio progetto prendere forma, e lui di essere stato raggiunto. Era venuto via a fatica. Aveva fatto, senza allenamento, camminate troppo lunghe e la stanchezza l'intristiva. Traversando tutto sudato e con i piedi feriti quelle campagne piene di contadini incomprensibili, rimetteva tutto in discussione. L'impresa gli pareva assurda. Di un romanticismo idiota. In Slovenia, un locandiere, accortosi della sua aria sfatta e del sacco da viaggio troppo pesante, non l'aveva certo aiutato dicendogli gentilmente: "*Ich bin nicht verrückt, Meister, Ich bleibe zu Hause*".

L'aveva rimesso in sesto il mese passato poi in Bosnia a disegnare. Quando era sbucato a Belgrado con i suoi disegni sottobraccio, i pittori dell'ULUS[1] l'avevano accolto come un fratello e gli avevano scovato in periferia un atelier vuoto dove avremmo potuto abitare insieme.

Riprendemmo la macchina; era proprio fuori città. Passato il ponte sulla Sava, bisognava seguire le due carreggiate che costeggiavano gli argini fino a un campicello invaso dai cardi, dove si ergevano dei padiglioni scrostati. Thierry mi fece fermare davanti al più grande. In silenzio trasportammo il bagaglio su una scala buia. Un odore di trementina e di polvere prendeva alla gola. Il caldo era soffocante. Dalle porte aperte usciva un forte russare, che risuonava sul pianerottolo. In mezzo a una stanza immensa e nuda, Thierry, da metodico vagabondo, si era sistemato in una zona scopata del pavimento, a buona distanza dalle finestre rotte. Una rete arrugginita, il suo materiale per dipingere, la lampada a petrolio e, accanto alla branda su una foglia d'acero, un'anguria e un formaggio di capra. Il bucato del giorno asciugava sulla corda tesa. Era tutto frugale, ma così naturale da darmi l'impressione che Thierry mi aspettasse là da anni.

Distesi il sacco a pelo sul pavimento e mi coricai vestito. La cicuta e l'ombrella salivano fino alle finestre aperte nel cielo estivo. Le stelle erano luminosissime.

Far niente in un mondo nuovo è la più impegnativa delle occupazioni.

Tra la grande arcata del ponte sulla Sava e la confluenza del Danubio, la periferia brillava nella polvere sotto le luci d'estate. Essa doveva il suo nome, Saïmichte (la fiera), ai resti di un mercato agricolo trasformato dai nazisti in campo di concentramento. Per quattro anni ebrei, partigiani e zingari vi erano morti a centinaia. Ritornata la pace, il municipio aveva sommariamente reimbiancato quei lugubri "padiglioni" per gli artisti vincitori di una borsa dello Stato.

Il nostro – porte scricchiolanti, finestre sfondate, sciacquone riluttante – contava cinque atelier, che andavano dalla miseria assoluta a una confortevole bohème. I più poveri tra gli inquilini, quelli del primo piano, si ritrovavano ogni mattina, col pennello da barba in mano, davanti al lavabo del pianerottolo, in compagnia del custode – un mutilato di guerra, berretto avvitato al cranio – a cui bisognava tener tesa la pelle del mento mentre lui, con la sua unica mano, vi passava prudentemente il rasoio. Era un uomo malaticcio, più sospettoso di una lontra, senza altro da fare che sorvegliare una figlia in età di peccato, e raccattare nei bagni – latrine alla turca dove, prima di accovacciarsi, si svuotano le tasche – quelle bagatelle: fazzoletti, accendini, penne, che gli utenti distratti avevano potuto dimenticare. Il critico letterario Milovan, Anastasio il ceramista e Vlada, un pittore contadino, occupavano gli atelier del piano terra. Sempre pronti ad aiutarci, a servirci da interpreti, a prestarci una macchina da scrivere, una scheggia di specchio, un pugno di sale grosso; o a invitare il caseggiato intero, in occasione della vendita di un acquerello o di un articolo, a un vociante banchetto – vino bianco, peperoni, formaggio – seguito da una siesta collettiva sul pavimento soleggiato e nudo. Eppure Dio sa in quali ristrettezze vivevano, ma gli anni neri dell'occupazione e della guerra civile avevano insegnato loro il prezzo dell'armonia, e Saïmichte, in mancanza di comodità, possedeva una gradevolezza tutta sua. Era una giungla di papaveri, di fiordalisi, di erbe selvatiche che si levava all'assalto di quei casamenti in rovina, e annegava nel suo verde silenzio le cambuse e gli accampamenti di fortuna sorti tutto intorno. Uno scultore abitava nel padiglione vicino al nostro. Col mento sporco di barba e i martelli alla cintola come colt, dormiva sopra un pagliericcio ai piedi della statua che stava finendo: un partigiano a torso nudo, col pugno stretto su una mitraglietta. Era l'uomo più ricco della zona. Il periodo gli era propizio: tra monumenti ai morti, stelle di granito rosso ed effigi di partigiani alle prese con un vento a duecento chilometri all'ora, aveva ordinazioni per almeno quattro anni. Naturale; dopo essere state l'affare di comitati segreti, le rivoluzioni si insediano, si pietrificano e diventano rapidamente quelle degli scultori. In un paese come la Serbia poi, che non aveva mai cessato di sollevarsi e di battersi, essi dispongono già di un ampio repertorio eroico – cavalli impennati, sciabole sguainate, Comitadjis – al quale basta attingere. Ma questa volta era più difficile. I liberatori avevano cambiato stile; erano a piedi, ben tosati, pensierosi, severi, cosicché il cucchiaio di marmellata che lo scultore ci offriva, secondo l'uso serbo, quando gli rendevamo visita, suggeriva un universo meno marziale e più dolce.

Dall'altra parte della spianata una ghiacciaia affiancata da uno spaccio di alcol serviva da cassetta postale e come luogo d'appuntamento per coloro che vivevano qui, tra cielo e cespugli, con le loro galline e i loro pentoloni. Vi si prendevano dei pesanti blocchi terrosi di ghiaccio a grana grossa e dei sorbetti al latte di capra il cui gusto acidulo restava in bocca fino a sera. Il bistrot aveva solo due tavoli, attorno ai quali gli straccivendoli della zona – vecchi dagli occhi rossi e mobili che a forza di annusare sporcizia insieme avevano assunto l'aria di furetti cresciuti nello stesso sacco – si piazzavano nelle ore calde per dormire o selezionare il loro bottino.

Dietro la ghiacciaia si stendeva il regno di un rigattiere ucraino che abitava in una nicchia pulitissima in mezzo ai suoi tesori; uomo di peso, con in testa un berretto col paraorecchie, che possedeva una montagnola di scarpe fuori uso, un'altra di lampadine fuse o bruciate, e che faceva i suoi begli affari. Un mucchio di bidoni bucati e di camere d'aria cotte dall'uso completava il suo magazzino. La cosa strana era il numero dei clienti che lasciavano il suo deposito con i loro "acquisti" sottobraccio. Al di sotto di un certo livello di povertà non c'è nulla che non si possa negoziare. A Saïmichte, una scarpa – anche bucata – poteva rivelarsi un affare, e la montagnola dell'ucraino era spesso scalata da gente scalza, esplorata da sguardi luccicanti.

Verso ovest, seguendo la strada di Zemun, Belgrado Nuova sollevava sopra una marea di cardi le fondamenta di una città satellite che il governo aveva voluto costruire, nonostante il parere dei geologi, sopra un terreno mal drenato. Ma un'autorità – pur augusta – non prevale contro un terreno spugnoso, e Belgrado Nuova, invece di sorgere dalla terra, continuava a sprofondarci dentro. Abbandonata da due anni, levava tra la grande campagna e noi le sue false finestre e le sue putrelle contorte da cui spuntavano i gufi. Era una frontiera.

Alle cinque del mattino il sole di agosto ci perforava le palpebre e noi andavamo a farci un bagno nella Sava, dall'altra parte del ponte di Saïmichte. Sabbia morbida sotto i piedi, qualche vacca tra gli ontani, una ragazzina in fisciù che badava a dei paperi, e in un buco d'obice un mendicante addormentato coperto di giornali. Quando il giorno era alto, i marinai delle chiatte e la gente del posto venivano lì a fare il bucato. In buona compagnia strofinavamo le camicie, accovacciati nell'acqua terrosa, e lungo le rive, di fronte alla città addormentata, non si sentivano che strizzature, rumori di spazzole e canzoni sussurrate, mentre delle grandi banchise di schiuma scendevano con la corrente verso la Bulgaria.

In estate, Belgrado è una città mattiniera; alle sei l'annaffiatrice municipale spazza lo sterco lasciato dai carretti degli ortolani e le imposte sbattono davanti ai negozi; alle sette, tutti i bistrot sono gremiti. La mostra apriva verso le otto. Un giorno su due me ne occupavo io, mentre Thierry seguiva insistente fino a casa loro i compratori restii o disegnava in città. Venti dinari per l'entrata, chi li aveva. La cassa non

conteneva che un pugno di monete e, dimenticato dall'ultimo espositore, *Varietà V* di Valéry, il cui stile manierato prendeva qui un'aria esotica che aumentava il piacere della lettura. Sotto il leggio, una mezza anguria e un fiasco di vino aspettavano gli amici di ULUS che venivano sul finire del pomeriggio per proporci un tuffo nella Sava o tradurre quel pezzetto di critica apparso in un giornale della sera.

"...Il Sign. Verrrnettt'e... ha certo ben osservato le nostre campagne e i suoi schizzi sono divertenti... ma è troppo sarcastico e manca ancora di... manca ancora di – come dite voi?" faceva il traduttore schioccando le dita, "...ah! ci sono, di serietà."

La verità è che la serietà è l'articolo preferito dalle democrazie popolari. I giornalisti della stampa comunista che di buon'ora al mattino venivano per redigere il loro pezzo, ne avevano in quantità. Erano giovani ufficiali dalle scarpe scricchiolanti, per lo più ex partigiani di Tito che traevano dalla loro recente importanza una soddisfazione certo legittima, che però li rendeva un po' arroganti e incerti. Passavano, fronte corrugata, da un disegno all'altro, censori severi ma perplessi, poiché: come sapere se l'ironia è retrograda o progressista?

Tra le undici e mezzogiorno il manifesto sulla porta – un sole giallo su fondo azzurro – attirava tutti i marmocchi del corso Terazié al rientro da scuola. Un'esposizione di dolcetti non avrebbe avuto maggior successo: ragazzine dai sorrisi sbreccati giocavano a "mondo" lungo i muriccioli; zingarelli impolverati pagavano con una smorfia, si rincorrevano da una sala all'altra con strilli acuti e lasciavano sul parquet incerato l'impronta di minuscoli piedi nudi.

L'ora vuota, tra le cinque e le sei, ci portava qualche apparizione dai quartieri alti. "Ex signori" dimessi e cortesi il cui francese delicato e i volti di una riservatezza piena di riguardi tradivano l'origine borghese: vecchi dai baffi tremolanti, carichi di enormi sporte, e matrone in scarpe da tennis, abbronzate come contadine, che spingevano la sedia fino alla cassa, ci porgevano una mano ossuta e sondavano con prudenza per trovare un'eco alle loro melanconiche ruminazioni. Molti, ritornati al paese dopo l'amnistia dell'ottobre 1951, occupavano la stanza più piccola dei loro precedenti alloggi, con attività fra le più imprevedibili. Un vecchio avvocato melomane copiava partiture per un'orchestra jazz, una musa degli antichi salotti pedalava sul far del giorno verso lontane caserme per insegnarvi il solfeggio o l'inglese. Gettavano ai muri uno sguardo distratto ma, troppo soli per andarsene subito e troppo orgogliosi per dirlo, si lanciavano – in modo da resistere fino alla chiusura – in spossanti monologhi sulla tomba di Alessandro [Magno] o sui conventi abbandonati della Macedonia, luoghi che dovevamo vedere assolutamente, noi che *potevamo capire*. E restavano là, insistenti, stanchi, confidenziali, moltiplicando i loro consigli. Ma non ci credevano più. Ci si può sforzare per farsi coraggio, non per entusiasmarsi.

Al calar della sera era tutta la strada che passava dalla mostra. I belgradesi avevano troppo poche distrazioni per trascurarne qualcuna. La vita era ancora abbastanza frugale perché ognuno fosse affamato di ogni genere di avvenimento, e questo appetito suscitava molteplici scoperte. Capitava che dei teologi seguissero gare di moto e dei contadini – dopo una giornata di compere nell'Ulitza Marshala Tita – venissero da noi a scoprire l'acquerello. Depositavano contro la porta d'ingresso un sacco di concime, una cavezza nuova, una roncola dalla lama ben unta; gettavano uno sguardo pungente ai biglietti e tiravano fuori i soldi dalle cinture o dai berretti. Poi scorrevano da un disegno all'altro, a lunghi passi, con le mani dietro la schiena, e guardavano pacatamente, risoluti a far fruttare ogni dinaro sborsato. L'occhio, educato dai cliché impastati del "Giornale di Mostar" o dell'"Eco di Cettigné", non riusciva a cogliere nel suo insieme un disegno così lineare. Ma a partire da un dettaglio familiare – tacchino, minareto, manubrio di bicicletta – essi individuavano il soggetto, e subito si mettevano a ridere o a borbottare, allungando il collo per vedere se riconoscevano proprio la loro stazione, il loro gobbo, il loro fiume. Di fronte a un personaggio sbracato subito si controllavano la patta. Io amavo questo modo di rapportare a sé le cose, esaminarle lentamente, con pazienza, ponderandone il lavoro. Di solito restavano fino all'ultimo momento, comodi nelle larghe brache e nell'odore campagnolo, poi passavano cortesemente alla cassa per stringere la mano all'artista o per arrotolargli una sigaretta che incollavano con una grossa linguata finale. Alle sette, Prvan, il manager di ULUS, veniva a sentire le novità. No, i compratori di Stato che formavano la sua principale clientela non si erano ancora decisi.

"Be'," diceva, "domani andremo a prenderli per le orecchie", e ci portava a mangiare il tortino di spinaci a casa di sua madre.

In mancanza di clienti, erano gli amici a capitarci continuamente tra i piedi. Ci sono in Serbia tesori di generosità personale e, nonostante tutto quello che ancora manca là, c'è tanto calore. La Francia può ben essere – come i serbi amavano ripeterci – il cervello dell'Europa, ma i Balcani ne sono il cuore, di cui mai abbastanza ci si servirà.

Ci invitavano in oscure cucine, in salottini di una bruttezza fraterna, per enormi scorpacciate di melanzane, di spiedini, di meloni che si aprivano stridendo sotto i coltelli da tasca. Nipotine e nonni dalle ginocchia scricchiolanti – almeno tre generazioni si dividevano quegli esigui alloggi – avevano già preparato la tavola tutti eccitati. Presentazioni, salamelecchi, frasi di benvenuto in un francese desueto e delizioso, conversazioni con quei vecchi borghesi appassionati di letteratura che ammazzavano il tempo rileggendo Balzac o Zola, e per i quali il *J'accuse* rimaneva l'ultimo scandalo della Parigi letteraria. Le acque di Spa, "L'Esposizione coloniale"... ma raggiunto il fondo dei loro ricordi, seguivano imbarazzanti istanti di silenzio – il cosiddetto passaggio dell'angelo – e l'amico pittore andava a cercare, spostando quantità di piatti, un libro su Vlaminck o Matisse che noi sfogliavamo mentre la famiglia rimaneva muta, quasi fosse stato dato inizio a un culto rispettabile, in cui essa non poteva aver parte. Una sorta di gravità che mi commuoveva. Durante i miei anni di studio avevo onestamente fatto della "cultura" preconfezionata, del giardinaggio intellettuale, analisi, glosse, innesti; avevo analizzato minuziosamente alcuni capolavori, ma senza accorgermi del valore di esorcismo assunto da quei modelli, perché da noi la stoffa della vita è così ben tagliata, ordinata, cucita dall'abitudine e dalle istituzioni che, in mancanza di altro spazio, l'invenzione si confina in funzioni decorative e non pensa che a render le cose "piacevoli", e cioè tutto e nulla. Qui le cose andavano diversamente; la mancanza del necessario stimola, in certe situazioni, l'appetito dell'essenziale. La vita, ancora indigente, aveva fin troppo bisogno di *forme* e gli artisti – incluso nel termine tutti i contadini che sanno tenere un flauto o pitturano le loro carrette con sontuosi accostamenti di colore – erano rispettati come intercessori, come guaritori.

Thierry non aveva ancora venduto niente. Io non avevo scritto niente. Per quanto il costo della vita non fosse alto, i nostri dinari si prosciugavano rapidamente. Mi misi allora a cercare lavoro nel settore dei giornali dove, grazie ai vicini di Saïmichte, riuscii a piazzare qualche pezzullo. Le redazioni pagavano poco, ma l'accoglienza era calorosa. Ciò che ti metteva subito a tuo agio era il trovare in bella vista, quasi in ognuna di esse, un piano a coda aperto per le *emergenze* – come se il bisogno di musica fosse qui imperioso quanto un bisogno naturale – e un piccolo bar dove, nell'odore stimolante del caffè turco, si poteva chiacchierare molto liberamente. Non esisteva alcuna censura preliminare e le opinioni più eterodosse potevano in teoria essere pubblicate... e seguite da sanzioni. Così il caporedattore si affrettava a espungere tutto ciò che puzzava di eretico e almeno una buona metà del pezzo non era utilizzata. Talvolta, per farci una buona impressione, i responsabili esageravano inconsciamente lo spazio di libertà che veniva lasciato loro. "Da voi [in Svizzera] le donne non votano. Fateci su una pagina. La vostra opinione. Dateci dentro." Io non avevo idee precise, e tuttavia scrissi che mi pareva fosse bene così, forse perché dopo qualche settimana di Jugoslavia avrei sperato di veder le donne militare un po' meno e occuparsi di piacere un po' di più. M'appellai pure a La Fontaine, a favore della "grazia, ancora più bella della bellezza". E le donne – si trattava infatti di una rivista per donne – certo ne rimasero lusingate, poiché se non tutte erano belle, tutte erano senz'altro graziose, ma non era certo la citazione adatta alla circostanza.

"Abbiamo riso di cuore," mi disse la redattrice con aria imbarazzata, "ma per la linea politica è ancora un po'... come si dice... frivolo. Rischiamo delle noie."

Proposi allora di scrivere una fiaba.

"È un'idea: una fiaba, ma senza prìncipi."

"Il diavolo?"

"Se proprio vuole... ma niente santi. Ci tengo al mio posto."

E buttò indietro i capelli neri prorompendo in una risata amichevole.

Belgrado si nutre di una magia rustica. Pure, non ha nulla di un villaggio, ma un influsso campagnolo l'attraversa dandole un che di misterioso. Ci si immagina volentieri il diavolo nei tratti di un ricco sensale di cavalli o di un cantiniere dall'abito liso, che si affanna a tessere trame o a tendere trappole costantemente sventate dal formidabile candore jugoslavo. Per tutto il pomeriggio gironzolai lungo i bordi della Sava, cercando senza successo di imbastire una qualche storia su questo tema. Data l'urgenza della cosa, passai la serata a battere una piccola fiaba in cui il diavolo non entrava più per niente, e che fu consegnata subito dopo alla redattrice, al sesto piano di un palazzo lesionato. Ci fece entrare, a dispetto dell'ora tarda. Non ricordo nulla della conversazione; mi colpirono in particolare le sue pantofole col tacco e la superba veste da camera rossa che indossava. Cose che a Belgrado danno nell'occhio. E io le ero riconoscente per quella *mise* così carina, perché fra tutti gli aspetti dell'indigenza, uno dei più mortificanti mi è sempre parso quello che abbruttisce le donne: scarpe monoprezzo massicce come protesi, mani screpolate, tessuti a fiori i cui colori stingono e sbiadiscono. In quel contesto, una veste da camera così era una vittoria. Ci riscaldava il cuore come una bandiera. Avevo voglia di felicitarmene con lei, di bere alla salute di quel fronzolo. Non osai essere così esplicito. Ci congedammo con una profusione di ringraziamenti che un po' la sorpresero.

Quattromila dinari. Sarebbe stato necessario farne dieci volte tanto prima di lasciare la città, ma era già qualche giorno guadagnato per il ritiro che contavamo di fare in Macedonia. Per lavorare, per fuggire da una Belgrado che cominciava a sopraffarci.

Lastricati del lungofiume, piccole fabbriche. Un contadino, fronte poggiata contro la vetrina di un negozio, che guarda interminabilmente una sega nuovissima. Palazzoni bianchi della città alta sormontati dalla stella rossa del Partito, campanili a cipolla. Il greve odore dell'olio dei tram della sera, gremiti di operai dagli occhi vuoti. Una canzone che spicca il volo dal fondo di un'osteria... *"sbogom Mila dodje vrémé..."* (addio mia bella, il tempo vola...). Distrattamente, a causa dell'uso che ne facevamo, Belgrado polverosa ci entrava sotto la pelle.

Ci sono città spinte avanti troppo in fretta dalla Storia per curarsi del loro aspetto. Da quando era stato promosso a capitale della Jugoslavia, il grande borgo fortificato si era allargato per strade e strade, in quello stile amministrativo che già non è più moderno e sembra non dover mai essere antico. Il palazzo delle Poste, il parlamento, i lunghi viali alberati di acacie; e i quartieri residenziali dove le villette dei primi deputati avevano attecchito su terreni annaffiati da bustarelle. Tutto era accaduto troppo in fretta perché Belgrado potesse provvedere a quei cento dettagli che fanno la qualità della vita urbana. Le strade sembravano occupate più che abitate; la trama degli incidenti, dei discorsi, degli incontri era rudimentale. Nessuno di quei recessi segreti e ombrosi che ogni vera città offre all'amore e alla meditazione. L'articolo ben curato era scomparso con la clientela borghese e le vetrine offrivano prodotti che a malapena potevano dirsi finiti: scarpe ammassate come in cataste, pani di sapone nero, chiodi a chili o talco impacchettato come concime.

A volte, un diplomatico che visitava la mostra e ci invitava a cena ci consentiva di ritrovare quella patina cittadina che tanto mancava a Belgrado. Verso le sette, deponevamo nella Sava la polvere della giornata, ci sfregiavamo in tutta fretta davanti allo specchio del pianerottolo e, vestiti di completi trasandati, ci lasciavamo beatamente andare in direzione dei bei quartieri, dei rubinetti cromati, con l'acqua calda e le saponette, di cui approfittavamo – col pretesto di doverci allontanare – per lavare una partita di fazzoletti o di calzini. E quando infine quello a cui era toccata la corvée finiva per ritornare, con la fronte sudata, la padrona di casa diceva maternamente: "Non si sente bene? Ah, questa cucina serba... nessuno la scampa, anche noi ultimamente...".

"Anch'io," aggiungeva il ministro alzando le mani.

Non ascoltavamo che a metà la conversazione, tutta consacrata al cattivo stato delle strade, all'incompetenza degli uffici, cioè a carenze e penurie che non ci toccavano per nulla; riservavamo invece tutta la nostra attenzione al gusto vellutato del cognac, alla trama della tovaglia damascata, al profumo della padrona di casa.

La mobilità sociale del viaggiatore gli rende più facile l'obiettività. Queste escursioni al di là della nostra periferia ci permettevano, per la prima volta, di formulare un giudizio sereno su questo ambiente, da cui bisognava allontanarsi per distinguerne i contorni. Le sue abitudini verbali, le ridicolaggini e lo humour, la dolcezza e – appena ci si era fatti riconoscere – la naturalezza, fiore raro questo in ogni terreno. Ma anche la sonnolenza e quella mancanza di curiosità che è il frutto di una vita già apprestata fin nei minimi spazi e dettagli dalle generazioni precedenti, più avide e più inventive. Un mondo di buon gusto, spesso di buona volontà; ma essenzialmente consumatore, e dove le virtù del cuore erano sì mantenute, ma come un'argenteria di famiglia riservata alle grandi occasioni.

Al ritorno, ritrovavamo la nostra baracca arroventata dal sole della giornata. Spingendo la porta ri-toccavamo terra. Il silenzio, lo spazio, quei pochi oggetti che ci stavano a cuore. La virtù di un viaggio è di purgare la vita prima di riempirla.

Un nuovo vicino. Francese di origine serba, Anastasio, che trovava troppo dura la vita a Montparnasse, aveva deciso di tornarsene al paese. Si era appena sistemato lì con una dolce sposa parigina che ognuno della casa aveva segretamente sperato facile, e che non lo era. Anastasio parlava appena il serbo; e gli veniva difficile abituarsi a Saïmichte e ai suoi usi. Un forte accento parigino e una sorta di timido tono di scherno sostituivano quell'aria di sicurezza che non aveva. Per timore di apparire borghese non smetteva mai delle magliette da teppista, mentre sua moglie si era confezionata una veste in bigello di taglio austero che sorprendeva non poco qui. Non aveva avuto occasione di portarla a lungo. Dopo una settimana infatti, *papadatchi*, la zanzara della febbre l'aveva punta, e adesso se ne stava a letto, deperendo a vista d'occhio e piangendo come una Maddalena, in un cerchio di vicine burbere e caritatevoli.

In breve, Anastasio procedeva di delusioni in sorprese. Anche le donne accrescevano il suo smarrimento: certo che la sua qualità di francese gli avrebbe valso qualche indulgenza, aveva bravamente assalito nelle docce la figlia del custode che l'aveva mezzo accoppato. "Appena appena," mormorava con dispetto, "se ho potuto allungare una mano."

Milovan il critico se ne faceva beffe.

"La fretta la rovinerà, Anastasio. Povera ragazza... Francese, francese... doveva aspettarsi chissà quali meraviglie, un briciolo di corte, parole dolci, un assedio! E lei subito le salta addosso per fare all'amore, come tutti gli altri!"

Nelle prime settimane, Anastasio si era sentito mancare la terra sotto i piedi. Tutto era così diverso; persino la politica! All'inizio, per farsi accettare e dar prova delle sue buone disposizioni, si era prodigato in critiche furiose contro il Vaticano. Senza suscitare la benché minima eco. Perché il Vaticano? Non gli si chiedeva tanto, e l'argomento non interessava a nessuno lì a Saïmichte; c'erano, a Belgrado, nella stampa dell'estrema sinistra, dei giornalisti pagati per tenere discorsi del genere: perché fare gratis il lavoro al posto loro? I suoi interlocutori lo guardavano con un'aria di sorpresa che gli spegneva gli entusiasmi, poi lo invitavano gentilmente a calmarsi e

a bere qualcosa. Lo smarrimento, la solitudine, sono cose che i serbi riconoscono al primo sguardo; e subito sono là a rimediare, con una bottiglia, qualche piccola pera ammaccata e la loro compagnia.

Anastasio aveva, come tutti noi, beneficiato di queste disposizioni meravigliose; Milovan, Vlada, il pittore naïf, la gente di ULUS l'avevano fraternamente aiutato a stare a galla. E quando aveva capito in che genere di circuito era capitato, vi si era abbandonato con totale riconoscenza. Adesso voleva a ogni costo distribuire il caffè che aveva portato dalla Francia. Lo si vedeva passare nei corridoi, con un vassoio fumante in mano. Per farsi voler bene. E capitava a proposito, che il caffè era merce rara, e lui lo preparava a meraviglia. Così gli volevamo bene. Nulla di più semplice e naturale.

Funzione del venerdì nella piccola chiesa ortodossa nascosta dietro la posta. Qualche girasole contro una palizzata rosa dai tarli e pelli di coniglio riempite di paglia appese al muro della sagrestia. All'interno, una dozzina di vecchie dai sandali impolverati cantavano la liturgia da dietro un paravento. Due ceri piantati in un secchio di sabbia illuminavano appena l'altare. Un'atmosfera di dolcezza desueta. L'oscurità, il ronron delle voci gracili conferivano alla cerimonia un'irrealtà quasi penosa; avevo l'impressione che un regista poco attento ai dettagli avesse appena ricostruito la scena. Quella chiesa sembrava moribonda. Non aveva saputo adattarsi e non le era rimasto che soffrire. Il ruolo avuto nella formazione del regno di Serbia e gli aiuti prodigati ai partigiani le evitavano la persecuzione, ma se il Partito non faceva nulla per finirla, meno ancora faceva per guarirla e ognuno sapeva bene che l'assiduità al culto non faceva per nulla avanzare le carriere.

Almeno con i morti essa poteva imporsi senza timore di

nuocere. Nel cimitero di Belgrado, sulle tombe dei partigiani coronate dalla Stella rossa, le famiglie venivano a deporre croci di perle violette, o ad accendere, la domenica, quei ceri minuscoli la cui fiamma si piega, senza spegnersi. La concorrenza degli emblemi si perpetuava silenziosamente fin qui. Quello del Partito lo si vedeva dappertutto; in minio sulle palizzate, sulle porte dei negozi, impresso sui panforti, a volte persino in quei villaggi sperduti della Bosnia dove la sezione del vicino capoluogo veniva a montare di fronte alla moschea un "arco trionfale della cooperazione", grossa impostura in cartone pressato che, senza transizioni di sorta, passava dalla vernice fresca a una decrepitudine squamata. Dopo neanche una settimana i contadini attaccavano le loro carrette ai montanti, ci ritagliavano discretamente di che coprire le loro finestre rotte; la vernice si spaccava sotto un sole di piombo e il pesante totem deperiva come un innesto non attecchito.

È veramente curioso come le rivoluzioni, pur affermando di conoscere il popolo, facciano così poco caso alla sua finezza e ricorrano per la loro propaganda a parole d'ordine e a simboli di un conformismo ancora più stupido di quello che pretendono di sostituire. Elaborata dai più brillanti spiriti dell'*Enciclopedia*, la Rivoluzione francese era rapidamente scaduta a una sciocca parodia della Repubblica romana, a "Piovoso", alle "decadi", alla dea Ragione.[2] Stesso capitombolo passando dal socialismo caloroso e serio di Milovan alla "macchina del Partito": altoparlanti, cinturoni, Mercedes piene di ruffiani che sgommano sulla strada piena di buche – tutto un armamentario già curiosamente fuori moda e arbitrario come quei pesanti meccanismi di scena che, nel finale di uno spettacolo, fanno scendere dall'alto gli dei morti e le nuvole in trompe-l'œil.

Nessuno a Saïmichte parlava del passato. Si poteva supporre senza rischio di errore che fosse stato difficile dappertutto. Simile a quei cavalli premiati, ma di memoria corta, il popolino della zona attingeva in questo oblio il coraggio di ricominciare a vivere.

A Belgrado le persone sistemate ne tacevano, come di un vecchio losco il cui processo avrebbe tirato in ballo troppa gente. Eppure esiste una gloriosa storia serba, cronache croate o montenegrine, gesta macedoni piene di machiavellici vescovi-principi, di filologi cospiratori, di Comitadjis dai tromboni ricoperti di tacche; personaggi ammirabili, ma da maneggiare con prudenza e non ancora pronti al consumo – come quelle carni che bisogna bollire a lungo per farne sparire l'amaro –, poiché avevano il più delle volte sfruttato le brevi tregue che concedeva loro l'avversario turco o austriaco per saltarsi addosso.

In attesa di riscoprire questo patrimonio ancora "sigillato", si faceva cominciare la storia ufficiale dall'invasione nazista. I ventimila morti del bombardamento di Belgrado, i partigiani, l'ascesa di Tito, la guerra civile, la rivoluzione, la rottura con il Kominform e l'elaborazione di una dottrina nazionale si erano succeduti in meno di otto anni. Da questi brevi e violenti accadimenti si prendevano tutti gli esempi, le parole e i miti necessari al sentimento nazionale. Il periodo non mancava certo di eroi autentici, né di martiri; ce n'erano a sufficienza per ribattezzare tutte le strade del paese, ma niente assomiglia tanto a un partigiano quanto un altro partigiano, e questi riferimenti continui alla Resistenza finivano per dare la nausea, tanto più che i serbi non avevano certo atteso il 1941 per possedere le qualità che tanto ci seducevano.

Quando questo passato reciso ci mancava, bastava aprire il nostro *Manuale di conversazione franco-serba* per essere riportati diritti come una freccia in un mondo ormai remoto.

Ecco un'occasione per dir male di questi piccoli compendi destinati ai turisti; nel corso del viaggio ne ho posseduti molti, tutti ugualmente inutilizzabili, ma nessuno quanto il

Manuale di conversazione franco-serba del professor Magnasco, Ginevra 1907. Pieno di anacronismi fino a dare le vertigini, di dialoghi faceti, del tipo immaginato da un autore che sogna la vita d'albergo senza mai lasciare la cucina di casa sua. D'altro non si parlava che di stivaletti, mance derisorie, redingote e discorsi vani. La prima volta che lo usai – da un parrucchiere sulla riva della Sava, tra crani tosati e operai in tuta – capitai su: "*Imam, li vam navoštiti brk?* Devo incerare i vostri baffi?", domanda cui conveniva subito rispondere: "*Za volju Bozyu nemojte pustam tu modu kikošima*, Che Dio non voglia! Lascio tale moda ai bellimbusti".

Già non era male, ma nella ricerca del passato le ammirabili antichità del museo di Belgrado offrivano ben altre risorse. Vero è che occorreva prima guadagnarsi questo piacere attraversando una sala consacrata alle opere del vecchio scultore Meštrović. Eroiche tutte per il soggetto o per la posa. Tormenti, speranze, sussulti. Muscolature michelangiolesche, rafforzate da una dieta a doppio lardo e cavoli, contratte fino alle tempie come per espellere quel piccolo nocciolo che a questi atleti impediva il pensiero.

Ma subito dopo cominciava la meraviglia: si capitava su una serie di busti di epoca adriana – consoli, prefetti di Mesia o d'Illiria – di un piglio straordinario. Da nessuna parte avevo visto la statuaria classica, così spesso retorica e gelida, scatenarsi a quel modo. Nella ricerca della somiglianza e della vita, l'esattezza cavillosa dei romani, la loro acidità, il loro cinismo avevano fatto miracoli. Immersi in una luce di miele, una dozzina di vecchi magistrati, scaltri, svegli come gattoni, si squadravano in silenzio. Fronti ostinate, sarcastiche zampe di gallina, labbra sporgenti di festaioli che lasciavano balenare con fantastica impudenza la malattia, la furbizia, la cupidigia, come se il soggiorno in queste strane colline li avesse liberati per sempre dal fardello del dissimulare. Con ciò, e malgrado queste stimmate e gli sfregi guadagnati sulla frontiera danubiana, quei volti conservavano un fondo di serenità. Li si sentiva in sintonia con le svolte di una vita a cui si erano dovuti attaccare con ingordigia; e gli altari mitriaci ritrovati nella Serbia del Sud mostravano che essi nulla avevano trascurato, in questa lotta, per tirare dalla loro parte il soprannaturale.

Poi ritrovavamo la strada assolata, l'odore delle angurie, il grande mercato dove i cavalli portano nomi di bambini, e quel disordine di case sparse tra due fiumi, quell'antichissimo accampamento che oggi si chiama Belgrado.

A sera, per conservarmi quei momenti di solitudine che sono così necessari, gironzolavo per conto mio. Un quaderno sottobraccio, passavo oltre il fiume e risalivo per il corso Nemanjina, nero e deserto, fino al Mostar, una tranquilla osteria, illuminata come un piroscafo, dove tutte le "nazioni" bosniache si ritrovavano per ascoltare la loro magnifica musica di fisarmonica. Neanche mi sedevo che l'oste veniva con un bussolotto d'inchiostro violetto e una penna arrugginita. Di tanto in tanto veniva a vedere al di sopra della mia spalla se il lavoro avanzava. Che si potesse riempire una pagina di fila gli sembrava prodigioso. Anche a me. Da quando la vita era divenuta così divertente proprio non riuscivo a concentrarmi. Prendevo appunti, mi affidavo alla memoria e mi guardavo intorno.

C'erano imperiose contadine musulmane che russavano sulle panchine tra i loro panieri di cipolle, camionisti dal volto butterato, ufficiali seduti rigidi davanti al bicchiere che maneggiavano stuzzicadenti, o saltavano su a offrirvi da accendere e cercare di dare inizio a una conversazione. E ogni notte, attorno al tavolo vicino alla porta, quattro giovani puttane che masticavano semi di anguria ascoltando il fisarmonicista accarezzare con arpeggi deliranti il suo strumento nuovo di

zecca. Avevano belle ginocchia lisce, abbronzate, un po' sporche di terra se tornavano da un servizio fatto su uno spiazzo lì vicino, e forti zigomi dove il sangue batteva come su un tamburo. A volte si addormentavano di colpo e il sonno restituiva loro un'aria straordinariamente giovane. Guardavo quei fianchi, stretti in stoffe di cotone viola o verde mela, che si sollevavano in un respiro regolare. Le trovavo belle nella loro maniera brutale, e provocanti, fino al momento in cui si scuotevano e si raschiavano la gola in modo abominevole prima di sputare nella segatura.

Al ritorno, la sentinella di guardia al ponte cercava a volte di attaccare briga. Pure ci conosceva bene, il tizio, ma la nostra noncuranza lo indisponeva, e così esercitava l'unica vendetta alla sua portata: far perdere tempo a chi transitava. Scuoteva pesantemente la testa rasata a zero, puzzando di aglio e di raki, e domandava permessi immaginari. Il mio passaporto straniero mi permetteva di sbrigarmela senza troppe storie e di passar via, ma la sua rabbia non si smorzava e Vlada, che percorreva il ponte assai più tardi di noi, e spessissimo sbronzo, ne subiva le conseguenze. Mentre saltellava come un ragazzino da una traversa all'altra, e pensava alla pittura meravigliosa che avrebbe potuto realizzare se non fosse stato Vlada, se non fosse cresciuto qui, se... La voce della sentinella lo riportava brutalmente sulla Terra. Litigavano e, di tanto in tanto, l'eco dei loro alterchi giungeva fino all'atelier.

"Cinquecento dinari di multa," mugolava il soldato, che Vlada con voce ostinata subito rimandava nel ventre della di lui madre. Giacché il mondo era così duro, la sentinella non gliela faceva passare liscia. Lo si sentiva urlare: "Cinquemila!". Un silenzio prostrato seguiva la cifra, poi i passi strascicati di un Vlada improvvisamente sobrio, che rientrava attraversando le erbe alte e veniva a grattare alla nostra porta. Malediceva la sua collera; con quello che prendeva al mese mai avrebbe potuto pagare. L'indomani avrebbe dovuto ritornare al posto di guardia, scusarsi, fare lo stupido, sistemare le cose con astuzie da contadino e una bottiglia d'acquavite di prugne in tasca.

Cercavamo di confortarlo, ma quelle sere la città ci cascava addosso. Avremmo voluto spazzare via con un manrovescio i miserabili tuguri della zona, l'alito pesante dei miliziani, la sporcizia tragica degli uni, la lentezza guardinga degli altri. Avevamo bisogno improvvisamente di sguardi felici, di unghie pulite, di urbanità e biancheria fine. Thierry dipinse due corone sui bicchieri di latta da un quarto con i quali usavamo brindare. Fu il nostro unico atto sedizioso. D'altra parte, stavamo da re.

Backa

La mostra era chiusa. Adesso avevamo i soldi sufficienti per pensare a un viaggio verso il Nord del paese. L'amico Mileta, un giovane pittore di ULUS, si offrì come interprete e ci incoraggiò; se volevamo davvero registrare della musica tzigana, dovevamo cercare in quelle regioni.

Ci sono oggi circa centomila tzigani nelle campagne jugoslave. Meno di una volta. Molti sono morti durante la guerra, massacrati o deportati dai tedeschi. Molti altri hanno raggiunto con cavalli, orsi e casseruole le miserabili periferie di Niš o di Subotica e sono diventati cittadini. Pure esiste ancora qualche raro villaggio di tzigani nascosto in fondo alle province che costeggiano la frontiera ungherese. Villaggi di creta e di paglia che appaiono e scompaiono come per incanto. Un bel giorno, gli abitanti se ne stancano, li abbandonano e vanno a stabilirsi altrove, in un posto più solitario. Ma nessuno a Belgrado saprebbe dirvi dove.

In un pomeriggio d'agosto, il proprietario di una balera

sullo stradone Belgrado-Budapest, messo opportunamente sotto torchio da Mileta, ci rivelò il nome di uno di questi accampamenti fantasma. Bogojevo in Bačka, a sud della frontiera ungherese, a circa cento chilometri dal pergolato dove stavamo sorseggiando un vinello bianco. Vuotammo i bicchieri e prendemmo la direzione di Bogojevo, Bačka. L'estate scivolava dolcemente verso l'autunno e le ultime cicogne giravano in tondo sopra i prati.

Le strade della Bačka appartengono ai furetti, alle guardiane d'oche, alle carrette annegate dalla polvere, e sono le peggiori dei Balcani. Tanto di guadagnato per la regione che, protetta dalle sue carreggiate, non ha quasi visto passare la guerra, e tanto meglio per noi che non avevamo alcuna fretta di abbandonare quel paesaggio. Già si stende la piana per i cavalli, l'orizzonte di pascoli verdi interrotto qua e là da un noce solitario o dall'antenna di un pozzo a bilanciere. La provincia è di lingua ungherese. Le donne sono belle e la domenica indossano un costume di malinconica opulenza; gli uomini, piccoli, chiacchieroni, cortesi, fumano pipette turche e vanno ancora a messa con scarpe dalle fibbie d'argento. L'atmosfera è capricciosa e triste; basta un pomeriggio per esserne stregati.

Era quasi notte quando raggiungemmo Bogojevo. Il villaggio, ricco e silenzioso, si arroccava attorno a una pesante chiesa da poco imbiancata a calce. Niente luci, tranne nella locanda, dalla quale pervenivano i colpi smorzati di un'ultima partita di biliardo. Nella sala, tre contadini in completo nero, senza scambiarsi parola, combinavano colpi rapidi, abili, e la loro ombra danzava ingigantita sul muro bianco. Di fronte al crocifisso, un vecchio ritratto di Lenin – Lenin con una cravatta alla Lavallière – pendeva attaccato sopra la cassa. A un tavolo, tutto solo, un pastore impellicciato intingeva il pane nella minestra. L'insieme era abbastanza singolare, ma non vi era traccia di tzigani. C'eravamo sbagliati di

Bogojevo; c'erano due villaggi vicini: Bogojevo-dei-Contadini e Bogojevo-degli-Tzigani. Un lato Ramuz e un lato Stravinskij, che oltretutto non sembrava andassero tanto d'accordo. I tre giocatori interrogati sulla soglia ci indicarono con un gesto vago un meandro del Danubio che brillava a un tiro di schioppo. Il nostro sbaglio gli restava sullo stomaco. Il tempo di prendere l'unica camera dell'albergo ed eravamo ripartiti.

Dietro l'argine del fiume, Bogojevo-degli-Tzigani dormiva già; ma a pochi passi dal campo, sul limitare di un ponte spezzato, in una capanna coperta di rampicanti scoprimmo qualcuno dei suoi uomini che passava la notte a bere e a cantare. Dalla cucina illuminata da un lume a petrolio saliva una musica di una gioia canagliesca. Ci spingemmo a sbirciare dalla finestra: vicino al lume, un pescatore sventrava delle anguille, mentre una grossa contadina roteava a piedi nudi tra le braccia di un soldato. Seduti in fila dietro una tavola ingombra di bottiglie mezze vuote, cinque tzigani sulla quarantina, cinque tzigani pulciosi, vestiti di stracci, dall'aria scaltra, distinti, grattavano i loro strumenti rattoppati e cantavano. Facce con zigomi larghi, capelli neri, lisciati, lunghi sulla nuca. Facce di gente asiatica, ma a cui erano familiari tutte le strade e stradine d'Europa, gente che nasconde in fondo ai suoi feltri tarmati un asso di fiori o un grimaldello per tagliare la corda. È raro sorprendere gli tzigani nel loro rifugio; questa volta non potevamo proprio lamentarci, era davvero la tana.

Appena comparsi sulla porta, la musica cessò di colpo. Avevano posato gli strumenti e ci fissavano stupefatti e diffidenti. Eravamo i nuovi arrivati in quelle campagne dove non succede mai niente; dovevamo far vedere che eravamo venuti in amicizia. Ci si sedette al loro tavolo che fu rifornito di vino, di pesce affumicato, di sigarette. Quando il soldato scomparve con la ragazza si rimisero comodi, comprendendo che così

eravamo tutti di specie vagabonda, e presero con civetteria a ripulire i piatti. Tra un boccone e l'altro, parlavamo: in francese a Mileta, che si rivolgeva in serbo all'oste, che traduceva in ungherese agli tzigani; e ritorno. L'atmosfera era ridiventata cordiale. Avviai il registratore e ricominciò la musica.

Di solito gli tzigani suonano melodie proprie al folklore della provincia in cui si trovano; *czardas* in Ungheria, *oros* in Macedonia, *kolo* in Serbia. Prendono in prestito la musica così come tante altre cose, e la musica è senza dubbio la sola che poi restituiscono. Naturalmente esiste un repertorio propriamente tzigano sul quale sono assai riservati e che si sente raramente. Ma quella sera, nel loro covo e su quegli strumenti messi insieme alla meglio, era proprio la loro musica che suonavano. Vecchie nenie lamentose che i loro cugini di città hanno dimenticato da un pezzo. Canzoni consunte, eccitate, vociferanti, che raccontano in lingua *romani* i casi della vita quotidiana: piccoli furti, magri colpi di fortuna, luna d'inverno e pancia vuota...

Jido helku peru rošu
Fure racca šiku košu
Jido helku peru kre
Fure racca denku ec

Jano ule! Jano ule!
Supile u pupi šore...

L'ebreo dalla zazzera rossa
Ruba un gallo rosso e un'anatra
L'ebreo rosso coi suoi riccioli
Ruba un'anatra in un angolo.

Tu gli hai spiumato le zampe
Per tua madre che le mangerà,

Più tenere che il cuore di rose rosse.
Olà Janos! Olà...

Ascoltavamo. E mentre Janos scompariva con i suoi volatili spiumati e gli tzigani ne ritmavano la fuga su quei violini improvvisati con una turbolenza di ragazzini, un mondo antico usciva dall'ombra. Notturno e rustico. Rosso e blu. Pieno di animali succulenti e sagaci. Mondo di erba medica, di neve e di capanne sparse dove il rabbino in caffetano, lo tzigano vestito di stracci e il pope dalla barba forcuta si sussurravano le loro storie attorno al samovar. Un mondo di cui con disinvoltura i nostri suonatori variavano le tinte, passando di botto da una gaiezza canaglia a colpi d'archetto strazianti...

Tote lume ziši mie, Simiou fate de demkonšie... – Eppure tutti mi avevano detto: sposa la figlia del vicino...

La fresca sposa è forse scappata con un altro? O era meno vergine di quanto avevano promesso? Poco importava la storia; a un tratto avevano voglia di essere tristi e qualsiasi tema sarebbe stato adatto. Il tempo di qualche sigaretta, e avrebbero fatto gemere le loro corde per il semplice gusto di rivoltarsi l'anima.

Languore assolutamente provvisorio. L'istante successivo i due più accaniti, che noi avevamo dovuto relegare con prudenza – a causa della registrazione – dietro i loro colleghi, attaccavano un ritmo infernale. Un ritorno a questo modo più focoso era da temere e si produsse in effetti quando noi stavamo per andarcene, senza alcun riguardo per il pescatore e proprietario della capanna che sbadigliava in un angolo, con le mani sugli occhi.

Era tardi quando le campane della messa domenicale rapidamente ci svegliarono suonando a distesa. I colombi becchettavano nel cortile della locanda, il sole era alto. Sulla piazza, un caffelatte, preso in larghe tazze dal bordo dorato osservando le donne che camminavano verso la chiesa, tutta tappezzata di orifiamme. Indossavano scarpette, calze di filo bianco, gonne ricamate e allargate come corolle, gonfie di sottane di pizzo, corpetti con i lacci e, in cima allo chignon, un fiotto di nastrini fissati a una calottina. Belle e slanciate, di un solo getto.

"Si serrano tanto la vita," ci sussurrò il locandiere, "che ogni domenica si contano due o tre svenimenti prima dell'Elevazione."

E abbassava la voce con rispetto. Occorre davvero che una civiltà contadina sia nel fiore del proprio sviluppo per parlarvi delle donne con questo tono di mistero. Con le sue ragazze abbronzate, la biancheria fresca inamidata, i cavalli al pascolo e la vicinanza degli tzigani a far da lievito a questa pasta, Bogojevo-dei-Contadini aveva certo di che essere felice.

Verso mezzogiorno ritornammo alla capanna del ponte, dove due dei virtuosi della sera prima ci aspettavano per guidarci all'accampamento. Erano a tavola e vispi come ghiozzi, in compagnia di un vecchio contadino ungherese a cui cercavano di vendere un cavallo. Facemmo ascoltare le registrazioni. Eccellenti: voci dapprima timide che degeneravano poi in rustici muggiti di una gaiezza irresistibile. Essi ascoltavano con gli occhi socchiusi di piacere e un sorriso sottile. Anche il vecchio in fondo al tavolo cominciava a farsi allegro. Il registratore e la nostra presenza gli facevano riscoprire con un cuore nuovo quella musica a lui familiare. Quando finì, si alzò, e si presentò a tutti con fare spigliato; voleva cantare anche lui, delle canzoni ungheresi. Raccoglieva il guanto, si degnava di gareggiare. Non avevamo più nastro? Nessun problema; lui voleva solo cantare. Slacciò allora l'abbottonatura del colletto, appoggiò le mani sul suo cappello e intonò con voce possente una melodia il cui svolgimento, assolutamente imprevedibile,

risultava perfettamente evidente una volta che la si fosse ascoltata per intero. La prima strofa raccontava di un soldato che, di ritorno dalla guerra, si fa impastare una focaccia "bianca come la camicia di quest'uomo", la seconda diceva:

> *Il gallo canta e sorge l'alba*
> *A ogni costo voglio entrare in chiesa*
> *I ceri bruciano da molto tempo ormai*
> *Ma né mia madre né mia sorella sono là*
> *M'hanno rubato gli anelli per le nozze...*

Del tutto assorto nella sua canzone, il vecchio assunse un'espressione malinconica, mentre gli tzigani si dondolavano scherzando, come se c'entrassero qualcosa in quella scomparsa.

Bogojevo-degli-Tzigani si trova più a valle della diga, in un prato solitario rinverdito da un ruscello. Attorno al villaggio, dei piccoli cavalli pascolavano, legati alle cavezze, sotto boschetti di salici o girasoli. Due file di capanne formavano una strada larga e polverosa, dove una figliata di maialini neri si rincorreva e poi cascava ventre al sole. Avevano appena macellato e davanti a ogni porta il mucchio bluastro delle interiora fumava in un vaso di coccio. Il villaggio era silenzioso, ma al centro della via deserta tre sedie erano pronte per noi attorno a un tavolo malfermo che un fazzoletto rosso copriva, come un quadrato di sangue fresco. Avevamo sistemato l'apparecchio e, risollevando la testa, incontrato cento paia d'occhi magnifici; tutta la tribù in punta di piedi ci circondava. Volti terrosi, bambini nudi, vecchie che fumavano pipe, ragazze coperte di perle di vetro blu che rammendavano i loro cenci sporchi e dorati.

Non appena riconobbero la voce dei mariti, dei fratelli, e il violino del "Presidente", ci fu una grande esclamazione di sorpresa e poi qualche strillo di fierezza che gli scapaccioni delle vecchie trasformarono prontamente in silenzio. Mai Bogojevo aveva ascoltato la sua musica venir fuori da una macchina; circondati con affetto, gli artisti del campo assaporavano la loro ora di gloria. Fu necessario naturalmente fotografare tutta quella gente. Specialmente le ragazze. Ognuna voleva apparire da sola nell'immagine, e così tutte si spingevano e si pizzicavano. Scoppiò una rapida zuffa – unghiate, maledizioni, schiaffi, labbra rotte – che terminò tra l'allegria vorticosa e il sangue.

Il "Presidente" violinista e un giovane collaboratore dal muso di faina ci accompagnarono fino alla diga. Con una dalia dietro l'orecchio, camminavano lentamente, assorti nel concerto-sorpresa. In serbo ci raccomandarono di ritornare.

A Bogojevo-dei-Contadini gli abitanti stavano forse banchettando, o dormendo dietro le imposte blu. Nessuno sulla piazza, tranne un'alta tromba di polvere rossa che danzava verticale e finì per schiantarsi contro la facciata della chiesa. A quindici all'ora ci addentrammo nei percorsi che portano al traghetto di Bačka Palanka. Il paese silenzioso riposava nella luce pesante e fruttata di fine estate.

Un giorno ci ritornerò, se occorre a cavallo di una scopa.

Bačka Palanka

Sull'altra sponda del Danubio, dietro l'approdo del traghetto, il paesaggio ridiventa montuoso. In una ripida costa fiancheggiata da campi di mais, un uomo sorto tra le pannocchie ci tagliò la strada: livido, con una stazza da macellaio e urlando delle cose in croato. Gli facemmo cenno di salire. Si infilò a forza nello spazio tra i sedili anteriori e posteriori; poi prese a coprirsi con tutto quello che gli capitava tra le mani – sacchi, coperte, impermeabili – fino a scomparire del tutto.

"È alla polizia che vuol essere portato," ci spiegò Mileta.

"Ha sverginato una ragazza, e siccome è sposato, la famiglia di lei gli dà la caccia già da due domeniche. Dei montenegrini, come ce ne sono molti qui, a cui il governo ha dato delle terre. Lui, dal sorgere del sole non ha smesso di correre."

Avvicinandoci al villaggio incrociammo in effetti una piccola truppa di baffuti, secchi e scuri, con le carabine a tracolla, che pedalavano su alte biciclette esplorando con lo sguardo la campagna. Scambi di saluti cortesi che dovevano mettere sulle spine il nostro protetto. Quando giungemmo all'altezza del posto di polizia, si lanciò fuori dalla macchina travolgendo Mileta, e si precipitò nell'atrio. Ora che il nostro uomo era in salvo, cominciavo a trovare simpatici i montenegrini: quel drappello di zii e cugini solidali, intenti alla loro faccenda, e risoluti a passare il paese al pettine fino, nonché quella loro correttezza un po' distante nel modo di salutare. Avevo una gran voglia di scendere più a sud.

Ritornati a Saïmichte, passammo una parte della notte a consultare la carta. A sud-ovest di Niš, una strada fiancheggiata da nomi aspri e soleggiati scendeva verso il Kosovo e la Macedonia. Saremmo andati di là.

Ritorno a Belgrado

La strada che collega la città alta ai bordi della Sava passa lungo il fianco di una collina, ricoperto da case di legno, palizzate rose dal tarlo, sorbi, ciuffi di lillà. Un angolo agreste, dolce, popolato da capre legate al pascolo, tacchini, bimbi in grembiule che giocano silenziosi a campana, o che tracciano sul lastricato, con un pezzo di carbone che scrive male, dei disegni tremolanti, pieni di esperienza, quasi li avesse tracciati un vecchio. Ci sono venuto spesso a passare il tempo, al tramonto, testa leggera e cuore in festa, prendendo a calci i torsoli di mais, respirando l'odore della città come se dovessi morire l'indomani, cedendo a quel potere di dispersione così sovente fatale ai nati sotto il segno dei Pesci. Ai piedi della collina un minuscolo bistrot allineava tre tavoli sul bordo del fiume. Vi si serviva un'acquavite di prugne profumata che tremava nel bicchiere al passaggio delle carrette. La Sava scorreva bruna e pacata sotto il naso dei bevitori che attendevano la notte. Sull'altra riva si distinguevano i grovigli di erbe polverose e le capanne di Saïmichte; e quando il vento soffiava da nord io riuscivo a volte anche a sentire la fisarmonica di Thierry, *Ça gaze* oppure *L'insoumise*, arie appartenenti a un altro mondo, la cui tristezza frivola non si intonava al luogo.

Ci ritornai l'ultima sera. Sul lungofiume due uomini stavano pulendo delle enormi botti che puzzavano di zolfo e feccia di vino. L'odore di melone non è certamente il solo che si respira a Belgrado. Ce ne sono altri, altrettanto preoccupanti; odori di frittura indigesta e di sapone nero, odori di cavoli, odori di merda. Era inevitabile; la città somigliava a una ferita che, per guarire, deve spurgare e puzzare; e il suo sangue robusto sembrava tale da cicatrizzare qualunque cosa. Ciò che essa poteva già dare valeva più di ciò che ancora le mancava. E se non ero riuscito a scrivere granché era perché quello stato come di felicità mi occupava tutto il tempo. Comunque, non siamo noi i giudici del nostro tempo perduto.

La strada di Macedonia

La strada di Macedonia passa per Kragujevac, in Šumadija, dove Kosta, il nostro amico fisarmonicista, ci attendeva a casa dei suoi genitori. La Šumadija è il paese di cuccagna della Serbia. Un mare di colline coltivate a mais e colza. Grano, frutteti dove prugne caldissime cadono in cerchio sull'erba secca. Una provincia di fattori agiati, testardi e spendaccioni, che dipingono in lettere d'oro *sbogom* – addio – dietro le loro

carrette e distillano la miglior acquavite di prugne del paese. Alti noci si innalzano al centro dei villaggi e l'atmosfera bucolica è tanto forte da impregnare persino quei figli della borghesia che vanno a studiare a Kragujevac, nel liceo del capoluogo. Per questo Kosta era facile a incaponimenti rustici, a movimenti del collo o delle spalle che tradivano un imbarazzo campagnolo. E certi silenzi. Non ne sapevamo molto sulla famiglia: suo padre era medico all'ospedale del distretto – un chiacchierone, aggiungeva lui prima di sprofondare nel suo mutismo –, sua madre: grossa, allegra e quasi cieca.

A Kragujevac, però, ognuno sembrava già sapere dove eravamo attesi. Un grappolo di ragazzini aggrappati alla macchina ci condusse fino alla porta di casa. Con grida di benvenuto, mani giunte, sguardi di un azzurro profondo e qualche schizzo di saliva, ci fecero accomodare in uno spazioso e scalcinato appartamento. Un piano nero, un ritratto di Puškin, una tavola straordinariamente apparecchiata e, seduta sotto un raggio di sole, una nonna rotta dagli anni che ci stritolò la mano in una stretta di ferro. Un attimo dopo giungeva a passo di corsa il dottore: un entusiasta, questo dottore; un lirico, con l'occhio blu nontiscordardimé e il baffo candido. Conosceva Ginevra e parlava il francese con una voce stentorea, ringraziandoci per Jean-Jacques Rousseau, quasi fossimo stati noi a farlo.

> Birra per stuzzicare l'appetito, salame, crostata di formaggio ricoperta di crema acida.

Non c'eravamo seduti a tavola da neppure un'ora che Kosta aveva preso a tracolla il suo strumento, mentre il dottore accordava un violino. Vicino alla credenza su cui ammucchiava i piatti, la cameriera si era messa a ballare, dapprima maldestra, con la parte alta del corpo che restava immobile, poi sempre più velocemente. Kosta girava piano attorno al tavolo

e le sue dita quadrate volavano sui tasti. La testa piegata da un lato, ascoltava la tastiera come si ascolta una voce d'acqua sorgiva. Quando poi si fermava, solo il piede sinistro segnava il tempo, e l'espressione placida del viso sembrava appena toccata dal ritmo. È questa sorta di ritegno che fa i veri danzatori. A noi che non sapevamo ballare, quella musica saliva sul viso, e vi si sfaceva in inutili spasmi. Il dottore cavava l'anima al violino; l'archetto stirava le corde per due buoni centimetri, mentre sospirava, sudava, si gonfiava di musica come un fungo sotto l'acquazzone. Fino alla nonna, pur completamente immobilizzata, che piegava un braccio dietro la nuca, stendeva l'altro – la posizione dei ballerini – e si dondolava a tempo, sorridendo con le gengive.

Cotolette impanate, *rissoles* di carne, vino bianco.

Il *kolo* è il ballo in cerchio che fa girare tutta la Jugoslavia, dalla Macedonia alla frontiera ungherese. Ogni provincia ha il suo stile ed esistono centinaia di temi e di varianti; dappertutto, basta abbandonare le strade principali per vederli ballare. Piccoli *kolo* tristi, improvvisati sui marciapiedi della stazione, tra i volatili e le ceste di cipolle, per un figlio che parte soldato. *Kolo* in abiti da festa sotto i noccioli, abbondantemente fotografati dalla propaganda titina che dedica grande attenzione a quest'arte nazionale, inviando fin nelle campagne più remote funzionari "specializzati" per catturare in tempi di 9/4 o 7/2 le astuzie ritmiche di contadini espertissimi nelle più leggere sincopi, nelle più ingegnose dissonanze. I musicisti approfittano evidentemente di questa esaltazione del folklore, e qui il saperci fare col flauto o la fisarmonica costituisce un vero capitale.

Lardo, crêpes alla marmellata, acquavite di prugne distillata due volte.

Alle quattro eravamo ancora a tavola. Il dottore, che aveva posato il violino, cantava a squarciagola e versava da bere con trasporto. Era uno di quegli uomini di una cordialità rumorosa, che si stordiscono col loro stesso baccano e finiscono per essere presi in giro da tutti. La madre invece, che effettivamente era quasi cieca, ci toccava il viso con la punta delle dita per assicurarsi che c'eravamo ancora, e rideva come se stesse per prendere il volo. C'era da credere che fosse lei l'invitata. Durante le pause, sentivo in fondo al corridoio l'acqua che gocciolava nella vasca da bagno piena di fiaschi e cocomeri messi al fresco. Feci un piccolo calcolo mentre andavo a pisciare: almeno una settimana di salario.

I serbi sono non soltanto di una generosità meravigliosa, ma hanno inoltre conservato l'antico senso del banchetto: una festa gioiosa che ha valore di esorcismo. Quando la vita è leggera: un banchetto. Si fa troppo pesante? Un altro banchetto. Lungi dallo "spogliare l'uomo vecchio", come ci insegnano le Scritture, lo si riconforta con formidabili bevute, lo si circonda di calore, gli si riempie la testa di musica mirabile.

Dopo il formaggio e la torta pensavamo di avercela fatta. Ma già il dottore, tutto rosso nel crepuscolo, faceva scivolare nei nostri piatti enormi fette di cocomero.

"È solo acqua," gridava per incoraggiarci.

Noi non osavamo rifiutare, temendo di portargli male. Attraverso una sorta di nebbia sentii ancora la madre mormorare: "*Slobodno... slobodno!* Servitevi, dateci dentro!", e mi addormentai seduto sulla sedia.

Alle sei riprendemmo la via di Niš, che volevamo raggiungere prima di notte. Scendeva il fresco della sera. Lasciavamo la Serbia come due giornalieri a stagione finita, con in tasca moneta appena guadagnata, e nella testa il ricordo delle nuove amicizie.

Abbastanza soldi per viverci nove settimane. Una piccola

somma in fondo, ma un periodo abbastanza lungo. Ci priviamo di ogni lusso eccetto il più prezioso: la lentezza. Col tettuccio aperto, la leva dell'aria leggermente tirata, seduti sulle spalliere dei sedili e con un piede sul volante, viaggiamo placidamente a venti all'ora attraverso paesaggi che hanno l'accortezza di non cambiare senza avvertirti, attraverso notti di luna piena ricche di prodigi: lucciole, cantonieri in babbucce, modesti balli campagnoli ai piedi di tre pioppi, calmi fiumi dove a volte il traghettatore non si è ancora alzato e il silenzio è così perfetto che un solo colpo di clacson fa sussultare. Poi spunta il giorno e il tempo rallenta. Abbiamo fumato troppo, abbiamo fame, passiamo davanti a drogherie ancora serrate, masticando senza inghiottirlo un pezzo di pane ritrovato in fondo al cofano, tra gli attrezzi. Verso le otto la luce diventa micidiale e occorre tenere gli occhi aperti nei villaggi, a causa di qualche vecchio abbacinato che, con tanto di berretto da poliziotto in testa, è capace di attraversare la strada saltando maldestramente giusto davanti alla macchina. A mezzogiorno i freni, i crani e il motore fondono. Per quanto desolato sia il paesaggio, c'è sempre un gruppetto di salici sotto cui addormentarsi, le mani dietro la nuca.

Oppure una locanda. Immaginatevi una sala dai muri rigonfi e le tende stracciate, fresca come una cantina dove le mosche ronzano in un forte odore di cipolla. Qui la giornata trova il suo centro; con i gomiti piantati sul tavolo si fa l'inventario, o ci si racconta la mattinata come se ognuno l'avesse vissuta per conto proprio. L'umore del giorno già disperso su ettari di campagna si concentra nei primi sorsi di vino, nella tovaglia di carta che stiamo scarabocchiando, nelle parole che pronunciamo. Una salivazione emotiva si accompagna all'appetito, e prova fino a qual punto nella vita di viaggio i nutrimenti del corpo e quelli dello spirito siano strettamente legati. Progetti e arrosto di pecora, caffè turco e ricordi.

La fine della giornata è silenziosa. Si è parlato a sazietà pranzando. Accompagnato dal canto del motore e dallo scorrere del paesaggio, il fluire del viaggio vi penetra quasi, e vi schiarisce la mente. Idee che ospitavate senza ragione vi lasciano; altre invece si adattano e si abituano a voi come pietre nel letto di un torrente. Nessun bisogno d'intervenire; la strada lavora per voi. E si potrebbe desiderare che essa si allunghi in tal modo, dispensatrice dei suoi buoni uffici, non solo fino all'estremità dell'India, ma ancora più in là, fino alla morte.

Al mio ritorno ce ne sono stati molti, di quelli che non sono partiti, a dirmi che con un po' di fantasia e di concentrazione erano soliti viaggiare lo stesso, senza alzare il culo dalla poltrona. Gli credo volentieri: sono dei forti. Ma io no, io ho troppo bisogno di questo concreto punto d'appoggio che è lo spostamento nello spazio. Del resto, fortuna che il mondo si estende per i deboli e li soccorre; quando poi esso, come certe sere sulla strada di Macedonia, si riassume nella luna a sinistra, la corrente argentata della Morava a destra, e la prospettiva di scovare dietro l'orizzonte un villaggio dove vivere nelle prossime tre settimane, sono ben lieto di non poterne fare a meno.

Prilep, Macedonia

C'erano solo due locande a Prilep. Lo Jadran per quelli del Partito, e il Macedonia per improbabili viaggiatori; e qui passammo la prima serata a contrattare per una camera. Eccetto che nei momenti di fretta, amo molto quest'uso. Dopotutto questa pratica è meno esosa dei prezzi fissi e tiene desta l'inventiva. In fin dei conti, non si tratta che di spiegazioni; da entrambe le parti vi sono esigenze che occorre sobriamente confrontare per quella soluzione che nessuno poi avrà interesse a ridiscutere. Per noi la cosa fu ancor più facile in quanto il Macedonia era quasi vuoto. Pure era un sabato sera, e il gestore si era dato da fare; il cortile-ristorante era decorato da lampadine colorate, e là, tra le foglie cadute, un prestigiatore in smoking si esibiva per un gruppo di contadini stanchi e distratti. Il vento serale gli soffocava ogni imbonimento sulle labbra e le colombe che schizzavano dal suo cappello a cilindro non strappavano l'ombra di un sorriso alla compagnia. Come se quell'esile miracolo non fosse stato all'altezza delle loro preoccupazioni. Aspettammo la fine dello spettacolo per portare su il bagaglio. Due letti in ferro, carta da parati a fiori, un tavolinetto, una bacinella di smalto blu e dalla finestra aperta l'odore di pietra delle montagne che tendevano le loro schiene contro il cielo nero. Aspettare qui l'autunno. Ottimo.

In questa città piena di artigiani, far fabbricare il portabagagli che occorreva alla nostra macchina avrebbe dovuto esser cosa facile. Niente illusioni. Dapprincipio bisogna farsi comprendere dal fabbro ferraio, che non parla il serbo. Lo si fa disegnando. Ma io ho dimenticato la matita, il fabbro non ne possiede e i curiosi, già numerosi attorno alla macchina, si frugano nelle tasche... nemmeno. Le matite non sono oggetti da portarsi dietro così alla leggera. Mentre uno dei presenti va a cercarmene una all'osteria vicina, la folla non smette di infoltirsi e commentare: farà un disegno... ha ventitré anni. Alcuni toccano il parabrezza con un dito timido, altri scoppiano a ridere per un nonnulla. Io mi butto in uno schizzo che sia il più esatto possibile e il viso nero del fabbro si illumina per poi rabbuiarsi quando si ricorda che non ha una saldatrice. Ne disegna una sul mio foglio, barra con una croce e rimane a guardarmi. Un brusio di disappunto corre fra gli astanti; poi un vecchio si fa avanti; conosce un ragazzo

rientrato il giorno innanzi dalla Germania col suo camioncino, e che possiede una saldatrice. Vado allora a chiederla in prestito a questo compagno dall'altra parte della città, guidato dal vecchio. Questi, completamente calvo, occhi spiritati e naso adunco, cammina a piedi nudi in un completo nero rattoppato e ha l'aspetto di uno straccione miserabile. Parla abbastanza bene l'americano e dice di chiamarsi Matt Jordan. Ha vissuto trent'anni in California. Charlie Chaplin era un suo compagno di classe. Sempre zoppicando ci mostra, per provarlo, delle vecchie cartoline americane, corrose dal sudore. Ma ho l'impressione che ci stia raccontando un mucchio di frottole, e quando mi accorgo che una banda di ragazzini lo segue a una decina di metri per dileggiarlo, comincio a temere la sua intromissione per la buona riuscita della trattativa. Per fortuna l'uomo-della-saldatrice parla un tedesco intelligibile e possiamo fare a meno di intermediari. Si tratta di un prigioniero di guerra, sposato in Baviera, appena ritornato in patria con moglie e figli. Il giorno prima ha festeggiato troppo il ritorno e adesso si stringe le tempie con le mani e non smette di lamentarsi. Non che abbia bevuto così tanto, dice, *aber es hat gemischt*. La saldatrice è nuovissima, la maneggia quasi fosse un'icona, ma accetta di prestarla se gli fornisco dei buoni di benzina per il suo camioncino. Affare fatto. Ritorno dunque dal fabbro, che pare d'accordo. Dalla folla, fitta come prima, partono grida d'incoraggiamento; la gente è felice di vedere che le cose avanzano. Ma quando passiamo a parlare di prezzo, la musica cambia. L'uomo vuole cinquemila dinari, cioè un prezzo esorbitante, senza alcun rapporto rispetto al lavoro. Anche lui lo sa bene; ma qui la ferraglia è merce rara, e lo Stato gli prenderà almeno la metà dell'incasso. Rientra in officina rattristato e i presenti si disperdono. Io ho perduto la mattinata e lui pure, ma come serbargli rancore? Che fare quando manca tutto? La frugalità eleva la vita, certo, ma questa penuria continua l'addormenta. Non la nostra, però; potremmo fare a meno del portabagagli, potremmo rinunciare anche alla macchina, o a tutti i nostri progetti per andarcene a meditare in cima a una colonna... senza per questo minimamente rimediare ai problemi del fabbro.

Prilep è una piccola città della Macedonia, nel centro di un cerchio fatto di montagne fulve, a ovest della valle del Vardar. La via di terra che proviene da Velez l'attraversa e si interrompe quaranta chilometri più a sud, davanti a una barriera di legno coperta di rampicanti; è la frontiera greca di Monastir, chiusa da dopo la guerra. Verso ovest, dei sentieri difficilmente praticabili portano alla frontiera albanese, poco sicura ed ermeticamente serrata.

In mezzo alla sua cintura di campi coltivati, Prilep sfoggia le pavimentazioni nuove delle sue strade, innalza due minareti bianchi di bucato, facciate dai balconi panciuti rosi dal verderame e lunghe gallerie di legno dove si mette a seccare, durante il mese d'agosto, uno dei migliori tabacchi del mondo. Sulla piazza Grande, tra i vasi bianco e oro della farmacia e la locale tabaccheria, un miliziano, l'arma a riposo, sonnecchia davanti al negozio Libertà. Le due locande rivali si fronteggiano nel fracasso degli altoparlanti dello Jadran, che diffondono tre volte al giorno l'*Inno dei partigiani* e il notiziario, senza peraltro svegliare i contadini addormentati nelle loro carrette.

Il forestiero che per una notte abbandona la testa sui cuscini del Macedonia, oltre alla solita pulce, conserverà il ricordo di una borgata spensierata, percorsa da asini girovaghi, profumata di tabacco appassito e di melone troppo maturo. Se poi si trattiene, si accorgerà che tutto è assai più complicato, perché da mille anni in Macedonia la storia si adopera a creare contrasti fra le razze e i cuori. Per generazioni gli ottomani

hanno diviso per regnare, mettendo gli uni contro gli altri i paesani schiacciati dalle tasse. Quando l'Impero turco si è indebolito, le "grandi potenze" gli hanno dato il cambio; ed era ben comodo, questo paese bruciato dove si poteva dare sfogo ai propri litigi per interposta persona. Si armavano i terroristi o gli antiterroristi, i clericali o gli anarchici, e tanto peggio per i macedoni se non riuscivano nemmeno a respirare.

A Prilep si trovano turchi installati in città dai tempi di Solimano, che vivono tra di loro, si aggrappano alla loro moschea o ai loro campi sognando solo Smirne o Istanbul; bulgari che, durante la guerra, la Wehrmacht arruolava a forza e che non hanno più neppure di che sognare; rifugiati albanesi e greci dell'armata di Markos, dallo statuto incerto, che aspettano all'osteria l'elemosina della giornata; i papaveri del Partito, che tengono assemblea sotto i moschicidi dello Jadran, senza risparmiare sui bicchierini; e contadini macedoni silenziosi e duri che piegano la schiena e pensano a ragione che da sempre sono loro a pagare le spese. Per arricchire questa Babele in miniatura, aggiungiamo anche la caserma, subito all'entrata della città, dove i coscritti venuti dal Nord non comprendono un'acca del dialetto locale e danno un'occhiata furtiva alle fotografie di fidanzate o genitori rimasti al villaggio.

Sopra un versante soleggiato, a un quarto d'ora di cammino, si trova il sito di un'antica città. Si chiamava Markovgrad. Quando la sorgente che l'alimentava si è esaurita, gli abitanti l'hanno abbandonata per costruire Prilep. Vi si possono vedere un battistero e vari conventi del XIV e del XV secolo. Quasi tutti chiusi a doppia mandata o trasformati in alloggi a buon mercato dove asciugano i bucati stesi al sole. Ma nessuno a Prilep vi darà chiarimenti su questa faccenda; sono tempi andati.

Da quando ci ha incontrati, il vecchio Matt Jordan ci sta alle calcagna. Si apposta nell'ombra dei portici per tagliarci la strada o ci intercetta al caffè per spiattellarci in uno slang malinconico dei ricordi che non hanno mai l'aria della verità. *"One day, I will tell you my big secret... nobody knows... sssttt!"* Un segreto politico a quanto sembra, tale da far vacillare il paese; e ci tira per le maniche con quello sguardo elemosinante dei mitomani che hanno bisogno di far credere alle loro frottole per poterne godere pienamente. So dall'albergatore che sono stati i poliziotti a radergli così la testa, nella prigione locale, dove ha appena trascorso una settimana per aver profetizzato contro il regime. Per molti aspetti la sua amarezza è comprensibile, ma lui non ce l'ha tanto col regime, bensì con la vita in genere. Col suo cranio a pan di zucchero, il colorito di pietra pomice, gli occhi infossati, brilla letteralmente di malasorte; al punto da domandarsi se non ricopra per caso in città qualche ruolo sacro, concentrando su di sé tutte le forme della scalogna. Eppure, tutto il santo giorno non ha altro da fare che scaldarsi al sole. Possiede anche un pezzetto di giardino, e una casa dove, a forza di suppliche e d'insistenza, è riuscito infine ad attirarci.

Lugubre villetta circondata di acacie, che odora di cure dentistiche della mutua. Matt ci attende sul gradino dell'ingresso per stringerci la mano, poi ristringerla una volta varcata la soglia, com'è l'uso di qui. Appena seduto, rimpiango di essere venuto. Le imposte sono accostate, la stanza illuminata a petrolio dà su una cucina oscura dove sentiamo sussurrare e masticare. Dei vicini entrati dal giardino vi penetrano per uscirne subito dopo con le gote gonfie, passando davanti a Matt che moltiplica i suoi salamelecchi. È al settimo cielo per essere il centro di questo andirivieni smorzato; è il banchetto funebre di suo padre, che dura senza soste già da due giorni. Quando ci giudica sufficientemente edificati dalla sfilata, batte le mani e due ragazzetti mingherlini vengono fuori dall'ombra per baciarci le mani. Sono i suoi figli. E subito rifila loro qualche colpetto tra le costole perché biascichino due parole di inglese. Visibilmente hanno paura del vecchio. Non osano mai guardarlo in faccia. Il più piccolo riesce a svignarsela col pretesto di dover apparecchiare, ma il grande, che non ha avuto la stessa idea, rimane sotto torchio. Siccome suo padre non lo lascia andare a scuola, nonostante abbia già passato i tredici anni, trascorre le giornate intento in un lavoro di cucitura, che è obbligato a mostrarci all'istante. Si tratta di un'enorme bandiera della Serbia, sulla quale è scritto in lettere di feltro: LOVE THY KING... LOVE THY COUNTRY. Un ricamo di lana, appiccicato e maldestro, circonda il motto. Matt gli accarezza il capo pavoneggiandosi, finché il ragazzo, vergognoso per quelle occupazioni da femmina, non scappa via con le lacrime agli occhi e il lavoro sottobraccio.

Si passa a tavola. Cavolo acidulo, zuppa di pane, patate granulose che devono essersi inacidite nel terreno per effetto di un maleficio. È tanto che riesca a inghiottirne un boccone; tutto il piatto puzza di morte. E però dobbiamo costringerci, perché in cucina una mezza dozzina di terribili vecchie con ciuffi scarmigliati che fuoriescono dagli scialli neri si tengono strette attorno alla tavola da almeno due ore, e scherzano mangiando del cassoulet. Sono le prefiche. Non ho capito bene se il corpo si trova ancora in casa, ma non ho alcuna voglia di essere illuminato. Matt ha riempito i nostri bicchieri con un liquido trasparente e ci invita a bere.

"*Home-made whisky*," precisa sorridendo con tutte le gengive. È un torcibudella mortifero, senza calore né colore, e sempre con quella puzza dolciastra che inonda la bocca di saliva e che l'anima, da sempre e con fondamento, non può associare che alla malasorte. Adesso oso appena guardare verso la cucina, nel timore di vedervi una di quelle vecchiacce cavalcare una scopa.

Ora che abbiamo varcato la sua soglia e mangiato il suo

pane, Matt ci ha incastrati per almeno un'ora. Il tempo di sottoporci certi documenti "confidenziali": cartoline di inizio secolo, tram verdi sotto i primi grattacieli, *Garden party at Belle-Isle, Michigan*, donne in stivaletti sotto alberi di aranci. Poi fotografie: un giovane in uniforme su uno sfondo d'ombre lussuose.

"Io a West Point."

Ma a guardarli più da vicino, quei galloni somigliano moltissimo a quelli dell'Esercito della Salvezza. Rieccolo, accanto a un tizio dal cappello a cono, al banchetto annuale di un club di maghi; quel viso livido in seconda fila, con una guancia smangiata dall'ombra, è Chaplin.

Dacché ci crede ormai "gabbati", non ha più riguardo per la verosimiglianza; le storie si succedono, una più folle dell'altra: la polizia lo spia giorno e notte, lui cospira, il vero Tito è morto da un pezzo. Del resto, ecco le prove: sono, nascosti in una vecchia scatola di biscotti, degli auguri di Natale, su cui si può leggere per esempio: *Merry Xmas 1922 from Mr & Mrs Boshman*.

Il sopraggiungere di una visita interrompe la penosa seduta. È un pastore metodista che viene a dare la benedizione al defunto. Una breve occhiata gli è sufficiente per comprendere la situazione.

"Vedo che il nostro amico Matt è ripreso dai suoi grilli," dice in tedesco.

Il pastore ha studiato a Zurigo e sembra avere la testa a posto, o quasi, ma la vecchiaia, la solitudine, l'esercizio di un ministero appena tollerato l'hanno reso più timoroso di uno scarafaggio. Ci sono alcune famiglie di metodisti a Prilep, e una mezza dozzina disseminate nel Kosovo. Lo interroghiamo sulla parrocchia, che è più grande di una provincia, ma senza ricavarne null'altro che una stanca allusione a Sodoma e Gomorra.

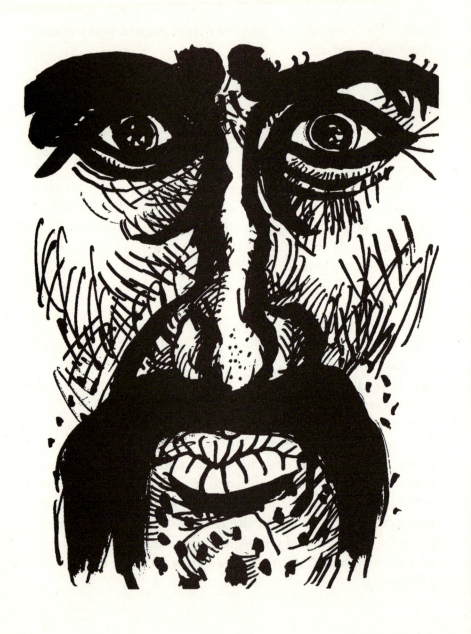

Mi chiedo se nella vendemmia delle anime i suoi concorrenti abbiano più successo di lui: il pope che spulcia prudentemente i suoi sermoni e paga dazio alla cassa del Partito; l'imam musulmano che, a sera, sulle soglie delle case, pesca nella tabacchiera dei suoi fedeli coltivando una fede resa più fragile dall'esilio, e i marxisti che, con la corale, il DDT e la nuova piscina fanno senza troppe difficoltà nuovi proseliti. Ognuno, con i mezzi a sua disposizione, combatte il credo degli altri; esiste però un'idea che li accomuna: Bog[3] ha abbandonato la città.

"Se volete conoscere Prilep," continua il ministro, "ecco un proverbio locale: tutti sospettano di tutti ma nessuno sa chi è il Diavolo."

E i due vecchi soffocano dalle risate nei loro fazzoletti.

"Non andate a trovare il pope," mi ha detto l'albergatore, "non è un uomo intelligente."

Non è certo la sua intelligenza che mi interessa, quanto la sua funzione. Egli rappresenta il sacro, e il sacro – così come la libertà – bisogna sentirlo minacciato per preoccuparsene. Inoltre, il pope porta avanti un commercio di ceri la cui fiamma tremula si associa facilmente a tutto ciò che si desidera, e custodisce le chiavi di una chiesa in legno dove regnano penombra e silenzio. Per aprirla, egli tormenta a lungo una serratura rumorosa, grande come un forno, vi alleggerisce di un po' di soldi e poi vi lascia nell'azzurro, l'oro scurito e l'argento. Non appena l'occhio si è abituato al buio, distingue, al di sopra dell'altare, un gallo di legno, tronfio e patetico, con le ali spiegate e il becco aperto a cantare il tradimento di san Pietro. Qualcosa insieme di caldo e di vinto: come se il peccato, l'infanzia e le debolezze umane costituissero un capitale di cui Dio, grazie al perdono, incassa gli interessi.

La moschea dei turchi esprime maggiore serenità nell'adorazione. È una costruzione tozza, incorniciata da due minareti dove nidificano le cicogne. L'interno è intonacato a calce, i lastroni del pavimento sono coperti di tappeti rossi, i muri decorati da versetti coranici su ritagli di carta.

Una frescura affabile e un'assenza di gravità che non esclude però una certa grandezza. Niente, come nelle nostre chiese, suggerisce il dramma o l'assenza, e tutto indica tra Dio e l'uomo una filiazione naturale, fonte di candore di cui i credenti sinceri non hanno finito di rallegrarsi. Una sosta in quell'edificio, con i piedi nudi sulla lana ruvida, fa l'effetto di un bagno di fiume.

Qui a Prilep i turchi sono poco numerosi ma ben organizzati. È grazie a Eyub, il barbiere, che siamo entrati nella loro comunità. Ha la nostra età e sa qualche parola di tedesco. Abbiamo fatto amicizia. Da quando gli abbiamo detto di amare Smirne, di cui la sua famiglia è originaria, insiste per rasarci a volontà. Ogni due giorni andiamo dunque a sederci, tutti insaponati, nella poltrona di cuoio spaccato, di fronte alle oleografie di Istanbul che incorniciano lo specchio. A poco a poco ci siamo fatti accettare e l'altro giorno Eyub e i suoi amici ci hanno invitati a passare la domenica nei campi insieme a loro. Vino, musica, noccioline... saremmo andati con un carretto... avremmo avuto anche un camoscio preso di frodo dal mugnaio. Tutto ciò ce lo spiega a gesti, perché il suo tedesco non va così lontano nel paese delle meraviglie.

Allo spuntar del giorno, ci siamo ritrovati all'uscita della città insieme a una quantità di sconosciuti che ci conoscevano – questo significa "essere stranieri". *Salaam* rochi, completi blu, cravatte a enormi bolli, belle facce insanguinate dal rasoio mattutino, e una carretta piena di roba da mangiare in cui erano riusciti a trovare posto un violino e un liuto. Più in là, un ragazzino reggeva due biciclette verdi e violette prese in prestito da Eyub per onorarci. Riunitasi la compagnia al completo, ognuno – come è d'uso qui la domenica – ha liberato la colomba che aveva portato; poi abbiamo imboccato la strada di Gradsko sopra le biciclette variopinte, seguiti da una carrettata di festanti.

Le biciclette sono rare qui. Un lusso che solo i ricchi possono permettersi, e un inesauribile argomento di conversazione. Al caffè, si sentono uomini posati discutere con passione riguardo alle marche, alla morbidezza della sella o alla durezza dei pedali. I fortunati che ne hanno una la dipingono in diversi toni ben studiati, passano delle ore a farla splendere, la parcheggiano nelle loro camere, a fianco del letto, e se la sognano.

Dopo qualche chilometro siamo passati per lo squarcio di una gialla siepe di mirabelle, sbucando in un ampio prato orlato di pioppi. In fondo al prato, davanti al suo mulino, il mugnaio, seduto alla turca, stava finendo di riparare la macina. Aspettava la compagnia per risistemare la pietra, che doveva pesare un trecento chili. In sei l'abbiamo rimessa nel suo alveo; poi il mugnaio ha regolato la caduta dell'acqua, versato il grano, e il macinato ha cominciato a imbiancare le travi. Poi ha steso alcune pelli sull'erba, attorno a una cesta di pomodori e cipolle, e ha riempito di raki una caffettiera di smalto blu. Seduti sui calcagni, abbiamo cominciato subito a far festa, mentre Eyub, col liuto tra le cosce e le vene del collo gonfie per lo sforzo, ci cullava con singhiozzi acutissimi. Il tempo era ottimo. Durante le pause sentivamo come un sospiro nel fondo del mulino: era il paiolo, nel quale il camoscio cuoceva a fuoco lento sopra un letto di melanzane, che lanciava verso il cielo autunnale uno sbuffo di vapore.

Le grida, i ritornelli, gli *amane*[4] stridenti del barbiere che si sentivano fin a Gradsko attiravano sul nostro prato tutti i cacciatori a zonzo nei dintorni. Quelli musulmani raggiungevano il nostro cerchio, si infilavano subito un peperone in bocca e sparavano qualche colpo a pallettoni in segno di soddisfazione. I macedoni, accolti meno bene, si sedevano un po' distanti su qualche ceppo, con la carabina tra le ginocchia, acchiappavano al volo le sigarette che il mugnaio lanciava loro e tiravano a parte – timido tentativo di comunicazione – una o due salve solitarie. Il raki non smetteva più di circolare. Bisognava bere alla salute dei turchi, alla nostra, a quella dei cavalli, e alla confusione di greci, albanesi, bulgari, miliziani, militari e altri senza Dio. Tutte le rogne in corso tra le colline di Macedonia si appagavano in parole di un'oscenità vertiginosa.

Era una domenica ben riuscita. Il mugnaio, allegro, ha caricato il fucile e fulminato a bruciapelo la metà delle sue galline, che poi è andato, tutto barcollante, a spiumare nel mulino, mentre i compagni, con un sorriso da eletti sulle labbra, si passavano dei fucili che ben presto si misero a tirar salve in ogni direzione.

Ripulito il camoscio fino all'osso, ci siamo tutti sdraiati nel trifoglio per una di quelle sieste in cui potresti sentire la Terra spingerti sulla schiena. Verso le sei, siccome nessuno dei dormienti si muoveva, noi due siamo rientrati a Prilep. Le biciclette risplendevano di mille scintille. Avevamo le gambe a pezzi ma la testa libera, e una gran voglia di lavorare. Eravamo soddisfatti della pedalata in campagna, con lo stomaco pieno; e niente vale lo spettacolo della felicità per rimettervi in sesto.

I turchi facevano bene ad approfittare della domenica e dei campi, perché in città i prileppesi rendevano loro la vita difficile. I macedoni, che si dicevano sfruttati da Belgrado, si rifacevano su questo islam che nei tempi andati avevano duramente subìto. A torto, naturalmente; perché i pochi turchi della città formavano una famiglia candida e molto unita, la cui anima era meno esasperata della loro.

Tra minareti e giardini salvifici, formavano uno spazio agreste ben difeso contro ogni incubo; una civiltà del melone, del turbante, del fiore di carta argentata, della barba, del randello, del rispetto filiale, del biancospino, dello scalogno e della scoreggia, con un gusto assai vivo per i frutteti di prugne, dove a volte un orso, ubriaco dell'odore dei nuovi frutti, veniva la notte a buscarsi qualche formidabile colica.

Gli abitanti di Prilep preferivano tuttavia tenerli a distanza, privarsi dei loro servigi e vessarli discretamente, come tutte quelle popolazioni che, avendo sofferto molto, si fanno giustizia in ritardo, nel momento meno opportuno e senza alcuna considerazione del proprio interesse.

Il dialetto macedone comprende parole greche, bulgare, serbe e turche, senza contare i vocaboli locali. La parlata è più veloce rispetto al serbo, l'interlocutore meno paziente; il che vuol dire che le poche frasi apprese a Belgrado non ci portano lontano. Quando il costruttore di casse da morto chiede l'ora a Thierry è sempre la stessa storia; questi fa segno che non sa dirgliela e mostra il quadrante; l'altro, che non sa leggerla. Almeno per ciò che non sappiamo fare c'è sempre maniera d'intendersi.

Mentre sta piallando alcune tavole, il venditore di bare discute con l'amico che occupa il negozio di fianco e che, per felice concorso di circostanze, giustamente fabbrica fucili. La morte non compare nelle loro conversazioni, punteggiate da scoppi di risa e da quelle parole che, a forza di ritrovare scritte per esteso o in pittogrammi nei pisciatoi, si finisce per apprendere. Quanto alle bare, si tratta di semplici graticciate di listelli coperti di legno compensato o anche di cartone magnificamente decorato. Arancio, nero e blu con grandi colate d'oro e croci trifogliate dalla verniciatura d'argento. Una paccottiglia sontuosa che un bambino romperebbe con un calcio. Ma qui dove gli alberi sono così rari, che senso avrebbe portarsi del buon legno sottoterra?

A forza di lavorare per la morte, il falegname finisce per

rassomigliarle. All'ora della siesta dorme steso su una tavola sostenuta da due cavalletti, col mento per aria e le grosse zampe raccolte sullo stomaco. Lo si vede appena appena respirare. Persino le mosche ne sono ingannate. La tavola è stretta: se si muovesse cadrebbe, e cadendo potrebbe morire.

Nei giorni di festa espone la sua mercanzia sulla strada, come il fioraio o il pasticciere. Ce n'è per tutti i prezzi e tutte le età. L'esposizione è un po' macabra, ma nessun'altra in città è più colorata. Qualche volta si ferma una contadina vestita di nero, mercanteggia vivacemente e riparte con passo deciso, una piccola cassa sotto il braccio. Tutto ciò non turba gli animi, perché qui la vita e la morte si affrontano ogni giorno come due megere, senza che nessuno intervenga per rendere meno amara la spiegazione. I Paesi duri che recuperano il tempo perduto non conoscono accomodamenti. Qui, quando un viso non sorride, è perché sonnecchia o digrigna i denti. Gli istanti che non sono già consacrati alla fatica o alle preoccupazioni, li si riempie subito di soddisfazione, come lo scoppio di un petardo che deve sentirsi da lontano. Non si trascura nulla di ciò che aiuta a vivere; e di qui l'intensità della musica, che è una delle più forti del paese: quelle voci tese, inquiete, all'improvviso piene di sole; e quella specie di urgenza imperiosa che precipita i musicisti verso i loro strumenti. In breve, uno stato perpetuo d'allerta... una guerra in cui non si deve sprecare nulla, né dormire.

Avevo tutto il tempo di pensare durante la notte, alle prese con le pulci. Ne ero divorato. In città ne vedevo dappertutto: il salumiere si piegava per tagliare il formaggio... una pulce gli usciva dalla camicia, gli passava sulla mascella senza che lui battesse ciglio, ridiscendeva per il pomo d'Adamo e spariva sotto la flanella. L'avessi persa di vista un solo istante, non avevo che da rassegnarmi; me la prendevo io. A sera, scostando il lenzuolo, mi volava addosso una nube rossastra, contro la quale né il DDT né l'acqua usata senza sprechi avevano effetto. Dall'altra parte della stanza Thierry, con le mani dietro la nuca, trascorreva senza una puntura le sue dieci ore di sonno.

Quegli insetti, il vino troppo pesante che avevo bevuto per abbruttirmi un po' o la sola felicità di essere partito mi svegliavano prima dell'alba. La camera era immersa nell'ombra e nell'odore di acquaragia e pennelli. Sentivo Thierry, rannicchiato nel suo sacco, sognare ad alta voce: "...Non andate a farla sul mio quadro... eh... stupide mosche!". Si era rimesso a dipingere con una calma di cui ero invidioso – io invece, ero ancora fermo a dei simulacri panici di scrittura, tremulo davanti ai miei appunti come un ragazzino davanti a un poliziotto. Scendevo le scale, con le scarpe in mano. Stomaco chiuso, tutto nervi, calpestavo la polvere fredda delle strade che un profumo di pietra venuto dalle montagne spazzava via a ondate. Il giorno non era ancora spuntato ma delle forme grigie e piegate lavoravano già nei campi di tabacco. Si sentivano asini ragliare attorno alla città, il canto dei galli sui bordi dei sentieri, poi i piccioni sulla cima dei minareti, mentre il sole toccava le prime creste. Si sorprendeva allora una città navigante nei vapori di settembre con un candore adorabile, e una sorta di determinazione nuova. Ben volentieri la perdonavo per le sue pulci, la sua apatia, la sua doppiezza e le paure represse, per augurarle un avvenire migliore.

Rientrando attraverso il cortile dell'albergo, mi imbattevo nella cameriera incaricata di svuotare i pitali. Un donnone ben in carne, tozza e rossa, piantata su larghi piedi nudi, che trasportava merda parlando da sola, e mi salutava incrociandomi con una vivacità rauca e mattutina. Un giorno che le avevo inavvertitamente risposto in tedesco si fermò bruscamente, posò a terra i secchi che debordarono e mi sorrise, scoprendo i denti rotti. Avrei preferito che mollasse un po' più in là la sua zavorra, ma il suo sorriso era davvero molto

bello, con qualcosa di femminile e sbarazzino, quasi di sorprendente su quella specie di grugno.
"*So... du bist Deutsch?*" fece lei alzando le sopracciglia.
"No."
Le mani che incrociava sul grembiule avevano perduto le unghie e io notai pure che quelle dei piedi erano brutalmente schiacciate.
"*Ich bin Jüdin und Makedonin,*" disse, "*...aber Deutschland kenn ich gut. Drei Jahre...*" E mostrò tre dita. "*Während des Krieges, im Lager Ravensbrück... sehr schlecht, Kameraden kaputt. Verstanden?... aber Deutschland kenn ich doch gut,*" concluse con una sorta di soddisfazione. In seguito, non ci incontrammo mai senza che lei mi facesse un segno o una strizzata d'occhi d'intesa; avevamo visto entrambi la Germania – pure in circostanze così diverse –, avevamo almeno questo da condividere. Né mai più sono riuscito a dimenticare questa donna, né il suo modo di manipolare i ricordi. Superato un certo grado di durezza o di miseria, la vita a volte si risveglia e cicatrizza ogni cosa. Il tempo passa, la deportazione diventa una sorta di viaggio, e anche, grazie a quella facoltà quasi terrificante che ha la memoria di trasformare l'orrore in coraggio, un viaggio di cui si riparla volentieri. Tutte le maniere di visitare il mondo sono buone, a condizione che si ritorni. Un paradosso assai mortificante per quelli che erano stati un tempo i suoi carnefici: il soggiorno in Germania era diventato il suo principale motivo di orgoglio; un'avventura che potevano invidiarle tutti gli sventurati di Prilep, che si erano dovuti accontentare di essere perseguitati a casa loro.

A mezzogiorno: una cipolla, un peperone, pane nero e formaggio di capra, un bicchiere di vino bianco e una tazza di caffè turco amaro e untuoso. La sera, gli spiedini di montone e il piccolo lusso del goccetto d'acquavite di prugne sotto i sorbi aumentano un po' il prezzo del pasto. Aggiungendo le eccellenti sigarette locali e la posta, ecco la vita per due a settecento dinari al giorno.

Per quanto riguarda la sete, il meglio è ricorrere alle angurie, scelte facendole crocchiare contro l'orecchio. Dell'acqua, bisogna non fidarsi. I prileppesi in ogni caso non tengono in gran considerazione la loro, trovandole un gusto povero e comune. Io non ho davvero notato nulla, ma chi nei nostri climi si preoccupa del sapore dell'acqua? Qui è una fissazione; vi spingono a fare dieci chilometri a piedi per una sorgente dove l'acqua è eccellente. La Bosnia, ad esempio, che non è troppo amata, onestamente bisogna riconoscere che possiede un'acqua incomparabile, che rinvigorisce ecc., e segue un silenzio sognante, e le lingue schioccano.

Ci sono altre cose a cui bisogna stare attenti: i frutti ammaccati visitati dalle mosche, certi pezzi di grasso che, d'istinto – anche a rischio di offendere – è meglio lasciare nel piatto, delle strette di mano dopo le quali – per via del tracoma – si fa attenzione a non sfregarsi gli occhi. Avvertimenti, ma nessuna legge: nient'altro che una musica del corpo, persa da tanto tempo, che si ritrova a poco a poco, e a cui bisogna accordarsi. Non dimenticare neppure che il cibo locale contiene i suoi antidoti – tè, aglio, yogurt, cipolle – e che la salute è un equilibrio dinamico costituito da un susseguirsi di infezioni più o meno tollerate. E quando non lo sono, si paga un radicchio sospetto o un sorso d'acqua inquinata con giornate di coliche-ciclone che vi precipitano, fronte imperlata di sudori, nei gabinetti alla turca, dove alla fine ci si rassegna a rimanere del tutto, nonostante i pugni che martellano la porta, tanto brevi sono le tregue che vi accorda la dissenteria.

Quando mi ritrovo così svigorito, allora la città mi attacca. Tutto accade all'improvviso; e bastano un cielo basso e un po' di pioggia per trasformare le strade in pantani, il crepuscolo in fuliggine, sicché Prilep, poco prima così bella, si disfa come pessima carta. Tutto quello che può contenere di informe, di nauseabondo, di perfido appare con un'acuità da incubo: il fianco ferito degli asini, gli occhi febbricitanti e le giacche rattoppate, le mascelle cariate e le voci aspre e prudenti, modellate da cinque secoli di occupazione e di complotti. E fino alle budella viola della macelleria, che hanno l'aria di gridare aiuto, come se la carne potesse morire due volte.

Innanzitutto, com'è logico, io mi difendo col risentimento. Mentalmente, purifico la strada con l'acido, cauterizzo. Poi provo a opporre l'ordine al disordine. Barricato nella mia camera, spazzo il pavimento, mi lavo fino a togliermi la pelle, termino laconicamente le lettere in attesa e riprendo il mio lavoro sforzandomi di espungerne la retorica, le rabberciature, i trucchi: tutto un modesto rituale di cui non si calcola probabilmente l'antichità, ma si fa quel che si può.

Quando ci si comincia a rimettere, è per vedere dalla finestra, nel sole della sera, le case bianche che fumano ancora dopo l'acquazzone, il dorso delle montagne steso in un cielo nitido e l'esercito delle piante di tabacco che circondano la città con le folte foglie rassicuranti. Ci si ritrova in un mondo solido, nel cuore di una grande icona argentata. La città si è ripresa. Forse era solo un sogno. Per dieci giorni la si riama; fino alla prossima ricaduta. Ed è in questo modo che essa vi vaccina.

Il viaggio fornisce occasioni per darsi una mossa, ma non – come si potrebbe credere – la libertà. Piuttosto fa provare una specie di riduzione; privato del suo contesto abituale, spogliato delle sue abitudini come di un voluminoso imballaggio, il viaggiatore si trova ridotto a più umili proporzioni. Più aperto anche alla curiosità, all'intuizione, al colpo di fulmine.

Così, una mattina, senza sapere perché, ci mettemmo a

seguire una puledra che un contadino aveva appena lavato nel fiume. Una puledra alta sulle zampe, con gli occhi simili a castagne nel guscio socchiuso e un mantello senza difetti, sotto il quale i muscoli si muovevano con grazia suprema. L'essere più femminile incontrato in Jugoslavia. Per strada, i negozianti si voltavano a guardarla. Con i piedi al fresco nella polvere l'avevamo seguita in silenzio, come due vecchi "donnaioli" completamente partiti, col cuore in gola. Ci eravamo letteralmente lustrati gli occhi. Perché l'occhio ha bisogno di questo genere di cose intatte e nuove che si trovano solamente nella natura: i gonfi germogli del tabacco, l'orecchio serico degli asini, il guscio delle giovani tartarughe.

Qui la natura si rinnova con tanta forza che l'uomo, al paragone, appare senza età. I volti si induriscono e si alterano subito, segnati, come marchiati: bruciati, cicatrizzati, guasti per la barba, il vaiolo, la fatica o i pensieri. I più taglienti, i più belli, persino quelli dei ragazzi, sono come se un'armata di stivali ci avesse camminato sopra. Non si vedono mai, come accade da noi, quei visi lisci, paciosi, inesistenti a forza di salute e sui quali tutto ancora rimane da scrivere.

Solo i vecchi possiedono una certa freschezza, una freschezza di secondo grado, conquistata sulla vita.

Allo spuntar del giorno, nei giardinetti che circondano la città, ci si imbatte in musulmani dalle barbe curate, seduti su una coperta stesa tra piante di fagioli, aspirano in silenzio l'odore della terra e gustano la luce nascente con quel talento nel profittare di quei momenti ben chiusi, di raccoglimento e di felicità, che l'islam e la campagna sviluppano con tanta sicurezza. Quando si accorgono di voi, vi lanciano un richiamo, vi fanno sedere, tirano fuori un coltellino dalle brache e vi preparano una di quelle fette d'anguria che lasciano dalla bocca alle orecchie una traccia rosa e appiccicosa.

Così abbiamo incontrato il mullah della moschea, che conosce qualche parola di tedesco. Ci arrotola una sigaretta, poi si presenta cortesemente indicando il minareto. E noi?

"Pittore e giornalista..."

"*Ganz wie Sie wollen*, come vi piace," ribatte con cortesia il mullah, cui queste due professioni pure non dicono niente di buono, poi riprende la sua meditazione.

Un'altra mattina mentre ero accovacciato nel giardino municipale a fotografare la moschea, con un occhio chiuso e l'altro sull'obiettivo, ecco che qualche cosa di caldo, di rugoso e che puzzava di stalla, si spinge contro la mia testa. Ho pensato a un asino – ce ne sono molti qui, che hanno tanta familiarità da ficcarvi il muso sotto l'ascella – e perciò ho scattato tranquillamente la mia foto. Ma si trattava di un vecchio contadino avvicinatosi in punta di piedi per accostare la sua guancia alla mia e far ridere qualche compagno settanta-ottantenne. Si è allontanato piegato in due dalle risate; lo scherzo gli sarebbe bastato per l'intera giornata.

Lo stesso giorno ho intravisto dalla finestra del caffè Jadran un altro di quegli antenati col berretto di pelliccia, qualche seme di passa-tempo[5] impigliato nella barba, che, con aria incantata, soffiava su una piccola elica di legno. Dritto in Paradiso per innocenza di cuore!

Questi vecchi mattacchioni sono quello che c'è di più lieve in città. Man mano che incanutiscono e si piegano in due, diventano pertinenti, si caricano di distacco, sempre più simili a quegli omini che i bambini disegnano sui muri. Omini che mancano nei nostri climi, dove l'aspetto intellettuale si è tanto sviluppato a scapito del sensibile, mentre qui non passa giorno senza che ci si imbatta in uno di questi esseri pieni di malizia, d'incoscienza e di sapore, che trasportano fieno o rattoppano babbucce, e che mi fanno sempre venir voglia di aprire le braccia e scoppiare in singhiozzi.

Il fisarmonicista che, il sabato sera, anima le danze nel giardino del Macedonia se la cava abbastanza bene, ma il mantice bucato del suo strumento gli sbuffa sul viso un soffio di aria fredda che lo obbliga a suonare praticamente a occhi chiusi. Thierry gli ha prestato la sua fisarmonica: un "centoventi bassi" che avrebbe risvegliato i morti, e lui ha talmente suonato e bevuto che è stato necessario mettersi in molti, tra le risa, per riprendergliela prima che ci crollasse sopra.

Qui, come in Serbia, la musica è una passione. Ed è anche un "apriti sesamo" per lo straniero: se egli l'ama, avrà degli amici. Se poi la registra, tutti, persino i poliziotti, si daranno da fare per procurargli dei musicisti.

E così, a pochi giorni dalla partenza, il professore di canto è venuto di buon mattino a gridare sotto le finestre che era riuscito a chiudere nella sua aula il miglior suonatore di cornamusa del paese. L'abbiamo seguito, un po' imbarazzati. Non gli chiedevamo certo tanto, ma la cattura era stata notevole: un vecchio guercio e pelato, dall'occhio umido di malizia, che sonnecchiava sotto la lavagna con la cornamusa tra le ginocchia. Si chiamava Lefteria, che con l'aggiunta di una lettera significherebbe "libertà", e percorreva da trent'anni le strade di Macedonia suonando per nozze e battesimi. Con l'aria mortificata per essersi lasciato bloccare a quel modo dal professore, fu necessario invitarlo allo Jadran e pagargli quattro giri per indurlo alla composizione. Nel frattempo, una vera e propria corte si era riunita per ascoltarlo: il venditore di casse da morto, l'impiegato delle poste, il segretario del Partito: tutti ragazzi sulla trentina che lo trattavano con grande riguardo.

Il sole era allo zenit e il calore terribile. La cornamusa, che puzzava di untume della lana e di cuoio mal conciato, attirava miriadi di mosche che formavano aureole ronzanti sulle teste imperlate di sudore. Era fatta – questa cornamusa – della pelle intera di una pecora, terminante verso l'alto con un'imboccatura, e verso il basso con un bordone e uno zufolo a cinque fori sul quale le dita modellavano il getto di aria acida che la compressione faceva uscire dalla sacca. Il vecchio suonava una canzone di nozze che la sposa rivolge allo sposo superando la soglia della nuova dimora:

Tu m'hai separato da mio padre e mio fratello
Tu m'hai separato da mia madre
Ah! Perché mai t'ho amato?

Di solito le melodie macedoni hanno un qualcosa di sapiente e di ornato che ricorda le musiche di chiesa. Anche nelle più vigorose fluisce un po' di malinconia cristiana. Si dice che, all'epoca in cui tutto non era che rovi, i monaci dei conventi bizantini dovevano cantare i loro cantici e neumi con queste stesse voci roche, stridenti, sanguigne. Ma la cornamusa fa eccezione. Il suo uso non dev'essere granché mutato dal tempo degli Atridi. È antica, la cornamusa, e fatta per esprimere cose immemoriali: il grido della ghiandaia, la furia di un acquazzone, il panico di una ragazza inseguita. E certo è di Pan che si tratta, perché il cuore di chi soffia, il pelo e la pelle della sacca, l'imboccatura di corno, appartengono al suo regno. Il vecchio modulava sempre più velocemente. Noi eravamo davvero trasportati, e quando attaccò con la danza finale, simile a un cicaleccio imperioso uscito dal fondo delle ere, la sala era piena di gente e tutti i sederi, tutti i piedi del caffè seguivano il ritmo.

Da quel giorno, per farci piacere, l'operatore di Radio Prilep, che decide della programmazione come meglio gli aggrada, ci manda un po' di musica francese dagli altoparlanti sulla piazza. Nell'ora in cui il sole lascia la strada bollente e la città comincia a guardarvi con i suoi occhi pesti, i fremiti del quartetto di Ravel si librano tremuli sopra le carrette e i tetti, e noi gustiamo quel quarto d'ora di trasmissione "aristocratica" gentilmente offerta da un solido marxista.

C'erano molti militanti a Prilep. I più fortunati si drizzavano in bronzo nella polvere delle piazze, con la mano su un libro di partito, oppure risiedevano a Skopje, nel governo di Macedonia. Gli altri, e cioè qualche potentato della milizia il cui nome era pronunciato solo sottovoce, e un certo numero di giovani del paese, si erano bravamente gettati nella Resistenza, e sembravano, a tratti, smarriti per aver fatto la Rivoluzione.
Eppure non era la prima volta. Prilep non ha mai smesso di essere una città frondista che fa i propri colpi di Stato a livello comunale o distrettuale. Almeno a partire dal x secolo, gli uomini si sono dati alla macchia per delle sciocchezze, tenendo con onore delle montagne che a volte hanno conservato i loro nomi. Lo statuto d'irregolare era stato da sempre la soluzione degli scontenti. Ora era finita: da che la Resistenza aveva conquistato il potere non era più questione di darsi alla macchia. Ma tutto ciò costituiva il passato, e i comunisti locali non si occupavano del passato.
Li interessavano di più i giovani, e la propaganda, nella quale erano molto attivi. La corale: erano loro. La squadra di calcio, le competizioni domenicali, gli autobus pieni di sportivi dagli occhi foschi: ancora loro. Anche la nuova piscina, in un paese secco e bruciato, era valsa ai loro scopi. Fin dalle sei del mattino, i giovani vi si affollavano. E anzitutto ci si rallegrava di vederli così ben messi, muscolosi persino nelle mascelle. Poi si scopriva in molti quell'aria di giovani bruti tutti uguali, di futuri poliziotti. Ci mormoravamo allora le

parole "Stato macchina", e questa formula trita serviva ad acquietarci un po' l'animo... fino a che non ci accorgevamo che – dopotutto – poteva suonare ben seducente a una gioventù che non aveva ancora avuto né macchine né Stato.

La vigilia della nostra partenza per la Grecia, Eyub, il barbiere turco, ci ha invitati a casa sua. Per mostrarci la sua radio. È una superba postazione, che dopo diversi anni di economie egli ha potuto ordinare a Salonicco, e che, a difetto d'oro massiccio, ha fatto ricoprire di specchi. Senza difficoltà ci ha rintracciato il segnale della Svizzera romanda... sono solo sei settimane da che siamo partiti e già la voce sostenuta e didattica dei nostri annunciatori ci fa sussultare. Quelle voci da dettato alla lavagna, così tipiche da noi. Oso appena aprir bocca, per paura di sentirmi. Mi chiedo quanto tempo ci occorrerà passare sulle strade e con quale canagliume mischiarci per perdere questo tono pastorale.

Eyub è contentissimo della nostra attenzione; ha fatto centro, la sua radio non l'ha tradito. Del resto, da lui tutto funziona a meraviglia: il caffè è bollente, l'asinello ben strigliato in cortile, e ci assicura che anche sua moglie è bellissima, il che dobbiamo credere sulla parola poiché da buona musulmana rifiuta di presentarsi.

"E suo padre?"

"*Er sitzt und raucht*, rimane seduto e fuma," risponde Eyub, completando l'immagine idilliaca che ci siamo fatti della famiglia.

Ritorniamo in albergo. La luna è alta nel cielo. Eyub ci accompagna e i suoi capelli sapientemente ondulati diffondono nell'oscurità ondate di un profumo di bacinella da barbiere appena appena nauseabondo. Nell'attimo in cui raggiungiamo l'altezza del giardino municipale dove il cinema locale proietta un western all'aperto, i fusibili della centrale saltano, la città si spegne come una candela, e lo schermo se-

gue la stessa sorte, con un gran brusio di frustrazione che sale dagli spettatori.
"*Elektricität Prilep...* extra – prima," sospira Eyub.
Noi, naturalmente, possiamo riderne: le valigie sono pronte e partiamo domani.

Note

[1] ULUS: associazione dei pittori di Serbia.
[2] Personificata da una ragazza di strada nelle cerimonie agli Champs de Mars.
[3] *Bog*: Dio in serbo-croato.
[4] Ritornello di origine turca che termina con le parole: *antan, antan.*
[5] Semi di girasole tostati.

La strada d'Anatolia

Frontiera greco-jugoslava

Quando si lascia la Jugoslavia per la Grecia, il blu – il colore dei Balcani – vi segue, ma cambia di natura: si passa da un blu notte un po' sordo a un blu marino di un'intensa gaiezza, che agisce sui nervi come la caffeina. Ed è una fortuna, perché anche il ritmo delle conversazioni e degli scambi si è nel frattempo di molto velocizzato. Avevamo preso l'abitudine di spiegarci lentamente – e magari due volte invece di una –, soffermandoci sulle parole tutto il tempo necessario perché sopraggiungesse la comprensione. Ma dalla frontiera tutto ciò diventa superfluo: l'interlocutore vi interrompe con un gesto impaziente a metà frase – ha già capito! –, e mentre voi parlate ancora, si è già lanciato in quella specie di pantomima irascibile che contiene la risposta.

A volte, anche, i greci capiscono più di quanto si vorrebbe: al posto di frontiera, per aver aggiunto al tono della mia voce un po' più di autorità del solito, sono stato trattato subito con quella particolare indulgenza riservata ai timidi.

Per i primi due giorni questa rapidità prende alla sprovvista. Si è in ritardo di almeno una battuta, o di un gesto; poi si riportano le proprie capacità intellettive a fior di pelle, ci si adatta, e comincia il divertimento.

Alexandropolis

Dopo la fornace della strada Salonicco-Alexandropolis, quale gioia sedersi davanti a una tovaglia bianca, sul piccolo molo dal selciato di ciottoli lisci e rotondi! Per un buon momento i pesci fritti brillano come lingotti nei nostri piatti; poi il sole si inabissa dietro un mare violetto, tirandosi dietro tutti i colori.

Penso alle lamentazioni che nelle civiltà primitive accompagnavano ogni sera la morte della luce e, all'improvviso, mi sembrano così fondate che mi aspetto di sentire alle mie spalle tutto il villaggio scoppiare in singhiozzi.

Ma no. Nulla. Devono averci fatto l'abitudine.

Costantinopoli

La mattina stessa del nostro arrivo avevamo trasbordato la macchina sulla sponda asiatica e gironzolavamo nei vicoli del quartiere di Moda alla ricerca di un alloggio che ci sembrasse quello giusto, quando ci fece voltare una voce debole ma imperiosa, che ci chiamava in francese. Era un donnone dai capelli di neve che portava una pesante spilla di ametista su un elegante vestito da lutto. Dall'alto della scalinata esaminava pensosamente il nostro bagaglio, quasi le ricordasse qualcosa, poi ci domandò cosa stessimo cercando. Glielo spiegammo.

"Ho chiuso la stagione la settimana scorsa, ma non ho mandato ancora via il personale e i viaggiatori mi piacciono abbastanza. Potete alloggiare qui da me." E col suo bocchino ci indicò al di sopra dell'entrata una piccola iscrizione in lettere dorate MODA-PALAS.

In silenzio, trasportammo il bagaglio attraverso una scura sala da pranzo vittoriana. Sulla credenza, un gatto color senape dormiva tra due sfavillanti teiere di Christofle. La camera, che dava su un giardino appassito, odorava leggermente d'inceratura e di signorile muffa. A eccezione di una cameriera, del caposervizio e di Madame Wanda, la proprietaria, l'albergo era deserto e, con tutte le sue imposte chiuse, intimidiva peggio di un sepolcro. Ci sorprendemmo già ad abbassare la voce, ma poiché il viaggio passava per il Moda-Palas non restava altro da fare che accettare. Su un lato, l'albergo si affacciava sul Mar di Marmara e l'Isola dei Principi, dove una volta si inviavano in esilio i pretendenti irrequieti. Sull'altro, si appoggiava a una collina dalla quale si scorgeva la riva europea distesa sotto un cielo violetto, la Torre di Pera e le costruzioni della Città Vecchia, con i loro glicini in fiore e le facciate scalcinate color legno sbiancato dall'acqua.

"Ma che sperate dunque di vendere qui?" chiese la vecchia guardando il registratore e il cavalletto.

"Un po' di pittura, degli articoli... forse una conferenza."

"E ditemi, siete fortunati in genere?"

"Fino ad oggi, sì."

"Qui, non lo sarete mai abbastanza, credete. È Madame Wanda che ve lo dice."

C'era nella sua voce come un'ombra di compassione.

Per una settimana battemmo la città. Thierry cercava un locale dove esporre i suoi disegni. Io giravo per le redazioni, la radio, i club culturali, per cercare di piazzare qualcosa. Provai anche al liceo francese di Üsküdar, nella speranza di trovarci degli studenti pasticcioni e delle lezioni. Senza risultato. Trottavamo per tutta la giornata, col sole che ci batteva forte sulla schiena, stretti in quei torridi completi di flanella che reputavamo indispensabili per il successo dei nostri tentativi. A sera, ci ritrovavamo sfiniti e a mani vuote, con la sola consolazione delle divertenti e singolari ortografie turche: *Fileminyon... Agno alobergine... Kudefer & Misenpli...*[1] che l'occhio, tra due visite, rilevava al volo sul menu di un ristorante o nella vetrina di un parrucchiere.

Un numero di café-concert che faceva in quei giorni furore in città ci sembrò in ultimo suonare a morto per i nostri modesti disegni. La canzone si intitolava *Kübik nikel Mobilialar...* Tutto un programma. In effetti, i borghesi di Istanbul non si interessavano minimamente di pittura moderna, né di reportage sull'estero. No, volevano roba di tutti i giorni. Dei mobili col nickel, appunto, e delle fulve cantanti ben messe, e interminabili, animatissime partite di tric-trac sotto i platani. Un po' di poesia, un bel po' da mangiare, macchine americane e il futuro così come si può leggere nei fondi del caffè. Quanto all'arte, erano convinti di aver già fatto ampiamente la loro parte; e non gli restava che guardare le loro meravigliose moschee – quella di Ali che è azzurra, quella di Solimano color tabacco, o quella di Ortaköy che è bianca e oro – per convincersene ancora di più; oppure, per misurare la considerazione in cui era tenuto un tempo il loro paese all'altro capo del mondo, andare a vedere nelle vetrine del Vecchio Serraglio le sontuose porcellane offerte dagli imperatori della Cina. Pensavano che fosse giunto il tempo di essere pratici e vi si mettevano allegramente. Era loro diritto, certo, ma i nostri affari pativano enormemente di questa fortuna. La città era cara; in capo a dieci giorni non avevamo ancora guadagnato un solo kurus.

C'eravamo ridotti ora alla pannocchia di mais abbrustolita o alla bettola dall'aspetto sinistro. Sulla riva asiatica queste non scarseggiavano di certo, e neppure le occasioni di prendersi delle infezioni fulminanti. Per prima cosa vi brucia la testa, poi un colorito giallastro vi sale dal fegato fino agli occhi, poi sopraggiungono interminabili attacchi di vomito, e la febbre. Vi rimane appena la forza di disdire gli appuntamenti del giorno seguente e di infilarvi nel letto; e da qui, per una settimana, avrete modo di contare i fiori della carta da parati, cercando di richiamare alla memoria il piatto che vi ha avvelenati. Ma per certi versi, quasi mi conveniva ammalarmi qui; una volta imboccate le strade dell'Anatolia, per almeno un mese non sarebbe stato più possibile.

Nei giorni in cui non disegnava, Thierry continuava caparbiamente a girare per la città come un giocattolo scassato. Lo vedevo uscire ogni mattina, con una camicia lavata da lui stesso che gli si asciugava addosso, e con i suoi disegni sottobraccio, che a poco a poco si coprivano di ditate indifferenti, e che lui stesso finiva per detestare a forza di mostrarli in circostanze tanto ingrate. Rientrava fuori di sé, e mentre si lavava così, in piedi nel catino, mi raccontava la sua giornata. Una responsabile di galleria che era riuscito a raggiungere dopo mille difficoltà e in cui nutriva molte speranze, gli aveva calorosamente spiegato come e perché a Istanbul un pittore dovesse necessariamente crepare di fame. Uomini d'affari che si dicevano collezionisti gli porgevano dieci lirette senza neppure degnare di un'occhiata il suo lavoro; ma quando lui, mortificato, offriva loro in cambio un disegno, essi si risvegliavano, inforcavano gli occhiali, paragonavano minuziosamente e sceglievano con molto acume il migliore e più costoso. Quanto al porta a porta presso i commercianti svizzeri di cui si era procurato l'indirizzo, gli riusciva appena meglio. Lo si faceva attendere come un venditore ambulante nel locale di servizio dove prendeva un tè con la cuoca – un'emigrata bielorussa o ucraina – che gli raccontava storie vertiginose guardando con tanto d'occhi i suoi schizzi. Ciò serviva almeno a far passare un po' di tempo, e a riposargli i piedi. La padrona rifiutava di comparire – un compatriota che ti viene in casa a quel modo per venderti certi suoi dipinti, a cinquemila chilometri da

Berna, si sa come comincia, ma non si sa come finisce –, infine gli faceva consegnare un po' di spiccioli che noi rimandavamo la sera stessa accompagnati da un biglietto corneliano, e assai insolente, di cui quelle brave massaie non dovevano capire un'acca.

Una persona che non si stupiva minimamente dei nostri insuccessi era la cameriera del Moda. Donna amara e fine, polacca come la sua padrona, portava sui capelli grigi uno di quei diademi inamidati che ancora si ritrovano negli *hôtel-palaces* di Montreux e svolgeva le sue faccende sempre con la sigaretta in bocca. Ogni mattina, dopo averci portato il tè, si sedeva sul bordo del letto e si faceva raccontare nei minimi particolari i nostri fallimenti del giorno prima. La camera era ancora grigia e si sentivano muggire i battelli del Bosforo. Lei mi ascoltava con gli occhi bassi, scuotendo la cenere sul piattino e salutando ogni triste dettaglio con un vigoroso cenno del capo. Gli è che le facevano quasi piacere tutte quelle difficoltà che raccontavamo, come riascoltare una canzone che si è già cantata molte volte. Ignoro quali questioni avesse avuto con la vita, ma le nostre le parevano assolutamente naturali e benigne. Ogni tanto si voltava verso di noi con un gesto di entrambe le mani che voleva significare: "Naturalmente!". Era il suo modo personale di incoraggiarci.

Passava le sue giornate nel locale sul retro, in compagnia di Osman, il caposervizio, a lucidare interminabilmente i bicchieri di metallo, i samovar e le teiere. La sera si mettevano in due a servire Madame Wanda, che cenava da sola, senza pronunciare una parola. Risciacquati i piatti, la raggiungevano entrambi per una partita di whist che si prolungava fino a notte fonda. Per quanto rientrassimo tardi, li trovavamo seduti e composti sotto il lampadario di seta gialla, assorti nelle loro carte e non alzando lo sguardo che per indicarci con un dito, laggiù sulla credenza, il piatto dei dolci al miele che avevano preparato per noi.

Io ero guarito, ma i nostri affari non accennavano a migliorare. Un lungo documento sulla Lapponia, corredato di foto, che avevo dovuto calligrafare in lettere maiuscole grosse come zollette di zucchero per un traduttore che ci vedeva pochissimo, mi aveva fruttato soltanto quindici lirette. Due pasti. Madame Wanda aveva ragione: Istanbul era una noce dura da schiacciare.

E la stagione avanzava. Nel vento dell'ovest si sentivano sparare i fucili dei cacciatori. Sui grandi terreni bruni che costeggiano la strada di Edirne, taxi vivacemente dipinti erano sparsi come sassi colorati, circondati da carabine, carnieri e grappoli di beccacce morte. I banchi dei pescispada dai riflessi turchese passavano silenziosamente gli stretti in rotta verso sud. I ricchi borghesi della città scendevano, in Cadillac zeppe di dolciumi, verso le loro proprietà di Brussa o di Smirne. Sulla riva asiatica, gli stornelli scherzavano teneramente tra i rami dei sorbi. Lungo le strette strade che salgono verso Moda, dentro taverne illuminate ad acetilene, i facchini e gli autisti, seduti davanti al loro latte cagliato, compitavano lentamente il giornale, lettera dopo lettera, facendo risuonare tutto il quartiere di un incantesimo mormorato e straordinariamente triste. L'autunno putrido e dorato che aveva colto la città ci toccava il cuore. È che il nomadismo rende sensibili alle stagioni: si dipende da esse, ci si trasforma nella stagione stessa, e ogni volta che essa lascia il posto alla seguente è come se ci si dovesse staccare da un luogo dove si è imparato a vivere.

Quella sera, mentre rientravo dalla sede del giornale, mi fermai davanti alla stazione di Haïdarpacha per guardare i treni che dormivano sui binari. Sopra i vagoni le scritte BAGHDAD... BEIRUT... O KONYA-ANADOLU. Qui regnava l'autunno, a Baghdad l'estate, e forse in Anatolia c'era l'inverno. Decidemmo di partire quella notte.

Al Moda-Palas, per una volta, i domestici erano già a letto. Preparammo in silenzio i bagagli. C'era ancora la luce accesa in camera della proprietaria. Passammo la testa attraverso l'uscio socchiuso per salutarla, e ringraziarla. Madame Wanda non ci vide subito. Era seduta e immobile in un letto a colonne, a fianco di un lume da notte acceso, e con un libro aperto davanti a sé – un Mérimée, mi ricordo –, di cui non voltava più le pagine. Del resto, mai l'avevamo vista del tutto sveglia e presente alla realtà, come se voci giungessero da un altrove per distrarla. La conoscevamo appena. Così la chiamammo piano piano per non spaventarla. Ci vide, vide i nostri vestiti da viaggio e disse: "Che Dio vi benedica, piccioncini miei... la Madonna vi protegga, pecorelle..."; poi si mise a parlare in polacco, a lungo, senza fermarsi, con inflessioni di una tenerezza così desolata che ci occorse del tempo prima di renderci conto che non ci guardava già più, e non si rivolgeva più a noi, ma a una di quelle ombre antichissime, e care, e perdute, che accompagnano le persone anziane in esilio e volteggiano in fondo alle loro vite. Chiudemmo la porta...

A meno di incontrare la pioggia, lasciando Istanbul verso le due del mattino, avremmo potuto raggiungere Ankara prima di notte.

Strada di Ankara, ottobre

A nord-est di Ankara la pista attraversa grandi altopiani, nudi come il palmo della mano. Per scorgere delle colture occorre abbassare lo sguardo: si trovano a un livello inferiore rispetto alla strada, in canaloni scavati e allargati dai torrenti. Sul fondo di questi imbuti di verde si vedono brillare salici e viti, un po' di bestiame – bufali e pecore – in movimento tra i mucchi di letame, qualche casa attorno a una moschea di legno, e pennacchi di fumo che salgono perpendicolari fino

all'altezza dell'altopiano dove il vento li piega e li disperde. A volte la pelle di un orso appena scorticato è messa lì a seccare, inchiodata contro la porta di un fienile.

Bisogna, dopo ore di guida, aver fatto una siesta sul fondo di queste piccole Arcadie ovattate per comprendere il senso della parola "bucolico". Stesi sul dorso tra l'erba che ronza d'api, guardiamo il cielo, e più niente, eccetto la velocità folle delle nuvole, ci ricorda la burrasca autunnale che per tutta la mattinata ci ha riempito le orecchie.

In quelle combe i villaggi sono ricchi e le colture ben curate. Ma non ci sfiorerebbe neppure l'idea di razziare una noce; e mai nessuno ce ne offrì una: devono essere contate sull'albero. Cosa ben naturale. Questa agricoltura in "isolotti", questi minuscoli campi lavorati creano dei contadini economi, e fino alla tirchieria. Dev'essere stato sempre così; in questa zona, negli scavi ittiti di Hattouscha-Bogasköy, si sono scoperti, su tavolette vecchie più di tremila anni, degli inventari di beni immobili di una minuzia toccante, che non trascurano neppure una singola pianta di luppolo, né un maialino appena nato.

Strada di Sungurlu

Solo una leggera differenza di materiale e la traccia lasciata dai camion distinguono la strada di terra dalla terra bruna che la circonda e si stende a perdita d'occhio. Con i piedi al caldo negli stivali, una mano sul volante e tutt'intorno nient'altro che terra, si penetra in questo immenso paesaggio e si pensa: questa volta il mondo ha cambiato scala, è davvero l'Asia che comincia!

A volte, contro il fianco di una collina, si distingue la macchia color nocciola più chiaro di un gregge, o il filo come di fumo disegnato da un volo di stornelli, tra la strada e il cielo verde. Più spesso non si vede nulla... ma si sente – bisognerebbe poter raccontare "con i suoni" l'Anatolia –, si sente un lento, inspiegabile gemito che comincia con una nota sovracuta, scende di una quarta, risale a fatica e insiste. Un suono lancinante, adattissimo per attraversare quelle distese color cuoio, così triste da farti venire la pelle d'oca, e che ti penetra nonostante il rumore rassicurante del motore. Spalanchiamo gli occhi, ci diamo dei pizzicotti, ma niente! Poi scorgiamo un punto nero, e quella specie di musica aumenta intollerabilmente. Solo molto più tardi raggiungiamo un paio di buoi, e il loro conduttore che dorme col berretto sul naso, appollaiato su una pesante carretta dalle ruote piene i cui assi forzano e cigolano a ogni giro. E lo sorpassiamo, consapevoli che con la nostra andatura quella maledetta canzone d'anima in pena ci perseguiterà fino in fondo alla notte. In quanto ai camion, ci si imbatte nei loro fari almeno un'ora prima di incrociarli. Li perdiamo, ritroviamo, dimentichiamo. All'improvviso eccoli là, e per alcuni secondi anche noi illuminiamo quelle enormi carcasse dipinte in rosa o verde mela, decorate di manciate di fiori, che si allontanano ballonzolando sulla terra nuda, simili a mostruosi mazzi floreali.

Succede pure di essere stupiti da due piccole lanterne d'oro che si accendono, si spengono, lampeggiano e paiono indietreggiare davanti a noi. Pensiamo – per via della distanza – a una piccola macchina da turismo... e quando gli siamo addosso, scopriamo un gufo che dormiva sul bordo della pista sopra il pilone di un ponte: e quel pesante batuffolo si alza in volo gridando nello spostamento d'aria causato dalla macchina.

Di queste carrette dalle ruote piene pare siano stati ritrovati esemplari assolutamente identici in alcune sepolture babilonesi. Ciò vuol dire allora che da più di quattromila anni i loro assi tormentano il silenzio anatolico. Già non è male, ma sulla pista che collega Bogasköy a Sungurlu siamo capitati su qualcosa di ancora più antico. Il pomeriggio era inoltrato, il cielo chiaro, e noi traversavamo una pianura assolutamente vuota. L'atmosfera era così trasparente da permettere di distinguere un albero dritto tutto solo a una trentina di chilometri. E a un tratto... toc... toc... toc... tac... una gragnola di leggeri piccoli colpi, chiari e concitati, che aumentavano a mano a mano che avanzavamo. Simili un po' agli scoppiettii di un fuoco di legna secca, o a quelli di un metallo arroventato e sotto sforzo. Thierry, livido, fermò la macchina; io avevo avuto il suo stesso timore: dovevamo aver perso dell'olio e i pignoni del differenziale si stavano "mangiando", surriscaldati. Ma ci sbagliavamo, perché il rumore non era cessato. Aumentava anzi, vicinissimo alla nostra sinistra. Andammo a dare un'occhiata: dietro la scarpata che costeggiava uno dei lati della pista, la pianura era nera di tartarughe che si abbandonavano ai loro amori d'autunno cozzando volonterose i carapaci. I maschi utilizzavano il loro a mo' di ariete per urtare le compagne e spingerle contro una pietra o un ciuffo di erba secca, contro il quale le stringevano. Erano un po' più piccoli delle femmine. Al momento dell'accoppiamento, si sollevavano completamente per poterle raggiungere, tendevano il collo, spalancavano una bocca rossa ed emettevano un grido stridente. Quando riprendemmo il viaggio, si vedevano in ogni direzione della pianura delle tartarughe che lentamente si affrettavano verso quell'appuntamento. Il giorno finiva. Noi non riuscivamo neppure più a sentirci.

Sungurlu

Alle sei del mattino il sole non è ancora sorto e i contadini sono già seduti alla locanda davanti a un bicchiere di tè posato su un piattino di smalto blu. Rumore confuso di voci e di passi nel fango. Dei grossi molossi dall'incerto colore fiutano da un tavolo all'altro. Quando la luce aumenta leggermente, sono dapprima le punte dei loro collari e i vassoi di rame che si mettono a brillare, staccati dal resto, mentre la terra, le vesti cenciose e i volti sono ancora al buio. Sulla piazza passano berrette brune, camicie zafferano scuro e gli stracci più vivaci di qualche zingaro. I cavalli sono bardati con un collare ricavato da un ramo scortecciato, che forma un gran cerchio dietro le loro orecchie; torreggiano a coppie, per tiro, attorno al caffè, assieme a qualche alto camion sverniciato. Due vecchi dalle barbette lanose hanno appena lasciato un tavolo, e sghignazzando nella semioscurità pestano disordinatamente i piedi per schiacciare un topo che passa rasente al muro. Nella sala si può vedere un cartellone pubblicitario che ritrae un contadino messicano con tanto di sombrero, e la didascalia: *Con la radio turca, scoprite il mondo!* E qui c'è pure una radio, che alcuni clienti tormentano da venti minuti senza riuscire a prendere Ankara.

Poi la creta e il fango si accendono di mille fuochi e il sole d'autunno si alza sui sei orizzonti che ancora ci dividono dal mare. Tutte le strade attorno alla città sono tappezzate di foglie di salici che i tiri dei cavalli calpestano in silenzio, e che mandano un buon profumo. Quei grandi spazi, quegli odori che turbano, l'impressione di avere ancora davanti a sé gli anni migliori, tutto ciò moltiplica il piacere di vivere, come l'amore.

Merzifon, dodicesima ora di guida

Alle nove di sera il solo ristorante ancora aperto a Merzifon è il Club dei Piloti militari. C'è una base proprio a fianco della città. Tovaglie bianche, allori in vaso, camerieri in livrea rossa. Esiste un modo, obliquo e tuttavia sicuro, per riguadagnare l'uscita una volta che ci si è ficcati in questo genere di trappole. Noi lo conosciamo bene, ma quella sera ci concediamo un po' di lusso: guidiamo dalle cinque del mattino, e bisognerà continuare ancora per tutta la notte per battere sul tempo la neve. Mangiamo dunque, e svuotiamo ognuno un gran boccale di vino dolce mezzo riempito di pezzi di ghiaccio terrosi, osservando una dozzina di piloti che danzano tra loro al suono di un pianoforte scordato. Poiché, più o meno, hanno tutti la stessa taglia, ecco che per ballare stretti tengono in mano i berretti che altrimenti li disturberebbero. Voglio ben credere che qui le distrazioni siano rare, e le ballerine più rare ancora; pure ci mettono un po' troppo languore nella loro finzione. Quelli che hanno visto la fisarmonica e la chitarra sporgere dal nostro bagaglio ci chiedono con cortesia di suonare qualcosa. Valzer e giave: i militari ancheggiano, teneramente abbracciati.

Tredicesima-ventesima ora di guida

Verso mezzanotte ripartiamo sazi e riposati. Il tettuccio è aperto su un cielo crivellato di stelle. Oltrepassiamo due colline brune chiacchierando tranquillamente, poi una delle mie domande rimane senza risposta e mi accerto con un'occhiata che Thierry si è addormentato. Fino all'alba guido piano, a luci spente, per risparmiare la batteria. Sull'ultima collina che ci separa dalla costa la strada è sdrucciolevole, e le rampe troppo ripide per il motore. Un momento prima

che perda giri, scuoto Thierry che salta fuori e spinge continuando a dormire. Aspetterò sulla spianata seguente che mi raggiunga. In fondo alla discesa una nuova rampa assai brusca ci obbliga a ripetere la manovra, e Thierry rimane indietro di molto. Io fermo la macchina e vado, barcollando di fatica, a pisciare interminabilmente contro dei salici i cui rami mi carezzano le orecchie. Sulla cima abbiamo avuto la neve, ma qui è ancora autunno. L'alba è umida e dolce. Un riverbero color limone orla il cielo sopra il Mar Nero, una nebbiolina si muove tra gli alberi che sgocciolano. Steso nell'erba brillante, mi rallegro di essere al mondo, di... di che in effetti? Ma in tale stato di stanchezza l'ottimismo non ha più bisogno di ragioni.

Un quarto d'ora più tardi Thierry viene fuori dal buio, arriva alla mia altezza e mi supera a grandi passi, dormendo in piedi.

Strada di Ordu, ventesima ora di guida

È il mio turno di dormire. Dormire in macchina, dormire, sognare la propria vita, col sogno che cambia corso e colore a ogni sobbalzo, e che termina rapidamente la sua storia quando vi squassa una cunetta più profonda, o un cambiamento improvviso nel regime del motore, o infine il silenzio, che irrompe nell'attimo in cui il guidatore di turno spegne il motore per riposarsi a sua volta. Si preme allora la testa ammaccata contro il vetro, si intravedono nelle brume dell'alba una scarpata, dei boschetti, un guado o una pastorella in babbucce, con un rametto di nocciolo in mano, che passa con una mandria di bufali il cui fiato caldo, dall'odore intenso, questa volta vi sveglia del tutto; e non si perde nulla a ritrovarsi in una tale realtà.

La pastorella avvicina prudentemente la testa ai finestrini, pronta a fuggire. Ha dodici o tredici anni, uno scialle rosso in testa e una moneta d'argento appesa al collo. Quei due morti mal rasati la incuriosiscono enormemente.

Un po' più tardi
Su una spiaggia di sabbia nera, ci arrostiamo un piccolo pesce. La carne rosa prende il colore del fumo. Raccogliamo delle radici imbiancate dal mare e delle schegge di bambù per alimentare la fiamma, poi mangiamo accovacciati contro il fuoco, sotto una dolce pioggia d'autunno, guardando il mare prendersela con qualche barcaccia, e un'immensa nuvolaglia temporalesca a forma di fungo alzarsi lontano lontano nel cielo, dalle parti della Crimea.

Valico d'Ordu

Pure, non c'era che un centimetro sulla nostra cartina tra i villaggi di Fatsa e Babali, e al massimo cinquecento metri di dislivello. Ma già dalle prime rampe ci fu bisogno di saltar fuori e spingere. La pista stretta e scivolosa si arrampicava dritta attraverso una macchia di noci e di sorbi. Quando il pendio si faceva troppo ripido, il guidatore di turno tirava la levetta dell'aria, saltava fuori anche lui e aiutava la macchina spingendo con la spalla, continuando a guidare attraverso il finestrino. Quando poi il motore perdeva comunque di giri, occorreva precipitarsi subito sul freno a mano, o mettere una pietra dietro le ruote posteriori per evitare che la macchina enormemente carica non scardinasse una marcia precipitando all'indietro. Non vi era allora altra soluzione che fischiare e chiamare, fino a che non sopraggiungevano uno o due contadini, con le zappe in spalla. Appena realizzavano che si trattava di spingere, si illuminavano di colpo, scavavano due buche nella carreggiata per puntare i piedi, agguantavano la macchina e ci proiettavano letteralmente sulla salita. Non accettavano soldi in cambio, volevano solo spingere. Qualche incontro di lotta mano contro mano avrebbe poi fatto loro più piacere; quell'esercizio di spingere li aveva allenati. Tutto ciò che si può dire della forza dei turchi mi sembra al di sotto della realtà. Ma non si incontrano certo contadini dappertutto, e il tratto più duro dovemmo farcelo da soli; sei ore per ventidue chilometri.

In cima alla collina, tra alcune sgangherate case di legno, una trentina di campagnoli danzavano nel fango al suono di una musica stridula. Ruotavano lentamente sotto la pioggia che annegava quelle colline irte di verzura, e si tenevano per il gomito o per la manica dei loro vecchi giacconi neri rattoppati con lo spago. I piedi li tenevano avvolti in pezze di iuta o in vecchi stracci. Nasi adunchi, zigomi blu di barba, facce da assassini. Il grosso tamburo e il clarinetto non si affrettavano ma non segnavano nessuna pausa. Una sorta di tensione stava salendo. Nessuno apriva bocca, e io avrei ben preferito che parlassero: la discussione, pur se agitata, mi apparve improvvisamente come la più tranquilla delle occupazioni. Avvertivo la sgradevole sensazione che si stesse metodicamente armando un fucile ad avancarica. Il villaggio rivale, se mai esisteva da qualche parte in quella giungla nebbiosa, avrebbe fatto bene a dormire con un occhio solo.

Persino la musica non era che minacce e colpi di frusta. Quando tentavamo di avvicinarci per meglio osservare gli strumenti, un'ondata di spalle e di schiene tese ci respingeva verso l'esterno del cerchio. Nessuno aveva risposto al nostro saluto; eravamo completamente ignorati. Avevo il registratore su una spalla, ma questa volta non osai servirmene. In capo a un'ora, ridiscendemmo verso la nebbia che copriva il Mar Nero.

È il momento di fare un po' di posto alla paura. In viaggio, capitano così dei momenti in cui essa sopraggiunge, e il pane che si sta masticando rimane di traverso in gola. Quando si è troppo stanchi, o soli da troppo tempo, o anche in quegli attimi di dispersione che seguono uno slancio di lirismo, vi viene addosso alla svolta di una strada, come una doccia ghiacciata. Paura del mese che arriva, dei cani che gironzolano di notte attorno ai villaggi tormentando tutto ciò che si muove, dei nomadi che vi vengono incontro raccogliendo pietre, o anche, paura del cavallo noleggiato durante la tappa precedente, una bestiaccia forse viziosa, solo apparentemente calma.

Ci si difende alla meglio, soprattutto se è il lavoro ad essere in questione. L'ironia, per esempio, è un eccellente antidoto, ma occorre essere in due per abbandonarvisi. Spesso poi, basta respirare a fondo e inghiottire un nodo di saliva. Quando la sensazione persiste, si rinuncia a entrare in *quella* strada, in *quella* moschea, o a fare *quella* foto. Il giorno seguente ci si rimprovera romanticamente, e a torto. Almeno la metà di quegli stati di disagio – come si capisce in seguito – sono una spontanea alzata di scudi del nostro istinto contro un pericolo serio. Non bisogna prendere sottogamba questi avvertimenti. Certamente, si esagera con le storie di banditi e di lupi; tuttavia tra l'Anatolia e il passo di Khyber ci sono diversi luoghi in cui dei gran sbraitoni lirici, col cuore in mano e le teste vuote come zucche, hanno voluto arrischiarsi senza sentir ragioni, cessando così di inviare notizie. Nessun bisogno di briganti per questo genere di cose: bastano un casolare di montagna miserabile e isolato, una di quelle discussioni nervose a proposito di un pane o un pollo in cui, non capendosi, si gesticola sempre più concitatamente, con sguardi sempre più inquieti, fino al momento in cui sei bastoni si alzano rapidi al di sopra di una testa. E tutto ciò che si è potuto pensare sulla fratellanza dei popoli non impedisce loro di colpire.

Giresun

In fondo alla strada che portava al mare, tra le grosse damigiane di vino ambrato, di limonata, filtrava una luce foriera di tempesta. I glicini odoravano intensamente, e perdevano le foglie. Dalla finestra della camera si potevano vedere dei pescatori dalle gambe storte che passavano e ripassavano nella piazza, chiacchierando e tenendosi per il mignolo. Grossi gattoni dormivano sul lastricato tra lische e resti di pesce, mentre ratti grigiastri filavano lungo il canaletto di scolo. Un universo completo.

C'erano tre cose di cui gli abitanti di quelle borgate della costa andavano fieri: la loro forza fisica, le nocciole e l'astuzia della loro polizia. Il "poliziotto", generalmente un giovanotto testardo come un mulo e imprigionato in una giacca sempre troppo stretta, si ritrovava alla locanda, e poi dietro la nostra porta, nel quarto d'ora successivo alla nostra installazione. Stesi sui letti o occupati a ripulirci dal fango della tappa, noi lasciavamo dapprima senza risposta i suoi raspamenti discreti contro la porta che, ingrossati dal silenzio e dalla frustrazione, si trasformavano ben presto in una tempesta di colpi. Estenuati, andavamo infine ad aprire a quell'intruso che assumeva maldestramente un'aria equivoca e, senza preoccuparsi troppo della verosimiglianza della situazione, ci proponeva lì per lì di cambiare dei dollari al mercato nero. Se non si è un po' provocatori, in quei paesini senza storia non si giungerà mai a nulla, e mai ad Ankara si parlerà di voi. "Al mercato nero?" rispondevamo, evidentemente scandalizzati. Rassicurato su quel punto capitale, lo sbirro ci confidava allora senza malizia: "La polizia segreta sono io". Complimentandolo per una carica così lusinghiera, lo si riaccompagnava alla porta. A volte veniva timidamente a farci visita in serata, con un chilo di mele e il suo album di fotografie. Oscure immagini stampate dal droghiere: una gita in autocarro, una mezza nave da carico, la statua di Atatürk a Samsun, un cognato o uno zio davanti al proprio negozio, sotto la pioggia. Bisognava giocare a riconoscerlo, lui, rapato a zero, in mezzo a venti reclute del tutto simili. Non l'azzeccavamo. Risa stupide e benefiche. Aveva la nostra stessa età e non sapeva quasi nulla del mondo. Un altro po' e ci avrebbe rivelato tutti i segreti della città. Non era proprio più questione di polizia tra di noi.

Trebisonda

Qui la strada si allontanava dalla costa, superava due catene montuose attraverso i valichi di Zigana e del Cop, e raggiungeva a Erzerum il livello dell'altopiano anatolico.

All'ufficio postale, dove ero andato a informarmi, mi dissero: "Fino a Erzerum, tutto a posto: la strada è asciutta. Dopo, non sappiamo. Potremmo certo telegrafare a est, ma perdereste del tempo per aspettare la risposta, e vi costerebbe... andate piuttosto a chiedere al liceo; ci sono in internato alunni che provengono da ogni paese dell'Anatolia e che certo sapranno dirvi il tempo che fa dalle loro parti".

Al liceo, esposto che ebbi il mio problema, il professore di francese interruppe la sua lezione e rivolse la domanda alla classe, lentamente e in francese. Nessuno batté ciglio. La ripeté in turco, un po' imbarazzato, e subito diverse lettere sgualcite uscirono dai grembiuli, e le piccole mani dalle unghie nere si alzarono una dopo l'altra... non c'era ancora neve a Kars... né a Van, né a Kagisman... un po' soltanto a Karaköse, ma non era granché. L'opinione comune era che almeno per una quindicina di giorni saremmo passati senza problemi.

Sulla piazza ritrovai Thierry occupato nella manutenzione del motore. Lavorava senza sollevare lo sguardo, in mezzo a un buon centinaio di curiosi. La stessa scena si ripeteva da

quando avevamo lasciato Istanbul e avevamo avuto il tempo di abituarci. Ritrovavamo sempre la stessa folla: degli allocchi e chi invece si prodigava in consigli, persone cortesi, vecchi in pantofole che si frugavano nelle tasche e ci porgevano un coltellino o un pezzo di carta vetrata per aiutarci nel lavoro. Bisognava ingrassare le lame di balestra per renderle meno fragili, soffiare nello spruzzatore dell'olio, pulire le candele, la bobina dell'accensione, e regolare il bilanciamento che gli scossoni e gli sbalzi della vigilia avevano come al solito spostato. Da che le strade erano diventate pessime, ripetevamo ogni giorno queste operazioni per guadagnarci in potenza e obbligare la fortuna a restare con noi. I due valichi che ancora ci dividevano dall'Anatolia ci davano qualche preoccupazione.

Avevamo torto. La strada traversa dapprima i valloni verde smeraldo, i villaggi col tetto di paglia, i paradisi di olivi e noccioli che si stendono dietro la città. Poi segue una valle in leggero declivio, cinta di montagne rotonde e blu. Al termine di questa valle, le prime salite del passo si arrampicano attraverso foreste di faggi giganti la cui chioma gialla divampava simile a una fanfara venti metri sopra le nostre teste. I sottoboschi erano rossi di fragole selvatiche, ma noi non osavamo fermarci per paura di non riuscire poi a ripartire in salita. Abbiamo fatto tutto il passo in prima, in piedi sui predellini, e pronti a saltare giù. La notte scendeva quando abbiamo superato il limitare degli alberi. Sotto di noi, in immense vallate chiuse, erbose, vedevamo delle greggi muoversi attorno alle tende nere, e cammelli liberati dal basto sdraiati tra i fuochi degli accampamenti nomadi.

Gümüsane, quella stessa sera

Qui, erano i monti e l'inverno. Solide case di pietra con tetti assai inclinati per resistere alla neve, mule dalle narici fumanti, completi di lana scura, berretti di pelliccia, e il pigolio delle pernici intorpidite nelle loro gabbie, sopra drogherie rischiarate con lumi a petrolio, e piene di oggetti ingombranti, colorati e brillanti.

Avevamo appena fermato la macchina quando un ragazzo venne a cercarci per condurci dal direttore della scuola locale, avvertito del nostro prossimo arrivo dai professori di Trebisonda. Era un omone cordiale, che ci aspettava, seduto in pigiama[2] tra una cesta di mele e una stufa rovente. Non conosceva una sola parola di tedesco, d'inglese o di francese. Quanto a noi, venti parole di turco appena, ed eravamo troppo stanchi per lanciarci in un dialogo a gesti o a disegni. Abbiamo allora, da una parte e dall'altra, mangiato le mele, guardandoci sorridere. Poi lui ci ha mostrato la pelle di un orso che aveva ucciso la settimana precedente, e quella di una volpe argentata. Avendola noi apprezzata molto, ce la offrì. Le mani, tremando un po', ci porgevano la pelliccia, mentre gli occhi castani supplichevoli la trattenevano. Rifiutammo con veemenza. Si vestì, ci condusse fino all'albergo, ci fece assegnare la camera migliore, e mentre noi cascammo così come eravamo vestiti in un sonno di piombo, ci pagò anche il conto. Il giorno seguente ritornò accompagnato da un nano deforme, uno di Istanbul che curava là i suoi polmoni rovinati, e che gli serviva da interprete. Il direttore voleva invitarci per qualche giorno nella sua scuola e, per trattenerci, si mise a elencare le qualità del suo villaggio contando sulle dita: l'aria era buona, le case ben riscaldate, le miniere d'argento sfruttate fin dai tempi di Bisanzio erano le migliori del paese, il tribunale non aveva registrato denunce per furto dal 1921 e, per finire, si produceva un miele pieno di piccole scagliette di cera che serviva da ricostituente. Tutto questo era vero, e io gli promisi di riferirlo. Cosa che ho appena fatto. Ma noi volevamo proprio passare l'inverno in Persia.

Valico del Cop

Lo spettacolo di una piccola auto scortata da due corridori che la manovrano dall'esterno è cosa che, quantomeno, cattura l'attenzione. I camion che provenivano da Erzerum la conoscevano già dai racconti di quelli che ci avevano superato il giorno prima. All'avvistamento dunque, ci salutavano a suon di clacson. A volte, al momento di incrociarci, quei mostri già lanciati nella discesa si fermavano nello spazio di cinquanta metri, frenando senza badare ai copertoni, e i conduttori scendevano per offrirci due mele, due sigarette, o una manciata di nocciole.

L'ospitalità, l'onestà, il ben volere, uno sciovinismo ingenuo su cui si può sempre fare affidamento: ecco le virtù che ritroviamo in questa terra. Semplici e palpabili. Non ci si chiede – come succede in India – se le si è veramente incontrate, né se sono in fondo vere virtù. Esse colpiscono, e se per caso non si è notato nulla, si incontra sempre qualcuno che vi dice "guardate... tutto questo, questa gentilezza, questa correttezza ecc., sono le nostre buone qualità turche".

La strada del Cop è eccellente perché i militari provvedono regolarmente a un'accurata manutenzione. Ma è anche molto ripida e sale a tremila metri. Fu necessario spingere e correre tutto il tempo; cosicché raggiungemmo la cima col cuore che stava per scoppiarci. Il cielo era azzurro e lo spettacolo di una bellezza inimmaginabile: enormi ondulazioni di terre scendevano increspate a perdita d'occhio verso sud; per almeno venti volte perdemmo e ritrovammo la traccia della carreggiata; al limite estremo dell'orizzonte, un temporale occupava un'insignificante porzione di cielo. Uno di quei paesaggi che a forza di ripetere la stessa cosa finiscono per persuadere completamente.

Una pesante campana sospesa a un palo di sostegno indica la sommità del passo. La si suona ancora quando la neve è caduta, per i viaggiatori che hanno smarrito la strada. Mentre mi avvicinavo, un'aquila appollaiata lassù spiccò il volo colpendo il bronzo con le sue ali, e una spersa vibrazione, interminabile, discese e si propagò su quel gregge di montagne che in gran parte non hanno neppure un nome.

Bayburt

"Qui," fece Thierry, "si direbbe che il paesaggio rifiuti assolutamente di 'avere un villaggio'."

Eppure ce n'era uno; disteso, giallo lebbra, emergente appena dal suolo dell'altopiano. Berretti neri, piedi scalzi, cani scorbutici, tracoma e, così come uscivano da un casamento, simili a uno sciame di mosche ronzanti, gruppetti di bambine nerastre, dall'aria torniona, che portavano calze nere, grembiuli neri, treccine strette e grandi colletti bianchi in celluloide. Dei colletti assurdi, laici e molto confortanti, perché rappresentavano la scuola. E per quanto quest'ultima fosse misera, quelle ragazzine vi imparavano almeno un po' di aritmetica, l'alfabeto, a tenersi pulite, a non sfregarsi gli occhi con le mani sporche, a prendere regolarmente il chinino che la maestra dava loro. Erano già delle armi di difesa. S'indovinava che, anche in questo, era passato Atatürk, con la sua bacchetta da maestro elementare, la sua aria da lupo e la terribile lavagna nera. Nella miserabile sala da tè dove ci riposavamo si poteva vedere, accanto a un suo ritratto a colori, una striscia di carta moschicida sospesa come una spada.

È naturale che questa gente non abbia occhi che per i motori, i rubinetti, gli altoparlanti e le comodità. In Turchia sono soprattutto queste cose a essere additate, e bisogna necessariamente imparare a guardarle con un occhio nuovo. La mirabile moschea in legno dove noi troveremmo esattamente quello che siamo venuti a cercare, essi non avranno la pur minima idea di mostrarcela, perché si è più sensibili a ciò che manca che a ciò che si possiede. E quello che manca qui è la tecnologia; mentre invece noi vorremmo uscire dal vicolo cieco in cui la troppa tecnologia ci ha ficcati: da quella sensibilità saturata dall'Informazione, da quella Cultura distratta, "di seconda mano". Noi contiamo sulle loro ricette per rivivere, loro sulle nostre per vivere. Ci si incontra lungo la strada senza comprendersi sempre, e a volte il viaggiatore si spazientisce; ma in questa impazienza c'è molto egoismo.

Erzerum

Una città color terra, con pesanti cupole basse sull'orizzonte e belle fortificazioni ottomane consumate dall'erosione. La terra bruna la circonda da ogni parte. Brulica di soldati terrosi, e capita che allo straniero vengano controllati i documenti dieci volte al giorno. Non v'è che qualche vecchia carrozza blu lavanda e il pennacchio giallo dei pioppi per aggiungervi un po' di colore.

A fine pomeriggio siamo andati al liceo di distretto per assistere alla danza del "gioco di Bar". Si tratta di una danza guerriera d'origine turco-mongola che ogni distretto anatolico pratica a proprio modo. I partner, che indossano un gilè ricamato di passamaneria, una larga cintura rossa e pantaloni bianchi orlati di nero, si muovono in cerchio minacciandosi con delle spade e mimando un combattimento. Nelle province dell'Est, dove questa danza è ancora più popolare, la maggior parte dei ragazzi possiede un costume, e il gioco può improvvisarsi sul momento.

Cinque minuti dopo il nostro arrivo le squadre si misero a danzare sotto gli alberi del cortile della scuola. Faceva freddo e scendeva la notte. La danza era bella, grazie alla forza contenuta in ogni gesto, ma la musica era ancora più bella.

Belli gli unici due strumenti: la *zuma* – il clarinetto orientale – per stimolare i sentimenti eroici, e soprattutto il *dahour*, un gigantesco timpano che si suona percuotendolo su di un lato. Lo stesso timpano che i Parti impiegavano per dare inizio ai combattimenti, e che gli Hiong-nu avevano regalato alla Cina. Uno strumento adatto alla steppa, con un pesante suono che arriva lontano, più grave della sirena di un rimorchiatore, simile al lento battito di un cuore cui finalmente l'animo aderisce, o anche al volo vellutato – così basso da sfiorare i limiti del silenzio – dei grandi uccelli notturni.

Appena terminata la danza, ci fermammo a guardare l'esibizione dei più piccoli. I professori ci circondavano silenziosi, con le mani dietro la schiena. Di quando in quando esplodevano in un grido rauco per far cessare un principio di zuffa. I vecchi, col cranio rasato e i baffi che incanutivano, avevano l'aria di poliziotti in pensione. I giovani apparivano sfiniti. Il maestro di francese ogni tanto si appartava per comporre una frase e ripetersela prima di rivolgercela. Balbettava un po', e faceva fatica a capirci. Per lui questo incontro era peggio di un esame; un po' come se noi, col nostro latino scolastico, dovessimo rispondere a due viaggiatori venuti fuori dall'età alessandrina. Eppure qui, in questa solitudine, quel poco di francese appreso quasi senza alcun libro gli faceva grande onore.

Era da questa categoria di maestri malpagati e malvestiti che venivano le idee nuove, quelle iniziative e quel realismo così necessari dopo l'esaltazione di una rivoluzione nazionale. Con una caparbietà di artigiani essi lavoravano quella contadinaglia anatolica nodosa, reticente, ma in fondo avida di imparare, che è la forza del paese. Più lontano, in angoli ancora più sperduti, minati dalla neve o dalla tubercolosi, altri colleghi in situazioni ancora peggiori – tra i quali alcune ragazze – lottavano per strappare la gente di campagna alla

sporcizia, alle superstizioni crudeli, alla miseria. L'Anatolia stava vivendo la civilizzazione dei maestri di villaggio, della scuola elementare, della pagella. Non si può saltare questa tappa fondamentale, e bisognava certo sacrificarsi affinché tutto potesse cominciare. Non esisteva forse in Turchia un mestiere più ingrato, né più utile.

Un forte odore di zuppa proveniva dal refettorio. Nel cortile invaso dal buio si sentivano ancora alcune grida, un battere di zoccoli sul suolo infradiciato. Vedevamo passare cavalieri senza cavallo, sciabole di legno, lugubri berretti di lana nera su piccole teste rasate. Sono sempre sconcertanti le voci dei bambini in una lingua straniera. Si ha quasi l'impressione – non così sbagliata, forse – che essi l'inventino istante dopo istante. Pure si trattava certo delle stesse grida acutissime che risuonano in ogni cortile del mondo: dei "molla la mano" e, quando ci si afferra, dei "non per i vestiti...".

A Istanbul non si parla minimamente di questi oscuri educatori; e sarebbero del tutto sconosciuti se di tanto in tanto non pubblicassero in qualche sperduta rivista letteraria pezzi di folklore anatolico di una genuinità e di un'asprezza inaudite. Assieme a qualche militare o a qualche "giovane turco" di Ankara, sono gli ultimi sostenitori dello spirito kemalista. E non si è abbastanza riconoscenti verso questi spartani per il loro modo di essere: rappresentanti di un'epoca di rigore impietoso che la Turchia ufficiale celebra, augurandosi che non ritorni mai più. Dopo la morte di Atatürk, la politica delle innovazioni, brutali ma necessarie, da lui avviata ha subìto una forte battuta d'arresto. Certi funzionari che la paura aveva trasformato in modelli di virtù hanno ritrovato senza troppa pena il piacere degli "accomodamenti" e delle bustarelle. Nelle campagne il clero, che ha riguadagnato la sua influenza, spinge a volte i fedeli a imbrattare o distruggere le statue del "Padre dei Turchi", li riporta a sordide superstizioni mediche,[3] li istiga contro il maestro – questo nemico di Dio – e soprattutto contro la maestra – questa puttana che osa mostrarsi senza il velo. Certo, non tutti i mullah si comportano in tal modo, ma a fronte di qualche buon pastore ci sono legioni di ignoranti rapaci e tirannici che sognano di sbudellare tutto ciò che ha a che fare con la nuova Turchia, e di prendersi la loro rivincita. La quale dev'essere all'altezza dell'offesa: infatti, la guerra santa che avevano lanciato contro un Atatürk allo stremo delle forze ebbe vita assai breve, e nelle atroci rappresaglie che seguirono numerose moschee e madrase anatoliche videro schiene e teste spaccarsi a colpi di randello. Adesso, in alcune località, i religiosi si riprendono, e molti contadini li seguono; sono così care le vecchie abitudini, anche quelle che vi opprimono. Meglio un male familiare che queste novità insolite, e questo sforzo continuo per capire, quando si arriva, distrutti, a fine giornata.

E tocca a questa specie di sergenti della scuola, stretti dall'indigenza, malnutriti e spaventosamente soli, di impedire la ricaduta e propagare quei lumi spesso così mal accolti. Vedendoli ora avanzare lentamente nel cortile fangoso, mi ricordai della risposta disperata datami da uno dei loro colleghi di un villaggio del Mar Nero a cui avevo domandato ciò che più gli mancasse per il suo insegnamento... "dodici dozzine di Voltaire".

Per tutta la serata avevamo lavorato con due camionisti che ci aiutavano gratuitamente a riparare l'impianto elettrico che non funzionava più. A mezzanotte avevamo finito e la macchina tirava come un trattore. Un solo valico ci separava dalla Persia, e settecento chilometri dal prossimo fermo posta. La notte era fredda e splendida, la pista – a quanto ci assicuravano – asciutta, e non avevamo quasi più moneta turca; decidemmo di passare alla stazione di polizia per farci assegnare la nostra scorta,[4] e di partire subito. Nel cortile glaciale di una caserma aspettammo, battendo i piedi per il freddo, che l'ufficiale di scorta, l'interprete e l'autista della jeep che dovevano accompagnarci fino a Hassankale mettessero un'uniforme sopra i pigiami.

La pista era brutta. Thierry si era messo davanti e andava a tutta birra, con l'ufficiale per passeggero. Io dietro, con l'interprete, nella jeep che seguiva con difficoltà. Il vento ci tagliava la faccia e i sobbalzi erano tali che bisognava parlare a denti stretti per non mordersi la lingua. D'altronde l'interprete – un giovanotto livido, sperduto in una tunica troppo grande – non era un chiacchierone. Ce l'aveva con noi perché l'avevamo costretto ad alzarsi ed evitava le mie domande facendo finta di dormire. Pure, al chilometro cinque disse: "Ho imparato il francese al liceo di Üsküdar. Da civile faccio il pellicciaio... in fallimento... gli usurai greci mi hanno messo nel sacco, ma finché sono sotto le armi non possono fare niente... Del resto ai greci," aggiunse a mo' di conclusione, "gli romperemo il muso...". E richiuse gli occhi. Al chilometro venticinque avevo le orecchie già mezze gelate ma riuscii ancora a sentire: "...Le donne, a letto, le vogliamo belle grosse. La cosa non vi ha colpito?... Averne le braccia piene... molto grasse, con la pelle bianca, è il gusto turco... a ogni modo io..." e il vento si portò via il resto.

All'entrata di Hassankale chiesi se Erzerum non fosse stata un tempo una delle capitali curde. Scoppiò in una brutta risata che sembrava annunciare una battuta, ma era: "...Non torneranno qui per un bel pezzo. Gli abbiamo rotto il muso... gli abbiamo proprio rotto il muso...".[5] Continuò a borbottare picchiandosi il pugno nel palmo della mano. Notai solo allora che aveva delle mani gigantesche; una stazza d'orso, dei polsi simili a ceppi. E io che l'avevo preso per una mezza cartuccia! Era quell'uniforme troppo grande – un gigante non l'avrebbe riempita.

Continuò: "Ogni giorno, dopo il lavoro, vado a fare lotta

greco-romana... abbiamo una buona squadra nella mia strada, e la domenica, alle gare, si imbroglia un po'; ci dovrebbe vedere: le torsioni, i soffocamenti... ogni volta c'è qualche ferito... E voi? Sapete fare la lotta?".

A Hassankale l'ufficiale lasciò la macchina, ci augurò buona fortuna e risalì sulla jeep che fece marcia indietro. Io strinsi prudentemente la mano dell'interprete. Viaggiammo fino al mattino senza incontrare un solo camion.

A est di Erzerum la pista è davvero solitaria. Grandi distanze separano i villaggi. Per una ragione o per l'altra, può succedere che si fermi la macchina e si passi la fine della notte all'aperto. Al caldo in una spessa giacca di feltro, con un berretto di pelliccia calato sulle orecchie, si ascolta l'acqua bollire sul fornellino al riparo di una ruota. Addossati a una collina, si guardano le stelle, i movimenti vaghi della Terra che se ne va verso il Caucaso, gli occhi fosforescenti delle volpi. Il tempo passa tra tè bollenti, qualche rara frase, sigarette; poi l'alba si alza, si spiega, ci si mettono in mezzo le quaglie e le pernici... e ci si affretta ad affondare quell'istante supremo come un corpo morto in fondo alla memoria, dove si andrà a ripescarlo un giorno. Ci si stiracchia, si fa qualche passo, pesando meno di un chilo, e la parola "felicità" pare troppo scarna e particolare per descrivere ciò che vi succede.

In fin dei conti, ciò che costituisce l'ossatura dell'esistenza, non è né la famiglia, né la carriera, né ciò che gli altri diranno o penseranno di voi, ma alcuni istanti di questo tipo, sollevati da una levitazione ancora più serena di quella dell'amore, e che la vita ci distribuisce con una parsimonia a misura del nostro debole cuore.

Note

[1] Errate trascrizioni fonetiche di espressioni francesi (*filet mignon*, *agneau à l'aubergine*, *coup-de-fer*, *mise-en-pli*).

[2] Sia in Turchia sia in Persia, appena terminate le faccende della giornata ci si mette in pigiama.

[3] Del resto, del tutto estranee al Corano.

[4] Erzerum è zona militare. È vietato scattare fotografie, la permanenza massima è di quarantott'ore, e in un raggio di quaranta chilometri tutt'attorno alla città si può circolare solo sotto scorta.

[5] È successo nel 1921, dopo che i curdi si erano ribellati. In fatto di "politica delle minoranze", quella di Atatürk sembra essere consistita soprattutto nello sterminarle una dopo l'altra.

Il leone e il sole

Frontiera iraniana

Viaggiavamo da un'ora e già era notte fonda quando capitammo nel mezzo di un vallone chiazzato di salici, su una sorta di padiglione Impero, intonacato di rosa e un po' lasciato andare. Nel fascio dei fari vedemmo inquadrarsi una sagoma che sbadigliava nel vano della porta, per poi scomparire mentre una luce si accendeva. La dogana iraniana...

Sopra il lume ad acetilene, l'ufficiale sollevava un viso cupo in cui brillavano due occhi gravi. Portava, sotto la tunica aperta, una camicia di flanella a strisce punteggiate, come i nostri contadini. Osservava la macchina sorridendo.

"Sono molto spiacente, amici," disse in francese, "ma vi ci vorrà un soldato di scorta fino a Maku: è la legge. Non è lontano... del resto, ve ne darò uno piccolo piccolo."

Dove lo andava a cercare? Il posto di guardia era silenzioso e sembrava deserto. Scomparve col lume lasciandoci al buio e ritornò un attimo dopo assieme a una specie di nano mongoloide, con le gambe fasciate da mollettiere e il viso tagliato da un sorriso dolcissimo.

"Ecco qua!" disse spingendolo verso di noi come se lo avesse tirato fuori dalla sua pantofola.

Facemmo sedere il nanetto sul cofano. Io guidavo lentissimamente su una pista stretta e cedevole. Thierry, appollaiato

sul sedile del passeggero, accendeva sigarette per il soldato che cantava, con gli occhi semichiusi, una specie di ritornello, emanando a tratti un forte odore di pecora. Alla nostra sinistra, i fianchi dell'Ararat alzavano nella notte un muro di più di cinquemila metri. Man mano che ci avvicinavamo, l'aria diventava più calda. Nuvole parigine correvano sopra una luna di seta. Schiacciando la sabbia, le ruote facevano un interminabile e profondo respiro, mentre i ricordi della dura Anatolia si scioglievano come zucchero nel tè.

Maku

La locanda di Maku era zeppa di barbuti addormentati, tra i quali scoprimmo il padrone, prosternato sul suo tappeto da preghiera. Si interruppe per liberarci una tavola su cui dormire. Al mattino, ci bastò scendere per farvi colazione. Gli altri clienti erano spariti. Due grandi immagini colorate appese al muro rappresentavano una lo scià, e l'altra... Gesù a Tiberiade. Il tempo era bello; dalla porta aperta si scorgeva, disposta a gradini, la città che si stendeva a ferro di cavallo sui due lati della gola che separa la Persia dall'altopiano anatolico: case di terra dai dolci profili consunti, porte dipinte di blu, quadrati di vigne e sipari di pioppi più leggeri del fumo. Una focaccia sottile come un foglio di giornale aveva sostituito il pane turco; e il latticello, il caffè. Nessun modo ormai di decifrare un'insegna o un cippo miliare; era scrittura persiana, che procede all'indietro. Anche il tempo: in una notte eravamo passati dal XX secolo di Cristo al XIV dell'Egira, e avevamo cambiato di mondo.

Dopo aver perduto una mattinata alla polizia per ottenere dei "permessi di circolazione"[1] che nessuno si sognava di rifiutarci, lasciammo il nostro soldato di scorta addormentato su un banco, col fucile tra le ginocchia. La sua tunica rattoppata terminava sulla spalla sinistra con un piccolo leone verde di una finezza meravigliosa, ricamato sopra un sole di filo d'oro.

Tabriz - Azerbaigian

Il palazzo del mendicante è l'ombra delle nuvole.

HÂFIZ

La vita nomade è tutta una sorpresa. Si fanno millecinquecento chilometri in due settimane; tutta l'Anatolia in volata. Una sera, si arriva in una città già buia dove vi aspettano sottili balconi a colonnine e qualche tacchino freddoloso. Si beve qualcosa con due soldati, un maestro di scuola, un medico apolide che vi parla in tedesco. Si sbadiglia, ci si stiracchia, si va a dormire. Durante la notte cade la neve, copre i tetti, soffoca ogni grido, blocca le strade... E si resta sei mesi a Tabriz, Azerbaigian.

Per ripartire verso est ci sarebbe voluta una jeep; ma per restare ci occorreva un permesso, perché Tabriz è zona militare. E per il permesso, delle raccomandazioni. Paulus – il medico incontrato il giorno prima – ci indirizzò a un colonnello di polizia che egli aveva operato di tumore. Era un militare rigido, con pochi capelli e un profilo da sparviero, a cui due zigomi troppo rosa davano un'aria ambigua. Aveva studiato in Prussia e ci interrogò a lungo in un tedesco secco e sospettoso. Nel pomeriggio avemmo la sua risposta. Il tono era mutato; ci covava con gli occhi.

"Ho visto il generale; potrete restare qui quanto vi pare." Poi, arrossendo fino ai capelli e con voce malsicura... "Ho passato due ore alla moschea e ho pregato che noi si diventi amici, molto... molto amici."

Troppo, senza dubbio, per i nostri gusti. La settimana seguente fu trasferito, e non lo rivedemmo mai più. Come scriveva già un poeta, *i progetti dei topi e degli uomini a volte non giungono a fine*.

"Hai notato," disse Thierry uscendo, "quella couperose abbronzata che *li* contraddistingue sempre?"

Quello che mi rendeva più perplesso era il candore di quella preghiera: che Dio magnanimo! A cui si poteva domandare *di tutto*! Ma il colonnello aveva mantenuto la parola, e i nostri permessi furono vistati. Il giorno seguente affittammo due camere bianche e basse in un cortiletto del quartiere armeno. Eravamo a Tabriz, e per molto tempo.

Prima serata nella cucina dei padroni di casa: una vedova – infermiera all'ospedale missionario – che sapeva un po' d'inglese, la sua vecchia madre e due ragazzini dagli occhi di taccola, lavati fin in fondo alle orecchie, che facevano i compiti sotto la lampada a petrolio. Cetrioli sotto sale, noci verdi candite, focaccia e vino bianco dal sapore di fumo. I vicini venivano a sedersi un momento in cucina per fare conoscenza ed esaminare curiosamente quei cristiani stranieri, evasi da un mondo più dolce. Piccoli negozianti infagottati in maglioni scuri, dalle voci soffocate, dalle facce gonfie e ansiose, che rispondevano a tutte le nostre domande sulla città con il sorriso protettore di persone che *sanno soffrire*.

La nostra stradina costituiva la linea di frontiera del quartiere armeno. All'estremità, dalla "parte cattiva", c'erano alcune famiglie turche e un cortiletto, la cui porta chiusa lasciava filtrare a volte il perfido odore dell'oppio. "*Bad people*," diceva la vedova abbassando pudicamente lo sguardo. Avrebbe senza dubbio collocato il vecchio M. in questa categoria. Era un *arbab*[2] turco di cui gli armeni ci avevano detto tanto di quel male che gli rendemmo visita per semplice curiosità. C'entrava anche il desiderio di sistemare la macchina nella rimessa che possedeva a due passi da casa nostra. Egli accettò subito e ci ricevette con cortesia, assai divertito dalla spedizione del "nemico"; poi fece attaccare i cavalli a un calesse e ci propose di spingerci con lui sulla strada della Turchia, fino al paesello di Sophian che era per metà suo. Traversammo al trotto il quartiere dei tintori; sopra i tetti piatti, enormi matasse dai colori sontuosi asciugavano ondeggiando contro il cielo pallido. Poi la strada si perdeva in un oceano di terra rossa e sconvolta, tagliata da muri bassi e da alberi spogli dove facevano il nido le cornacchie. La campagna aveva ancora l'odore amaro delle foglie calpestate e i cavalli sollevavano, al passaggio, nugoli di grilli neri che si sparpagliavano, attraversavano la carreggiata, cantavano e morivano a migliaia. La neve caduta due giorni prima si era quasi completamente sciolta.

È inverno o no?

"Non era che una tempesta di neve," rispose piano il vecchio. "L'inverno arriverà da qui a un mese... e sempre troppo presto."

Guidava a tutta velocità, senza smettere di interrogarci in un francese quasi perfetto. Come molti fumatori trascurava la sua tenuta, e se non fosse stato per le sue maniere impeccabili, lo si sarebbe scambiato per il cocchiere. Mi spiegò bonariamente che tra gli *arbab* della sua generazione l'oppio era più un'abitudine che un vizio. Lui non superava mai le tre pipe quotidiane, e poteva farne a meno senza difficoltà. I suoi contadini gli coltivavano un po' di papavero[3] allo stesso modo in cui lo rifornivano del vino, dell'olio o della lana. Ci fece poi mille domande ingenue sulla Francia, prima di confessarci che ci aveva vissuto per cinque anni. Queste reticenze mi seducevano; quel vecchio volpone doveva saperla lunga su tutto, ben più di quanto volesse farci credere. In ogni caso conosceva la sua città, e ce ne parlò a lungo. Quando era ragazzo era ancora la più grande città dell'Iran. Ogni venerdì – la domenica dei musulmani – si organizzavano sulla piazza principale dei combattimenti di lupi che i contadini venivano a vedere da molto lontano. Il vino bianco scorreva allora a fiumi senza che alcun mullah vi trovasse da ridire. Il bazar era famoso, non solo per i suoi tappeti che a volte raggiungevano i quindicimila toman – circa cinquemila franchi oro – al metro quadrato, ma anche perché vi si trovavano i migliori falconi da caccia di tutto il Medio Oriente: uccelli di Tartaria, giunti in volo attraverso il Caspio, che crollavano sfiniti nel Nordest della provincia. Tabriz era all'epoca più ricca e popolosa di oggi, e i suoi commercianti esponevano nelle fiere di Lipsia e di Nižnij Novgorod. Poi la Rivoluzione bolscevica e la conseguente chiusura della frontiera russa precipitarono la città in un letargo mortale. La borghesia commerciante emigrò verso Beirut o Istanbul, e lo spirito avventuroso del bazar scomparve. Dal 1941 al 1945 i russi occuparono la provincia, e chi aveva ancora qualcosa da perdere fece fagotto in tutta fretta. L'occupazione fu draconiana ma disciplinata. I mendicanti furono raccolti dalla strada e costretti a lavorare per un tozzo di pane. Quando se ne andarono i soviet si lasciarono dietro qualche strada asfaltata, una filanda ultramoderna, un'università formicolante di simpatizzanti e bancarelle ingombre di edizioni economiche di Marx, Lenin o Ehrenburg, tradotti per la circostanza in dialetto turco-azero. Lasciavano anche e soprattutto una "Repubblica democratica dell'Azerbaigian", repubblica improvvisata il cui governo, sopraffatto dai compiti, precipitò subitamente nell'anarchia e nella vodka. All'inizio del 1947 le truppe iraniane recuperarono la città senza sparare un colpo.

"Hanno stampato un francobollo per celebrare la riconquista... poi hanno saccheggiato le campagne," aggiunse aspro il vecchio, "ci ho rimesso un sacco di pecore."

Rientrammo in città da Chahanas Street, un largo viale

malinconico delimitato da muri di terra che nascondevano interamente le case. Una falce di luna brillava nel cielo ancora chiaro. Faceva freddo, si avvertiva nell'aria un'attesa di neve. Accovacciati sulle soglie delle botteghe, i venditori di legna, di carbone, d'interiora, di rape bollite chiacchieravano attraverso la strada. Crani rasati, zigomi alti, barbette rade, berretti di lana o di pelliccia.

"Vedete... la città non è né turca, né russa, né persiana... è un po' tutto questo, sicuro, ma in fondo è soprattutto centro-asiatica. Il nostro dialetto turco, difficile per uno di Istanbul, si parla praticamente fino al Turkestan cinese. Verso ovest, Tabriz è l'ultimo bastione dell'Asia Centrale, e quando i vecchi lapidari del bazar parlano di Samarcanda, dove andavano un tempo a cercare le loro pietre, bisogna vedere come li ascoltano... L'Asia Centrale," aggiunge, "questa cosa di cui, dopo la caduta di Bisanzio, i vostri storici europei non hanno compreso più nulla."

Siamo saliti da lui per bere l'ultimo tè della giornata. Dalle finestre dal telaio blu ho guardato a lungo la città distesa: un enorme piatto di terra ocra, divisa in due all'altezza del bazar dal meandro nero del fiume Atchi-tchài.[4] Il dolce rigonfiamento di qualche cupola emergeva da un mare di tetti fangosi. Nel quartiere a est si scorgevano dei contadini spingere avanti i loro cammelli o asini, e dei camion dai colori di sorbetto parcheggiati in cortili oscuri.

Nella geografia araba di una volta la città si diceva avesse – insieme con Kabul – uno dei migliori climi del mondo. Era così bella che i mongoli, meravigliati, non osarono distruggerla, e Ghazan Khan, discendente di Gengis Khan, vi insediò una delle più brillanti corti d'Asia. Oggi nulla più sussiste di quei fasti antichi, tranne l'enorme cittadella che crolla sotto il peso della neve, il labirinto del bazar e una moschea celebre in tutto l'islam, il cui portico di smalto blu ancora riluce dolcemente.

La notte era quasi scesa, il cielo si era coperto. Siccome mi alzavo per vedere dalla finestra se minacciava temporale, il vecchio M., che aveva perfezionato l'arte del vivere tranquilli, mi trattenne con gentilezza per la manica... "Se piove, il gatto verrà dentro".

Tabriz nutriva – o piuttosto, avrebbe dovuto nutrire – circa duecentosessantamila anime, tra cui: gli armeni, una trentina di stranieri e due monaci lazzaristi francesi. Perché poi questi padri, quando non c'erano praticamente né francesi, né convertiti musulmani? Come? Non si sapeva più, ma essi erano là, e nessuna solitudine era più amara della loro. Andai a trovarli con l'intenzione di prendere da loro in prestito qualche libro; dopo Belgrado, non avevo più avuto occasione di leggere una sola pagina di francese. La Missione si nascondeva dietro il consolato francese. Verso mezzogiorno vi trovai i due compari che passeggiavano, le mani dietro la schiena, lungo un raggio di sole. Facemmo ben presto conoscenza. Il superiore, un gigante alsaziano, sanguigno, lento e barbuto, era appena arrivato. Il suo secondo, padre Hervé, stava là già da cinque anni; un bretone sulla quarantina, dinoccolato, con una piccola testa da gallinaccio, occhi febbricitanti e l'accento di Quimper. Mi fece entrare in una camera in disordine: fucili da caccia, cicche, una pila di romanzi gialli e qualche compito degli studenti furiosamente corretto a matita rossa. Delle cartucce – pallettoni – erano sparse su di una tonaca rattoppata.

"Ho tutti i vizi," disse con un sorriso stanco, "ed è meglio così."

Le mani gli tremavano quando mi accese la sigaretta. Senza dubbio aveva fatto dei brillanti studi in Francia, e qui, per amore di Dio o della casa madre, passava le notti a correggere i miserabili compiti degli studenti dell'università che, il più delle volte – e senza alcuna colpa – non comprendevano neppure il tema. Non aveva più nessuna illusione quanto alla città.

"L'islam qui, quello vero? Morto e sepolto... null'altro che fanatismo, isteria, sofferenza che viene fuori. Sono sempre là a vociferare, seguendo i loro vessilli neri, a mettere a sacco uno o due negozi, o a mutilarsi in trance, nel giorno dell'anniversario della morte degli imam... Non c'è più molta etica in tutto ciò; e quanto alla dottrina, non ne parliamo! Ho conosciuto qualche vero musulmano qui, persone davvero notevoli... ma sono tutti morti, o partiti. Oggi... Il fanatismo, sa," riprese, "è l'ultima rivolta del povero, la sola che non si osa rifiutargli. Perché lo fa sbraitare la domenica ma piegarsi sotto al basto durante la settimana, e ci sono qui persone a cui fa comodo. Tante cose andrebbero meglio se ci fossero meno pance vuote."

Il Superiore annuiva in silenzio.

"Il nostro lavoro non serve a nulla qui," disse ancora il bretone. "All'ultima messa di Natale ero quasi solo in chiesa... i miei pochi parrocchiani non hanno neppure osato venire... È la fine. E poi, perché avrebbero dovuto venire? Povera gente!"

Povero padre! Avrei voluto potergli stappare una bottiglia di Muscadet sotto il naso, poggiare un pacchetto di Gauloises sul tavolo, e farlo parlare della sua provincia, di Bernanos, di san Tommaso, di qualunque cosa, parlare, parlare, svuotargli un po' l'animo di tutto quel sapere inutilizzabile che lo rendeva amaro.

"Per i libri," riprese a dire, "vada a vedere alla biblioteca della facoltà; hanno ricevuto qualche vecchia partita dalla Francia, tutta roba che si gettava via ai tempi di Jules Ferry; troverà ottime cose. Quanto ai gialli," aggiunse con un po' d'imbarazzo indicando quelli che coprivano il suo letto, "non posso prestarglieli; appartengono al console, che li rilegge continuamente. Sa, non ha nulla da fare e il tempo non gli passa mai, qui."

Il venerdì, padre Hervé se ne andava tutto solo a caccia, e sfogava cristianamente la sua collera sui lupi: "Venga con me dopodomani, se vuole, avvertirò l'uomo del camioncino". Ma questa proposta era fatta con così poco entusiasmo che non vi diedi mai seguito. Il Superiore mi riaccompagnò fino alla porta. Mi teneva timidamente una mano sulla spalla, come per scusarsi dell'amarezza del suo sottoposto. Non diceva una parola. Con l'aria di essere uno paziente, una roccia, con nervi difficili da scuotere. Quello, la città e l'esilio non l'avrebbero piegato.

La nostra sistemazione era perfetta. Due camere, o piuttosto due budelli dal soffitto a volta, imbiancati a calce, che davano sul cortile, dove un melograno e un ciuffo di garofanini lottavano contro le prime gelate. I muri ospitavano nicchie per le icone, il samovar e le lampade a petrolio. Nella legnaia minuscola che divideva le nostre camere abitavano ratti color di luna. Ognuno di noi aveva a disposizione un tavolo, una sedia, un piccolo fornello di latta goffrato come una cialda. L'affitto era pagato per sei mesi; eravamo a posto. Thierry preparava le sue tele; io avevo portato dal bazar una risma di carta bianca e ripulito la macchina da scrivere. Mai il lavoro è così seducente come quando lo si sta per cominciare; dunque lo si piantava là e si andava a scoprire la città.

Larga, terrosa, all'abbandono, essa pagava le sue passate disgrazie. Tolte le arterie principali, era un dedalo di viuzze delimitate da muri di terra rossiccia che finivano su piazzette ombreggiate da un platano, sotto il quale i vecchi venivano a sera per fumare e chiacchierare. Una folla rozza e sonnacchiosa sfilava nelle strade del bazar: mantelli rattoppati, lugubri berretti, soldati color terra e donne sepolte nei loro chador a fiori. Carrozze silenziose, branchi di asini, di pecore, di tacchini scivolavano attraverso le piazze. Sulle soglie delle botteghe fumavano i samovar. I nibbi giravano al largo dei tetti, in un cielo sempre grigio. I pioppi perdevano le ultime foglie. Era patibolare, ma affascinante.

Ecco la situazione della città.

Ottanta chilometri a nord: la frontiera russa. Una volta alla settimana, un treno di quattro vagoni lascia Tabriz per raggiungere Giulia, e quindi Erevan, capitale dell'Armenia sovietica. Il treno è quasi sempre vuoto. Dai contrafforti dell'Ararat alle spiagge deserte del Caspio la frontiera presenta una linea continua di filo spinato, accompagnato da una striscia di sabbia fine su cui le orme dei fuggitivi sono immediatamente individuate. Eppure non è davvero ermetica; e le comparse lasciate qui dai sovietici passano e ripassano discretamente. Per loro, quell'impressionante dispositivo d'allarme rimane silenzioso. Come dice giustamente un proverbio locale: "La sciabola non taglia il proprio fodero". Così, i russi sono perfettamente informati di ciò che si trama in città, e Radio Baku si prende ogni tanto la libertà di interrompere un programma di musica caucasica per annunciare il risultato delle elezioni di Tabriz, due settimane prima dello scrutinio.

Trecento chilometri a ovest, la calotta di ghiaccio dell'Ararat domina un mare di montagne blu che scendono come onde verso la Russia, la Turchia e l'Iran. Ed è là, nel cuore dell'antica Armenia, che Noè, in un gorgoglio di acque ostili, fece approdare l'arca da cui siamo tutti usciti. Il suo passaggio ha lasciato delle tracce, e la prima borgata del versante russo si chiama Naxçivan: in antico armeno, "le genti della nave".

Lontano a sud, oltre i canneti dell'immenso Lago d'Urmia, le alte valli e le creste del Kurdistan chiudono l'orizzonte. È una regione magnifica e poco frequentata, di cui l'esercito iraniano controlla praticamente tutti gli accessi. Le tribù di allevatori che vi abitano hanno in città una reputazione di brigantaggio e rapine, solida quanto ingiustificata. Il fatto che i tabrizzini li detestino non impedisce ai curdi di scendere ogni tanto in città, bardati di cartucciere, e con avidi sorrisi per le enormi bisbocce di volatili e vodka che li attendono.

Verso est, una strada di terra scavalca il passo del Ghibli, a più di tremila metri, e si allontana verso Teheran. Al di là di Miyaneh, traversando il fiume Kezel-Owzen sulle cui rive Israele in cattività "piangeva ricordandosi di Sion", si cambia di mondo e di lingua. Si lascia il duro paese di razza turca per le terre millenarie e i paesaggi soleggiati dell'altopiano dell'Iran. A eccezione di questa strada spesso chiusa per la neve o i fanghi di primavera, e dell'autobus verde mandorla che impiega a volte quattro giorni per raggiungere Teheran, niente collega la città al mondo esterno.[5] Nella sua culla di pioppi, di terra rossiccia e di vento, essa vive per sé, a parte.

Un soggiorno in un luogo sperduto e senza comodità lo si sopporta; al limite senza mutua né medici; ma in un paese senza postini, io non avrei resistito a lungo. Per anni, attraverso la neve o la sabbia o il fango, il cammino della posta fu un cammino sacro. A quella di Tabriz, le lettere fermo posta pervenute a destinazione erano esposte – quasi frutto di altrettanti miracoli – in una vetrina chiusa da una grata, di cui il direttore conservava la chiave infilata alla catenina dell'orologio. Non era possibile dunque evitare la visita a questo personaggio, e i soliti tè di rigore. Era un vecchio amichevole, mal in arnese e assai cerimonioso, che ammazzava il tempo studiando il francese, in un abbecedario ornato da vignette che figuravano l'*A-nnaffiatoio*, la *B-uca delle lettere* o il *C-avallo*, e contava su di noi per correggere gli esercizi a cui, per la scarsezza della corrispondenza, poteva dedicarsi con tutto comodo. In cambio si prendeva cura personalmente delle nostre lettere, e mai se ne perse una. Quanto alle cartoline d'Europa – soprattutto quelle che rappresentavano donne o fiori – egli aveva immediatamente declinato ogni responsabilità; facevano, a quanto pare, la felicità di qualcuno lungo il tragitto.

Quando l'autobus di Teheran non era rimasto bloccato lungo la strada e ci portava qualcosa, noi trasportavamo preziosamente questa manna fino a una bettola del bazar, dove le porzioni di riso brillavano come neve sotto le gabbiette piene di uccelli storditi dal fumo delle pipe e dal vapore del tè. Solamente là, con lo stomaco pieno e le mani lavate, ci mettevamo lentamente a decifrare quei messaggi di un altro mondo, senza perderne una sillaba. Avrei trovato quelle letture ancor più piacevoli se non fossi stato sempre il primo a finire. Thierry riceveva dalla sua amica Flo veri e propri volumi che, per ingannare la mia fame, cercavo inutilmente di decifrare all'inverso. Io invece avevo corrispondenti del genere che non scrive, così toccava a me, il più delle volte, ricevere, tornando dallo sportello, la pacca di consolazione sulla spalla.

Metà ottobre era passato quando ebbe luogo il Moharan, l'anniversario dell'assassinio dell'imam Hussein, cioè il Venerdì Santo dei musulmani sciiti.[6] Per tutto un giorno, la città risuona di clamori, di singhiozzi, e ribolle di furore fanatico contro degli assassini morti da tredici secoli. La vodka e l'arak scorrono a fiumi, la folla si sente forte, le menti sono ben presto confuse e la giornata potrebbe anche terminare con una rivolta, o col saccheggio di qualche negozio armeno. La polizia sorveglia dunque le strade, i curdi che sono sunniti evitano di mostrarsi, e i pochi cristiani della città hanno tutto l'interesse a rimanere a casa.

Noi gironzolavamo prudentemente nei dintorni del quartiere armeno quando il vecchio M. ci chiamò dalla sua carrozza e ci fece montare. Il pomeriggio stava finendo.

"Venite a vedere come in Persia piangiamo meglio i morti che i vivi," ci disse ridendo.

Non c'era niente da ridere; già si sentiva il corteo funebre scendere lungo il viale Palhevi, lanciando grida strazianti. Dietro i neri vessilli triangolari sfilavano tre gruppi di penitenti. I primi si contentavano di battersi il petto singhiozzando; quelli del secondo gruppo si martoriavano la schiena con una frusta terminante in cinque catenelle di ferro. Ci davano dentro decisi; la pelle si spaccava e sanguinava.

Gli ultimi, vestiti di tuniche bianche, portavano dei pesanti coltellacci con cui si ferivano i crani rasati. La folla sottolineava ogni ferita con grida di ammirazione. La famiglia e gli amici che seguivano questi sacrificati stavano attenti a che non si ferissero troppo gravemente, e tenevano sospeso un bastone sopra le loro teste per smorzare lo slancio dei coltelli. Nonostante ciò, ogni anno uno o due fanatici si accasciano col cranio spaccato e abbandonano questo mondo falso e bugiardo. Finito il corteo, i più eccitati si riunirono ancora dietro l'edificio della posta per una sorta di ronda ritmata dalle urla degli spettatori. Ogni tanto, uno dei danzatori si interrompeva per piantarsi il coltello nel cranio, con un gran grido. A malapena poteva vedersi la coltellata perché era già quasi scesa la notte, ma a venti metri di distanza si sentiva distintamente la lama che incideva l'osso. Verso le sette, la frenesia era diventata tale che fu necessario strappare le armi ai danzatori per impedire loro di ammazzarsi sul posto.

Nei villaggi dei dintorni, la mortalità infantile è molto alta al momento dello svezzamento; poi la dissenteria passa a prelevare la sua parte; così le madri che hanno perduto già vari figli in tenera età promettono ad Allah quello che stanno aspettando. Il bambino, se raggiunge i sedici anni, diventerà mullah; oppure farà il pellegrinaggio sciita di Kherbellah,[7] o ancora si sdebiterà col cielo sfilando al Moharan. Il vecchio M., che aveva riconosciuto molti dei suoi contadini nel corteo, ci assicurò che la maggior parte dei penitenti appartenevano a quest'ultima specie.

Quella sera il vecchio ci fece incontrare uno dei rari stranieri della città: Roberts, un texano, ingegnere consulente al "Punto IV".[8] Arrivato da sole sei settimane, si era già arditamente messo a imparare il turco-azero e pronunciava qualche frase, si sbagliava, rideva e faceva ridere. Era incaricato di studiare la fattibilità della costruzione di dispensari e scuole nelle grosse borgate dei dintorni. Ancora pieno di ottimismo, con quel tratto americano così piacevole, ma qui così esotico, che li spinge a fidarsi subito degli altri.

Egli credeva nelle scuole, non doveva credere al Diavolo, e guardò sfilare il corteo in silenzio, con qualche impercettibile fischio incredulo. Il vecchio, che l'aveva trascinato di forza al Moharan, non smise, per tutto il pomeriggio, di osservare le sue reazioni con un verde occhio sardonico.

C'erano pochi stranieri in città. Che cosa curiosa, uno straniero. Attraverso il giardino, da sopra i muri dei cortiletti, dall'alto di tetti a terrazza, i nostri vicini armeni ci osservavano. Gentilmente. Durante le nostre assenze, poteva succedere che una scopa misteriosa ci pulisse la casa o che mani invisibili ci posassero sulla tavola una ciotola di zuppa amara.

Un secolo fa, gli armeni nella provincia erano stati quasi un milione; ne restavano a malapena quindicimila aggrappati alla città. Vivevano tra di loro, si spalleggiavano, si riunivano ogni sera nelle oscure cucine dell'Armenistan, attorno a una lampada a petrolio, per discutere gli affari della comunità, o programmare nei dettagli la strategia da tenere al bazar. Era un piccolo mondo caldo, nerovestito, laborioso e segreto, con un rispetto devoto per il suo prestigioso passato e un'infinita resistenza alla disgrazia. A volte una famiglia "riusciva" e saliva verso Teheran per tentare la fortuna. Era l'eccezione; per gli altri di qui la vita era dura; ma sapevano renderla vivibile con l'esperienza delle vecchie razze, e conservarle il suo sapore. Durante la settimana le donne, ben custodite dalle porte chiuse, canticchiavano facendo le pulizie mirabili cantilene che se ne volavano sopra i tetti; la domenica, in chiesa, cantavano a quattro voci con grande naturalezza: da che si conoscevano, era risaputo che il clan degli Arzruni dava per lo più dei bassi e che i Mangassarian erano invece piuttosto tenori.

In maggioranza erano cristiani monofisiti il cui capo spirituale, il *catholikos* di Echmiadzin, risiedeva nell'Armenia sovietica.[9] Un vecchio tagliato fuori dal mondo cristiano, la cui elezione era oggetto qui di discussioni interminabili, e che a ogni Natale inviava ai fratelli d'Iran, sulle onde di Radio Baku, deboli ma politici incoraggiamenti. Molti di loro avevano ancora in Urss dei familiari, dei quali erano praticamente senza notizie, e a cui capitava inviassero – nonostante fossero molto attenti al denaro – un pacco di vestiti pesanti. A volte avevano la sorpresa di ricevere in risposta un pacchetto di leccornie mal imballate, e qualche riga compassionevole e prudente, perché la propaganda era tale che, al di qua e al di là della frontiera, ciascuno credeva di avere di fronte gente messa peggio. Eppure i nostri vicini parlavano volentieri delle loro sofferenze, inorgogliendosi di ciò che avevano patito, di ciò che dovevano subire ancora: "E vedrete... non è mica finita...", con quella vanità lamentosa dei popoli troppo ingiustamente malmenati dalla storia, così evidente nella diaspora ebraica di una volta. A proposito di ebrei: sette famiglie israeliane, deluse da Tel Aviv, si erano appena stabilite in città e avevano aperto dei negozi nel bazar. Tutto l'Armenistan ne parlava con un sorriso cattivo. Per una volta, i mercanti azeri e armeni si erano messi d'accordo e si apprestavano, mano nella mano, a render loro la vita dura.

Non eravamo troppo soli. A fine mattinata, una figura massiccia e grigia a volte attraversava il giardino, e una gragnola di colpi faceva tremare la nostra porta. Era Paulus, il medico che ci aveva procurato i permessi di soggiorno e che fra due visite veniva a commentare le notizie. Posava allegramente i suoi cento chili sulla più solida delle nostre sedie, tirava fuori dal soprabito uno storione affumicato avvolto in un giornale e una bottiglia di vodka che apriva con un colpo di pollice. Setacciava la camera con uno sguardo ironico e si lanciava – sempre masticando – in una sorta di cronaca locale che quasi sempre cominciava con uno: "... State a sentire... posso solo farmi una risata". Paulus era baltico e parlava con un pesante accento germanico un francese imprevedibile, che sembrava inventare via via. Dopo aver fatto, nella Wehrmacht, la campagna di Russia, era fuggito dal suo paese invaso, era emigrato ed esercitava qui da due anni. Conosceva mirabilmente il suo mestiere, guariva molta gente, e quindi guadagnava bene, mangiava enormemente e beveva ancora di più. I suoi occhi mobili, uno azzurro e l'altro marrone, illuminavano un largo viso livido, amalgama di astuzia e intelligenza. In più, una vitalità da cinghiale, una buona dose di cinismo e un riso spaventoso che veniva su dal ventre gli alteravano gioiosamente il volto e irrompevano nelle storie più nere. Il dottore era un narratore prodigioso. La città l'aveva curata abbastanza a lungo da conoscerla bene, e tutta la rude saga di Tabriz passava attraverso di lui senza alterarsi. Egli non la giudicava e non aggiungeva mai nulla; ma nella sua bocca le morti sospette, le manovre strampalate o sordide di cui era stato testimone si trasformavano subito in favole, miti o archetipi, e assumevano quella specie di autorità che, per esempio, duemila anni giungono a conferire ai più turpi affari.[10]

Quella mattina egli ritornava dal quartiere di Chich-kélan, dove la polizia l'aveva chiamato per il corpo di un vecchio mullah, ritrovato mezzo nudo nel cortiletto di casa accanto al suo gruzzolo – un sacco di scudi –, attorno al quale, a quanto sembrava, aveva girato tutta la notte, salmodiando con un'atroce voce spezzata. I vicini, terrorizzati da quelle litanie, si erano ben guardati dall'intervenire. E quando l'avevano sentito cadere, e poi rantolare, l'avevano lasciato crepare senza muovere un dito perché lo sospettavano di darsi a pratiche magiche, e gli imputavano almeno la metà degli aborti e dei malanni del quartiere. La storia ci incuriosì e non ci portò fortuna. Quello stesso pomeriggio andammo a esplorare Chich-kélan, un sobborgo rustico ai piedi di una collina a nord della città: vicoli fangosi, mandorli stenti, muri di terra, e dei vecchi sornioni in passamontagna che pascolavano le loro capre in valli coperte di brina, o sonnecchiavano sulle soglie di botteghe sporche di cacca di piccione. In cima alla collina, una moschea in rovina e seminata di stronzi, che serviva da rifugio ai vagabondi, dominava la città. Il giorno seguente, Thierry, ritornatovi per disegnare, rientrò livido, coperto di escoriazioni e con i vestiti strappati. Mentre scendeva, una dozzina di malviventi l'avevano circondato, gettato a terra e alleggerito, puntandogli contro un coltello, del denaro del mese, che avevamo cambiato quella stessa mattina al bazar.

Quando raccontammo questa brutta avventura a Paulus, ebbe uno di quei suoi accessi d'ilarità irrefrenabili che molto contribuì ad avvicinarci a lui. Era stato rapinato solo una volta, lui, sulla strada di Urmia... da alcuni gendarmi lasciati un po' troppo senza sorveglianza. È molto pericoloso

un gendarme armato. Poteva "solo farsi una risata" e non si fece pregare. Lasciandoci, rideva ancora; con gli occhi pieni di lacrime e il respiro rotto. Sentimmo il suo passo pesante allontanarsi, smorzandosi tra i muri di terra; era costretto a fermarsi di tanto in tanto per riprendere fiato. Era appena prima della neve.

Novembre

> *Le melagrane aperte che sanguinano*
> *Sotto un sottile e puro strato di neve*
> *Il blu delle moschee sotto la neve*
> *I camion arrugginiti sotto la neve*
> *Le faraone bianche ancor più bianche*
> *I lunghi muri rossi le voci perdute*
>
> *Che procedono sotto la neve*
> *E tutta la città fino all'enorme cittadella*
> *S'alza in volo nel cielo maculato*
> *È Zemestan, l'inverno.*

Sull'altopiano dell'Azerbaigian, arriva tardi, ma bene. Una sera le stelle appaiono vicinissime, in un cielo regale, e gli abitanti del quartiere tirano fuori i loro *korsi*.[11] Nella notte il termometro precipita a meno trenta; il giorno dopo, l'inverno è in città. Un vento tagliente scende da nord a raffiche, investe la neve e ghiaccia la campagna. I lupi si fanno arditi e i senza-lavoro dei sobborghi si organizzano in bande per spogliare i contadini. Le barbe e i baffi si coprono di brina, fumano i samovar, le mani restano in fondo alle tasche. Non si hanno in mente che tre parole: tè... carbone... vodka. Sulla porta del nostro cortile, i ragazzini armeni hanno disegnato col gesso una grossa puttana con gli stivali, innumerevoli gonnelle, e un piccolo sole sul basso ventre. Il che certo non manca di poesia, almeno fino a quando si riesce a riempire la stufa e a pagare il venditore di legna.

Il nostro conosceva una sola parola in tedesco: *Guten Tag*, che nella sua bocca sdentata era divenuta *huda daa*; poco importava: era una parola straniera, noi eravamo stranieri, dovevamo capirla. Era un vecchietto minuto, dagli occhi lagrimosi e le mani spaccate dai geloni, che annaffiava tremando i suoi ciocchi di legno per renderli più pesanti: fico, salice, giuggiolo dalle venature violacee; legni biblici, che gonfiavano bene. Quando lo sorprendevo in questa operazione, sbottava in un riso candido e mi osservava da sopra i baffi per vedere se mi arrabbiavo sul serio. Le comari armene del quartiere gli facevano ben notare che la sua condotta offendeva Dio e cercavano di farlo vergognare di vendere quella roba; ma finivano per comprare. Il legno scarseggiava; bagnato o no, era comunque un affare.

Mentre Thierry lavorava alle tele che contava di vendere a Teheran, io avevo preso degli allievi per assicurare la sussistenza. Venivano al calar del giorno, dal giardino, con la neve fino alle anche.

"Ah, professore... nella Tabriz è davvero nera la nostra vita..."

"A Tabriz... a Tabriz, signor Sepabodhi. Non ci siamo proprio; si dice a Parigi, a Vienna, in Italia..."

Era il farmacista. Sapeva il francese a sufficienza per discutere gli avvenimenti della città, per spiegarmi senza errori i tre stadi della sifilide che aveva prudentemente studiato nel *Larousse médical*, o per assaporare lentamente *Pelle d'asino*, *Il gatto con gli stivali* e tutti quei racconti cristallini che riconciliano logica e poesia e non conoscono altra fatalità che il lieto fine. Per esempio, faticavo non poco a spiegargli cosa fossero le fate, perché nulla qui corrispondeva a quelle apparizioni fugaci, a quei cappelli a cono, a quella femminilità affinata ma astratta. Le incantatrici del folklore locale erano ben diverse: erano le *peri*, le ancelle del Male della tradizione mazdeista, o i robusti geni femmine dei racconti curdi, che divoravano i viaggiatori attirati dai loro incanti dopo averli ben bene sfiniti in un letto.

Pure, quei racconti piacevano. Finito un capitolo, il farmacista si asciugava gli occhiali, mormorava: "Mi piace Perrault... è così dolce," e su questa confessione si seppelliva nel suo quaderno, rosso come una peonia. Mentre Carabosse o Carabas, sillaba dopo sillaba, svelavano prestigi e segreti, la notte scendeva sulla città, e poi la lana della neve sulle strade nere. I miei vetri si coprivano di piumette di brina e i primi cani miserabili cominciavano a urlare. Io smoccolavo la lampada a petrolio. Avevamo lavorato bene. Il farmacista si rimetteva la pelliccia, mi porgeva i cinque toman che noi avremmo al più presto cambiato in vodka e mi lasciava sulla soglia sospirando: "Ah, professore! Che inverno perso, atroce, qui... nella Tabriz".

In vodka, o in biglietti del cinema Passage, sempre gremito perché ci faceva caldo. Strano locale: sedie di legno, soffitto basso, una larga stufa rovente a volte più brillante dello schermo. E un pubblico meraviglioso: gatti intirizziti, mendicanti che giocavano a dama sotto la lucina dei lavabi, bambini che piangevano dal sonno e un gendarme incaricato di mantenere l'ordine quando veniva trasmesso l'inno nazionale proiettando sullo schermo il ritratto dell'imperatore, spesso a testa in giù.

Sulle liste dei distributori Tabriz era senza dubbio messa male, poiché si potevano vedere qui in prima visione – oltre ai film iraniani e ai western del "Punto IV" – pellicole vecchie di venticinque anni. *Luci della città*, *Il monello*, Greta Garbo; avremmo avuto torto a lamentarci! Erano dei mirabili classici. Ma come la luce delle stelle lontane, la fama degli attori giungeva in città con una generazione di ritardo. Divi morti ormai da tempo sopravvivevano qui segretamente; i ragazzi erano pazzi di Mae West, e le ragazze di Valentino. A volte, quando lo spettacolo era troppo lungo, l'operatore, per finire, aumentava la velocità di proiezione. La storia terminava a un ritmo inquietante: carezze che sembravano schiaffi, imperatrici in ermellino che scendevano a precipizio le scale. Il pubblico, occupato ad arrotolare sigarette o a sgranocchiare pistacchi, non aveva nulla da obiettare.

All'uscita, un freddo pungente vi toglieva il respiro. Con i suoi muri bassi, le ombre bianche, gli scheletri di alberi scarnificati, la città, tutta rannicchiata sotto la neve e la Via Lattea, aveva qualcosa di magico. Tanto più che una canzone risuonava selvaggiamente per le strade spazzate dal vento: la polizia aveva lasciato accesi gli altoparlanti della piazza, che trasmettevano Radio Baku. Si riconosceva all'istante quella voce ineguagliabile: era Bulbul – l'usignolo – il miglior cantante in lingua turca di tutta l'Asia Minore. Un tempo abitava qui, anzi, era una delle glorie cittadine. Poi i russi, non senza ragione, l'avevano attirato da loro con cifre favolose. E da allora numerosi apparecchi iraniani si sintonizzavano su Baku per sentirlo... e sentivano il resto. Le sue canzoni erano, in ogni caso, prodigiose; ci sono quattro folklori diversi in città, tutti lancinanti, e nessuno si priva della musica, ma nulla può uguagliare in lirismo e crudeltà quelle vecchie lamentazioni transcaucasiche.

Risalivamo lentamente Chahanas. Sulla frontiera dell'Armenistan, un pugno di mendicanti si erano sistemati, come ogni sera, attorno a un fuoco di petrolio. Erano vecchi fantasmi tremanti, consumati dalla sifilide, eppure sagaci e allegri. Facevano arrostire qualche barbabietola dissotterrata nei campi, stendevano le mani verso la fiamma e cantavano. Il popolo dell'Iran è il più poeta del mondo, e i mendicanti

di Tabriz sanno a centinaia quei versi di Hâfiz o di Nizami che parlano d'amore, di vino mistico, del sole di maggio tra i salici. Secondo l'umore, li scandivano, li urlavano o li canticchiavano; e quando il freddo mordeva troppo, li mormoravano. Un recitante dava il cambio all'altro, fino allo spuntar del giorno. Il sole di maggio era ancora lontano e non era il caso di addormentarsi.

Oltre a queste "famiglie" organizzate che mettevano insieme le loro fortune, si incontrava qualche proscritto solitario, la cui sorte era ancor meno invidiabile. Una notte, all'uscita da una *tchâikhane*,[12] ci accostò una specie di ombra calva e malata. Nevicava. Gli lasciammo quello che ci rimaneva in tasca – i soldi per due o tre giorni – ed essa svanì così subitaneamente come era apparsa. Poi la neve si mise a cadere tanto fitta che girammo in tondo per più di un'ora nel labirinto del quartiere armeno prima di ritrovare la nostra porta. E fu mentre tiravo fuori la chiave dalle tasche che vidi il vecchio, nascosto lì in un canto; ci aveva seguiti e preceduti nella speranza di scroccarci ancora qualcosa. Siccome noi l'ignoravamo, si alzò in fretta, mi passò le braccia attorno al collo e spiccò un salto maldestro per baciarmi. Come in un incubo, vidi avvicinarsi quel cranio coperto di neve acquosa, quegli occhi chiusi, quella bocca offerta; con una sorta di panico mi sbarazzai di quel pacchetto d'ossa tremolante, entrai e richiusi la porta. Thierry rideva fino alle lacrime: "Avreste dovuto vedervi, sembrava che ballaste il tango". Avremmo certo stupito quel vecchio, rinfacciandogli la natura delle sue proposte; superato un certo limite di miseria, quelle sottili distinzioni perdono di senso e, al punto in cui era, non aveva altro da negoziare che la sua carcassa. Ci provava... con ostinazione: non ci eravamo neppure scrollati la neve dai vestiti, che lo sentimmo ritornare e bussare ai battenti; colpi deboli, monotoni, frustrati, come se la Terra intera gli dovesse ancora qualcosa. Su quest'ultimo punto certamente non aveva torto; fummo costretti comunque a uscire di nuovo, prenderlo per le spalle e respingerlo in quella notte da cui era così imprudentemente uscito.

Il processo Mossadegh, appena cominciato a Teheran, faceva temere qualche tafferuglio qui a Tabriz.[13] Ma non ve ne furono, perché quella stessa mattina il governatore aveva pensato bene di mostrare alla città ciò che aveva sottomano: cinque autoblindo, qualche mortaio e venti camion di truppe che, per la circostanza, avevano ricevuto delle scarpe nuove.

Il governatore era un vecchio astuto, crudele, burlone, curiosamente stimato anche dagli avversari del governo che rappresentava. Gli si perdonava molto, perché ognuno sapeva che egli non aveva convinzioni politiche e consacrava interamente il suo mandato all'edificazione della sua fortuna personale, con un acume che gli valeva numerosi ammiratori. Tabriz è sempre stata una città rivoltosa, ma con un certo "fair play". Si applaudono le mosse ben assestate. E per esempio quella sfilata inattesa, che strozzava la città al suo risveglio, era assolutamente nello stile di colui che essa chiamava familiarmente col solo nome. Un despota, naturalmente, la cui scomparsa sarebbe stata accolta con sollievo, e di cui si sorvegliava l'eventuale mossa falsa. Ma nell'attesa, sempre ben informato ed efficace, mellifluo e spietato, incuteva rispetto. La città, che la sapeva lunga in fatto di dispotismo, ne riconosceva il talento.

Eppure, quella sfilata mattutina contrastava molti progetti. La maggioranza dei tabrizzini che restavano fedeli a Mossadegh seguirono le tappe del suo processo con un'amarezza rotta da scoppi di risa quando le pronte repliche dell'accusato polverizzavano l'accusa. Per certo, Mossadegh era assai più popolare di quanto la stampa occidentale avesse lasciato credere. I miei studenti me ne parlavano con emozione. Davanti alle *tchâikhane* i mendicanti e i facchini scoppiavano per lui in discorsi isterici, o in pianto. A volte, anche, si incontrava all'entrata del bazar, fumante nel fango, il cadavere di una pecora propiziatoria sacrificata durante la notte. Per l'uomo della strada Mossadegh rimaneva la volpe iraniana, più astuta della volpe inglese, che aveva strappato il petrolio all'Occidente e abilmente difeso il suo paese all'Aia. Il suo talento di Proteo, il suo coraggio e patriottismo e la sua doppiezza geniale avevano fatto di lui un eroe nazionale, e i numerosi villaggi che egli possedeva e sfruttava duramente non cambiavano di una virgola la situazione. Che dopo il suo successo la produzione di Abadan – per mancanza di tecnici – fosse caduta vertiginosamente, e che il boicottaggio del petrolio iraniano avesse messo in pericolo le finanze dello Stato importava poco al popolo minuto, la cui situazione, in ogni modo, sarebbe migliorata solo lentamente. In assenza di produzione, almeno si possedevano le raffinerie, la cui dismissione serviva in maniera imprevista al piccolo commercio: certe installazioni leggere erano smontate di notte da misteriosi vagabondi, e i rubinetti, volani, cavi, bulloni, tubi, venduti a basso prezzo nei bazar del Khuzistan.

Dicembre

Il cielo era basso. A mezzogiorno si accendevano già le lampade. Il soave odore del petrolio e il tramestio delle pale per togliere la neve avvolgevano le giornate. A volte, i canti e i flauti di uno sposalizio armeno ci giungevano da un cortile vicino attraverso i fiocchi di neve. Il tè bollente, per tutto il giorno, ci manteneva il ventre caldo e la testa chiara. Man mano che la città sprofondava in un inverno sempre più fitto, noi ci stavamo meglio. E questa idea sembrava turbare la vedova Chuchanik, nostra padrona di casa, che ci faceva visita spes-

so: che si venisse – da così lontano e di nostra volontà – ad abitare qui le pareva veramente strambo. All'inizio aveva pensato che se vagavamo così per le strade del mondo, era sicuramente perché ci avevano cacciato dal nostro paese. Si sedeva in un angolo della mia camera, grossa quaglia in grembiule nero, e osservava con riprovazione morosa il letto da campo, il pavimento nudo, la finestra tappata con vecchi giornali, il cavalletto o la macchina da scrivere.
"Ma lei cosa fa qui?"
"Ho questi studenti..."
"Ma la mattina?"
"Come vede, prendo appunti, scrivo."
"Ma anch'io scrivo... in armeno, in persiano, in inglese," fece lei contando sulle dita, "non è mica un mestiere."
Abbandonavamo questo terreno delicato spostando rapidamente il discorso sulle notizie del quartiere su cui era ben informata: lo strillone dei giornali era morto di male al ventre... il figlio del droghiere aveva terminato un gran ritratto dell'imperatore, utilizzando solo dei vecchi francobolli, a cui aveva lavorato quasi due anni e che voleva andare a offrire di persona a Teheran... Sat..., il conciatore di viale Chahanas, aveva perduto l'altro giorno al gioco trentamila toman senza battere ciglio. Su quest'ultima nuova, drizzavo l'orecchio; si trattava di un bel gruzzolo, e i pettegolezzi dell'Armenistan non sbagliavano mai sulle cifre.
La città aveva ancora i suoi ultimi ricchi, ben nascosti, di cui non profittava per nulla. Erano in maggioranza grandi proprietari che, come il vecchio M., dissimulavano sotto apparenze misere la consistenza dei loro beni. Temendo di tradirsi con investimenti in loco, tesaurizzavano, indirizzavano l'eccedente delle loro entrate verso banche straniere, o lo giocavano, nel più assoluto riserbo, a poste esorbitanti. Il conciatore Sat... che aveva perduto così spavaldamente possedeva almeno un centinaio di villaggi fra Khoy e Miyaneh.

Un villaggio medio rende circa ventimila toman; il che vuol dire che poteva contare su una rendita annuale di due milioni di toman, e che la sua perdita era insignificante.

Mentre la notizia faceva il giro del bazar, che cosa ronzava nella testa dei poveri che formavano l'immensa maggioranza della città e le davano il suo vero volto? Non molto. Sapevano che Sat... si riempiva lo stomaco tre volte al giorno, che dormiva quando gli andava con una – o due – donne sotto un numero sufficiente di coperte, che andava in giro con una macchina nera. Oltre, la loro immaginazione si smarriva; il lusso toccava un mondo di cui né i libri che non potevano leggere né il cinema che testimoniava di una mitologia straniera davano loro esempi. Quando entravano in casa di un ricco, era dagli alloggi dei domestici, appena un po' più confortevoli delle loro stamberghe. Erano incapaci d'immaginare trentamila toman come noi lo saremmo per un miliardo di dollari. Le brame di quelli che non possedevano nulla non andavano perciò al di là della pelle e del ventre; nutriti e vestiti, non avrebbero avuto alcun altro desiderio. Ma non erano nutriti, camminavano scalzi nella neve e il freddo aumentava sempre più.

A causa di questo scarto fantastico, i ricchi avevano perduto persino il loro posto nell'immaginazione popolare. Erano così rari o così lontani che non contavano più. Financo nei sogni la città restava fedele alla sua miseria: gli indovini che in qualsiasi altro posto promettono l'amore o i viaggi, qui vi predicono più modestamente – e ancora bisogna avere in sorte un'eccellente poesia[14] – tre pentole di riso con carne d'agnello e una notte tra lenzuola bianche.

In una città che conosce la fame, il ventre non dimentica mai i suoi diritti e il cibo è una festa. Nei giorni fasti, le comari del quartiere si alzavano di buon mattino per sbucciare, pestare, disossare, mescolare, tritare, impastare, soffiare sulla brace; e i leggeri vapori che salivano dai cortili rivelavano lo storione al vapore, il pollo al succo di limone arrostito su carbone di legna, o quella grossa polpetta riempita di noci, erbette, rossi d'uovo, e cotta nello zafferano, che chiamano *kufté*.

La cucina turca è la più sostanziosa del mondo; l'iraniana, di una sottile semplicità; l'Armenistan, ineguagliabile nel *confit*[15] e nell'agrodolce; e noi, noi mangiavamo soprattutto pane. Un pane meraviglioso. Allo spuntar del giorno, l'odore dei forni veniva attraverso la neve a stuzzicarci le narici; quello delle pagnotte armene al sesamo, calde come tizzoni; quello del pane *sandjak* che ti fa girare la testa; quello del pane *lavash*, in sottili sfoglie chiazzate di bruciature. E davvero solo un paese molto antico può porre così il suo lusso nelle cose più quotidiane; si percepivano facilmente le trenta generazioni, con qualche dinastia, allineate dietro quel pane. Con quel pane, del tè, cipolle, formaggio di capra, una manciata di sigarette iraniane e i lunghi ozi dell'inverno, eravamo proprio dal lato buono dell'esistenza. La vita a trecento toman al mese.[16] Avevo adesso studenti a sufficienza per farcela. Due di loro, inoltre, figli di macellaio, miglioravano a volte la nostra dieta portandoci qualche scarto arraffato sul banco paterno. Erano gemelli rossi di pelo, timidi fino al timor panico, che non sapevano niente, non imparavano niente, ma ci piacevano molto quando tiravano fuori dalla borsa un polmone di capra – grossa spugna sanguinolenta – o qualche pezzo di scarto di bufalo ancora irto di peli neri. Ogni sabato sera andavamo al ristorante Djahan Noma, zeppo di curdi e di cupi festaioli imberrettati, e mangiavamo un piatto di carne di pecora di cui avremmo riparlato per il resto della settimana. A volte Thierry, che dipingeva nella semioscurità e credeva di avere un abbassamento della vista, si appartava per cucinarsi un chilo di carote. Ma tranne questo capriccio, non era più esigente di me: e un giorno, mentre stavo pulendo con un coltello i bordi della nostra pentola, mi suggerì, con occhio brillante, di fare con quegli scarti una "specie di grossa polpetta".

"Nessuna lettera?"
"Stanno al caldo ai bordi della strada," rispondeva il postino soffiandosi sulle dita.
La posta non arrivava più da dieci giorni. Lì eravamo veramente sulla luna. Ma ci stavamo bene. Gli studenti mi lasciavano anche il tempo per lavorare. Provavo a scrivere, a fatica.
Partire è come nascere un'altra volta, e questo mio mondo era ancora troppo nuovo per piegarsi a una riflessione metodica. Non avevo né libertà né scioltezza; solo voglia di scrivere, e panico puro e semplice. Strappavo e ricominciavo venti volte la stessa pagina senza riuscire a superare il punto critico. Comunque, a forza di incaponirmi e continuare, ottenevo a volte, per un breve istante, il piacere di dire senza troppa rigidità quello che avevo pensato. Poi staccavo, col cervello in ebollizione, e guardavo fuori dalla finestra il nostro tacchino Antonio, un volatile scheletrico che ci lusingavamo di ingrassare per Natale, girare per il giardino innevato.
Quando il lavoro non procedeva, o quando l'odore della mia camicia cominciava a darmi fastidio, facevo rotta sul Bagno Iran, carico di un fagotto di biancheria sporca. Era, a dieci minuti da casa nostra, un bagno turco tenuto da una vecchia assai pulita, che fumava attraverso il velo sigarette dalla punta dorata. Gli scarafaggi che di solito frequentano questi luoghi umidi erano morti di freddo prima dell'autunno. Tutti i vari insetti erano morti per le gelate. L'acqua bollente scorreva a fiumi, e l'allegrezza l'accompagnava. Per un toman si aveva diritto a una celletta fornita di due rubinetti, di una tinozza e di un sedile di pietra liscia sul quale cominciavo col lavare la biancheria, ascoltando i fischiettii, i sospiri

di sollievo e i rumori di spazzola che provenivano dalle cellette vicine. Per un toman in più veniva a occuparsi di voi il lavatore. Era un tipo silenzioso, scheletrico, come se i vapori fra cui scorreva la sua vita gli avessero divorato le carni. Cominciava con lo stendervi sul sedile di pietra e vi insaponava dai piedi alla testa. Poi vi liberava il corpo dalla polvere lavorando sulla pelle con un guanto di crine e col sapone esfoliante. Vi inondava di acqua calda. E per finire, vi massaggiava a lungo, facendo trazioni sulla testa, facendo scricchiolare le vertebre, pizzicando i tendini e pestando le articolazioni, le costole e i bicipiti con mani e piedi nudi. Sapeva il fatto suo e non lasciava un solo muscolo legato. Gli effetti non si facevano attendere; sotto quelle ondate di acqua calda e quelle pressioni esperte, sentivo i nervi distendersi uno a uno, scomparire le reticenze, e riaprirsi mille valvole segrete già chiuse dal freddo. Poi restavo là, steso nel buio, a fumarmi una sigaretta e meditare fino a che dei pugni impazienti che martellavano sulla porta non mi obbligavano a cedere il posto.

Ne uscivo verso le sei, leggero, lavato fino all'anima e fumante nel freddo come uno strofinaccio bagnato. Il cielo, di un verde intenso e puro, si rifletteva nelle pozzanghere gelate. Lungo la strada, i commercianti, prosternati in fondo ai loro negozi, con i berretti dalle visiere girate sulla nuca, pregavano ad alta voce tra i barattoli di melassa, le rape, il pan di zucchero, i sacchi di lenticchie e le carte moschicide, affinché il cielo li conservasse nel possesso dei loro beni. Si avvicinava il Natale e nell'Armenistan i venditori di pollame passavano già di porta in porta, con le spalle impiumate da bestie intorpidite e sanguinolente, le cui ali battevano ancora debolmente: vecchi coperti di fiocchi di neve, con una sorta di mitra sul capo, il naso cereo e le lunghe guarnacche; vecchi che percorrevano la neve quasi fossero i geni di quella gabbia incantata dove noi eravamo bloccati fino a primavera.

Apparizioni di buon augurio. Mi facevano tornare in mente l'inizio di una poesia barocca che avevo scovato per i miei alunni:

Allora Figlie dell'aria
Di cento piume coperte
Che da servo che ero
M'han messo in libertà...

In quelle sere lavoravo senza costrizione, e fantasticavo con le mani sulle ginocchia. La stufa crepitava. Il tacchino Antonio sonnecchiava ai piedi del letto e il suo torpore era piacevole a vedersi. Fuori, il cielo regnava sulle case buie. La città era più calma di una tomba. Si sentiva soltanto, di quando in quando, la guardia, vecchio grillo patetico, canticchiare con voce rauca per farsi coraggio.

Verso la metà di dicembre, la figlia di uno dei vicini si avvelenò per amore. Era innamorata di un musulmano e tutto era veramente troppo complicato. Aveva inghiottito dello *shiré*[17] mentre il ragazzo, dal canto suo, si era impiccato. Capuleti e Montecchi. Lunghe grida di donne sul quartiere. Dei manifestini verdi e neri affissi su tutte le porte annunciavano l'ora della cerimonia funebre... Nella cappella armena la ragazza riposava con le mani giunte nella bara aperta. Indossava una veste di velluto quasi nuova e alle orecchie aveva cerchi d'oro. In fondo alla chiesa, le vecchie formavano un gruppo di straordinaria nobiltà: una falange di Parche avvolte nei loro scialli neri, silenziose, dure, femminili, dagli occhi come soli. Mai, salvo in qualche vecchia zingara, avevo visto quella dignità da sfinge, straziante e possente. Erano davvero le guardiane della razza, cento volte più belle delle ragazze da marito. Terminata la cerimonia, tutta la chiesa sfilò davanti alla morta, poi le porte furono aperte e, sotto l'occhio dei passanti, due donne spogliarono ostentatamente il cadavere dei gioielli, delle scarpe, e strapparono la veste a forbiciate. Eravamo in inverno, stagione della carestia e dei saccheggiatori di tombe; si sperava con quel gesto di evitare le profanazioni.

Quella stessa settimana un curdo morì in città, senza che la sua famiglia fosse là per portarselo via. Non ebbe fortuna! Perché sarebbe stato "mal sepolto". Tra quei montanari sunniti e i cittadini sciiti esisteva una rogna tenace che mille incidenti continuavano ad alimentare. Ma i curdi sono pericolosissimi attaccabrighe e i tabrizzini li temevano troppo per attaccarli da vivi; maliziosamente, si vendicavano nell'ora della morte. I curdi che morivano in città rischiavano seriamente di ritrovarsi sepolti a pancia in giù e faccia a terra, invece di essere sistemati nella fossa col viso rivolto alla Mecca, come esige il rito. In questo modo Azräel, l'angelo della morte, indisposto dalla postura sconveniente, avrebbe rifiutato loro l'accesso al paradiso. Così succedeva a volte che un curdo, malato all'ospedale del distretto, sentendosi venir meno le forze sparisse, rubasse un cavallo e tornasse a briglia sciolta a morire in Kurdistan.

Una sera, proprio davanti al Bagno Iran, un giovane curdo mi abbordò, domandandomi con molta insistenza l'indirizzo di una ragazza del quartiere. Indossava un turbante di seta bianca e una cintura di stoffa nuova da cui spuntava un pugnale che doveva valere almeno mille toman. Con ogni evidenza usciva dalle mani del lavatore e si proponeva di andare a fare la corte alla sua bella. Conoscevo l'indirizzo, e la ragazza, che avevamo registrato qualche giorno prima: una smorfiosa che si vantava di saper cantare il bel folklore armeno "così come si canta al conservatorio", con delle moine che ci avevano fatto sprecare un'intera bobina. Ce l'avevo dunque un po' con lei, ma non fino al punto di guidare alla sua porta un pretendente dall'aria così determinata. Lo spedii nella direzione opposta e continuai per la mia strada.

Come è facile immaginare, i tabrizzini facevano correre

sul conto dei curdi ogni sorta di voce malevola: erano selvaggi, tagliaborse, vendevano a basso prezzo le loro figlie, insidiavano volentieri quelle degli altri ecc. Gli armeni si univano al coro, ma solo a fior di labbra; ché in realtà i loro rapporti con i curdi erano migliori di quanto non volessero lasciar credere. I mercanti di legna del bazar trattavano con molte tribù, da molto tempo ormai e su un rapporto di completa fiducia. Certo si insinuava che, ogni tanto, attorno a Rezaïyeh, i curdi si permettessero ancora di rapire una di quelle armene di cui sono così ghiotti, ma erano soprattutto le ragazze che ripetevano queste storie per mostrare a quali estremi poteva spingere la loro bellezza, e io non ho mai avuto notizia di un solo caso preciso. Comunque andassero le cose, gli affari non ne risentivano. Come i persiani avevano dichiarato già molti secoli prima a Erodoto: "Rapire le donne, con ogni evidenza, è cosa disonesta; ma prendersela fino al punto di volerle vendicare, che follia! Le persone serie hanno altro da fare".[18]

"Per la nascita del vostro Profeta," ci spiegò Moussa, fermo nel vano della porta. Teneva nelle mani due quaglie sanguinolente e i suoi occhi sorridevano sopra la pelliccia da caccia. Eravamo alla vigilia di Natale ed egli era il primo in città ad averci pensato. Avendo noi proprio allora voglia di carne, giungeva assai a proposito. Sarebbe rimasto per mangiare con noi i suoi uccelli.

Moussa era l'unico figlio di un *arbab* turco che abitava in fondo alla strada. Un giovanotto cordiale e scioperato che passava il tempo a cacciare, dipingere miniature e rileggere all'infinito *I miserabili* in traduzione persiana, infiammandosi di chimere eroiche e passioni egualitarie. In testa non aveva che Parigi e voleva persuaderci che detestava la Persia; ma noi non ci credevamo affatto – solamente, bruciava dal desiderio di riformarla, sciabola sguainata. C'entrava certo il fatto che avesse diciassette anni. E c'entrava anche la sua cronaca familiare: sotto i Qajar, il suo bisnonno, che disapprovava il governatore, era riuscito a impadronirsi della città con una cinquantina di bravi e a mantenervi il potere per qualche mese. In ragione di tale colpo di mano, era stato assassinato durante un banchetto organizzato in suo onore. Il nonno, che dava segni di voler riprendere le ostilità, aveva ricevuto una bomba in tempo utile ed era saltato in aria. Lo zio era stato riempito di piombo da alcuni cospiratori delusi, a cui rifiutava di unirsi. In quanto al padre, aveva rinunciato ai rischi della politica per amministrare con cura le sue terre e accumulare quella fortuna che lasciava al figlio tutto il tempo di sognare eroici scontri e cavalcare con la fantasia. Moussa contava anche di recarsi a Parigi, e dipingere poveramente a Montmartre. Voleva, per realizzare quest'ultimo progetto, estorcere la rendita di svariati villaggi a suo padre, poiché la "povertà a Parigi" gli appariva uno status tanto invidiabile che se lo immaginava più costoso della ricchezza a Tabriz.

In attesa di essere spogliato dei suoi beni, suo padre, che lo amava, cominciò a introdurlo la sera alla compagnia di qualche vecchio furbone suo amico, per fargli mettere giudizio, insegnargli a maneggiare con destrezza i dadi, a bere senza cascare a terra ubriaco, a parlare aspettando il proprio turno. Siccome poi lo sapeva un po' addormentato, gli aveva messo dietro un trovatello, conosciuto nel quartiere col nome di *kütchük* – piccolo – che gli serviva da factotum e da Sancho Panza. Furbissimo per i suoi otto anni, il "piccolo" mercanteggiava meglio di una vecchia armena, portava a termine gli incarichi più delicati e trottava veloce attraverso il bazar. Ma era un *kütchük* felice: perché la sua età gli permetteva ancora di abitare nel quartiere delle donne che lo rimpinzavano di canditi o di fegato alla griglia. Un cappotto nuovo, un berretto e delle pacche amicali proteggevano dal freddo la sua anima maliziosa e gaia. Soprattutto, egli non aveva mai paura. Mai paura, a Tabriz, per un orfanello, è cosa notevole. Ciò gli dava, in ogni caso, un che di particolare e di attraente, e le nonnette che lo incontravano in Chahanas non si trattenevano dal carezzarlo e lusingarlo mormorandogli paroline dolci, a cui di solito rispondeva con apprezzamenti così osceni da lasciarle di stucco.

Sovente Moussa ci rendeva visita. E visto che fin dal nostro arrivo aveva fatto per noi tutto quel che poteva, si era guadagnato il diritto di raccontarci a ogni visita le stesse storie di Mullah Nasser-ed-Dine,[19] e le sue idee personali sulla pittura: "Prima imparare a dipingere classico, poi impressionista, e solo alla fine moderno...". Parlava, seduto sul letto da campo. Io lo ascoltavo distrattamente. Avevo sentito tutte quelle chiacchiere almeno dieci volte. Ciò che mi occupava quel giorno era il Natale, il perno dell'anno. Così eravamo già a Natale... dove saremmo stati al Natale seguente? Che taglio avrebbe preso l'esistenza? Guardavo le quaglie gonfiarsi crepitando nella nostra pentola ammaccata, con un mazzetto di menta e un litro di vino bianco d'Armenia, quel vino biblico che si può trovare al bazar in bottiglie chiuse da un fragile sigillo di ceralacca.

Esile fumata sacrificale sopra la casa, sui saggi quaderni degli scolari armeni, sui tetti della città, sui terreni gelati che la circondano, sulle tane dei ghiri e i nidi dei corvi, su questo tenero e venerabile mondo antico.

I pochi americani del "Punto IV" formavano, un po' ai margini della città, un piccolo gruppo solidale, simpatico e isolato. Per la notte di Capodanno organizzarono una festicciola in una di quelle dimore patrizie che, da quando erano partiti i grossi borghesi armeni e a dispetto delle tende di cinz e dei giradischi di questi nuovi venuti, avevano conservato una toccante atmosfera di abbandono. Noi eravamo contenti di festeggiare l'anno nuovo in compagnia; lavati, spazzolati, commossi entrammo nella sala. La serata era cominciata; traboccanti di cordialità e con cappellini di carta sulla testa, gli americani stringevano mani, rompevano bicchieri, cantavano. Per un buon terzo erano già ubriachi e, nei loro occhi umidi di alcol e benevolenza, di tanto in tanto rilucevano brillii spaventati: un panico di essere così lontani, così mal compresi, così diversi in un giorno simile. Poi la confusione ricominciava della più bella. All'altro angolo del bar gli invitati armeni formavano una falange muta e sorridente. Li raggiungemmo: quella sera ci sentivamo più vicini a loro. Alla prima uscita dal nostro eremitaggio, quel trambusto ci sconcertava. Ballammo. Invitai una giovane donna un po' brilla e ben fatta. Stringerla a me mi parve di colpo qualcosa di così notevole, così degno di attenzione che mi scordai della musica e rimasi perfettamente immobile, stringendo sempre più forte. Dopo un po' lei mi guardò con occhi stupefatti, poi furiosi, si liberò e corse via. Bevvi molto e Thierry lo stesso, brindando alle cose fatte e a quelle da fare; ma non eravamo più abituati all'alcol, che di fatto non riuscimmo a reggere. Ce la filammo appena in tempo per non addormentarci sul posto. La notte era dura e splendida, la neve spessa, camminare era difficile. Ci appoggiavamo l'uno all'altro per non cadere. Non avevamo voglia di rincasare e, per molte ore, i nibbi e i cani dell'Armenistan poterono sentirci percorrere in lungo e in largo le viuzze, gridando nomi dagli accenti stranieri.

Girammo così, sbraitando, per almeno un'ora. Troppo. Quando raggiungemmo la casa avevo la gola infiammata e i denti che battevano. Nella mia camera si gelava; stesi sul letto tutto ciò che mi riuscì di trovare fra vestiti, stracci, carta d'imballaggio, e mi addormentai... Una melodia frivola e stanca mi svegliò molto prima dell'alba: attraverso una sorta di nebbia, intravidi al mio capezzale una figura traballante, con il cappello sugli occhi, che mi guardava fischiettando Schubert. "*Glückswünsche!...*" fece con una riverenza ironica, tendendomi la bottiglia che ingrossava una delle sue tasche. Era Paulus. Aveva passato la notte in giro, aveva trovato la nostra porta aperta e veniva "per gli auguri". Io bevvi un sorso senza riuscire a svegliarmi del tutto e gli chiesi se aveva passato un buon ultimo dell'anno.

"Allo Djahan Noma... tutti sbronzi, *grausam... grausam Herr Nicolas!* Non ci resta che ridere."

Egli non amava gli ubriaconi; aveva sì un debole per l'alcol, ma, a suo modo, riusciva a reggerlo. Anche nuotando nell'arak, si muoveva con calma, come una chiatta inaffondabile, più in sé e sorprendente che mai. Si era seduto; per un attimo mi parlò dell'autobus di Teheran che era andato a vedere, non so perché, alla partenza: quelle valigie legate con lo spago, quei viaggiatori nella neve, non sanno quando riusciranno a partire, né se mai arriveranno... *wirklich grausam*. Dopotutto, anche lui era bloccato in città. Poi lo sentii, lontanissimo, mentre contava, tenendomi il polso, e molto più tardi sentii il primo gallo dell'anno nuovo.

Mi svegliai due giorni dopo con una febbre da cavallo e la gola piena di placche bianche. Paulus aveva già fatto il necessario: la vedova Chuchanik era nella mia camera e stava riempiendo una siringa ipodermica. Per l'occasione aveva anche indossato il suo camice da infermiera, e sembrava felicissima...

Gennaio

...Sopra un letto da campo in equilibrio instabile, con vari strati di vecchi giornali sotto il sedere, tra un giardino ubriacato dalla notte e il riverbero della stufa staccata, aspettavo gli effetti dell'iniezione. In fondo al quartiere una radio trasmetteva canzoni persiane; i bambini dell'Armenistan litigavano in cortile, e sentivo Thierry che nella camera vicina declinava: "*Rosa, rosae*". Si era messo, per accorciare un po' l'inverno, al *Latino facile* del reverendo Moreaux e, in tutto quel bianco, nell'eco di quelle lingue auguste, in quella vecchia provincia di Atropatena che le legioni di Antonio non erano mai riuscite a conquistare, la *Regina parthorum* e il *pugnare scytham* delle prime lezioni acquistavano un significato più ampio, misterioso, boreale, che cullava deliziosamente la mia febbre. Che non era per niente diminuita. Da molti giorni cercavo il punto debole della malattia, la sua fessura, per infilarvi un cuneo. Non l'arak; che non riuscivo più a mandare giù e che mi bruciava il ventre senza alcun effetto. E neppure il latino del manuale. Appoggiai prudentemente la schiena contro il muro di pietra e, sempre guardando la neve cadere, mi misi a piangere, metodico, così come si sarebbe pulito un camino o un paiolo. Così per un'ora. Era quello che cercavo. Sentivo tutte le dighe della malattia cedere e dissolversi, e finii per addormentarmi, seduto nel cuore dell'inverno come in un bozzolo vellutato.

Curandomi, anche Thierry si era preso quella specie di spasmo della laringe, e io mi alzai dal letto giusto in tempo per occuparmi di lui. Compito facile. Da malato, egli era tutto intento alla cosa, come se fosse impegnato a covarsi il malanno o a operare se stesso. Rispondeva appena alle mie domande, non per cattivo umore, no, ma per concentrazione: più intensamente si teneva malato, meno a lungo lo sarebbe stato. E così, egli profittava della più piccola influenza per cambiare pelle, si rimetteva in fretta e trascorreva il periodo di convalescenza fra piaceri modici e ben dosati: un bicchiere di tè sotto ai pioppi, una passeggiata di cinquanta metri, una noce, pensare dieci minuti alla città di Istanbul, o ancora, leggere vecchi numeri di "Confidenze", prestati da una delle mie alunne, che gli davano molte soddisfazioni. La posta del cuore in particolare. Vi ritrovava delle perle firmate

"Juliette, sconsolata (Haute-Saône)", o "Jean-Louis, sorpreso (Indre)"... "ed è vero ch'io non l'ho praticamente mai tradita, a eccezione di alcune avventure di viaggio *che non mi sono costate quasi nulla*"...

Per superare l'inverno ci vogliono delle abitudini.
Mi ero preso le mie all'angolo del quartiere armeno, nella bettola dei facchini. Assieme ai mendicanti, essi formavano certo la banda peggio in arnese della città. Per questo occupavano insieme questa *tchâikhane* dove, a eccezione di uno sbirro che beveva il suo tè al banco, erano certi di essere tra loro. La prima volta che mi ci infilai, calò all'istante un silenzio talmente teso e completo – come se l'edificio stesse per crollarmi addosso – che mi rannicchiai con la testa tra le spalle e non riuscii a scrivere una riga. Io che pensavo di vivere frugalmente, ebbi l'impressione che il mio misero berretto, la giacca logora, gli stivali, urlassero tutti insieme all'agiatezza e alla pancia piena. Misi una mano in tasca per far zittire i pochi spiccioli che vi tintinnavano. Avevo paura, e ben a torto: era la tana più tranquilla della città.

All'approssimarsi di mezzogiorno, arrivavano per piccoli gruppi, trementi e curvi, con la loro corda avvolta su una spalla. Si sedevano ai tavoli di legno con una sorta di borbottio di benessere, mentre il vapore saliva su dagli stracci e i visi senza età, così estremamente nudi, patinati, e consunti da far passare la luce, si mettevano a brillare come vecchi paioli. Giocavano a tric-trac, sorbivano un tè dal piattino, con lunghi sospiri; oppure facevano cerchio attorno a una bacinella di acqua tiepida per immergervi i piedi feriti. I più benestanti tiravano qualche boccata da un narghilè e ogni tanto, tra due accessi di tosse, snocciolavano una di quelle strofe visionarie che sono tra le cose migliori create in Persia da mille anni a questa parte. Il sole invernale sulle pareti blu, il sottile odore del tè, l'urto delle pedine sulla scacchiera: tutto appariva di una leggerezza così strana che ci si domandava se quel pugno di vecchi serafini callosi non stesse lì lì per prendere il volo assieme a tutta la baracca e con un gran fruscio di piume. Istanti ricolmi di tenerezza. Era davvero ammirabile, e assolutamente persiana, quella maniera di ritagliarsi nel cuore di una vita perduta, nonostante i bronchi lesionati e i geloni infiammati, un piccolo momento di tranquillità.

A metà gennaio, l'incattivirsi del freddo ne portò via alcuni, i cui effetti personali furono dispersi nelle aste in fondo alla sala: una coperta consumata, un mezzo pane di zucchero, un pezzo di corda e, per ben due volte – me ne ricordo –, la verde cintura di *Seïed*, che è il segno dei discendenti del Profeta. È questa una pretesa diffusa in città, ma che si ritrova più sovente tra i poveri e gli umiliati.

Per via dell'abitudine, che addormenta e consola, la maggior parte di loro non sapeva quasi più di aver fame. Oltre ai tre bicchieri di tè, non mangiavano che un pezzetto di pane turco e una sottile matassina di zucchero filato. Mai, quando ero seduto alla loro tavola, iniziavano a mangiare senza prima offrire: "*Beffarmâid*" – tocca a voi – quella misera sbobba che veniva in quel modo, e all'istante, santificata. Se avessi accettato, se ne sarebbe andato, per loro, il pasto della giornata. Mi chiedevo quale ordine spingesse quelle pance vuote a offrire così macchinalmente il poco che avevano. Un ordine nobile, in ogni caso, ben esteso, imperioso, e col quale quegli affamati hanno più familiarità di noialtri.

Padre Hervé aveva detto il vero: la piccola biblioteca possedeva almeno duecento volumi francesi. Con accoppiamenti sorprendenti: Babeuf e Bossuet, Arsène Lupin ed Élie Faure, René Grousset, *Vita di Gambetta* e le lettere del maresciallo di Soubise, il cui stile aggraziato, tutto ornato di eufemismi – "la fanteria combatté senza trasporto e cedette alla sua inclinazione per la ritirata..." – sembrava tradotto dal persiano.

Nell'*Impero delle steppe* di Grousset trovai menzione di un'infanta cinese che un khan delle Russie Occidentali aveva chiesto in moglie. Gli emissari avevano impiegato quindici anni per andare e tornare, portando una risposta favorevole; e la faccenda era infine giunta in porto... con la generazione successiva. Io amo la lentezza; e poi, lo spazio è una droga che quella storia dispensava senza lesinare. A pranzo, la raccontai a Thierry, e vidi il suo viso allungarsi. Le lettere che riceveva dalla sua amica Flo gli confermavano certi progetti di matrimonio che egli non contava proprio di differire di una generazione. In breve, cascai male con la mia principessa.

Un po' più tardi, di ritorno dal Bagno Iran, lo ritrovai sul punto di esplodere. Andai a preparare un tè per lasciargli il tempo di riprendersi; ma quando ritornai il ritornello era: "Non ne posso più di questa prigione, di questa trappola," e io non compresi all'inizio, tanto il nostro egoismo può accecarci, che stava parlando del viaggio, "ma guarda dove siamo finiti, dopo otto mesi! Intrappolati qui!".

Aveva visto abbastanza per dipingere tutta la vita, e soprattutto, poi, l'assenza aveva fatto maturare un legame a cui pesava l'attesa. Ero colto di sorpresa; meglio affrontare la questione a stomaco pieno. Facemmo rotta verso il Djahan Noma e, rosicchiando una coscia di pollo, decidemmo di separarci nell'estate seguente. Flo lo avrebbe raggiunto in India, dove a mia volta sarei arrivato, più tardi, per le nozze, da qualche parte tra Delhi e Colombo; poi se ne sarebbero andati per conto loro.

Bene. Non vedevo altro che la malattia o l'amore in grado di interrompere quel genere di impresa, e preferivo fosse l'amore. Sentimento che muoveva la vita di Thierry, mentre io avevo voglia di andare a sperdere la mia, per esempio, in un angolo di quell'Asia Centrale la cui vicinanza mi intrigava così tanto. Prima di addormentarmi, esaminai la vecchia cartina tedesca che il postino mi aveva regalato: le ramificazioni brune del Caucaso, la macchia fredda del Caspio, il verde oliva dell'Orda dei Kirghisi, una steppa più vasta da sola di tutto quello che avevamo già percorso. Quelle distese mi davano il pizzicore. Sono anch'esse talmente piacevoli, queste grandi immagini pieghevoli della natura, con le loro macchie, le curve di livello e le sfumature su cui si possono immaginare valichi, albe, un altro inverno ancora più solitario; e donne dal naso camuso, in scialli colorati, che seccano pesce in un villaggio di legno nascosto tra i giunchi (un po' da ragazzetti, questi desideri di terra vergine; eppure non semplici romanticherie, ma piuttosto prodotti di un istinto antico che spinge a mettere in bilico il proprio destino per accedere a un'intensità che lo innalzi).

Ero comunque smarrito: il nostro sodalizio era perfetto e io avevo sempre pensato che saremmo arrivati a conclusione insieme. Mi sembrava che fossimo d'accordo, ma questo accordo non aveva più molto senso adesso. Si viaggia perché le cose accadano e cambino; senza ciò si resterebbe a casa. E per lui era cambiato qualcosa che modificava i suoi piani. In ogni caso non c'eravamo promessi nulla; poiché, nelle promesse, c'è sempre qualcosa di pedante e meschino che nega la crescita, le forze nuove, l'inatteso. A tal riguardo la città era un'incubatrice.

Tabriz, che pure aveva tanti altri affari, trascurava un po' le belle arti, e il vecchio Bragamian, l'unico pittore in città, era al settimo cielo per essersi trovato un collega. Con guanti, cappello e ghette, come un seduttore del cinema muto, veniva di tanto in tanto a ispezionare il lavoro di Thierry, lanciando qualche grido d'incoraggiamento. Dopo aver vegetato per trent'anni a Leningrado, dove insegnava il "disegno floreale", Bragamian era emigrato qui, aveva trovato un pugno di allievi e sposato tardi una ricca armena che gli offriva i suoi foulard di seta bianca e i guanti di capretto. Dopo tale accomodamento non aveva quasi più dipinto; il suo forte stava piuttosto in una confortevole beatitudine. Trascorreva a tavola l'inverno, in sala da pranzo a sorseggiare un liquore di albicocche, a mordicchiare torrone, o sgranocchiare pistacchi raccontando mille storie a sua moglie che, innamoratissima e ammirata, l'ascoltava annuendo. Quando gli facevamo visita, si abbandonava, col suo russo volubile, a lunghi discorsi sull'Unione Sovietica, di cui noi non capivamo un'acca; mentre lei gli riempiva il bicchiere, spolverava dolcemente la sua spalla o batteva le mani, folle del suo artista e con gli occhi brillanti come gioielli. A volte lo interrompeva per tradurre: "Sta dicendo... non andare là, mai... grande paese cupo, voi scomparite, dimenticate tutto... il Lete...". "Lete," ripeteva Bragamian con enfasi, lasciando cadere, per illustrare le sue parole, piccoli pezzi di buccia d'arancia nel tè bollente.

Ed era talmente vero – si diceva in giro – che egli aveva dimenticato completamente la sua prima moglie, da cui non era ancora divorziato, e di cui solo la seconda faceva finta di ignorare l'esistenza. Il quartiere, che naturalmente ne era al corrente, pensava che malgrado quell'aria stravagante Bragamian avesse agito come un vecchio volpone, che vuole invecchiare tranquillamente al caldo. Sbrigarsela in tal modo è rispettabile. Nessuno in ogni caso cercava di metterlo in imbarazzo con quella storia; la gente era grata al vecchio imbroglione per la sua allegria, e nell'Armenistan la vita è troppo dura per calunniare così, senza profitto.

I suoi quadri, che ogni volta noi passavamo in rivista, erano meno riusciti di lui: giardini ben rifiniti e smorti, nonostante il sole vi figurasse sempre; nobildonne vestite di velluto che sorridevano duramente, con le mani sopra un fazzoletto; generali a cavallo nella neve, con decorazioni e guance come passate a cera. Thierry arricciava il naso, e Bragamian, che nulla e nessuno avrebbe potuto smontare, lo trascinava ogni volta, per giustificare il suo accademismo, in un dibattito febbrile sulla pittura. A gesti, evidentemente. Il vecchio gridava il nome di un pittore stendendo la mano a una certa altezza per mostrare la considerazione in cui lo teneva. Thierry replicava. Raramente erano d'accordo: quando Thierry riportava Millet giù quasi a terra, l'altro, che l'aveva piazzato ad altezza delle spalle e lo copiava da trent'anni, si rovesciava sulla sedia nascondendosi il volto. Erano d'accordo sui Primitivi italiani, a circa un metro di altezza, poi si alzavano prudentemente con qualche valore sicuro – Ingres, Leonardo, Poussin – sorvegliandosi con lo sguardo e ciascuno conservando in riserva il miglior candidato perché, in quelle specie di aste, ognuno voleva l'ultima parola. Così quando Thierry, col braccio levato, aveva piazzato il suo campione fuori dalla portata dell'omino, Bragamian si arrampicava sul suo sgabello e riusciva ad averla vinta, senza molta eleganza, con un pittore russo completamente sconosciuto. "Šiškin... grande pittura," diceva la moglie, "foreste di betulle sotto la neve." Quanto a noi, eravamo ben d'accordo; nel frattempo la tavola si era riempita di bottiglie, formaggio bianco, cetrioli, ed era il cibo che soprattutto ci interessava. Per nutrire l'amicizia. Bragamian lo sapeva bene anche lui.

Febbraio

La città si era abituata alle nostre facce e non eravamo più considerati sospetti. Armeni, bielorussi, colonnelli di polizia, funzionari che sognavano, per le figlie, un posto in un collegio di Losanna ci invitavano in saloni troppo illuminati, dove specchi, tappeti e mobili carichi di fronzoli testimoniavano che ci si trovava dalla parte buona dell'esistenza. E i nostri piatti si riempivano costantemente per rinsaldarci in tale sensazione. Eravamo interrogati poi sul nostro tenore di vita; con circospezione, perché se è vero che i nostri ospiti amavano segretamente la loro città, pure non ci davano così tanto credito da pensare che con centocinquanta toman al mese la si potesse amare quanto loro. Non ci conoscevano da abbastanza tempo da parlare col cuore in mano del paese e dei suoi problemi, ma ci sapevano già troppo al corrente per mandare giù l'ottimismo ufficiale che i persiani riservano agli stranieri di passaggio. La situazione era dunque imbarazzante; dalle scappatoie alle gentilezze sincere, dalle reticenze alle attenzioni delicate, la conversazione finiva per spegnersi e Thierry prendeva la fisarmonica per far ballare le signore. A volte, cedendo alle nostre insistenze, una di quelle solide borghesi vestite di nero si portava nel mezzo della sala, con gli occhi pudicamente bassi, e cantava con una voce straziante le ballate armene di Sayat-Nova,[20] o una di quelle lamentazioni azere che hanno il potere di sollevarvi da terra. Come se i vetri delle finestre fossero volati in frantumi, tutto quello che Tabriz esprimeva di potente, di travolgente e insostituibile invadeva all'improvviso la stanza. Gli occhi si velavano, i bicchieri tintinnavano, la canzone si spegneva... e, col cuore caldo, ripiombavamo come foglie morte in quella fraterna noia provinciale, gonfia di vaghi desideri, in cui è immerso il teatro di Čechov.

Persi tra voci straniere, sbadigli, bignè di carne, una sorta di letargia confusa si impossessava di noi. "Dateci dentro... mangiateci dentro... beveteci dentro," gridava la padrona di casa che aveva perso quel po' di francese imparato dalle suore di Teheran. Quelle esortazioni ci pervenivano attraverso una specie di nebbia. Ci guardavamo da sopra i bicchieri: che ci facevamo là? Da quanti anni abitavamo in quella città? Perché? Le parole di Bragamian mi risuonavano nelle orecchie: anche qui c'era il Lete. Uscivamo. Nevicava sempre; nel freddo che ci mordeva le tempie ci squadravamo, sazi. "Era grasso"; non avevamo più nessun altro criterio.

A ragione. Perché deperivamo a forza di tremare. Perdevamo peso. E allora non si desiderava soltanto mangiar bene, ma mangiare grasso. A La Nanou potevamo soddisfare questo desiderio. Era un ristorante di studenti tenuto da due vecchie dal muso di topo e l'aria colpevole, seppellite in neri scialli, in fisciù neri, che cucinavano a fuoco lento ogni sorta di brodaglie cotennose. La più vecchia, La Nanou, era stata la cuoca di Pishevâri, l'ex tribuno della "Repubblica libera" che, al ritorno dei persiani, era sfuggito per un pelo alla forca. A volte, egli veniva umilmente da lei, si sedeva in un angolo e fiutava gli odori delle sue pentole. Non so se pagasse, ma era servito. Non so neppure se l'avesse trattata bene ai tempi del potere, ma i rapporti stretti, buoni o cattivi, legano gli esseri, e per sempre. Allora egli restava là, nel torpore che seguiva la zuppa, al caldo, col ventre pieno – sensazioni tanto più reali dei fumi del potere – ad ascoltare la clientela schernire il governo o canticchiare, tra due bocconi, qualche distico sovversivo che due vecchi poliziotti seduti nei pressi della porta annotavano senza entusiasmo nei loro taccuini.

Quei lazzi alimentavano una vecchia lite tra Tabriz e Teheran. L'università era stata fondata sotto la "Repubblica", con l'appoggio sovietico, ed era perciò progressista. Al loro ritorno gli iraniani, temendo la turbolenza dei democratici, avevano voluto chiudere le facoltà. Ma a Tabriz le distrazioni non sono poi così numerose da poter anche sopprimere l'istruzione. Gli studenti avevano, a quel che si racconta, impugnato le armi e avuto partita vinta; più tardi avevano sostenuto e poi rimpianto Mossadegh, ed espresso la loro contestazione in un repertorio troppo spinto per essere trascritto qui. Mansur, uno dei clienti, che mangiava sovente al nostro tavolo, ce ne traduceva il fior fiore nel gergo di Montmartre. Figlio di un maestro di scuola di Mequed, si era dato da fare per ottenere un passaporto, aveva resistito per tre anni a Parigi e stava terminando lì a Tabriz gli studi di medicina. Quando l'inverno, o il silenzio, gli pesavano troppo, veniva a sfogarsi da noi. Il suo comunismo (*made in France*) era travolto dalla realtà che ritrovava in patria. Questa città aspra e ritrosa manifestamente non quadrava con la dottrina. Era sconcertato. Aveva contato su degli oppressi modello, ribelli ed efficaci. La realtà era ben diversa: qui troppi mendicanti gli facevano l'affronto di essere noncuranti malgrado il freddo, ironici malgrado la sifilide, e di tendergli ruvidamente la mano, come se fosse simile agli altri, di accettare le occasioni con una gioia oscena, da qualunque parte fossero venute.

Nella nostra piccola camera era più a suo agio; la sua riprovazione si inseriva meglio nella nostra dialettica occidentale e poteva esporci lungamente delle teorie cui noi opponevamo qualche confutazione impacciata, preferendo di molto la politica alla cronaca troppo realistica dei suoi amori francesi, ricca di dettagli piccanti che davano le vertigini. Nelle giornate di particolare verve, arrivava persino a conciliare i due argomenti che lo sollecitavano allo stesso modo, e finiva per associare le scopate della Du Barry alle tare del "plusvalore", e la ninfomania della Grande Caterina alla funzione imperiale. Noi che non riuscivamo proprio a vedere l'Iran trasformato in kolchoz, gli facevamo le pulci per quelle semplificazioni sommarie, quell'utopismo, per la fragilità delle sue dimostrazioni: cioè per la forma. Perché, tolte quelle "imperfezioni", il suo smarrimento e la sua rivolta erano legittimi. Molti studenti li condividevano, segretamente; sotto il regime di Zahedi, quelle opinioni conducevano per direttissima alla prigione, e con la prigione iraniana non si scherza, se si è dentro. Più prudente sarebbe stato per loro dormire, perché la città ha la mano pesante, ma il sonno ancora più pesante; però i giovani, per quanto incoraggiati, non sono ahimè mai riusciti a restarsene addormentati tutto il tempo.

Thierry, che era a corto di tele e colori già da qualche tempo, ricevette un avviso dall'ufficio postale che finalmente lo informava dell'arrivo del materiale che aveva ordinato in Svizzera.

Vi si precipita, riempie dei moduli, firma delle ricevute, paga una tassa, va fino alla dogana e ritorna, assiste all'apertura del suo pacco. Non manca nulla – ma quando fa per portarselo via, l'impiegato glielo strappa lestamente di mano spiegando che il direttore, che desidera consegnarglielo personalmente, si è assentato per qualche minuto. Nell'attesa, lo si fa accomodare in un piccolo salotto con uno scaldapiedi, tabacco, uva, tè, e Thierry si addormenta. Un'ora più tardi si sveglia e va a trovare di nuovo l'amico della posta:

"In pratica, che sto aspettando?".

"Il nostro direttore... vedrà, una persona squisita."

"E a che ora sarà qui?"

"*Pharda* (domani)!"

"! (?)!"

"Il suo pacco... oggi l'ha visto, e domani lo porterà via. Due piaceri al prezzo di uno," concluse amabilmente il vecchio accompagnando Thierry alla porta.

Pharda sempre invocato. *Pharda* carico di promesse. *Pharda*, la vita sarà migliore...

Marzo

A ogni modo, l'inverno ci aveva insegnato la pazienza. Pesava ancora sulla città, ma nel Sud del paese cominciava a mollare la presa. Laggiù il vento caldo di Siria, che superava le montagne, faceva sciogliere la neve e ingrossava i ruscelli del Kurdistan. Certe sere, in quella direzione, un fondo di cielo giallastro e vagabondo annunciava già la primavera.

Neanche a farlo apposta poi, io avevo ritrovato in biblioteca una raccolta di racconti curdi[21] la cui freschezza mi trasportava: un passero – curdo, chiaramente – replica gonfiando le piume al Gran Re dei persiani, che gli ha mancato di riguardo: "Io piscio sulla tomba di tuo padre"; dei geni dalle orecchie d'asino, alti come uno stivale, vengono fuori dal terreno, in piena notte e in un rombo di tuono, per consegnare i più stupefacenti messaggi. E delle singolar tenzoni da far impallidire Turpino e Lancillotto! Ciascuno colpisce a turno, e il primo colpo inferto sotterra fino alle spalle l'avversario, che poi si libera, si scrolla e prende lo slancio per restituirne uno pari. Con la scimitarra, la mazza chiodata, lo spiedo. Ne echeggia tutta la contrada; una mano vola via di qua, un naso di là, e l'odio – ma anche il piacere di affannarsi in tal modo – aumenta di conseguenza.

Quelle schiarite verso l'orizzonte e questa allegra letteratura ci davano una gran voglia di andare a vedere da vicino la regione. Complicazioni a non finire per ottenere i *giavass*, perché in Kurdistan la situazione era tesa. I curdi sono iraniani di pura razza e leali sudditi dell'Impero, ma la loro turbolenza ha sempre preoccupato il potere centrale. Già diciassette secoli fa, l'arsacide Artabano V scriveva al suo vassallo in rivolta Ardeshir[22]: *Hai superato ogni limite, e ti sei attirato da solo la tua cattiva sorte, tu* CURDO, *allevato nelle tende dei curdi...* Dal tempo di quell'avvertimento, né gli arabi né gli stessi mongoli sono riusciti a sloggiare i pastori curdi da quegli alti pascoli lirici che separano l'Iraq dall'Iran. Qui si sentono a casa loro, vogliono sbrigarvi personalmente le loro faccende, e quando sono risoluti a difendere i loro costumi o a risolvere una lite secondo le usanze, la voce di Teheran ha qualche difficoltà a soverchiare il rumore delle carabine. A volte anche – ma solo nella cattiva stagione – tagliano un po' la strada ai viaggiatori e li taglieggiano. Per scoraggiare queste iniziative, il governo mantiene nelle borgate limitrofe una soldataglia numerosa e così raramente pagata che essa è ben presto ridotta a rubare ai ladri. L'equilibrio è in tal modo ristabilito e l'autorità affermata, al prezzo, tuttavia, di una certa confusione che l'approssimarsi delle elezioni, col loro seguito ordinario di intrighi, pressioni e maneggi, non poteva che aumentare. I panni sporchi si lavano in famiglia, e non avevamo certamente scelto un buon momento per chiedere dei lasciapassare; ma non ne avevamo altri. Né lo stato maggiore né la polizia erano troppo disposti ad accontentarci ma, a causa dei buoni rapporti che ormai avevamo stabilito con la città, ogni istituzione interpellata scaricava su di un'altra la responsabilità del dispiacere di doverci opporre un rifiuto. Così, per due settimane facemmo la spola da un ufficio all'altro, prendendo il tè con dei graduati cortesi, pronti a parlare di tutto tranne che della nostra richiesta, vivendo di promesse sempre rinviate e che giorno dopo giorno riproponevamo con una pacatezza che ci costava non poco, assicurando quegli interlocutori che già varie volte avevano mancato alle loro promesse che credevamo certo alla loro buona fede, logorando i nostri nervi e imparando quel gioco antichissimo in cui vince il più paziente. E ci lasciarono vincere.

Paulus venne a farci visita la vigilia della partenza. Aveva appena percorso la stessa strada, che era sicura fino a Miandowab, inondata ma transitabile oltre. Su quest'ultimo tratto, una jeep era stata assalita quella stessa mattina; l'autista, che trasportava un carico di contrabbando dal Sud del paese, aveva forzato il passaggio per salvare la sua parte, e raggiunto Tabriz con le portiere crivellate di colpi e una pallottola nei polmoni. Paulus aveva appena finito di operarlo, con successo. Secondo lui erano stati degli sciiti di Miandowab o dei disertori travestiti da curdi a fare il colpo.

"È facile mettersi un turbante... senza contare che in questa stagione i curdi hanno altro a cui pensare; le mandrie che cominciano a uscire, la transumanza che si avvicina. Certo sono dei duri, e si battono fra di loro; ma occorre davvero che siano ridotti alla fame perché se la prendano con i viaggiatori. In genere si esagerano queste storie per far loro torto. Può sempre succedere, *insh'Allah*, come qui del resto, ma è un'eccezione. Portate con voi solo i soldi sufficienti per vivere, e soprattutto nessuna arma. Ne hanno troppo bisogno. Le armi, ne vanno matti, e può succedere che vengano in dieci o quindici per prendervele... e voi cosa fareste allora? Non vi resterebbe che ridere!"

Paulus aveva ragione. Non ha davvero senso fare una visita armati di pistola. E ancora meno quando non sai usarla. Noi eravamo partiti per vedere il mondo, non per spargli contro.

I turbanti e i salici

Strada di Miandowab

Dei borri profondi tagliavano il fondo stradale; la guida divenne difficile, e sei mesi di vita sedentaria ci avevano certo resi più maldestri. Così, impantanammo più volte la macchina fino al tettuccio, e senza speranza di uscirne con le nostre sole forze. In simili casi, il meglio che resta da fare è ancora accovacciarsi in attesa di una carretta e contemplare il paesaggio. Ne valeva la pena. Malgrado l'umidità, lo sguardo si spingeva lontano. A nord, frutteti maculati di neve e piantati di alberi adunchi si stendevano a perdita d'occhio verso Tabriz e l'inverno; in fondo al paese, la catena montuosa del Savalan tendeva dei crinali bianchi e leggeri al di sopra delle nebbie. A ovest, un deserto di paludi ci separava dalle acque amare del Lago d'Urmia. A sud, in direzione della primavera, i primi contrafforti del Kurdistan si velavano di pioggia, ai bordi di una piana scura, punteggiata di pioppi. Tutt'intorno a noi, tra le chiazze di neve, la terra pulsava, sospirava, restituiva come una spugna migliaia di rigagnoli d'acqua che la facevano brillare. Troppa acqua. Cominciammo a incrociare dei cammelli immersi fino all'altezza del ventre. E il livello saliva sui guadi. Bisognava allora spogliarsi e cercare in una corrente già forte il passaggio più comodo per la macchina.

Strada di Mahabad

Nessun brigante; ma a più riprese speranzosi gruppi di sei o sette persone ci fermarono. Nella mentalità dei curdi, tutto ciò che possiede un motore e quattro ruote è necessariamente un autobus, ed essi si adoperano a salirvi su. Hai voglia a spiegar loro che il motore non ce la fa, che le sospensioni si romperebbero... eccoli che prorompono in esclamazioni, vi danno una pacca sulla schiena e si sistemano con i loro pacchi sui parafanghi, i predellini, i paraurti, per farvi vedere come starebbero bene comunque, che la scomodità della posizione non è importante, che in fin dei conti non sarebbero che cinquanta chilometri... Quando li facciamo scendere – con ogni riguardo perché sono tutti armati – pensano ancora che si tratti di negoziare e tirano fuori amabilmente un toman dalla cintura. Non pensano né a dimensioni né a capacità della macchina, sorta di asina d'acciaio destinata a trasportare il maggior peso possibile e a morire sotto i colpi. Per noi, un adulto o due bambini erano il massimo che potessimo trasportare.

E così, nei pressi di Mahabad, prendemmo su un vecchio inzaccherato fino alle chiappe, che sfangava di buona lena nella neve acquosa e cantava a squarciagola. Sedendosi al posto del passeggero, tirò fuori dalle braghe una vecchia cacafuoco che affidò cortesemente a Thierry. Qui, non è buona creanza conservare un'arma entrando in casa d'altri. Poi ci arrotolò a ognuno una grossa sigaretta e si rimise a cantare assai graziosamente.

Per quanto mi riguarda, sopra ogni cosa, è la gioia che mi conquista.

Mahabad

Case di argilla e paglia dalle porte dipinte di blu, minareti, fumo di samovar e salici lungo il fiume: negli ultimi giorni di marzo, Mahabad è immersa nel fango dorato delle avvisaglie di primavera. Attraverso la stoppa nera delle nuvole, una luce pesante filtra sui tetti piatti, dove le cicogne nidificano schioccando i becchi. La strada principale è ridotta ormai a un pantano dove sfilano sciiti con i loro lugubri berretti, zardoshi[23] dagli zucchetti di feltro, curdi tarchiati e avvolti in grandi turbanti che urlano incomprensibili distici rauchi e fissano lo straniero con calorosa sfrontatezza. Quelli che non hanno nulla di più urgente da fare si mettono risolutamente sui suoi passi, e lo seguono a tre metri di distanza, col busto un po' piegato in avanti e le mani dietro la schiena – sempre dietro la schiena perché i loro pantaloni non hanno tasche.

Così scortati, si passeggia dentro un bello strato di fango, in compagnia di quegli sguardi intensi, bevendo un tè nei piccoli chioschi, annusando l'aria fresca e dicendo di sì a tutti... tranne a quei poliziotti dal volto segnato, che pure vi stanno alle costole, ansiosi di mostrare qualche strascico d'autorità, e fanno finta di disperdere la folla inoffensiva distribuendo mollemente qualche colpo.

Era questa la nota stonata di Mahabad: troppe uniformi. Le tuniche blu Savoia della gendarmeria iraniana e, in ogni dove, gruppetti di soldati sbrindellati che gironzolavano con aria sperduta e facce da teppisti. I loro ufficiali si facevano vedere meno; per pura combinazione, mentre passeggiavamo la sera del nostro arrivo, ne incontrammo una dozzina che parlottavano all'imbocco di un ponte minacciato dalla piena. Si interruppero per dare un'occhiata ai nostri permessi, ci ingiunsero rudemente di ritornare in città "prima che i curdi ci depredassero", e ripresero la discussione. Gridavano per potersi sentire sopra il fracasso del fiume, a turno, mentre un piantone annotava nomi e cifre sopra un taccuino. Ci volle un po' prima che comprendessimo che questi stava annotando delle scommesse sul fatto che il ponte crollasse o no. Crollò.

Non c'erano predoni curdi a Mahabad; solo degli scontenti, che l'esercito provvedeva a zittire. Ma le storie di banditi fornivano un pretesto comodo per il mantenimento di una guarnigione importante; gli ufficiali le facevano girare volentieri e le concretizzavano all'occorrenza con qualche arresto arbitrario. I curdi sopportavano ancora peggio questa occupazione camuffata, in quanto l'esercito aveva lasciato cattivi ricordi nella zona. Nel 1948, la repressione della piccola Repubblica curda di Mahabad[24] era stata fatta senza mezzi termini: gli autonomisti curdi, dalle pretese peraltro assai modeste, erano stati decimati, e il loro capo, Qâzi Mohammed, bellamente impiccato malgrado le promesse più solenni. Gli abitanti di Mahabad portavano regolarmente fiori sulla sua tomba e guardavano sfilare le truppe con occhi che non promettevano nulla di buono.

Il proprietario dell'Hotel Ghilan, ex ministro dei Trasporti, ne era venuto fuori meglio del povero Qâzi. Condannato a morte dai persiani, era riuscito a ottenere la grazia in cambio della cessione di diversi villaggi, e aveva ritrovato a settant'anni il gusto della vita, con un brio vigile che illuminava anche la sua locanda. Era questa un edificio dai muri spessi una tesa, dalle travi enormi i cui interstizi pieni di paglia ospitavano nidiate di rondini e rondoni. Due letti in ferro dipinti di celeste, un tavolo da cucina e un tappeto curdo dai colori sbiaditi ammobiliavano la camera dove tornavamo a sera, inzuppati fino alle ossa. Mentre la nostra roba asciugava fumante sopra il braciere, avvolti nelle coperte, noi giocavamo a tric-trac nella luce d'apocalisse che saliva dalla strada inondata. Il proprietario, che ci portava la cena in camera, ci raggiungeva per sorvegliare la partita, correggerci o farci capire con una pacca discreta che stavamo trascurando uno degli innumerevoli trucchi che fanno il sale di un gioco semplice solo in apparenza.

Anche un cantastorie curdo del bazar veniva a cenare con noi. Conosceva innumerevoli leggende e melopee pastorali che noi registravamo. Cantava come un forsennato, con una sorta di gaiezza tenace che metteva in subbuglio tutto il piano. I vicini di pianerottolo bussavano uno dopo l'altro alla nostra porta e si sistemavano in fila sui letti per ascoltarlo. Erano *arbab* originari delle rive del Lago d'Urmia; corpulenti, muscolosi, vivaci come donnole, che avevano lasciato le loro proprietà sotto buona sorveglianza e si erano riuniti a Mahabad per seguire più da vicino le trattative pre-elettorali. A parte il turbante di stoffa scura – le cui frange pendono sugli occhi – la larga cintura di cotone e il pugnale curdo, vestivano all'occidentale: solidi baroni del XV secolo in completo di panno inglese, perfettamente a loro agio in quella camera straniera, che ci esaminavano, noi e il nostro bagaglio, con quello sguardo insistente così tipico dei curdi, ci porgevano le loro tabacchiere lavorate a bulino, o, sorridendo, facevano suonare contro le loro orecchie delle cipolle d'oro massiccio che tiravano fuori dai taschini.

"*May I come in?*"

Il capitano della polizia locale entrava senza aspettare risposta. Una voce soave, gli occhi a mandorla, i denti scoperti in un sorriso mellifluo. Poggiava sul tavolo il revolver e il berretto gocciolante, salutava la compagnia e si informava dei nostri spostamenti e occupazioni con una bonomia che mal nascondeva il disappunto di ritrovare così tanti curdi riuniti lì da noi. Era persuaso che la nostra ignoranza del persiano fosse simulata, che ci trovassimo in città per complottare; e si arrabbiava di non essere arrivato a tempo per sentire tutto. Bisogna tener presente che numerose sfere d'influenza brigavano davvero sottomano a Mahabad: inglesi, russi, americani, separatisti curdi, senza contare la polizia e l'esercito che spesso non avevano gli stessi obiettivi. Ognuno apparteneva a una fazione, ciò che importava era sapere quale, e il capitano, arrivato di fresco in città, aveva qualche difficoltà a tenersi al corrente. Trasferito qui per sostituire il direttore della prigione locale, che i suoi pensionanti, a forza di lettere anonime e lamentele, erano riusciti a far revocare, assumeva senza entusiasmo le sue funzioni di carceriere e moltiplicava le sue premure per farsele perdonare. Per inattività, per amicizia, per diffidenza, ci rendeva costantemente visita, insisteva per accompagnarci nelle nostre escursioni e si azzardava persino a criticare il regime per costringerci a scoprire le nostre carte. Questa sorveglianza continua ci irritava, ma lui faceva il suo mestiere con troppa abilità per potergli chiudere la porta in faccia. Inoltre, parlava bene l'inglese, ci traduceva fedelmente i discorsi più virulenti dei nostri ospiti e via via traduceva le strofe del cantastorie:

> *Cade la pioggia*
> *Tutto è nuvola e pioggia*
> *Fiori di primavera, che cercate qui?*
> ...
> *È tutta quest'acqua che cade e cade*
> *Lacrime dai miei occhi...*

Canzone adattissima alla circostanza: la locanda galleggiava come un'arca sul rumore delle grondaie; e la pioggia incessante che travolgeva i ponti uno dopo l'altro ci bloccò in città. Avevamo finito i soldi. Il proprietario del Ghilan ci avrebbe volentieri lasciato la camera e fatto credito fidandosi anche solo delle nostre facce, ma il capitano, la cui sollecitudine si faceva sempre più nervosa e la sorveglianza più stretta man mano che la nostra permanenza si prolungava, ci offrì ospitalità nella prigione. Una proposta affabile ma perentoria: non avevamo scelta.

Prigione di Mahabad

Attraverso le sbarre, la luce dell'alba raggiungeva dapprima la tunica dai bottoni di bronzo agganciata al muro blu; poi un manifesto con i colori dell'Iran, che raffigurava in piccoli medaglioni alcuni poliziotti meritevoli ma defunti, e infine la sagoma del capitano in pigiama, occupato in interminabili gargarismi. Stesi sul pavimento nei nostri sacchi, lo guardavamo imbronciati mentre faceva una dozzina di flessioni sulle ginocchia, re-spi-ra-va a tempo, indossava l'uniforme, si sorrideva nello specchio e si dava qualche piccola pacca d'uomo ben in salute. Dopodiché apriva le finestre sull'acquazzone mattinale, accendeva un bastoncino d'incenso per purificare l'atmosfera e si sedeva alla scrivania fregandosi lentamente le mani pelose come per convincere un interlocutore invisibile e reticente.

Potremmo uscire oggi?

Temeva di no... la città era troppo turbolenta, le elezioni... saremmo stati molestati e lui si sentiva responsabile... inoltre, voleva proprio oggi dividere con noi il pranzo: dei germogli di barba di Giove al burro fuso, una specialità curda che avrebbe fatto preparare per l'occasione. E suonava all'agente di servizio, il quale entrava con un passo strascicato, salutava nascondendo nella mano sinistra il lavoro a maglia cui consacrava le ore di guardia e ripartiva in direzione del bazar con un cesto sottobraccio.

"Davvero eccellente, la barba di Giove," aggiungeva il capitano inspirando con forza... "fa urinare, fortifica l'intestino."

Seguivano i consigli dietetici. La buona digestione, l'alimentazione equilibrata erano la fissazione di quell'uomo. Certo la salute è un'ottima cosa; ma vedersene infliggere ogni mattina la dimostrazione! Ci giravamo contro il muro per sonnecchiare ancora un po'; dopotutto, le prigioni sono fatte per dormire e questa ci offriva le nostre prime vacanze.

Verso le nove si animava. Sentivamo sbadigliare e canticchiare nelle celle. Il ragazzo della bettola vicina portava sulla testa il tè delle sentinelle; poi veniva il barbiere, con la coramella a tracolla, a fare il giro dei detenuti. E venivano pure dei querelanti, che ci scavalcavano per raggiungere l'ufficio del capitano: familiari di prigionieri di un'umiltà pietosa, contrabbandieri professionisti, mullah di campagna che lasciavano alla porta gli asini e venivano, piegati in inchini, a intercedere per una delle loro pecorelle. Con gli occhi socchiusi, osservavamo quella sfilata dal livello del pavimento.

Una mattina, due babbucce infangate che passarono sfiorandomi il naso, e una voce di donna, rotta e forte, mi svegliarono di soprassalto. Era una prostituta, flessuosa e ben fatta, con un palmo di trucco sul viso. Parlava azero e io già ne capivo abbastanza per cogliere che si lamentava con il capitano a causa di certi militari che si servivano da lei e non la pagavano.

"È l'esercito," rispose lui, "io non c'entro mica. Non andare più con i soldati e va' con i miei gendarmi, se ancora possono... e poi potrai tornare a lamentarti."

Le porse quindi una sigaretta e le fece servire del tè. Lei si sedette di sbieco sopra il tavolo, drappeggiata nel suo chador a fiori, e, sempre fumando, continuò a lamentarsi vivacemente col capitano. Non aveva paura, questo era chiaro. La paura, la si riconosce subito: da una certa inflessione della voce, da un cedimento dello sguardo. Lei invece, parlava senza mai fermarsi, dondolando il piede chiuso in una scarpa con i chiodi: lazzi, lagnanze, pettegolezzi del bazar; parlava con una vitalità aspra, fantasiosa, interrompendosi solo per scoppiare in una risata o rivolgerci qualche rauca civetteria. Aveva le caviglie coperte di terra, gli occhi lividi e magnifici, tracce di morsi attorno alla bocca. E ciò non le impediva di essere un fiume, lei tutta sola: fangoso, profondo, potente. Con l'indice teso, minacciò ancora scherzosamente il capitano e disparve così improvvisamente come era apparsa. Lui si divertiva assai: "Vuole tornare per qualche tempo in campagna... sapete, si fa anche il giro dei villaggi, come un ambulante, a piedi, con i suoi profumi in una bisaccia e un bastone ferrato a portata di mano".

Vite atroci come queste, umiliate e nello stesso tempo così forti. Avrei dovuto uscire dal sacco a pelo e abbracciare quella donna, ma in tal caso la sentinella di guardia all'ingresso, che già stava là con la mano intorno all'orecchio per non perdersi una sua parola, non avrebbe compreso più nulla.

La nostra condizione di ospiti-prigionieri non era esattamente definita. Nel pomeriggio potevamo uscire in città, tra due gendarmi incaricati di riaccompagnarci: due vecchi chaperon dai baffi color caffelatte, il fiato corto, che ci gridavano pietosamente di aspettarli quando forzavamo l'andatura. Non avevamo nulla contro di loro, ma la loro presenza ci faceva giudicare male, senza contare quanto sia poco civile circondarsi di gendarmi tra persone assolutamente per bene. Il solo mezzo per sbarazzarcene sul serio era tuffarsi nel bazar dove, per aver affibbiato qualche modesta esazione – in rapporto cioè alla loro importanza – non si arrischiavano molto volentieri. Essi dunque si fermavano ai bordi di quella zona pericolosa, da un mercante di tè dove noi al ritorno passavamo a riprenderli per evitare loro una sgridata.

Un piccolo bazar allegramente strapazzato dal vento. Negozietti aperti sul fango splendente, bufali dagli occhi cerchiati allungati nelle pozzanghere, tende sferzate dall'acquazzone, cammelli con la fronte coperta di perle blu antimalocchio, fagotti di tappeti, barili di riso, lenticchie o polvere da sparo, e su ogni tettoia il bianco trambusto delle cicogne. In mezzo a tal bestiario, i bottegai sciiti calcolano a tutta velocità sui loro pallottolieri d'ebano; i mulattieri fanno ferrare le loro bestie tra le scintille e l'odore di unghie bruciate, o le caricano – senza tanti misteri – di materiali di contrabbando destinati ai "paesi" del Kurdistan iracheno. Senza neanche tanta fretta, perché la disoccupazione stagionale e la vicinanza di una frontiera incontrollabile stimolano notevolmente la concorrenza. Anche molti bambini, che si stordiscono a sbraitare filastrocche o a fare girotondi, i cui spettatori – dall'aria seria quanto patibolare – si sistemano dentro il cerchio. È opinione corrente qui che per guardare nel modo giusto un girotondo bisogna mettersi nel mezzo. Alla stessa maniera esiste un modo curdo per tutte le cose, e in questo modo c'è una specie di fraterna estrosità che tocca il cuore.

Giunta la sera, il capitano, che non era troppo sicuro del suo diritto a confinarci in quel modo, invitava, per tenerci compagnia, l'élite dei suoi prigionieri. Li trattava con garbo, un po' per reale umanità, un po' per timore di una fucilata da parte dei familiari. Ci vogliono le due cose per stare al mondo. Fu così che incontrammo Hassan Mermokri. Con la coperta della cella stesa sopra le spalle, entrava dietro al piantone, salutava con suprema noncuranza e scuoteva sorridendo la lunga zazzera quando il capitano, come ogni sera, gli diceva: "Hassan... *salmoni tchâi dar chin...* tu avresti bisogno del barbiere".[25] A capo scoperto, con pantaloni a brandelli, stretti alle caviglie su quelle ciabatte dai colori appariscenti che i pastori sferruzzano pascolando le pecore, con la camicia dai lunghi polsini spaccati che pendono sotto il polso, e con la scura tunica dal colletto russo dei curdi delle pianure. Ma la sua conoscenza del persiano,[26] e la penna che spuntava dal taschino smentivano quei cenci rustici. Era un giovane *arbab* della regione di Rezaïyeh. All'età di sedici anni, nel corso di un litigio, aveva pugnalato uno zio che lo stava minacciando. Cose che capitano; i testimoni erano a suo favore, e dunque non aveva avuto noie con la legge. Ma quattro anni più tardi, un cugino che mirava alle rendite dei suoi villaggi era riuscito, a forza di intrighi e bustarelle, a farlo incolpare. Troppo giovane al momento del fattaccio per incorrere nella pena di morte, Hassan era stato condannato a cent'anni di prigione – l'eternità, che non appartiene che a Dio, non esiste nel diritto penale iraniano. Stava in prigione da dieci anni e aveva fatto voto di non tagliarsi i capelli prima di esserne uscito. A ogni movimento del capo, la spessa criniera che scorreva fin giù alla vita nascondeva i suoi occhi verdi. Riscaldandosi le palme delle mani contro il bicchiere del tè raccontava con voce sorda, e lentamente, affinché il capitano potesse man mano tradurre.

Hassan apparteneva al clan dei curdi Targuar, i cui pascoli si stendono a sud-est di Rezaïyeh e fino alle montagne della frontiera turca. La sua famiglia, di piccola nobiltà, aveva sempre servito fedelmente l'Iran, non senza prendersi alcune libertà: così, uno dei suoi antenati aveva rapito la figlia di un imperatore safavide, morendo nell'avventura insieme all'amata; un altro, invece, aveva ricevuto dallo scià Abbas una mano d'oro fino che pesava ben tre libbre, per sostituire quella che aveva perso combattendo contro gli Ottomani; e numerosi altri ancora, che avevano dato fuoco alle polveri per poche pecore, per tre piante di gelso, per un filo d'acqua largo quanto un braccio che attraversava quei ricchi orti d'Urmia dove le albicocche, le noci, i meloni e la vigna vengono fuori dalla terra come per incanto.

"Rezaïyeh... è Canaan," aggiungeva la voce stridente del capitano, che non voleva che ci dimenticassimo di lui, "non vi mente affatto... d'altronde è un bravo ragazzo, docile, segue i miei consigli: mi vuole bene... mi venera, e io gli presto i miei libri. Avete mai visto un carceriere come me?"

Io non avevo mai visto prima di allora un prigioniero come Hassan: che accettava le sue sventure con un fatalismo placido; e lo stesso pensiero del cugino fellone non gli faceva perdere la calma: un cattivo soggetto, nulla più, come se ne trovano per forza in quelle famiglie curde così vaste e ramificate. E lui avrebbe dovuto far fuori il cugino, invece dello zio. Così si rimproverava di non essere stato abbastanza lungimirante, e pensava di pagare per questa sua negligenza. In verità, aveva soprattutto peccato di anacronismo perché il folklore del taglione, delle vendette e delle faide familiari, che aveva per così tanto tempo insanguinato il Kurdistan, cominciava a essere fuori moda. Gli incidenti diventavano rari e quindi facevano parlare. Si raccontava ancora quello che era successo tre anni prima, nella valle del Bukan: gli uomini di due famiglie rivali si erano riuniti al completo in una casa del villaggio, con i rispettivi mullah, per mettere fine a un litigio che li opponeva da molte generazioni. Per tutto il pomeriggio, i due partiti avevano banchettato, fumato, parlamentato senza pronunciare neppure una sola parola grossa e senza trovare un accordo. Allora, si erano fatti uscire i preti e i ragazzi sotto i quindici anni, sprangate le porte e le finestre, accesa una lampada a olio di modo da riconoscere le facce, e risolto la lite a coltellate. Sei sopravvissuti su trentacinque convitati. Le due famiglie, parimenti decimate, si erano ben presto fatte rubare le greggi che non potevano più sorvegliare; la lezione era servita, e i curdi della valle, che sanno all'occorrenza guardare al due più due, si erano convertiti a procedure meno drastiche.

La notte si infittiva attorno alla prigione. Dietro il rumore della pioggia si sentiva montare quello del fiume. Hassan, che ci aveva appena indicato sulla cartina il territorio dei principali clan del paese, ci rivolgeva adesso una domanda che sembrava rallegrarlo assai. Noi non riuscivamo a comprendere.

"È un indovinello," faceva sbadigliando il capitano che si era messo a letto, "un castello-bianco-senza-porta, che cos'è? Un castello-bianco..."

Me lo rigiravo senza successo nel cervello, ma per la risposta bisognava aspettare, perché il nostro padrone di casa si era addormentato, lasciando ad Hassan il compito di ritornare nella propria cella.

È un errore dire semplicemente che il denaro circola; esso sale. Sale per inclinazione naturale, come l'odore delle carni sacrificate, fino alle narici dei potenti. L'Iran, evidentemente, non ha il monopolio di questa legge universale, ma nella prigione di Mahabad essa si manifestava in tutto il suo candore. Così, per diventare guardia carceraria non basta certo lo zelo; e bisogna meritare questa distinzione offrendo quattrocento toman al tenente di polizia; il quale non ne profitta assolutamente, visto che ne versa il doppio al colonnello per meritare la sua. A sua volta, il colonnello dovrebbe essere ben sbadato per dimenticare tutto ciò che deve al comandante provinciale, che ha pure lui un'infinità di obblighi a Teheran. Quest'uso non ha nulla di ufficiale; i più puntigliosi lo deplorano, e i più stoici se ne astengono, ma l'insufficienza delle paghe lo trasforma in necessità ed è difficile restarne fuori senza cortocircuitare tutto il sistema e attirarsi la malevolenza degli altri per questa ostentazione. Invero, tale uso prevale generalmente, il denaro prosegue allegramente nella sua ascesa e, siccome tutto ciò che è stato innalzato prima o poi deve ridiscendere, finisce per cadere in pioggia benefica sulle banche svizzere, i campi delle corse, i casinò della Riviera.

Per una semplice guardia, quattrocento toman sono una

somma! Non ha altro sistema per racimolarla che indebitarsi fino al collo, e deve per di più pagare l'uniforme. Il salario gli permette appena appena la sopravvivenza, i favori che egli può rendere ai prigionieri non gli fruttano che una miseria e, trovandosi così seduto sul gradino più basso della scala, non gli rimane che il contadino su cui rifarsi vendendo la sua protezione o distribuendo multe secondo la sua fantasia e ingegnosità. A questo scopo, il casco e il manganello offrono senza dubbio delle facilitazioni. Quanto al contadino – uno dei più fini del mondo quando lo si lascia respirare un po' – non può davvero prendersela con nessuno, se non col suo asino, o con quel cielo che se ne rimane muto.

Pomeriggio inoltrato. Pioggia. Noia. Di là dalla finestra aperta sentivamo il passo floscio dei cammelli nel fango, e il carovaniere che cantava, torcendo la voce come una spugna: una frase, una pausa, un'urlata selvaggia...

"Cosa lo fa urlare così forte?"

"Anticipa un po' gli sviluppi," rispose ridendo il capitano. "Ma sentite un po' il resto."

> *...Dappertutto lupinella, tulipani selvatici*
> *Da impazzire... il sole brilla*
> *E l'odore dei lillà mi fa girar la testa.*

Come i visir dei racconti arabi, mi sentii sciogliere dal piacere. Che meraviglia quei curdi! Quella sfida, quella gioia vivace, quella specie di lievito celeste che li anima continuamente. Tutte le occasioni per divertirsi sono buone; gli abitanti di Mahabad non ne trascuravano una, e bisogna convenire che le elezioni appena iniziate ne fornivano alcune davvero incomparabili. In una storia che faceva morir dal ridere tutti i negozi della città, un mullah apostrofa due contadini prosternati davanti all'urna elettorale con le schede: "Perché mai adorate questa scatola, miscredenti?".

"Venerato Mullah, essa ha appena compiuto un miracolo: tutto il villaggio ha messo dentro Kassem, ed è Youssuf che è uscito."

E una tempesta di risate faceva piazza pulita della politica e delle sue porcate.

Anche la stagione c'entrava in qualche modo con queste disposizioni scherzose; l'inondazione, la pioggerella continua, le burrasche promettevano a breve dei bei pascoli, e l'ebbrezza primaverile che rasserenava la città penetrava fino nella prigione. Calembour, spezzoni di ritornelli, parole sporche volavano di cella in cella. Eppure si trattava di poveracci che, sotto il precedente direttore, erano stati pestati, bastonati, tormentati in ogni modo. Lividi, fratture, bruciature d'acido: miserando inventario. Nel baule nero decorato da ghirlande di rose, dove teneva anche i suoi effetti personali, il capitano conservava a tal proposito un rapporto così schiacciante per il suo predecessore che egli esitava ancora a trasmetterlo. Lo vedevamo a volte tirar fuori quello scartafaccio, accarezzarlo pensoso, rimetterlo al suo posto e andare a fare una passeggiata con i suoi pensionanti, distribuendo loro sigarette, ceci o tintura di arnica. Era il partito più saggio.

Quello stesso bauletto conteneva anche, nascosto sotto le scartoffie, un libro rilegato in nero che un giorno egli mi porse con un po' d'imbarazzo. Una Bibbia inglese. L'aveva avuta da un condannato a morte col quale aveva fatto amicizia anni prima nella piccola prigione che allora dirigeva all'altro capo del paese; un cristiano assiro[27] che la vigilia dell'esecuzione gli aveva chiesto: "Ho da fare stasera in città, lasciami uscire e mi impegno su questo Libro a ritornare per domani". "Va'," aveva risposto il capitano, "ma se non sarai di ritorno per lasciarti impiccare sarò io a essere impiccato." Cosa ben lontana dall'essere la verità, perché tutt'al più egli rischiava di rimetterci qualche mese di paga; però non aveva chiuso occhio. L'uomo era ritornato in tempo, e aveva lasciato la Bibbia al capitano. Questo almeno lui raccontava, e con molto compiacimento. Le cose erano davvero andate così? Il capitano si era forse inventato quella favola e l'ombra di quel "perfetto" solo per popolare una vita troppo solitaria? Poco importava; tutto era verosimile. I giornali di Teheran sono pieni di questo genere di storie. In Iran nulla è impossibile; l'anima ha molto spazio, per il meglio e per il peggio, e bisogna fare i conti con quella pazza nostalgia di perfezione, sempre presente, che può spingere i più noncuranti alle risoluzioni più estreme.

La piena e le piogge che avevano già provocato duemila senzatetto in città travolsero, assieme a molte altre cose, la cinta occidentale della prigione. Diverse celle si erano ritrovate spalancate e il capitano aveva piazzato delle sentinelle sul tetto per impedire la fuga dei prigionieri. Li sentivamo adesso fare avanti e indietro sulle nostre teste, tra i nidi delle cicogne, sbadigliando e battendo l'acciarino. La notte era scesa. Il capitano armeggiava sulle manopole della radio per prendere Baku; Thierry disegnava sotto una nuda lampadina sospesa al filo; io sfogliavo la Bibbia dell'assiro e il tempo non mi pesava. La voglia di restare bloccati lì tanto da leggermi quel libro da un capo all'altro, attentamente, e veder sbocciare quella prodigiosa primavera, mi sfiorò un paio di volte. L'Antico Testamento in particolare, con le sue profezie tonanti, la sua amarezza, le sue stagioni liriche, e le sue liti di pozzi, di tende, di bestiame, e le sue genealogie che cadono come grandine, era davvero al suo posto qui. Quanto ai Vangeli, ritrovavano in questo contesto la loro vertiginosa temerarietà di cui li abbiamo così ben spogliati; ma la carità difficilmente riusciva a incarnarsi, e il perdono delle offese restava decentemente nell'ombra. Non c'erano che le comparse: centurioni, pubblicani o Marie Maddalene, a staccarsi nettamente. E il Golgota, ineluttabilmente. Porgere l'altra guancia non è d'uso a Mahabad, dove un tal metodo non può condurre che a una fine miserevole. Se il Cristo ritornasse qui, certamente, così come in Galilea, i vecchi gremirebbero rami e inforcature degli alberi per vederlo passare, perché i curdi rispettano il coraggio... poi comincerebbero senza fallo i guai. Dappertutto, comunque, l'esito sarebbe il medesimo: ricrocifisso, e senza perder tempo. Forse, nei nostri paesi ragionevoli che temono i martiri come i profeti, ci si accontenterebbe di rinchiuderlo; forse si potrebbe pure tollerare che egli rimanesse libero, a parlare nei giardini pubblici o a pubblicare, con grandi sforzi e nella generale indifferenza, un modestissimo giornale.

Mangur

L'acqua continuava a salire e le case rivierasche smottavano l'una dopo l'altra. La prigione minacciava di crollare e più nessuno si dava pensiero per noi. Ne approfittammo per svignarcela all'alba e risalire la valle verso sud, fino al territorio dei Mangur che sono, tra tutti i curdi, i più coriacei, i più disonesti e i più burloni. Il cantastorie del Ghilan ci accompagnava. Per evitare i posti di blocco dei militari aveva tirato dritto attraverso le colline, e si arrampicava in fretta senza fermarsi. Attraversammo pascoli immensi, inzuppati d'acqua, che cedevano squittendo sotto i nostri passi. Il sole nascente accendeva i nevai e faceva brillare alle nostre spalle le falde fangose che circondavano la città. A parte la macchia mobile di un cavaliere che seguiva le creste davanti a noi, la montagna era deserta. L'aria era profumata e la giornata prometteva di esser bella.

A fine mattinata scorgemmo contro il cielo il paesino di Beitas: una dozzina di bicocche arroccate su uno sperone, attorno a un fortino di terra battuta che dominava la vallata. Dal tetto più alto del villaggio, una forma tozza seguiva il nostro arrivo con un binocolo. Quando raggiungemmo i piedi del picco, la vedetta abbandonò la sua postazione e scese a precipizio lungo il sentiero venendoci incontro. Solo venti metri ci dividevano quando si fermò e, col gomito piegato a proteggere gli occhi dal sole, salutò con una voce rauca e ci fece segno di avvicinarci. Era l'*arbab*; un vecchio vestito di nero, più largo che alto, e infangato fino alle orecchie. Gli mancavano l'indice e il medio della mano sinistra e il tracoma gli aveva divorato un occhio, ma l'altro ci fissava, scintillante di gioia. Due levrieri neri, eccitatissimi, gli danzavano intorno.

Quando si ha a che fare con i curdi occorre non distogliere mai lo sguardo. Essi hanno bisogno di questo contatto. Lo sguardo è la loro maniera di pesare l'interlocutore, di trovarne il verso giusto. Così, mentre parlano, non gli staccano gli occhi di dosso e vogliono che egli faccia altrettanto. Attenzione anche a non usare la mano sinistra per salutare, offrire o ricevere: è la mano impura, che serve per soffiarsi il naso e per pulirsi.[28] Porgemmo dunque la destra, squadrandolo senza dire una parola; poi l'*arbab* ci diede una pacca sulla spalla e ci portò a mangiare a casa sua.

"Il pugnale è un fratello, il fucile un cugino," recita un proverbio curdo. Nell'unica stanza che esauriva tutto il suo castello, l'*arbab* aveva il necessario per sentirsi bene in famiglia: appeso alla cintola un *fratello* di almeno un cubito; quanto ai *cugini*, erano là a tappezzare una nicchia scavata tra le due feritoie che sovrastavano il samovar: una carabina col cannocchiale, quattro fucili Brno amorosamente lucidati, diversi parabellum dai grilletti lucidi per l'uso, e il binocolo d'artiglieria che aveva appena rimesso a posto. Questo arsenale era l'unico suo lusso; il suo villaggio era povero, i suoi bambini cenciosi, la sua tavola frugale: un piatto di riso annaffiato di tè chiaro, una scodella di yogurt visitata dalle mosche e una bottiglia di vino di Rezaïyeh che, da buon musulmano, rifiutò di toccare. Ma quel poco, egli l'offriva con grazia. Persino il vino, visto che è permesso nella nostra religione così come è proibito nella sua. I Mangur erano d'altronde così poco fanatici che ancora tracciavano una croce sulle loro focacce, in ricordo di un servizio che gli armeni avevano loro reso quattro generazioni prima.

Se l'*arbab* non vedeva di malocchio i cristiani d'Iran, non la pensava certo allo stesso modo riguardo a Mossadegh, le cui dichiarazioni sulla proprietà delle terre erano valse al Kurdistan le sue prime *jacqueries*. Nella primavera del 1953, in seguito a un discorso che prometteva la terra dell'Iran al popolo dell'Iran, i contadini curdi, la cui condizione di possesso delle terre è quasi feudale, avevano impugnato spranghe e forconi per far riconoscere i loro diritti. I padroni allora avevano staccato le carabine dai muri; c'erano stati degli scontri. Nella regione di Bukan, le scaramucce avevano provocato una cinquantina di morti. Gli *arbab* avevano persino inchiodato per le orecchie qualche contestatore alla porta delle loro fattorie, poi, essendosi accorti che Teheran attizzava il fuoco e che l'esercito prendeva ciò a pretesto per installare guarnigioni nella regione, il giorno dopo li avevano liberati con un calcio nel sedere e avevano offerto loro una buona pace, che da quel momento non era stata più turbata. Convinti di essere stati ingannati da Mossadegh, i curdi si dichiararono favorevoli al colpo di Stato del generale Zahedi e contribuirono al suo successo radunando diverse migliaia di cavalieri nel Sud del Kurdistan, per tenere a bada la potente tribù dei Qasqâi, ostile invece alla corona. Dunque, in teoria, i rapporti con la monarchia erano eccellenti e l'*arbab* teneva pure sulla tunica stracciata due decorazioni, appuntate dallo scià in persona; ma, su scala locale, le cose erano alquanto diverse, per via del comportamento delle truppe acquartierate a Mahabad. L'*arbab* non voleva uniformi nella sua valle, e i soldati si guardavano bene dal metterci piede.

Con i viaggiatori è diverso; l'ospitalità li protegge, e poi sono così divertenti. Tanto più che, con la reputazione che si erano fatti nelle pianure, gli abitanti di Beitas non avevano sovente delle visite. L'*arbab* ci interrogava, con la bocca piena, e seminando una pioggia di riso intorno a sé. Il cantastorie traduceva dal curdo in persiano; noi capivamo una parola su sei, ma lui era un mimo fantasioso e la conversazione procedeva spedita. Quando i gesti ci mancavano, Thierry disegnava con la punta del coltello sul dorso delle scodelle di latta: il nostro percorso da Erzerum, la macchina, le sbarre della prigione. L'*arbab* si rallegrava molto di quei graffiti e applaudiva persino per significare che aveva capito. La prigione lo divertiva in particolare... questa sì che è bella!... la prigione. E ci dava sulle spalle delle manate tali da scollarvi la pleura, e così si divertiva.

Faceva bene, perché la sua valle non aveva granché d'altro da offrire: un frutteto arrossato dai nuovi germogli, quattro cammelli rinchiusi in un recinto di spine, una mandria di bufali che passava lungo il fianco soleggiato di una montagna, una cucciolata di levrieri, qualche capra dal lungo pelo e un asino, guercio come il padrone. Senza dimenticare *hadji lak-lak*[29] la cicogna, l'uccello portafortuna che ogni anno veniva a nidificare sul tetto del fortino. A valle del villaggio, il torrente scendeva a cascata tra salici, noccioli, pioppi d'Asia. Dal punto in cui eravamo seduti potevamo osservare una coppia di trampolieri grigi perfettamente immobili che spiavano il pesce al centro della corrente. Di tanto in tanto, l'*arbab* faceva ruzzolare una pietra per turbare la loro quiete, oppure si faceva scappare un sonoro rutto o sospirava di piacere. Il tempo era mite. La montagna silenziosa. Germogli di marzo, scorze tenere, ramoscelli nuovi, piccoli boschetti redentori dai colori di vimini: un magro Eden, ma pur sempre l'Eden.

All'occorrenza, l'*arbab* arrotondava le entrate taglieggiando i contrabbandieri della pianura che prendevano per la vallata per raggiungere i mercati iracheni di Kirkuk o di Mossul con i loro carichi di tappeti, d'oppio o di vodka del Caspio, e ne ritornavano con armi, stoffe e sigarette inglesi. Proprio un bel circuito, finché le genti di Beitas non si fossero intromesse. Pure essi vi si intromettevano; che, dopotutto, era il loro territorio che si attraversava così di notte e alla chetichella. Quando avevano la meglio, i Mangur si tenevano il denaro, le armi e le bestie da soma; in quanto all'oppio, che i curdi fiutano con moderazione, lo rivendevano, con l'ausilio d'intermediari, alle guarnigioni di Mahabad, fin troppo felici di addormentarle in questo modo. Tuttavia, trattandosi di contrabbandieri armati e sul chi vive, non sempre queste imprese passavano senza intoppi: l'*arbab* ci aveva rimesso due dita e un figlio, senza però rinunciare, per così poco, a far valere i suoi diritti.

Una spedizione doveva essere attesa per quella stessa notte perché, rientrando dalla passeggiata, trovammo diversi cavalli sellati davanti alla porta, e il fortino pieno di colossi assai vivaci che si davano da fare a riempire caricatori e ingrassare culatte. Genitori affabili, venuti dal villaggio più vicino per dare una mano. Si sarebbe detto che preparassero una festa di nozze, e io avrei pagato non so che per capire le battute che sembravano scoppiettare in ogni angolo. Verso le quattro del pomeriggio lasciammo la famiglia per rimetterci in cammino. L'*arbab* ci accompagnò fino al fiume; non ci restava che seguire la corrente per ritrovare Mahabad. A metà circa della discesa, ci sciacquammo i piedi guardando la notte scendere su quei versanti maculati di neve e che odoravano di finocchio e d'anice.

Mahabad

Prendevamo congedo dal capitano che non voleva prendere congedo da noi. Le elezioni erano terminate, non avevamo derubato nessuno; non aveva più alcun motivo di imporre la sua "ospitalità". Ma se per un verso mancava di compagnia, d'altro canto era persuaso che gli nascondevamo le vere ragioni del nostro passaggio e avrebbe perciò voluto trattenerci abbastanza per chiarire la faccenda. Così, prolungava gli addii e telefonava in tutte le direzioni per provarci come le strade verso il Nord fossero impraticabili. Telefonava, non senza problemi: perché in direzione di Rezaïyeh la linea era stata travolta assieme al ponte; con Miandowab poi, non riusciva a parlare, girava la manovella maledicendo il suo telefono di campagna, e proferiva nella cornetta un gran numero di male parole. Quanto a noi, invece, quell'apparecchio dei tempi andati e quel ricevitore a forma di campanula ci sembravano strabilianti; erano già otto mesi che non facevamo una telefonata.

"Vedete bene," fece il capitano riappendendo, "non li si può neanche raggiungere per telefono. L'autobus non passa più... non ci arriverete mai. Scommetto dieci toman che vi rivedremo qui già stasera..."

Dieci toman, davvero apprezzabile! Ne approfittammo per prendergliene in prestito quaranta, e visto che insisteva, accettammo la scommessa.

Strada di Tabriz

Lo strato d'acqua che interrompeva la strada era profondo un metro, e largo quaranta. Al centro della corrente un autobus verde mandorla era steso su una fiancata; un altro, più fortunato, era riuscito a fare marcia indietro fino all'argine. Le jeep, troppo pesanti per essere rimorchiate, dovevano tornare indietro, ma i bufali, i cammelli e le carrette con le ruote alte attraversavano senza complicazioni – e vi era persino un fiacre, le cui lanterne di bronzo e il tettuccio nero sbattuto dal vento aggiungevano a tutto quel viavai una punta di tristezza provinciale. Ci occorse un'ora per scaricare i bagagli, tirar via la batteria e i sedili, smontare l'apparecchiatura elettrica e proteggere il motore con stoppa grassa. Un'altra per ottenere da un contadino un grosso cavallo pomellato che aggiogammo alla macchina, poi, frustando, spingendo e tirando attraverso l'acqua ghiacciata, ce ne ritornammo lentamente verso Tabriz e verso l'inverno.

Tabriz II

Il capitano ci aveva dato un indirizzo a Tabriz dove avremmo potuto rimborsarlo. Era quello di un missionario americano paralizzato dalla solitudine, dallo sguardo miope e prudente, e con una di quelle dentature accavallate di cui certe sette anglicane sembrano possedere il segreto. Egli fraintese dapprima lo scopo della nostra visita e ci disse subito – e senza neppure offrirci una sedia – che aveva troppe noie con i musulmani per poter soccorrere ancora dei cristiani, che riceveva solo a Natale, che in ogni caso non dovevamo contare troppo sul suo aiuto, che non aveva letteralmente più spazio per alloggiare un'anima. Per tagliar corto, allungammo a quell'albergatore i toman del capitano, e un subitaneo lampo dietro i suoi occhiali ci informò che era al corrente della cosa.

"Non erano quaranta?" fece ricontando i biglietti.

"Sì... ma il capitano ne ha scommessi dieci con noi, e ha perso."

"Ne siete proprio sicuri?" riprese con un'untuosità insultante, come se aspettasse di vederci lì lì per scoppiare in lacrime.

Solo per non aver dato consigli a quel poliziotto che invece ce ne dava tanti, ne avremmo meritati cento, di toman. Suggerimmo al reverendo di fare la strada fino a Mahabad e andarsi a informare di persona. E lo piantammo là, non senza notare di sfuggita le macchie assai poco pastorali che ornavano il davanti dei suoi pantaloni. Ci ritrovammo furiosi nella neve della viuzza. "Ha la faccia di uno che sarebbe contento davanti a un disastro ferroviario," disse Thierry. Io aggiunsi qualche altra battuta abominevole. Eravamo diventati davvero sboccati. Ma tanto peggio: era a causa dell'inverno ritrovato, del freddo, della castità coatta, di quella città feroce per così tante persone. E quell'argot da forzati ci dava quanto meno una parvenza di calore. Ci saremmo affinati a primavera, con le foglie nuove.

Rincasando quella sera dalla vedova, mi accorsi che durante la nostra assenza le camere erano state visitate e rovistate. I soldi erano sempre al loro posto, ma le lettere dall'Europa che conservavo in una nicchia erano tutte sottosopra e private delle rispettive affrancature. Me ne fregavo dei francobolli ma, siccome nella vita di viaggio le lettere possono sempre ritornare comode e aiutarti, e siccome il lavoretto era stato eseguito con frettolosi colpi di forbice, quasi tutti quei passaggi – quelli finali – in cui ci si culla imprudentemente e che si rileggono con così tanto piacere, erano per lo più tagliati. In tutte le cucine del quartiere, dei mocciosi dovevano aver incollato alla bell'e meglio nei loro album quei francobolli, assieme a quelle parole da noi così tanto attese. Poiché la vedova non era ancora rientrata, andai difilato a lamentarmi dell'accaduto con la nonna. Nell'Armenistan infatti, castigare era compito degli anziani, che hanno più tempo, la pelle più dura, l'animo più distaccato, e che regolano meglio gli scapaccioni. La vecchia indossò le ciabatte, allertò alcune megere sue pari che regnavano sui cortili vicini, e insieme si abbatterono come il fulmine sulle rispettive marmaglie. Man mano che i colpevoli confessavano, si sentivano i singhiozzi stendersi da una casa all'altra, e le piccole teste rasate risuonare sotto le palme callose. Entro un'ora, una processione di arpie, gli occhi di brace sotto gli scialli neri, ci riportarono pugni di francobolli umidi di lacrime. Sembravano contente di sé, e le grida di contrizione che salivano sempre più piano nella notte dovevano carezzare le orecchie del Dio degli armeni. Gli stranieri cristiani erano, dopotutto, degli alleati. Pagavano senza tirare sul prezzo. La legge del quartiere, di cui erano le guardiane, era stata infranta, e questa legge prescrive di essere onesti, soprattutto nelle piccole cose che sono prova della quotidianità e della buona condotta. Si può avere maggiore indulgenza nelle grosse, che appartengono al destino.

Ancora troppa neve per la nostra macchina sulla strada di Teheran. Ingannavamo il tempo rimettendola bene a posto nel garage del "Punto IV" che Roberts, l'ingegnere, aveva gentilmente messo a nostra disposizione. Lo vedevamo spesso. Ma non era più lo stesso; aveva perduto il suo entusiasmo. Una sera mi trovai a chiedergli cosa non andasse:
"Tutto... è tutto questo paese che non va bene".
Era appena ritornato da un giro d'ispezione in un villaggio; in un mese i lavori non erano avanzati di un millimetro, e i contadini l'avevano accolto male.
All'epoca il "Punto IV" americano in Iran somigliava a una casa di due piani nella quale si perseguivano due attività divergenti. Al primo, il piano politico, ci si impegnava a combattere la minaccia comunista, mantenendo in piedi – con i mezzi tradizionali della diplomazia: promesse, pressioni, propaganda – un governo vilipeso e corrotto, ma di destra. Al secondo, il piano tecnico, una numerosa équipe di specialisti si dava da fare per migliorare le condizioni di vita del popolo iraniano. Roberts era fra questi.
A lui, la politica non interessava. Ciò che gli interessava era invece l'elettronica, le canzoni di Doris Day o di Patachou che, diceva, "sono degli angeli", e la costruzione delle scuole. Era un tecnico, ma anche un uomo aperto e benevolo cui l'i-

dea di fare un lavoro utile piaceva enormemente. E di qui la sua delusione.

"Ma pensate un po': io vado laggiù per costruire una scuola per quei bambini, e loro quando mi vedono arrivare raccolgono dei sassi."

Sorridendo riprese a dire: "Una scuola!".

Io credo che gli americani medi rispettino molto la scuola in genere, e in modo particolare la scuola elementare, che è poi la più democratica. Penso anche che, tra tutti i Diritti dell'Uomo, nessuno sembri loro così piacevole come il diritto all'istruzione. È naturale, in un paese civilmente molto avanzato, dove altri diritti più essenziali sono tanto garantiti che non ci si pensa nemmeno più. Così, nella ricetta della felicità americana, la scuola ha un ruolo fondamentale e il paese senza scuole dev'essere il prototipo stesso del paese arretrato. Ma le ricette di felicità non si esportano senza essere adattate, e qui l'America non aveva adattato la sua a un contesto che, del resto, comprendeva assai male. Era qui l'origine di tutte le sue difficoltà. Perché c'è di peggio rispetto ai paesi senza scuola: paesi senza giustizia, o senza speranza. Così era Tabriz, dove Roberts arrivava con le mani piene e la testa zeppa di progetti generosi, che la realtà della città – perché ogni città ha una sua realtà – smentiva ogni giorno.

Ritorniamo alla scuola di Roberts. Ecco come procedeva "Punto IV": offriva gratuitamente il terreno, i materiali, i progetti e le consulenze. Dal canto loro gli indigeni, che sono tutti un po' muratori, avrebbero fornito la manodopera e costruito, con una bella emulazione, quel locale dove avrebbero poi avuto il privilegio di istruirsi. Ed è questo un sistema che funzionerebbe a meraviglia in un comune finlandese o giapponese. Ma qui non funzionava, perché questi campagnoli non possedevano un'oncia del civismo che gli si era tanto rapidamente attribuito.

I mesi passavano. I materiali svanivano misteriosamente.

La scuola non era costruita. Non la volevano. Si diffidava del dono. C'è di che nauseare il donatore; e Roberts era nauseato.

Ma gli abitanti del villaggio? Si tratta di contadini miserabili, sottomessi da generazioni a un duro regime feudale. Da che si ricordano, nessuno ha mai fatto loro un simile regalo. E ciò pare loro tanto più sospetto in quanto, nelle campagne iraniane, l'occidentale ha sempre avuto una reputazione di stupidità e cupidigia. Niente li ha preparati a credere a Babbo Natale. Prima di tutto, non si fidano, fiutano un tiro mancino, sospettano gli stranieri, che vogliono far lavorare tutti, di perseguire un qualche loro scopo nascosto. La miseria li ha resi furbi, e così pensano che sabotando le istruzioni date, forse riusciranno a sventare quei disegni nascosti che non sono riusciti a indovinare.

In secondo luogo, questa scuola proprio non li interessa. Non capiscono a cosa mai servirebbe. Non sono ancora giunti a questa idea. Quello che li preoccupa è mangiare un po' di più, non doversi più difendere dalle prepotenze dei poliziotti, lavorare meno duramente o, al limite, profittare un po' di più dei frutti del loro lavoro. L'istruzione che si vuole offrire loro è anch'essa qualcosa di nuovo. Per comprenderla bisognerebbe riflettere, ma si riflette assai male con la malaria, la dissenteria, o quella leggera vertigine degli stomaci vuoti messi a tacere con un po' d'oppio. Se noi riflettiamo al posto loro, vediamo che leggere e scrivere non li porteranno molto lontano fintanto che il loro statuto di "villani" non sarà radicalmente modificato.

Poi, il mullah è un avversario della scuola. Saper leggere e scrivere è un privilegio che gli appartiene, è la sua specialità. Egli redige i contratti, scrive sotto dettatura le suppliche, decifra le ordinanze del farmacista. E fa questi piaceri per solo una dozzina di uova, un pugno di frutti secchi; e non ha certo voglia di perdere quelle piccole entrate. È troppo prudente per criticare apertamente il progetto, ma la sera, sulle soglie di ogni casa, dà il suo parere. Ed è ascoltato.

Per finire, non si stoccano senza rischio dei materiali nuovi in un villaggio dove ognuno ha così bisogno di mattoni o di travi per riparare quegli edifici la cui utilità è evidente a tutti: la moschea, il bagno turco, il forno del panettiere. Dopo qualche giorno di esitazione, si attinge al mucchio, e si ripara. Ormai, però, il villaggio ha la coscienza sporca, e non aspetta con piacere il ritorno dell'americano. Se solo ci si potesse spiegare, tutto diventerebbe semplice... ma spiegarsi è difficile. Quando lo straniero ritornerà, non troverà né scuola né materiali, tanto meno la riconoscenza che pensa di meritare; ma sguardi chiusi, sfuggenti, che sembrano non essere al corrente di nulla, e ragazzini che raccolgono pietre al suo passaggio perché sanno ben leggere nel viso dei loro genitori.

...Non vi era che una distanza da colmare, ma una distanza lunghissima poiché l'esercizio della beneficenza richiede una montagna di tatto e di umiltà. Ed è più facile spingere alla rivolta un villaggio di scontenti che modificarne le abitudini; più facile, senza dubbio, trovare dei Lawrence d'Arabia e degli agitatori che dei tecnici abbastanza psicologi per essere efficaci. Roberts, che lo era, sarebbe giunto ben presto a scrivere nei suoi rapporti che bisognava forse rinunciare alla scuola per occuparsi, ad esempio, dei rifornimenti d'acqua dei vecchi bagni turchi, che sono dei virulenti centri d'infezione. Molto tempo sarebbe dovuto trascorrere prima che i suoi superiori d'America gli dessero ragione. Ma affinché "Punto IV" continuasse nella sua missione, occorrevano continuamente nuovi capitali. Così, in definitiva, il problema di Roberts – che era simbolico – sarebbe giunto fino al contribuente americano. Sappiamo che questo contribuente è il più generoso del mondo. Sappiamo anche che è spesso male informato, che vuole che le cose siano fatte a modo suo, e che apprezza i risultati che lusingano il suo sentimentalismo.

Lo si potrà persuadere senza difficoltà che si tiene in scacco il comunismo costruendo scuole simili a quelle di cui egli conserva un così piacevole ricordo. Sarà più difficile convincerlo che ciò che va bene a casa sua non può andare altrove; che l'Iran, questo vecchio aristocratico che ha conosciuto tutto della vita... e ha dimenticato molto, è allergico ai rimedi ordinari e reclama un trattamento speciale.

I regali non sono sempre facili da fare quando i "bambini" sono cinquemila anni più vecchi di Santa Claus.

Aprile

Faceva un po' meno freddo. Una delle mie alunne si era d'un tratto messa a pensare. (Le altre pensavano senza dubbio pure loro, ma giudicavano più saggio non lasciar trasparire nulla.) Fu la lettura di *Adrienne Mesurat* – quel turbamento, quella quotidianità sorniona, quella vita che si consuma come sepolta nella provincia – in cui credette, non so come, di ritrovare la sua storia, che le diede il primo impulso. Ci pensava persino di notte. A poco a poco, si era messa a pensare su qualsiasi argomento, vertiginosamente, senza sapere come fermarsi. Era proprio l'emorragia, il panico. Le occorrevano in continuazione nuovi libri, e lezioni supplementari, e risposte alle sue domande: se anche una francese poteva essere triste a quel modo... se la mia barba era esistenzialista o che cos'era l'assurdo – due parole che aveva trovato in una rivista di Teheran.

La barba serviva unicamente a invecchiarmi un po', visto che l'età media della mia piccola classe dava sulla quarantina. Ma l'assurdo... l'assurdo! Rimasi interdetto. Eppure in Svizzera siamo in genere assai pedanti; ma come spiegare ciò che non si prova, e soprattutto in una città che travalica a tal punto le categorie? Non c'è assurdo qui... ma da ogni parte la vita, che cova dietro le cose come un oscuro Leviatano, e costringe le grida fuori da ogni petto, o le mosche dentro la ferita, spingendo fuori dalla terra i milioni di anemoni e tulipani selvaggi che, di lì a poche settimane avrebbero colorato le colline di un'effimera bellezza. E coinvolgendovi costantemente. Impossibile qui estraniarsi dal mondo – pure se a volte se ne ha davvero voglia. L'inverno vi ruggisce in faccia, la primavera vi riscalda il cuore, l'estate vi bombarda di stelle cadenti, l'autunno vibra nell'arpa tesa dei pioppi e nessuno che non sia commosso da questa musica. I volti brillano, la polvere vola, il sangue scorre, il sole fabbrica il suo miele nella oscura arnia del bazar, e il rumore della città – tessuto di segrete connivenze – vi galvanizza o vi distrugge. Ma non ci si può sottrarre a ciò, e riposa in questa fatalità una sorta di contentezza.

Dalla prigione di Mahabad avevo anch'io una domanda: "Dica un po'... un Castello-bianco-senza-porte... che potrà essere mai?".

"Un UOVO," replicò subito lei, "...non l'aveva indovinato? Eppure è semplice, e anche un bambino la sa, questa." E si raccolse come per misurarne la pertinenza e il gusto.

Un uovo? Non vedevo come. De Chirico in persona non l'avrebbe indovinata, e il più scarso dei miei alunni poteva rallegrarsi di questa associazione. Siccome né le loro uova né i loro castelli dovevano essere tanto diversi dai nostri, era dunque l'immaginazione che differiva. E io che li accusavo di non possederne! Ma no, essa si esercitava in un mondo diverso dal mio.

Mussa, Saidi, il suo compagno forte nelle versioni, Yunus – il figlio di un mullah turcomanno – e il *kütchük* sempre dietro a loro, con il loro ombrello. Strani tipi! Dall'inizio delle vacanze erano continuamente rintanati da noi, a far chiasso, ridere per delle sciocchezze, soffocarsi fumando le nostre sigarette, chiederci di correggere il loro inglese, o di suonare per loro qualche tango, ma solo in tono minore. Saidi arrivava persino a copiarli accuratamente sul suo quaderno di musica per poterli poi canticchiare a Pahlevi al passaggio di qualche donna, con gli occhi chiusi – "ta-ra-ra-râaaa" con una specie di tono nasale che lo trasportava. Mi domandavo come si immaginava fosse, la Spagna. Calligrafava i titoli in due colori, con divertentissimi errori ortografici: *Prima di morire* si era così trasformato in *Prima di maturare*.[30]

"Maturare è certo adatto alla circostanza," gli diceva Thierry, "ma è pure un po' da stupidi."

Prima della nostra partenza, Saidi volle a ogni costo averci per una serata a casa sua, strumenti compresi. Modesta bicocca di funzionari indigenti, che avevano ucciso il vitello grasso, srotolati i tappeti e messo a disposizione di una squadra di gente la camera migliore, per premiare i buoni voti del ragazzo. Vodka al limone, melone bianco, arrosto di montone, dischi del cantante Bulbul su un vecchio grammofono. L'alcol dava loro alla testa e noi dovemmo suonare almeno per dieci volte la parte più lugubre del nostro repertorio. Pure, fu una serata memorabile, con cibi forti, vini pesanti e tanto calore. Quando lasciammo la stanza surriscaldata dalle lampade a petrolio, il *kütchük* dormiva sul tappeto, coperto da un cappotto. Gli altri, eccitati, sguaiati con le guance rosse e il cappello di traverso, si sfidavano in un concorso di rutti.

In un angolo del cortile coperto dalla neve, un piccolo asino, in piedi. Traversando, scorgemmo la madre di Saidi, scura ombra color della notte, mentre lo governava con le bucce di anguria che poco prima noi avevamo ripulito fino alla scorza. La ringraziammo: tutto era ottimo, ci eravamo divertiti, suo figlio era un bravo ragazzo. Ci augurò il buon ritorno con voce rauca guardandoci con i suoi begli occhi da

vittima designata. Poi salì verso la camera dove Saidi e la sua banda facevano ancora un casino d'inferno. In cielo le stelle erano incerte, la luna una pozza di luce. Eppure non avevamo bevuto quasi nulla. E allora, era forse la primavera?

Malgrado la passione dei tabrizzini per la politica, le elezioni, questa volta, non avevano suscitato alcun interesse. Bisogna premettere che il governatore aveva in anticipo acquietato gli animi, facendo capire a tutti che, qualunque cosa fosse successa, solo i suoi candidati sarebbero stati eletti. Sebbene egli fosse uomo da mantenere la parola data, qualcuno degli outsider si era comunque montato la testa; arrivando – come un certo medico dell'ospedale – fino a dormire sopra un pagliericcio davanti all'urna elettorale precedentemente "sistemata" da lui stesso. Invano.

Il vecchio M., il nostro vicino, era stato invece rieletto in un grosso borgo del Ghilan, dove possedeva delle terre. E rispettando le regole, poiché egli aveva una considerazione di sé troppo alta per pasticciare lo scrutinio. Aveva persino permesso al giovane avversario – un maestro di scuola progressista – di rivolgersi per primo ai contadini riuniti sulla piazza, di tuonare contro la corruzione di Teheran e la rapacità degli *arbab*, di promettere la luna. Venuto il suo turno, il vecchio si era contentato di aggiungere: "Quello che avete ascoltato è purtroppo ben vero... e anche io, non sono un uomo tanto onesto. Ma voi mi conoscete: io vi prendo poco e vi proteggo da quelli più rapaci di me. Se questo giovanotto è onesto come dice, non saprà difendervi da quelli della capitale. È evidente. Se poi non lo è, ricordatevi che egli comincia adesso la sua carriera, e le sue casse sono vuote; io invece la sto terminando, e le mie casse sono piene. Con chi dei due rischiate meno?".

I contadini avevano trovato che egli parlava assennatamente, e gli avevano dato il voto.

Qui in Iran ragioni così brutali non fanno paura. Pure, gli uomini non sono peggiori che altrove. Soltanto meno ipocriti. Essi preferiscono di gran lunga questo cinismo all'ipocrisia che l'Occidente ha sempre saputo utilizzare così validamente. Qui, così come altrove sulla faccia della Terra, si inganna il prossimo quando occorre, ma senza raccontarsi storie sulle proprie motivazioni, né sui fini che si vogliono perseguire. Così ci si potrà pure, una volta raggiunti i propri scopi, rallegrare liberamente con alcuni amici. Un modo di fare che è più vistoso del nostro, ma anche meno tortuoso e meno coperto. Per di più, ci si risparmia una menzogna, poiché se è vero che si cerca di ingannare e raggirare il prossimo, non si cerca di ingannare se stessi. È risaputo infatti, e già dal tempo di Erodoto, quanto i persiani siano restii a mentire.

Pochi farisei dunque in Iran, ma in compenso un buon numero di gattemorte; e l'indignazione che certi stranieri fanno finta di provare nei loro confronti è ancora un effetto della loro ipocrisia.

Andai a trovare il Vecchio per ringraziarlo del garage che ci aveva prestato per l'inverno, e mi congratulai per la sua recente elezione. Seduto in un angolo della sua galleria, con una lente da orologiaio sulla fronte, egli era occupato a sistemare in vecchie scatole di Coronados la collezione di pietre lavorate a intaglio dei periodi ellenistico e safavide che aveva riunito esplorando per trent'anni i bazar del Medio Oriente. Dei pendenti e delle gemme vetrose, color corallo o miele, sui quali si vedevano apparire in trasparenza Arione e il suo delfino, la moschea di Mequed, l'Ermete Trismegisto, o l'*Allah u akbar* (Dio è grande) in scrittura cufica. Tutti e due avevamo piacere di vedere i nostri mondi avvicinarsi. E mi fece esaminare una trentina e più di pezzi, sempre continuando a chiacchierare. Sereno e sarcastico al suo solito. Quando gli chiesi della strada di Teheran, che in quel momento ci preoccupava, lasciò le sue pietre e si mise a ridere:

"È un po' presto, ma senza dubbio riuscirete a raggiungerla; e nel caso non doveste passare, vedrete delle cose sorprendenti... L'ultima volta che l'ho percorsa, sono già forse dieci anni, la piena si era portata via il ponte sul Kizil-uzum. Nulla da fare per attraversare; ma siccome il livello del fiume poteva calare da un giorno all'altro, i bus e i camion continuavano ad arrivare da oriente e occidente e, dato che gli argini erano stati dissodati dalla pioggia, molti si impantanarono alle due teste del ponte. Anch'io. Ci sistemammo. Le rive erano già affollate di carovane e greggi. Poi una tribù di Karachi[31] che scendeva verso sud impiantò le sue piccole fucine mettendosi a fare lavoretti vari per i camionisti che, naturalmente, non potevano abbandonare i loro carichi. Gli autisti che lavoravano in proprio si misero ben presto a smerciare la roba sul posto, barattandola con i legumi che i contadini dei dintorni coltivavano. In capo a una settimana, a ogni testa del ponte si era formata una città, con tende, migliaia di bestie che belavano, muggivano, ragliavano, con fuochi e volatili, baracche di foglie e di tavole che ospitavano più di una *tchâikhane*, famiglie che affittavano posti sotto i teloni dei camion ormai vuoti, furiose partite di giacchetto, e qualche derviscio che esorcizzava i malati, senza contare i mendicanti e le puttane che si erano precipitati per approfittare dell'occasione. Un baccano magnifico... e l'erba che cominciava a farsi verde. Non ci mancava che la moschea. La vita insomma!

"Quando l'acqua calò, tutto si disfece come in un sogno. E tutto questo a causa di un ponte che non doveva rompersi, della nostra disorganizzazione, di poveri funzionari negligenti... Ah! Credetemi," aggiunse con devozione, "non c'è che dire! La Persia è ancora il paese dei miracoli".

Quest'ultima parola mi fece riflettere. Da noi, il miracolo è più che altro la manifestazione eccezionale che, intervenendo, mette a posto le cose; è utilitaristico, o al limite edificante. Qui invece può nascere anche da una dimenticanza, da un peccato, da una catastrofe che, rompendo il corso delle abitudini, offre alla vita un campo inatteso per ostentare i suoi fasti sotto sguardi sempre pronti a rallegrarsene.

Lasciare Tabriz

Tutti i tetti scaricavano acqua. Nella cunetta, sotto una crosta di neve nera, si distingueva uno scorrere cordiale e continuo. Il sole ci riscaldava una guancia, i pioppi distendevano i rami scricchiolando contro un cielo ritornato leggero. Profonda e lenta fioritura nelle teste, nelle ossa e nei cuori. I progetti prendevano forma. Era *Bahar*, la primavera.

Nell'osteria armena gli agenti di servizio sonnecchiavano, con le tuniche sbottonate, contro il muro blu su cui uno dei clienti aveva scritto in francese con un carbone *merde au roi*, fanculo il re. Al bazar si scherzava con molto entusiasmo davanti alla bottega chiusa dell'ultimo esercizio ebreo che ancora si difendeva. Il proprietario era stato schiacciato, pochi giorni prima, da un fagotto di tappeti. Gli altri avevano già abbandonato la piazza; in meno di sei mesi ridotti al fallimento, spazzati via senza scampo. Nessuno era corso in loro aiuto; anzi! La città è troppo dura perché vi si facciano regali a chicchessia. Vecchia come il mondo e come il mondo avvincente. Simile a un pane che è stato ricotto cento volte. Si vede di tutto e indignarsi non serve a nulla; ché essa non si sposterà di un millimetro. Esiste un proverbio che recita: "Bacia la mano che non puoi mordere e prega che essa sia stroncata". Ci si adatta. Ciò non impedisce i momenti di grazia, di estasi o di dolcezza.

Un gracidare di cornacchie in cima ai nuovi rami. Con una nebbia di fango dorato, in una luce meravigliosa, gli enormi camion provenienti dall'Ovest si fermavano dondolanti davanti al bazar. Noi bevevamo qualche tè sul ciglio della strada, ascoltando la melodia di un clarinetto che saliva dai suk. Lo conoscevamo bene; era il falegname armeno, un pignolo, un mite, che trasportava il suo strumento in una bella scatola di legno di pero.

> *Rape bollite nel loro sangue e dolci profumati al limone.*
> *Berrette e randelli.*
> *Cavallo di fiacre con un garofano di carta sull'orecchio.*
> *Finestra nera.*
> *Vetri gelati dove s'iscrivevano gli astri.*
> *Sentieri fangosi che conducevano verso il cielo.*
> *Tabriz.*

Shahrah

> Shahrah: highway... but, there are no ways in Iran, high or otherwise.
>
> COLONEL D.C. PHILLOTT, *English-Persian Dictionary*

Strada di Miyaneh

I militari, quanto a giudizio... Ce ne sono di strade in Iran, ma bisogna convenire che potrebbero essere migliori. Quella che va da Tabriz a Miyaneh per esempio, lunga una ventina di chilometri, per il continuo passaggio dei camion si è trasformata in sentiero infossato. Due solchi profondi e, in mezzo, un terrapieno di creta e di sassi. Non avendo la carreggiata, siamo costretti a mantenere il lato sinistro della macchina sul terrapieno centrale, il destro nel solco di destra, e procedere con la macchina sghemba al punto da raschiare con la fiancata il bordo della trincea. Siccome poi il cofano spinge davanti a sé un ammasso di fango e di pietre che si accumulano, siamo anche costretti a fermarci ogni cinquanta metri e spalare per fare spazio. Il tempo è mite, lavoriamo grondando sudore e guardando tempeste di grandine abbattersi sugli immensi versanti che ci circondano. Siamo davvero contenti di aver ripreso la strada verso l'Est.

Bisogna anche sollevare la macchina e farla uscire dal suo binario per lasciar passare i camion. Camion-mammut, camion-cittadelle, in armonia con il paesaggio, coperti di addobbi, amuleti di perle blu o iscrizioni votive: *Tavvak'kalto al Allah* (Sono io che guido ma è Dio il responsabile). Vanno avanti con andature di animali da tiro, a volte per settimane, verso un bazar sperduto, verso un posto militare, e sicuramente anche verso guasti e avarie che li immobilizzano ancora più a lungo. Allora il camion diventa casa. Lo si fissa, lo si sistema e l'equipaggio si mette ad abitare, per tutto il tempo necessario, attorno a questo relitto immobile. Focacce cotte nella cenere, giochi di carte, abluzioni rituali; una specie di continuazione della carovana. Diverse volte ho visto bestioni di tal sorta abbandonati nel bel mezzo di un villaggio; le galline covavano all'ombra delle ruote, le gatte vi facevano i piccoli.

Miyaneh

Tutti gli entomologi del mondo hanno sentito parlare di Miyaneh, a causa di una cimice, *melech myanensis*, il cui morso passa per essere mortale. Malgrado questa nomea, Miyaneh è una borgata invitante, ocra con tocchi di blu e con una moschea la cui cupola turchese naviga leggera sulle nebbie d'aprile (fare comunque attenzione alla linea d'alta tensione che passa per il balcone della *tchâikhane* come un'innocente corda per il bucato).

Miyaneh è anche la frontiera di due lingue: da questa parte l'azero, dove si conta fino a cinque così: *bir, iki, ütch, dört, bêch*; di là, il persiano, con: *yek, do, sé, tchâr, penj*. Non c'è che da paragonare le due serie per capire con qual piacere l'orecchio passa dalla prima alla seconda. L'azero – specialmente se cantato dalle formidabili comari di Tabriz – ha una sua bellezza, ma è una lingua aspra, fatta per la burrasca e la neve; non un raggio di sole là dentro. Al contrario del persiano: caldo, sciolto, civile e con una punta di tedio: una lingua fatta per l'estate. Dalla parte iraniana, anche i volti sono più mobili, le spalle più esili, i poliziotti meno corpulenti ma più torvi, l'oste più scaltro e più incline a pelarvi. E noi... noi proprio non ne vogliamo sapere del conto che ci presenta. Non sta né in cielo né in Terra. Ci prende per stupidi. Scoppiare a ridere non risolve nulla; è un riso forzato. Allora arrabbiarsi? Mentre io discuto il conto, Thierry si eclissa giusto il tempo di fabbricarsi una faccia incazzata, ritorna tutto congestionato, con gli occhi fuori dalle orbite, e getta alcuni biglietti sulle ginocchia dell'oste che rimane lì perplesso. Non pare convinto che noi ci si riscaldi sul serio, ma la sua esitazione gli è fatale; già voltavamo l'angolo quando lo vedemmo riprendersi e precipitarsi giù per le scale gridando.

Strada di Qazvin

Anzitutto, la strada segue il fondo di una vallata piantata a salici. Le montagne sono tonde e vicinissime, il fiume rumoroso e i guadi pessimi. Poi la vallata si svasa, diventa un largo altopiano paludoso ancora striato di neve. Il fiume vi si perde, lo sguardo pure. La prima ondulazione del suolo è a venti chilometri e l'occhio ne distingue una dozzina di altre fino all'orizzonte. Sole, spazio, silenzio. I fiori non sono ancora spuntati, ma dappertutto i ghiri, i topi campagnoli e le marmotte scavano come indemoniati nella terra grassa. Lungo il cammino incontriamo anche l'airone grigio, la spatola, la volpe, la pernice rossa e di tanto in tanto l'uomo, con la sua andatura di chi passeggia senza fretta. È una questione di scala: e in un paesaggio di queste dimensioni persino un cavaliere lanciato a tutta birra avrebbe l'aria di uno sfaccendato.

Teheran, aprile-maggio

L'aspetto più piacevole di questi lenti viaggi all'interno – una volta dissipato l'esotismo – è che si diventa sensibili ai dettagli,

e attraverso i dettagli alle province. Sei mesi d'inverno ci hanno trasformati in due tabrizzini che un nonnulla basta a stupire. A ogni tappa osserviamo qualcuno di quei minuti cambiamenti che cambiano tutto – qualità degli sguardi, forma delle nuvole, inclinazione dei berretti – e, come il paesano dell'Auvergne che sale a Parigi, noi raggiungiamo la capitale da provinciali incantati, con in tasca alcune di quelle raccomandazioni buttate giù su un angolo di tavolo da ubriaconi riconoscenti, dalle quali non bisogna aspettarsi che *qui pro quo* e perdite di tempo. Questa volta ne abbiamo solo una: due righe per un ebreo azero che andiamo a trovare subito subito: ha la faccia di uno che venderebbe sua madre, ma in realtà è un uomo gentilissimo, tutto preso da un desiderio confusionario di sbrogliare i fatti nostri. No, non crede che degli stranieri come noi possano alloggiare in una locanda del bazar... no, non conosce nessuno nell'ambiente dei giornali, ma vorremmo per caso pranzare con un capo della polizia di cui racconta meraviglie? Sicuro che vogliamo. E tutti insieme andiamo a casa del diavolo, sotto un sole di piombo, per mangiare una testa di pecora allo yogurt da un vecchio che ci riceve in pigiama. La conversazione langue. Sono anni che il vecchio è andato in pensione. All'epoca, era capo in una piccola città del Sud; e non conosce proprio nessuno adesso alla prefettura... del resto non ricorda più nulla. Invece, una o due partite a scacchi gli farebbero davvero piacere. Gioca lentamente, si addormenta; ci ha fatto perdere una giornata.

Alla locanda Phars, nei pressi del bazar. La camera è così esigua e ingombra che siamo obbligati a stenderci sui letti per lavorare. Il soffitto è un mosaico di latte metalliche BP che lasciano filtrare il chiar di luna. Qualche pulce. Dei clienti curdi, dei nomadi Qasqâi che puzzano di pecora, delle contadine che vi rivolgono un sorriso appena appena percettibile e, nella camera vicina alla nostra, un negoziante assiro che conta e riconta i suoi spiccioli. Una passerella in legno unisce le camere alla *tchâikhane* dove una radio trasmette senza soste le calme gerarchie d'arpeggio dell'antica musica iraniana. Sotto le finestre, a sinistra, un'infilata di gallerie lesionate scende verso l'entrata del bazar. Ancora più in basso: mazzi di tamerice e quartieri terrosi, i cui muri crollati si intrecciano fino a raggiungere la campagna.

Sulla destra: i vecchi cannoni della piazza Tup-khane, e le luci al neon del viale Lalezar, che sale con lieve pendenza verso i quartieri bene. In fondo, due taverne popolari dove magre ragazzette in tutù ornati di lustrini si esibiscono in esercizi di equilibrio tra bevitori di arak e avventori urlanti. Poi i venditori abusivi: pettini, espadrille, santini, fischietti, preservativi, saponi "Allavioletta". Poi un teatro che annuncia l'adattamento in persiano dello *Stordito* di Molière e presenta una commedia tratta dal *Libro dei Re* di Firdusi, nella quale si segue il sassanide Bahram Gôr che va ad abitare in incognito tra i più poveri dei suoi sudditi, per confondere i suoi ufficiali delle tasse che li svenano. Siamo andati a vederla: recitazioni forzate, false barbe rosse, turbanti anacronistici, schiaffi, capriole, punizione dei colpevoli. Era perfetta. Elegantoni in completo grigio e facchini in camicia applaudivano a più non posso, non senza scherzarci un po' su, perché il sovrano attuale non si spostava più senza la sua polizia; senza contare che certe ispezioni a sorpresa non sono più di moda, e certi finali ancora meno... Poi la redazione di un giornale. Qualche tailleur chic. I neon si fanno più dolci, gli alberi più folti, le voci più sottili. Favolosi dolci a forma di mitra sfavillano sotto le lampade colorate della sala da tè armena. Ancora più su, tra il viale Shah Reza e le colline di Chemeran, dominano il ronzio delle Cadillac, i lunghi muri chiari, i portali di smalto blu delle case patrizie, lo spazio, la ricchezza. Taxi gialli, con gli abitacoli tutti sporchi di gusci vuoti di pistacchi, solcano la notte, guidati da vecchi straccioni con la testa tra le nuvole, e trenta chilometri a nord degli ultimi giardini, le nevi lussuose dell'Elburz risplendono nel cielo primaverile.

Con i gomiti poggiati contro la ringhiera del nostro balcone, potevamo vedere l'intera Teheran allungarsi in lontananza. Non eravamo certo seduti a capotavola, ed eravamo in posizione precaria; ma ben risoluti a procurarci qualche boccone. Alla nostra età era ancora una buona cosa attaccare le città dal basso. Gli odori forti, i sorrisi sbrecciati, i gobbi fraterni: bene! Bisognerebbe guadagnare qui quanto meno il necessario per raggiungere l'India.

Avevo fatto non so quale osservazione riguardo a Tabriz...

"Ma sentite, sentitelo... è appassionante!..." E zittisce la tavolata, mi scongiura di ripetere, e nonostante il suo sguardo brillante, non ascolta per nulla. O se pure, per miracolo, ascolta, prima di sera avrà dimenticato.

Era il nostro amico Ghaleb. Faceva da qualche tempo il redattore nel giornale più importante della città, e le cose gli riuscivano molto bene. Per il suo articolo sulla bomba H, ad esempio, aveva preso in prestito un titolo ai fratelli Alsop, e a Rilke una superba citazione sul terrore. Avrebbe volentieri citato tutta la poesia, perché la sentiva intensamente, ma gli era mancato lo spazio. Di quali belle cose era pronto ad appropriarsi in tal modo! E d'altronde non aveva poi torto: siccome anche lui era poeta, la poesia degli altri, in un certo senso, un po' gli apparteneva. Solo perché non aveva tempo, poi, non scriveva la sua.

"'Un oceano che dicevano Pacifico', questo è buon giornalismo, no?... In ogni caso il direttore è soddisfatto... quanto ai tuoi reportage, piacciono enormemente; proprio ciò di cui avevamo bisogno in questo momento. Ne prenderemo almeno quattro."

Ciò significava forse che non ne avrebbero preso che uno o che li avrebbero rifiutati tutti? Non ero ancora al corrente delle convenzioni linguistiche. Bisognava aspettare. E in attesa di meglio, Ghaleb aveva messo le nostre foto in prima pagina, e con un commento così reboante che adesso avevamo la sorpresa d'incontrare, dappertutto in città, sconosciuti mal rasati che ci indirizzavano vorticosi scappellamenti. Tutto molto divertente, ma non serviva a sfamarci. Io andavo dunque regolarmente a importunare Ghaleb – riguardo ai miei articoli – in un bar del viale Yussuf-Abad, gestito da un emigrato georgiano saggio e fatalista. Vi si entrava scendendo tre gradini. Quando gli occhi si erano abituati alla penombra, si potevano distinguere gli avventori, seduti al fresco davanti a quelle bottiglie di vodka Maksus che hanno stampata sull'etichetta un'aquila rossa dai contorni non ben definiti, e sgranocchiando cetrioli o pesce affumicato per evitare l'emicrania, mentre il sole passava in onde indolenti sul viale, le cancellate del palazzo imperiale, le case dei mercanti armeni, ricche e confortevoli dietro i loro insignificanti muri di mattoni. Ghaleb vi si rifugiava volentieri nell'ora più calda per redigere la cronaca, o per aspettare qualche ragazza che lo faceva soffrire; e scriveva sulla tovaglia:

...Ieri l'altro: un giorno
Ieri: due giorni
Oggi: tre giorni
E tu non sei ritornata
E il mio cuore è bruciato...

Quando gli domandavo se per caso i miei articoli fossero bruciati nella stessa occasione, rispondeva sfregandosi le mani macchiate d'inchiostro: "Non esattamente, ma come dire... dormono. Pare che non interessino più; se solamente poteste darmi qualche bigliettino, vedrei di rimettere la faccenda in moto". Quei bigliettini senza i quali niente qui sembrava potesse giungere a buon fine, erano biglietti di persone importanti che ci raccomandassero al suo direttore. All'inizio gliene avevamo ben consegnato uno – tre righe di un senatore che si era curato i polmoni in Svizzera –, ma che, a quanto sembrava, non aveva gran peso. In meno di una settimana si era svaporato come una bottiglia di cattivo spumante e all'entusiasmo della redazione era succeduta un'amnesia completa. Quando andai a riprendermi i miei testi non potei raggiungere né il direttore né tanto meno il suo vice. Ero arrivato nell'ora della siesta e ognuno ne profittava pienamente. Capitai finalmente su un vecchio in tuta da lavoro che ci mise un'ora per ritrovare i manoscritti, e me li rese aggiungendo: "Qui, caro signore, è un casino... dite quanto meno ai tipografi del vostro paese che i loro colleghi iraniani li salutano di cuore". Ecco fatto!

In ogni caso questo insuccesso non aveva intaccato l'ottimismo di Ghaleb, il quale continuava a prometterci favori, bigliettini, sbocchi chimerici; o a proporci colloqui e protezioni che non dipendevano in alcun modo da lui. Per gentilezza sincera, per consolarci, per ridarci coraggio. Dove starebbe mai il piacere di promettere, se in ogni occasione bisognasse mantenere fede all'impegno? Cullarci di illusioni era il suo modo personale di aiutarci. Hai voglia a essere scettici: rimane pur sempre qualcosa delle favole che vi convengono. Ed egli ci aiutava. Più volte, per organizzare un ciclo di conferenze o una mostra, rendevamo visita – a nome suo – a dei personaggi che Ghaleb si lusingava impudentemente di conoscere. Non era vero, ma anche le false chiavi aprono le porte; e dopo alcuni minuti di imbarazzo, il colloquio volgeva spesso a nostro vantaggio. Ghaleb impallidiva quando gli riferivamo di questi nostri passi: "...Il rettore vi ha ricevuti? Da parte mia?... Ma io, vedete, dicevo così per dire... e ha funzionato? È inverosimile! Che rimanga tra noi, sono due anni che cerco di ottenere un appuntamento, forse potreste dirgli una parolina in mio favore".

E toccava a lui essere scettico. Noi lo ringraziavamo sentitamente. A Ghaleb volevamo bene.

A sentire i teheranesi, Teheran non è neppure una bella città. Si sono abbattuti, per far moderno, diversi angoli incantevoli del bazar, disegnati lunghi viali rettilinei senza mistero, buttate giù le antiche porte e, nella stessa occasione, anche un vecchio ristorante ornato da affreschi dell'epoca Qajar[32] in cui si riconosceva, tra i turbanti piumati, il conte di Gobineau in berretto gallonato, davanti a uno sfondo di aranci piantati in vasi. Bisogna scendere almeno fino al quartiere di Rey, da dove partirono i Re Magi, per ritrovare un po' di passato. Vi parlano anche, a mo' di scusa, del clima troppo secco, delle trombe d'aria, della destrezza dei ladri, e di quelle correnti magnetiche che renderebbero la gente tetra e irritabile. Vi dicono: "Aspettate di vedere Esfahan... vedrete a Shiraz...".

Sarà.

Ma si trovano qui dei platani tali che se ne vedono solo in sogno: immensi, ciascuno capace di ospitare diversi più piccoli caffè dove si passerebbe volentieri il resto della vita. E soprattutto c'è il blu. Bisogna venire fin qua per scoprire il blu. Già nei Balcani, l'occhio vi si prepara; in Grecia esso domina, ma fa l'importante: un blu aggressivo, agitato come il mare, che lascia ancora filtrare la spinta all'affermazione, i progetti, e una sorta d'intransigenza. Mentre invece qui! Le porte dei negozi, le cavezze dei cavalli, i gioielli da quattro soldi: dappertutto questo inimitabile blu persiano che rende leggero il cuore, che da solo restituisce l'essenza dell'Iran, che si è rischiarato e patinato col passare del tempo così come si schiarisce la tavolozza di un grande pittore. Gli occhi blu oltremare delle statue accadiche, il blu Savoia dei palazzi parti, lo smalto più chiaro del vasellame selgiuchide, quello delle moschee safavidi e, oggi, questo blu che canta e si alza in volo, in armonia con l'ocra della sabbia, il dolce verde polveroso delle foglie, la neve, la notte...

Scrivere in un bar dove le galline ve la fanno sui piedi mentre cinquanta curiosi si affollano contro il tavolo, non è certo l'ideale per rilassarvi. Esporre i propri quadri – dopo numerosi tentativi – e non venderne neppure uno, ancora meno. Siete stanchi pure di girare per la città di fallimento in fallimento, con un sole forte che vi picchia sulle spalle. Ma quando manca il coraggio, si possono sempre andare ad ammirare al museo etnografico i servizi blu di Kashan[33]: piatti, tazze, acquamanili che sono la pace interiore personificata, e a cui la luce del pomeriggio imprime una lentissima pulsazione che invade ben presto lo spirito dello spettatore. Davvero poche contrarietà resistono a quello spettacolo.

Poiché non potevamo contare sui giornali, l'Istituto franco-iraniano ci parve l'organismo più adatto per patrocinare in qualche modo le nostre attività. Sbarbati, incravattati, sudando nei nostri vestiti troppo caldi, ci presentammo lì ben decisi a ottenere ciò che chiedevamo. Dopo lungo tergiversare, la segretaria ci introdusse nell'ufficio del direttore, trattenendo il respiro come se fossimo lì lì per farci sbranare. Era un uomo possente e sanguigno, occupato in quel momento in una seccante telefonata con quella che sembrava essere una turista francese in cerca di informazioni culturali. Ci squadrò con una rapida occhiata, indovinò che venivamo come questuanti e – risoluto a scoraggiarci senza perder tempo – si mise a ruggire dentro alla cornetta: la signora aveva torto a scambiare l'Istituto per un ufficio informazioni... lì avevano altre faccende a cui pensare... e un viaggio in Persia si prepara in anticipo... e lei non aveva che da rivolgersi agli iraniani. All'altro capo del filo, la dama stupefatta da un mutamento così repentino di cui, evidentemente, non poteva indovinare la causa, se ne sentì dire delle belle, e dalla voce seccata e collerica di un uomo col quale è meglio non scherzare troppo. Questi riagganciò con forza, si volse verso di noi con uno sguardo convulso e borbottò: "Incredibile... una pazza... inverosimile..." poi, avendoci così mostrato indirettamente di che pasta era fatto, ci indicò delle sedie e, con voce raddolcita e un tono accuratamente lubrificato: "Allora, di che si tratta?". Al centro della sua giacca nera, la Legione d'Onore brillava come un piccolo occhio irritato. In breve, un diplomatico consumato. La sua iniziativa gli assicurava un vantaggio considerevole e, per un momento, non potemmo che balbettare offerte di servizi sempre più modesti. Le respingeva via via con una cortesia inesorabile, e con motivazioni che noi aggiravamo all'istante con nuove proposte – avremmo volentieri lavato le lavagne – che lo obbligavano a rifugiarsi dietro pretesti sempre più inconsistenti. Insistevamo. Lui perseverava a rifiutare con cortesia. Il caldo era soffocante, avevamo lo stomaco vuoto e palpitante di delusione. Bisognava assolutamente trovare una via di uscita prima che quella commedia volgesse definitivamente a nostro svantaggio. Risolse tutto una questione di nervi: e quando ci furono proposte come ragione del rifiuto alcune lampade rotte nella sala di esposizione, Thierry scoppiò in una risata solare che sentii con terrore travolgermi e trascinarmi come un'onda. Ecco infine il direttore completamente smontato, e noi, gli occhi pieni di lacrime, che cercavamo, tra due soffocamenti, di fargli capire a gesti che non era certo lui a divertirci a quel modo. Per nostra fortuna, quell'uomo pomposo aveva dello spirito. E in un lampo decise sul da farsi: siccome non aveva avuto lui l'iniziativa di quel riso, doveva cercare almeno di dirigerlo. E senza perder tempo. Si mise dunque a ridere più forte di noi, dapprima abilmente, per gamme ben dosate, poi sul serio. Quando la sbigottita segretaria socchiuse la porta, egli le fece segno di portare tre bicchieri, e quando la calma ritornò sovrana tutto era cambiato. Un raggio di sole illuminava il tappeto. Thierry avrebbe esposto di lì a una quindicina di giorni; io l'avrei introdotto con una presentazione o un dibattito... ne avrei potuto fare altri se ne avevo voglia. Tutte cose che adesso parevano le più naturali del mondo. Avrei letto il mio testo?

"No, preferirei piuttosto..."

"Ha ragione," mi interruppe con gentilezza il direttore, "anch'io, *mi preferisco di molto* quando parlo a partire da semplici appunti."

Aveva ripreso interamente in mano la situazione.

Il vernissage si presentava bene: l'illuminazione era eccellente e la mostra aveva un bell'aspetto. Scuola francese, diceva il direttore, che adesso era cordiale, paterno, agitato. Del resto non era stato lui a scoprirci?

"Avremo la principessa Shams, caro mio. L'aspetteremo per iniziare e lei dovrà cominciare con: 'Altezza, Eccellenze, Signore e Signori...'."

Cinque minuti più tardi correva voce che non sarebbe venuta; poco dopo si diceva il contrario, e gli ordini mutavano in conseguenza.

"Poiché sono io a introdurvi," mi disse infine il direttore, "non avrà che da ascoltarmi e regolarsi su quello che dirò io."

Mi accompagnò sulla scena e per alcuni minuti mi spiegò in dettaglio con molto humour le furfanterie che numerosi viaggiatori, trovandosi nella nostra situazione, sono generalmente tentati di commettere, e da cui noi c'eravamo fino a quel giorno astenuti; oculatezza che trovava la sua ricompensa nell'ospitalità *eccezionale* che egli ci accordava in quel giorno. Tale enumerazione mi pareva ben lontana dai motivi che realmente ci spingevano a dipingere o a parlare, ma era anche vero che senza l'Istituto e la sua eccellente biblioteca non avrei potuto combinare nulla a Teheran. A caval donato non si guarda in bocca.

Guardai piuttosto il mio pubblico. Sul fondo: gli studenti, un gruppetto di giornalisti coinvolti da Ghaleb, due file di suore con tanto di cuffie e veli – magnifiche! –, altre due di senatori amanti di Anatole France, e dei generali in pensione il cui udito era certo più abituato al suono dei *tar*[34] che al rumore dei cannoni. Davanti – mani inanellate e caviglie sottili – una schiera di signore di società, tutte imbrillantate, e qua e là, sotto l'apparenza di un edonismo pieno di riguardi, alcuni di quei volti inquieti, ipersensibili, commoventi, come la città sa crearne. A Tabriz non eravamo così viziati.

Alla fin fine, la principessa non si fece vedere, ma un fox-terrier scappato dal grembo di un'ascoltatrice venne a installarsi sul podio, contro il mio tavolo, e lì rimase immobile fino alla conclusione. L'uccello Simurg – che rinasce dalle sue ceneri – appollaiato sulla mia spalla non avrebbe prodotto un tale meraviglioso effetto. Thierry vendette molti quadri. L'università mi contattò per una conferenza a pagamento. Quella sera, nuovi amici ci offrivano un monolocale sul tetto di un palazzo della città alta. Un giardino di gelsi circondava la casa. Non avendo la porta di questo giardino alcun lucchetto, il factotum sistemava il suo letto di traverso contro i battenti. Era un vecchio, vestito di una tunica bianca, che bisognava svegliare ogni volta che si rientrava tardi, e che, alle nostre scuse, rispondeva sempre con un: "Possa la vostra ombra crescere".

Io non mi toglievo dalla testa che era stata una risata a far girare il vento della nostra fortuna. E da allora, ho sempre da parte qualcosa di spassoso da mormorarmi quando le cose cominciano a mettersi male; quando ad esempio dei doganieri, chini sul vostro passaporto scaduto, decidono della vostra sorte in una lingua incomprensibile, e dopo qualche mal accolto tentativo di comunicazione, voi osate a malapena sollevare gli occhi dalla punta delle vostre scarpe. Allora, una battuta assurda, o il ricordo di circostanze il cui lato comico resiste al tempo possono bastare a liberarvi la mente, e persino a farvi ridere a piena gola, solo solo nel vostro angolo, mentre i militari – è il loro turno di non capirci più nulla – vi considerano con perplessità, si interrogano con lo sguardo, verificano di avere la patta chiusa e cercano di assumere un'espressione di circostanza... finché non ritirano, chissà perché, quei bastoni che stavano per ficcarvi tra le ruote.

Come Kyoto, come Atene, Teheran è una città colta. Certo, si sa che a Parigi nessuno parla il persiano; a Teheran, moltissima gente che non avrà mai l'occasione né i mezzi per vedere Parigi parla perfettamente il francese. E ciò non per effetto di un'influenza politica, né – come per l'inglese nell'India – a seguito di un'occupazione coloniale. È frutto della cultura iraniana, curiosa di tutto ciò che è "altro". E quando i persiani si mettono a leggere non si tratta certo di Gyp, o di Paul Bourget.[35]

Passando una mattina lungo il viale Lalezar, davanti alla porta aperta di una profumeria, udii una voce sorda, velata, come quella di un uomo che dorme e sogna ad alta voce:

> ...Te ne vai senza di me, mia vita
> Corri via,
> Ed io, io aspetto ancora di fare un passo
> Tu porti altrove la battaglia.

Entrai in punta di piedi. Accasciato sopra uno scrittoio a cilindro, nella luce dorata dei flaconi di Chanel, un omone perfettamente immobile, con una rivista aperta davanti a sé, leggeva ad alta voce questa poesia[36]; anzi se la ripeteva come per aiutarsi ad accettare cose che sapeva fin troppo. Un'espressione straordinaria di acquiescenza e di felicità era impressa sul suo largo viso mongolo imperlato di sudore. Era solo nel negozio e troppo assorto per accorgersi della mia presenza. Mi guardai bene dall'interromperlo; mai la poesia è meglio detta. Quando ebbe finito e mi scorse a due passi da lui, non dimostrò sorpresa alcuna né mi domandò se volevo qualcosa. Mi porse semplicemente la mano e si presentò. Occhi neri e liquidi, balletti da tricheco, un'eleganza un po' languida: Sorab.

Come uno specchio, un viso intelligente ha gli anni di ciò che riflette. A venticinque anni, Sorab sembrava averne ora sedici ora quaranta. Ma più spesso quaranta, considerando un tono di voce di chi già non si aspetta più sorprese dall'esistenza. Ed egli non aveva sempre recitato poesie di Michaud in una profumeria. Aveva vissuto tante esperienze Sorab, e aveva iniziato molto presto. Già a sedici anni: letture, nottambulismo e hashish nella cerchia del poeta Hedâyat,[37] dove era accettato nonostante la giovane età. Oggi Hedâyat è morto – ha aperto il gas nella sua mansarda parigina –, ma la sua ombra percorre ancora la giovane letteratura d'Iran. Si drogava; molti si drogano. Si è ucciso; qualcuno si ucciderà. Amava i fiori funebri, il disinteresse, l'abbandono, e viveva nel sentimento della morte e della notte; i suoi epigoni ripropongono tutto ciò. Nella Teheran poliziesca del dopoguerra, questa bohème semiclandestina aveva resistito cinque anni. Tentativi di azione progressista, galleria di pittura, rivista surrealista morta al secondo numero... Ci si allontana dalla realtà a passi di lupo, si pensa di averla liquidata sul serio, ed ecco che vi si precipita addosso come una tonnellata di mattoni. Gli amici si disperdono, la galleria va a rotoli; bisogna, per attirare compratori, organizzarvi tè danzanti, con puttanelle. Poi, non essendo pagate, le puttane scompaiono a loro volta; tranne la più vecchia che vi resta non si sa come sul groppone, e vi ci vorranno mesi e musi per togliervela dai piedi. Allora ci si ritrova soli, ad appena ventun anni, ma già con la tremarella e senza più i nervi che servirebbero.

In seguito, Sorab aveva lavorato per un anno come professore al liceo di Marand: i pioppi dell'Azerbaigian e una classe di giovani provinciali riccioluti, letargici, sconfortanti, che non avevano mai pensato che si potesse pensare. A forza di scuoterli, di scavare in pieno torpore, aveva ottenuto qualcosa che poteva somigliare all'inizio di un risveglio, quando la tubercolosi lo obbligò ad andarsene. Aveva a quel punto approfittato della malattia per prendere una laurea d'ingegnere e impiegarsi in una compagnia inglese di Abadan: "La vita comoda... Al-Kuweit è vicinissima, sapete; non c'è bisogno di passaporti. Molto contrabbando. Noi ci andavamo via mare, facevamo passare delle piccole cose: delle Leica zeppe," la sua voce fa una pausa tranquilla, "di cocaina. Un peccato veniale del resto; e soltanto nel momento in cui pensai di organizzare un sindacato operaio, mi misero alla porta. Eppure, caro mio, avreste dovuto sentirmi: tenevo dei discorsi ec-ce-zio-na-li".

Emotivo, commosso dalla miseria del suo paese, egli si

era aggregato al partito Tudé,[38] e aveva adottato quella forma di marxismo esitante così comune tra la gioventù iraniana. Queste adesioni, del resto assai frequenti, non avvenivano mai senza reticenze. Pur giudicandoli più furbi degli americani, i persiani non provavano che una simpatia molto mitigata nei confronti dei russi. (Gli slogan, le maiuscole, le sfilate a passo di marcia, le opinioni a comando non sono mai state il loro forte.) Da non trascurare anche quella nostalgia di assoluto, sempre rimandata ma sempre presente, che le "Domeniche sul kolchoz" della rivista "Ogonek",[39] con quell'ottimismo da due soldi buono per gente da scampagnate, non potevano certo soddisfare. Quanto alla dottrina, la maggior parte di quelli che la conoscevano per davvero la trovavano sommaria, semplicistica, poco adatta a preservare quella finezza che il mondo perderà sempre troppo presto, e alla creazione della quale l'Iran aveva tanto contribuito. Ma ecco, quando si è stanchi di un conservatorismo interessato e brutale, quando non si spera più nulla da un Occidente che lo appoggia e garantisce, quando si è giovani, e soli, e non c'è nessuno al Centro, e la paura fa tacere i liberali, non si ha certo l'imbarazzo della scelta e si soffoca ogni reticenza. Per un po', dopo la liquidazione di Mossadegh, Sorab aveva abbandonato tutto. Ora gestiva la sua profumeria e lavorava come esperto in un ufficio statale dove, in realtà, non andava mai. Aveva appena smesso di prendere droga, e questa privazione lo provava terribilmente.

"...Cerco di venirne fuori; di essere normale. Mi si spinge e incoraggia. Una donna. È l'amore, caro mio... la stagione delle follie."

Ma me ne parla con una stanchezza così distaccata che ho l'impressione che egli stia parodiando cose vecchie almeno di mille anni. Ci siamo messi a tavola, tra camion giganteschi, in un caffè sulla vecchia strada di Chemeran. La lampada ad acetilene che ci illumina sibila con dolcezza. Il cielo è pieno di stelle. Sorab parla con voce sottile e lenta. Suda intensamente, e perle regolari si formano alla radice dei capelli per cadergli poi sugli occhi. Forse ci scorge a malapena. Ben al di qua del suo sguardo, egli si batte tutto solo contro i suoi mostri, la sua paura, contro il naufragio in quella bianca luce di acetilene, lui, in doppiopetto blu Savoia, a venticinque anni.

Pochi mendicanti qui, ma agli incroci dei viali principali file di giovani cenciosi, seduti sui bordi del *djou*[40] a chiacchierare, masticare un fiore o giocare a carte. Aspettano che il semaforo sia rosso. Non appena scatta, oppure quando una lunga coda blocca il traffico, si precipitano sulle macchine, si mettono a pulire il parabrezza con uno straccetto, non lesinando sugli sputi, e così si guadagnano qualche soldo. Il poliziotto di turno, che non è per forza un avversario, fa in modo di lasciar loro il tempo di finire. Altri si offrono gentilmente di indicarvi la strada di casa vostra, portarvi un pacchetto, annaffiare i giardini ecc. Ogni mattina, un gruppo misto di ragazzini, disoccupati e vecchi sale così dal bazar verso le occasioni e i piccoli impieghi della città alta. Succede anche che la polizia arruoli a un toman a testa quel contingente instabile e sempre disponibile, per rappresentare il "popolo iraniano" che manifesta davanti all'ambasciata sovietica, o per gettare sassi contro la villa di qualche personaggio di cui l'autorità ha motivo di lamentarsi. Quando la faccenda è terminata e mentre il trambusto non accenna a finire – ché essi vorrebbero ben essere pagati – li si disperde con una lancia antincendio. Il giorno seguente può succedere benissimo che quello stesso "popolo" manifesti il suo scontento recandosi, rinforzato da studenti, a deporre fiori sulla scalinata della stessa ambasciata. La stessa polizia arriva al trotto, cattura i capipopolo – soprattutto studenti –, li rade a zero e li rispedisce a rifare il servizio militare, o a spaccar sassi nel Sud del paese, dove ve ne sono a sufficienza. Triste affare. Ma ammirabile metodo: vi sono comunque ogni volta cinquanta disoccupati di meno.

Il metodo non basta: impossibile parcheggiare la propria macchina senza veder spuntare una specie di malvivente che pretende di "sorvegliarla" per un mezzo toman. Conviene accettare, perché altrimenti il vostro guardiano, deluso, potrebbe in vostra assenza sgonfiarvi le gomme o scomparire con una ruota di scorta in direzione del bazar, dove potrete andare a ricomprarla. Insomma, si offrono di proteggervi da loro stessi. All'inizio rifiutavamo; eravamo troppo a corto e un toman serviva. Ci dicevamo anche: la nostra macchina è troppo scassata. Un giorno l'abbiamo ritrovata nel mezzo di un marciapiede. Si erano dovuti mettere in sei o sette, circondati da curiosi e tra le risa generali, per farle passare il canaletto di scolo. A parte questo incidente, i ladri l'hanno sempre risparmiata; a causa, senza dubbio, della quartina di Hâfiz che avevamo fatto scrivere in persiano sulla portiera sinistra:

> *Anche se il riparo delle tue notti è poco sicuro*
> *E la tua meta ancora lontana*
> *Sappi che non esiste*
> *Sentiero senza una fine.*
> *Non esser triste.*

Per mesi questa iscrizione ci servì da "apriti sesamo" e da salvacondotto in angoli del paese dove non si ha ragione di amare lo straniero. In Iran l'influenza e la popolarità di una poesia sufficientemente ermetica e vecchia più di cinquecento anni sono straordinarie. Negozianti accovacciati davanti alle loro botteghe inforcano gli occhiali per leggersela da un marciapiede all'altro. In quelle bettole del bazar piene di farabutti, si capita a volte su un consumatore vestito di stracci che

chiude gli occhi dal piacere, completamente estasiato da qualche rima che un compagno gli mormora all'orecchio. E fin nel fondo delle campagne si recitano a memoria moltissimi *ghazal* (da diciassette a quaranta versi) di Omar Khayyam, Sa'di, o Hâfiz. Come se, da noi, i manovali o i macellai della Villette si nutrissero di Maurice Scève o di Nerval. Tra gli studenti, gli artisti, i giovani della nostra età, questo gusto degenerava spesso e diventava intossicazione. Essi conoscevano a centinaia quelle strofe folgoranti che aboliscono il mondo illuminandolo, proclamano discretamente l'identità finale del Bene e del Male e forniscono al recitante – con le unghie rose e le mani sottili strette su un bicchiere di vodka – quelle soddisfazioni di cui l'esistenza quotidiana è così avara. Potevano darsi il cambio in quel modo per ore intere, vibrando "per simpatia" come le corde basse del liuto, l'uno interrompendosi per dire che sta pensando di uccidersi, l'altro per ordinare da bere o tradurci un distico.

La musica del persiano è superba, e questa poesia nutrita di esoterismo sufico è una delle più alte al mondo. In dosi massicce ha tuttavia i suoi pericoli: finisce per sostituirsi alla vita invece di innalzarla, e fornisce ad alcuni un rifugio onorabile al di fuori di una realtà che avrebbe invece bisogno di forze fresche. Sulla scia di Omar Khayyam, molti giovani persiani:... *strappavano di nascosto la triste carta di questo mondo...* e questo era tutto.

Sempre servendosi con le mani dai vari piatti, l'imam ripete scandendo bene le parole: "No... questa strada verso sud è pericolosa; prendete piuttosto quella di Mequed. Bisogna vedere la città santa, e inoltre lì potrò introdurvi dappertutto".

L'imam Djumé è la più alta autorità religiosa della città. È predicatore di corte e nominato dallo scià che gli delega il suo potere sacerdotale. Invero, non è neppure mullah, ma diplomato in un'università europea, specialista di diritto coranico e capo di una potente famiglia che sostiene la casa reale da molte generazioni. Ha anche, a quel che si mormora, agganci con gli inglesi. È un prelato politico insomma, che i fanatici di diverse tendenze hanno cercato di assassinare più di una volta. Mai sicuro, quando sale sul pulpito, di non volarsene via sulle ali di una bomba. E molto coraggioso, apprezzato dalle donne e pieno di attenzioni per la sua incantevole sposa. Seduto a capotavola, divora, circondato da silenzioso rispetto:

> Composta di melone ghiacciato
> Riso alla marmellata
> Pollo arrosto alla menta
> Latte cagliato con cetrioli e uvetta

e regna su una quindicina di nipoti, cognati, zie o cugini che vanno, vengono, si inchinano, mangiano un boccone, spariscono, si inchinano ancora, riappaiono ecc. Lui è una specie di affabile Montaigne in turbante bianco, col viso pienotto, barba alla Cavour e occhi spiritosi che non mollano per un istante l'interlocutore. L'itinerario che pretendiamo di seguire sembra preoccuparlo seriamente. Da Teheran, due strade permettono di passare in Afghanistan: quella verso nord tocca Shah Rud, poi Mequed, e l'autobus la percorre regolarmente; quella verso sud – che ci tenta – è molto più lunga, passa per Esfahan, Yezd, Kerman, attraversa la parte meridionale del deserto del Lut e poi il deserto belucistano in tutta la sua estensione, per sboccare a Quetta, in Pakistan. Sappiamo che è poco trafficata. Ma pericolosa!?
"A causa dei nomadi?"
"No," risponde l'imam, "no... non c'è neanche un'ani-

ma! È proprio questa la seccatura, e poi il sole, tanto sole, troppo."

Ma si sentono tante di quelle chiacchiere sul conto di quelle strade. Eccone ancora uno, ci diciamo, che non ha mai lasciato Teheran.

"Un sole che neanche v'immaginate," riprende lui tranquillamente. "L'anno scorso due austriaci hanno voluto percorrere la vostra strada in questa stessa stagione. Sono morti prima della frontiera."

Poi si risciacqua con cura la bocca, si asciuga la barba e ci fa accomodare nel giardino giusto il tempo di andare a dire le sue preghiere.

Un giardino di rose circondato da alti muri e costruito attorno a una vasca rettangolare. Amaranto, bianco, tè, zafferano; pergolati, cespugli, archetti di rose divorati dalla luce. Alcune piantine dai fiori quasi neri, e protetti da schermi di garza, spandono un profumo inebriante. Due servitori a piedi nudi percorrono i vialetti di sabbia con degli annaffiatoi. Paradiso di colori attenuati, calmo specchio d'acqua, e quei fiori sapientemente disposti nella ronda silenziosa dei giardinieri. Ma è un paradiso astratto, imponderabile: il riflesso di un giardino, più che un giardino vero e proprio. Il lusso dei giardini europei ha bisogno di piantare solide radici nella terra e si impadronisce con effusione della più grande quantità possibile di natura. Quelli iraniani non mirano a tale abbondanza oppressiva, ma a quanto basta per dare un po' di ombra e di pace. Tra il suolo e i fragili fiori si distingue appena la linea dei gambi. Il giardino galleggia: l'acqua miracolosa, e quel leggero ondeggiare, ecco cosa gli si domanda.

Chiusa la mostra, Thierry era partito a dipingere per qualche giorno nella provincia del Ghilan. Io ero rimasto a Teheran per organizzare un'ultima conferenza e arrotondare le nostre entrate. Siccome l'Università e l'Istituto erano già chiusi, avevo preso in prestito ai lazzaristi del Collegio di San Luigi la loro sala delle feste. *Stendhal l'incredulo,* un soggetto ben poco clericale, non li aveva fatti indietreggiare. Mi prestarono persino, affinché potessi prepararmi, una piccola aula che odorava di gesso e di vacanze, dove i padri mi portarono birra fresca e sigari.

Stendhal fu accolto meno bene all'Istituto Giovanna d'Arco, dove le suore clarisse educavano tutto quello che Teheran può offrire di ragazze con dote.

"Passi pure un Montaigne, un Toulet..." mi disse la madre superiora, "ma Stendhal! Quel mangiapreti, quel giacobino! Perché non parla piuttosto di Pascal? Lei è un malinconico: l'argomento le andrebbe a perfezione, e io le riempirei la sala."

Eravamo seduti, a bere Chianti sotto un grande crocifisso d'argento. Se ne versò un bicchiere e aggiunse: "Su quell'altro invece, non posso certo portarci le mie suorine... del resto io non l'ho mai neanche letto, quel miscredente; è all'Indice".

Era una donna di carattere e di spirito, che dirigeva la sua scuola con mano maestra, e nascondeva dietro il suo fervore una sorta di affascinante malinconia. Ci capivamo bene, e andavamo d'accordo, perché era di ascendenza serba, e io amo la Serbia. Teneva molto a questa sua origine e mostrava più indulgenza per i rivoluzionari jugoslavi che per gli scrittori posti all'Indice. Appena cominciai a parlarle della musica a Belgrado, scomparve per riapparire con un disco: "Ve lo presto, è magnifico... e trattatemelo con riguardo, ci tengo come alle pupille dei miei occhi".

Mi porse allora il *Canto dei partigiani* contrassegnato da una larga stella rossa.

Andando a consultare per pura curiosità il famoso Indice, mi accorsi che solo il *Diario* di Stendhal era menzionato – a causa di alcuni passaggi un po' forti – ma che Pascal, al contrario, vi figurava quasi per intero. C'era là un simpatico monsignore originario della Puglia al quale domandai la ragione di tale miracolo. Mi rispose: "Stendhal non è troppo pericoloso; e in più, ha una scusante 'Arrigo Beyle': e cioè che amava l'Italia. Mentre Pascal è un po' il portinaio della Chiesa. Quando un protestante lo avvicina – eccellente! – vuol dire che sta per entrare; ma per un cattolico, attenzione... è che vuole uscire". Si ragiona mica male dalle parti di Trani.

Vigilia della partenza

La cima dei platani non giunge neppure all'altezza della terrazza dove noi dormiamo. Il cielo è nero e caldo. Stormi di anatre provenienti dal Caspio vi passano con rumore d'ali. Attraverso i rami che danno sul viale Hedâyat, osservo i negozianti che si sistemano per la notte sul marciapiede. Luogo più socievole e più fresco. Si portano dietro i loro giacigli, o srotolano direttamente sul terreno grosse coperte nere e rosse. Hanno anche teiere di smalto blu, giochi di giacchetto, narghilè e, senza vedersi, intavolano conversazioni da un lato all'altro della strada. Dappertutto, quella luce elettrica debole ed estenuata delle città d'Asia – la cui rete dell'elettricità è in genere sovraccarica –, per nulla aggressiva, giusto il necessario per abituarsi alla notte senza distruggerla. Oppure c'è l'illuminazione gelida delle lampade al carburo, che vernicia dal di sotto i fogliami polverosi.

Sono sedotto da questa città, e siccome ho Stendhal per la testa, ne approfitto per dirmi che l'avrebbe amata anche lui. Vi avrebbe ritrovato il suo mondo: un buon numero di anime sensibili, qualche furfante matricolato e, nel bazar, qualcuno di quei calzolai pieni di massime con i quali egli chiacchierava così volentieri. L'ombra di una corte – intrighi, sinistre osterie, oscuri bagordi – un po' più marcia di quella di Parma, ma che allo stesso modo vive con la paura di quei liberali che essa imprigiona, e dove un ministro delle Finanze Rassi passerebbe per un chierichetto. Un popolo che ha finezza da vendere, e che commenta quegli eccessi con umorismo amaro. Più rimpianti che rimorsi, e un immoralismo noncurante che conta molto sulla mansuetudine divina. Senza dimenticare quei discreti cenacoli di religiosi o di adepti sufi, dissimulati nel bazar, che aggiungono una dimensione essenziale alla città e ronzano delle più seducenti speculazioni sulla natura dell'anima. Stendhal, alla fin fine così preoccupato della sua, non vi sarebbe certo rimasto indifferente.

Da parte mia, quello che più mi colpisce è come lo stato deplorevole degli affari pubblici coinvolga così poco le virtù private. E ci sarebbe da chiedersi se, in certa misura, non sia proprio tale disordine a stimolarle. Qui, dove tutto va di traverso, noi abbiamo trovato più ospitalità, benevolenza, delicatezza e collaborazione di quanto due persiani in viaggio potrebbero aspettarsene dalla mia città, dove, pure, tutto funziona bene. Vi abbiamo anche trovato molte occasioni di lavoro, e guadagnato quanto necessario per vivere almeno sei mesi. Domani andremo a comprare dei dollari al vecchio bazar, ridiscendendo per quel viale Lalezar che abbiamo risalito con così tanta fatica.

Partenza, ore sette del mattino

In un'osteria della città bassa i nostri amici ci aspettano per augurarci buon viaggio. Avevo dimenticato che ne avessimo così tanti. Un ultimo bicchiere di tè, e quando la macchina parte, ah... ah... che sospiri, e con quali sguardi la vedono allontanarsi così. Eppure non gli mancheremo per nulla, e non è certo la nostra destinazione che invidiano, poiché a Teheran vi sentirete dire con forza che quelli di Esfahan sono fratelli per modo di dire, e i Kashani dei furfanti, e nel Seistan l'acqua dei pozzi è salata, e nel Belucistan non si incontrano che dei babbei. No, è il Viaggio che li fa sognare a quel modo. Il Viaggio, le sorprese, le tribolazioni, questa mistica del cammino così vivace nel cuore degli orientali e di cui noi avremo così spesso approfittato.

Strada di Esfahan

"Prima tappa: breve tappa," dicono i carovanieri persiani, i quali sanno bene che, già la sera della partenza, ognuno si accorgerà di aver dimenticato qualcosa a casa. Di solito, non si percorre che un *farsakh*.[41] È necessario che gli sbadati possano ancora andare e venire prima del sorgere del sole. Questa concessione alla distrazione è per me un motivo in più per amare la Persia. Non credo che esista in questo paese una sola disposizione pratica che trascuri l'irriducibile imperfezione dell'uomo.

Da Teheran a Qom la strada è asfaltata, ma con buche profonde un braccio. A partire da Qom è in terra battuta, e così gelata che siamo costretti a procedere sotto i venticinque chilometri all'ora. Di quando in quando, il lampo senape di una tarantola l'attraversa zigzagando, oppure a sorprenderci è la macchia scura di uno scorpione che se ne sta andando per i fatti suoi. Avvoltoi color sporco sono appollaiati sui pali del telegrafo, quando non li si sorprende immersi fino al codrione nella carcassa di un cane pastore o di un cammello. Ci si interessa tanto a codesto bestiario perché, nel corso della giornata, la violenza della luce e le vibrazioni dell'aria calda sopprimono interamente il paesaggio. Verso le cinque, il sole arrossisce e, quasi si passasse uno straccio su di un vetro appannato, si può veder sorgere infine con una nitidezza prodigiosa quell'altopiano deserto attraverso il quale, a quanto pare, l'angelo condusse per mano Tobia. Appare giallastro, e cosparso di ciuffi pallidi. Montagne violette lo circondano d'insolite frastagliature. Montagne signorili. Ed è proprio la parola giusta: su migliaia di chilometri il paesaggio dell'Iran si stende con una signorilità scarna e sovrana, come se fosse stato modellato nella cenere più fine da un soffio ormai quasi spento, come se un'esperienza amara e immemoriale ne avesse già da molto tempo fissato le asperità – i punti d'acqua, i miraggi, le trombe di polvere – con una perfezione che può entusiasmare o scoraggiare, ma a cui esso non rinuncia mai. Persino nelle distese desolate del Sudest, che non sono che morte e sole, il rilievo rimane squisito.

Non si ha l'abitudine, qui, di macchine così piccole; e, carica com'è la nostra, bisogna veramente esserle vicini perché ci si persuada che è proprio un'automobile. Al nostro passaggio vediamo, per la sorpresa, le pupille spalancarsi e le mascelle cadere. L'altra mattina, in un sobborgo di Qom, un vecchio ne è rimasto così colpito e si è girato tante di quelle volte a guardarci, che è finito per incespicare nella sua stessa tunica e cadere sul sedere esclamando: "*Qi ye Sheïtanha?*".[42] Ritroviamo, a ogni tappa, le stesse mute di curiosi che si accalcano attorno alla macchina, e lo sbirro che laboriosamente decifra la scritta del nostro sportello, che potrebbe essere sovversiva. A partire dal secondo verso il pubblico riprende in coro, l'esercizio si trasforma in recitazione mormorante, i visi butterati si illuminano, e i bicchieri di tè che appena prima era impossibile ottenere sorgono come per incanto. Ritroviamo anche le ore di guida prudente attraverso orizzonti così grandi da muoversi appena; e gli occhi bruciati dalla luce, le sieste tra torme di mosche, l'*abgousht* serale – carne di montone, ceci, limoni cotti nell'acqua pepata – e le notti sui gradoni delle *tchâikhane*. In breve, la vita di viaggio a cinque toman al giorno. E riecco anche quell'attenzione inquieta a ogni rumore del motore, che io comincio ad amare.

Esfahan

Con una balestra spezzata, abbiamo attraversato lentamente la regione agricola che circonda la città. Il sole tramontava dietro alti platani solitari la cui ombra obliqua si allungava su villaggi di terra dai dolci contorni erosi. Nei campi in cui si era mietuto il grano, i covoni trattenevano la luce e brillavano come bronzo. Bufali, asini, cavalli neri e contadini dalle camicie sgargianti lavoravano per portare a termine la mietitura. Si vedevano le cupole leggere delle moschee galleggiare sulla città distesa. Seduto sul cofano per non forzare la macchina già malandata, distrutto di fatica, io cercavo una parola per impossessarmi di quelle immagini, e mi ripetevo macchinalmente: Carabas.

Un po' più tardi
A Teheran alcuni amici ci avevano detto: "Non avrete che da scender là, a casa dei nostri cugini; sono già al corrente del vostro arrivo" e ci avevano dato un indirizzo.

I persiani sono ospitali, è certo, ma è tardi, e caschiamo male. È un venerdì, serata delle riunioni di famiglia, e la casa è piena di bambini, di parenti della provincia che vanno avanti e indietro in pigiama, sgranocchiano albicocche secche, giocano a giacchetto, trasportano coperte, lampade, zanzariere. Troppo stanco per dormire, passo il tempo facendo la cernita dei nostri medicinali sul tavolo della sala da pranzo. Gli uomini che attraversano la stanza salutano affabilmente; alcuni si siedono e mi guardano fare, in silenzio. Un grosso sconosciuto molto gioviale mi ha così tenuto compagnia per tutto il tempo. Dopo un po', mi chiede se può utilizzare il termometro; se lo mette in bocca e continua a osservarmi. Ha mangiato un po' troppo per festeggiare la fine del Ramadan e teme di avere un po' di febbre. Ma no:

trentasette e mezzo. E questo è tutto ciò che ho mai saputo di lui.

La radio trasmette ora la bella musica persiana del *tar*, antica, simile a quella di un Segovia distaccato da tutto, simile anche a qualche vetro rotto che ruzzola con indolenza. Ma il nostro padrone di casa sopraggiunge per spegnere l'apparecchio, perché, dice, quella musica impedisce di pensare a Dio. È un commerciante del bazar, cortese, assai devoto e benedetto nei suoi affari. Mi parla del rigore con cui cresce i suoi ragazzi, che sono già quasi invisibili a forza di buona educazione. Io l'ascolto appena. La nostra presenza lì mi appare all'improvviso assurda. La stanchezza di Teheran ha aspettato quella casa accogliente per rifarsi viva, e adesso è là, e mi separa da tutto. Dormire per una settimana, ecco di cosa avremmo bisogno.

Nel cortile della Moschea Reale – Masjid-e Shah – ci starebbero facilmente un centinaio di autobus, e forse anche Notre-Dame. La piazza, di cui occupa uno dei lati minori, misura cinquecento metri per duecento, circa. Vi si svolgevano una volta dei furiosi tornei di polo, e quei cavalieri che passavano al galoppo davanti alla tribuna imperiale si vedevano più piccoli di una O maiuscola molto prima che raggiungessero il fondo. Sotto il ponte di trenta archi che scavalca lo Zayandé-Rud, si possono scorgere delle formiche occupate ad armeggiare in direzione di pile di cose simili a francobolli colorati: si tratta in realtà di uomini che lavano tappeti di dieci metri per lato.

Nel XVII secolo, con seicentomila abitanti, Esfahan era capitale di un impero e una delle città più popolose del mondo. Oggi, non ne conta più di duecentomila. È diventata "provincia", si è rimpicciolita e i suoi immensi e graziosi monumenti dell'epoca safavide fluttuano su di lei come vestiti divenuti troppo grandi. Si sbriciolano anche, e si deteriorano; perché lo scià Abbas, da uomo che aveva fretta di stupire il mondo, non spese il tempo necessario per costruirli solidi. È proprio a causa di questo abbandono così umano al tempo, che è la loro sola imperfezione, che quei monumenti ci diventano accessibili e ci commuovono. "Sfidare la durata": sono sicurissimo che, dal tempo degli Achemenidi, nessun altro architetto iraniano è ricaduto ancora in una simile sciocchezza.

Questa moschea reale per esempio: non passa temporale che non si porti via uno spruzzo non più rimpiazzabile di mattonelle di maiolica. Alcune decine su più di un milione; e tutto è così vasto che ci vorrebbero cinquant'anni di tempesta, perché ci si accorgesse di qualcosa. Al minimo soffio di vento, esse cadono tuttavia, dall'alto, e rimbalzano e si sbriciolano in polvere senza che si senta null'altro che un leggerissimo fruscio di foglie morte. Forse è il colore che permette loro di cadere così dolcemente: quel famoso blu. Ci ritorno sopra. Qui, alla moschea reale, è spezzato da un po' di turchese, di giallo e di nero, che lo fanno vibrare e gli danno quel potere di levitazione che di solito è associato solo alla santità. L'immensa cupola che ne è coperta si spinge verso il cielo come un pallone ormeggiato. Sotto quella volta, giù, davanti agli edifici della piazza, passano gli abitanti di Esfahan, fuori scala, affabili, non troppo amanti della schiettezza, e con quell'aria che così spesso hanno gli abitanti delle città d'arte, da membri di giuria in un concorso in cui lo straniero, qualunque cosa faccia, non comprenderà mai niente.

Detto ciò, Esfahan è esattamente la meraviglia che ci era stata promessa. Merita da sola il viaggio.

Ieri sera, passeggiata lungo il fiume. Ma si tratta veramente di un fiume? Perfino nei momenti di piena va a perdersi nella sabbia ad appena cento chilometri a est della città. In quel momento era quasi asciutto: largo delta squarciato dai riverberi luminosi di un'acqua che appena si muove. Dei vecchi con turbante lo attraversavano a dorso d'asino in un nugolo di mosche. Noi seguiamo per due ore un sentiero di polvere calda e, lungo i suoi bordi, il gracidare delle rane. Attraverso un passaggio, tra salici ed eucalipti, si distinguevano già il biancore del deserto e le montagne scure dello Zagros, con i loro profili così simili a quelli provenzali. E anche nell'aperta campagna si sente esattamente quella stessa intimità languida e pericolosa che, durante le notti d'estate, si percepisce a volte nei dintorni di Arles o di Avignone. Ma una Provenza senza vino, né vanterie, né voci di donne; insomma, senza tutti quegli ostacoli o quel fracasso che di solito ci proteggono dalla morte. Mi ero appena detto queste parole, quando ho cominciato a sentirla tutt'intorno, la morte: gli sguardi che incrociavamo, l'odore oscuro di una mandria di bufali, le camere piene di luce spalancate sul fiume, le alte colonne di zanzare. Arrivava a tutta velocità, mi raggiungeva. Il viaggio? Una perdita di tempo... un fallimento. Viaggiare, sentirsi liberi... andiamo verso l'India certo, e poi? Hai voglia a ripeterti: Esfahan; non c'è Esfahan che tenga. Questa città impalpabile, questo fiume che non raggiunge nessun luogo erano del resto poco adatti a farvi metter radici in un qualsiasi sentimento del reale. Tutto non era più che prostrazione, rifiuto, assenza. A una curva dell'argine, il mio malessere divenne così forte che fu necessario tornare indietro. Neppure Thierry si sentiva a suo agio – coinvolto anche lui dallo stesso sentimento. Eppure non gli avevo detto nulla. Rientrammo a passo di corsa.

Strano, come in un attimo il mondo possa rovinare e abbandonarvi. Era forse la mancanza di sonno? O l'effetto dei vaccini che il giorno prima avevamo rifatto? Oppure i *jinn* che – come si dice – a sera vi attaccano, quando costeggiate un corso d'acqua senza pronunciare il nome di Allah? A mio avviso: paesaggi che *ce l'hanno con voi* e che bisogna lasciare immediatamente, sotto pena di conseguenze incalcolabili, non ne esistono molti, ma ne esistono. E di certo, su questa Terra, ce ne sono cinque o sei per ognuno di noi.

Strada di Shiraz

Questo villaggio non figurava sulla mappa. Era piantato sul bordo di una scogliera a picco su di un fiume in secca. Più che un villaggio, una sorta di possente termitaio merlato i cui muri scricchiolavano e si sfaldavano nel riverbero inimmaginabile del sole meridiano. Era abbandonato, a eccezione della *tchâikhane* dove una quindicina di pastori Qasqâi[43] stavano in attesa che le loro bestie avessero tosato le montagne vicine. Erano superbi bruti dai visi aguzzi e neri di sole, imberrettati di quelle mitre di feltro chiaro che risalgono agli Achemenidi e sono il distintivo della loro tribù. Erano seduti in fila sul gradone o accovacciati negli angoli, col fucile di traverso sulle ginocchia. Molti di loro tenevano nella mano sinistra una conocchia di lana scura e filavano canticchiando. Un borbottio seguito da uno spesso silenzio accolse i nostri saluti. Non dicevano più una parola e guardavano ora noi ora la macchina ferma davanti alla porta. Una distribuzione di sigarette distese appena l'atmosfera. Visto che il padrone sembrava non aver fretta di servirci, cominciammo una partita a carte per darci un contegno, poi Thierry si addormentò e io mi misi a medicarmi le escoriazioni che mi ero procurato riparando il motore. Quando videro la cassetta dei medicinali, i Qasqâi si avvicinarono mormorando un *davak* (medicina) e fui costretto a medicare un patereccio, una storta, e qualche ulcerazione che essi avevano coperto di sterco bovino o di olio motore. Quanto ai sani, anche loro invocarono con forza delle ferite irrisorie per aver diritto al trattamento: una specie di gigante si era – come la Bella addormentata nel bosco – ferito con la sua conocchia; un altro soffriva a causa di una impercettibile spina nel piede; un terzo, dall'aria ancora più patibolare, di angosce e di svenimenti.

Verso le tre ci rimettemmo in viaggio. Davanti alla porta alcune galline beccavano il terreno rovente, per stanare quei piccoli scorpioni di cui sono così ghiotte. I Qasqâi ci accompagnarono fino alla macchina. Che non voleva ripartire: la batteria era esaurita, pompata dal sole. Ingranammo la terza spingendo verso la discesa che cominciava, assai a proposito, al limitare del villaggio. Anche i Qasqâi ci diedero una mano, e ci bastò un istante per accorgerci che i loro occhi cominciavano a brillare e che, se pure spingevano un poco, ci trattenevano ancora di più. Certo, ci trovavano simpatici, ma anche il bagaglio piaceva loro parecchio, e quelle grosse zampe che adesso calavano verso la nostra roba facevamo fatica a respingerle atteggiandoci al riso – un riso appiccicato sulla faccia –, sapendo bene che solo questa apparenza di farsa impediva di arrivare allo scontro. Nello stesso tempo, spingevamo come dei forzati e, siccome la discesa era ripida e la macchina carica, quest'ultima acquistò ben presto abbastanza velocità perché potessimo saltar dentro e, con qualche zigzag più vicino ai muri di terra, facessimo mollare la presa ai più accaniti dei nostri aiutanti.

Sul fondo della scogliera la macchina superò di slancio il letto prosciugato del fiume e si fermò, più morta di prima. Per due ore lavorammo sul motore e sotto la carrozzeria; invano. Provate un po' a cercare un corto circuito sotto queste croste di polvere grassa, quando il sudore vi sgocciola negli occhi! Il successivo villaggio degno di questo nome distava quasi cento chilometri. Il sole cominciava a calare e noi non avevamo alcuna voglia di passare la notte sotto quel maledetto castello di terracotta. Per fortuna, con la frescura serale ci fu anche un po' di movimento. Un vecchio sottufficiale, per cominciare, giunto a piedi da un posto di sorveglianza dei paraggi, che si limitò a constatare che Allah era grande, ma il motore *sukhté* (bruciato) e si sedette su una pietra. Poi una jeep che risaliva verso Esfahan con due passeggere velate. L'autista mise mano cortesemente ai nostri attrezzi, rifece le operazioni che noi avevamo appena fatto, e con lo stesso magro risultato, poi, innervosito dall'impazienza delle sue clienti che si erano messe a gridare e a suonare il clacson, ruppe, cercando di forzarla, la valvola del distributore, si scusò, ci piantò lì, e ripartì in una nuvola di polvere.

Scendeva la sera. Il militare non si era mosso dalla sua pietra e noi cominciavamo a preoccuparci sul serio, quando un piccolo camion inviato dalla fortuna si fermò alla nostra altezza. Era riverniciato a nuovo, vuoto, e con un cassone dalle dimensioni giuste per caricarci la macchina. Stava scendendo come noi verso Shiraz, guidato, a prima vista, da tre grossi volponi. Tra tutti gli iraniani, gli abitanti di Shiraz hanno la reputazione di essere i più amabili e i più felici. I nostri erano degli shiraziani di pura razza: dei tranquilli furboni, dall'aria sveglia, che non si stupivano di nulla e che si dimostrarono moderatamente rapaci. Accettarono di trasportarci, noi e la nostra macchina, fino alla città di Abadeh. Il più vecchio dei tre prese il volante, avviò giù per il pendio il camion fino all'argine del fiume a rischio di rompersi il collo, poi indietreggiò per mettere il cassone al livello della strada; la macchina fu caricata, noi ci sistemammo dentro la macchina e così ripartimmo pian piano verso sud, sotto le prime manciate di stelle che sorgevano dai bordi del deserto.

Era notte fatta quando raggiungemmo Abadeh, dove tutto già dormiva. Era un buco; impossibile sistemarci lì. Appena appena trovammo qualcosa da mettere sotto i denti. Sminuzzando una focaccia nella mia tazza di latte acidulo, osservavo i nostri camionisti: il proprietario, il meccanico e il capoconducente: la trinità abituale dei camion cabotieri. Avevano appena portato a termine, con successo, un affare a Teheran, e parlavano continuamente della baldoria che avrebbero fatto a Shiraz. Io ascoltavo con quella impressione di lunga intimità e di già vissuto che nasce a volte dalla stanchezza. Il capo, in particolare, aveva in quella sua goffaggine qualcosa che mi era inesplicabilmente familiare. Terminata la cena, ci proposero di continuare con loro fino a Shiraz, che volevano raggiungere prima dell'alba. Poiché avrebbero in ogni caso viaggiato senza carico, e noi eravamo dei *saya* (viaggiatori), ci avrebbero trasportati gratis. Passammo dunque un'ora buona a fissare la macchina con delle corde prima di risalire nel nostro nido; avevamo quasi trecento chilometri da percorrere e la strada prometteva di esser brutta. Cominciava col salire oltre i duemila metri, poi tagliava per un deserto circondato da montagne nere e frastagliate. Sentivamo attraverso il rumore del motore lo scampanellio d'invisibili cammelli. Il cielo d'alta quota, di una purezza vertiginosa, ci copriva come una tazza. Quando i sobbalzi non ci costringevano a tener d'occhio il fissaggio della macchina, ci lasciavamo sballonzolare mollemente, la testa al fresco immersa nelle stelle.

A due terzi del percorso una lanterna dondolata energicamente e dei tronchi messi di traverso sulla pista ci costrinsero a fermarci. Sentii il capo parlamentare con un militare e poi spegnere il motore. Dietro i tronchi si distinguevano la scura forma di un posto militare e un camion, con tutte le luci spente. Si trattava di un trasportatore di zucchero partito da Shiraz che era stato attaccato sei chilometri più in là da una tribù di Kaoli[44] migrante verso sud. Nonostante un proiettile nella mascella, il camionista era riuscito a passare, aveva raggiunto il posto e ora i militari fermavano il traffico fino allo spuntar del giorno. Il freddo era pungente. Trascorremmo il resto della notte con l'equipaggio accanto alla bastia, in un'odiosa puzza d'oppio, tra il ferito assopito e tre fantomatici soldati che avevano le labbra annerite dalla droga, e che tiravano a turno da una pipa di bambù. Quando il proprietario del camion stava per spegnere la lampada, notai per la prima volta il suo viso completamente illuminato, e compresi allora ciò che di lui mi aveva incuriosito: era il sosia di mio padre; mio padre un po' più vecchio, cotto dal sole, avvilito, ma pur sempre mio padre. Era così simile che ritrovai di colpo il timbro della sua voce, dimenticato ormai da tempo. (In un anno ne avevo ascoltati tanti altri.) Risentii dunque, e ancora parola per parola, l'ultima frase che egli mi aveva rivolto: un consiglio imbarazzato riguardo a certe donne che, insomma... nei porti...

Non molto a proposito qui. Ero però contento di aver ritrovato e recuperato quella voce: certi bagagli non occupano spazio.

Partenza all'alba. La luna impallidiva. Un ruscello non più largo di un braccio e bordato da una striscia di erba scura e tenera passava davanti alla bastia per proseguire serpeggiante fino al deserto. A sud, alte montagne blu chiudevano l'orizzonte. Per ben due volte l'equipaggio si fermò e scomparve, con gli attrezzi in mano, sotto il telaio del camion. La seconda volta scendemmo a vedere cosa non andava: il meccanico avvolgeva con del filo di ferro una molla rotta delle sospensioni posteriori, il capo aveva smontato la batteria e vi pisciava dentro a piccoli getti per renderle un effimero vigore;[45] il proprietario aggiungeva, con l'aria preoccupata, un po' d'acqua al liquido dei freni. Espedienti cui non si ricorre che quando davvero si è giunti all'estremo. La verniciatura nuova ci aveva ingannati. Il camion era fuori uso, e con quel ferrovecchio quei tre volevano valicare la montagna.

Nei primi tornanti del passo raggiungemmo gli aggressori della vigilia. Le bestie da soma coprivano a perdita d'occhio la strada; le mandrie tagliavano dritto attraverso la salita. Campanelle, latrati, belati, voci gutturali risuonavano nella semioscurità. Le donne erano sporche, sontuose, coperte di fronzoli d'argento. Le più giovani, in sella a piccoli cavalli, allattavano bambini impolverati; le vecchie, rigide come chiodi, con una carabina a tracolla, traevano la conocchia in cima a un cammello, tra i fagotti dei tappeti. Gli uomini, a piedi, gridavano e brandivano i bastoni da pastore per far avanzare le greggi. Si vedevano ragazzini addormentati gettati come pacchi di traverso sulle selle, e galli tutti arruffati appesi ai basti delle cavalcature, tra le teiere e i tamburelli.

Contrariamente alle tribù di lingua turca – Bactiari e Qasqâi –, che sono integrate alla vita iraniana, i Kaoli vivono ai margini. Essi hanno sciamato sparpagliandosi un po' dappertutto nel paese, ma la maggioranza scende ancora ogni anno dal Seistan verso la regione di Bushir e il Nordest dell'Iraq. Lungo il cammino, i Kaoli pascolano le magre greggi, salassano i cavalli, predicono il futuro e stagnano i paioli. I sedentari, che non li considerano alla stregua di "credenti", li odiano, li temono e li accusano anche di rubare i bambini. Ladri o derubati, in ogni modo erano lì in forze, e il loro gruppo era abbastanza numeroso per coprire i due versanti del passo.

Fu nella prima rampa della discesa che sentimmo rompersi i freni del camion. (Ecco cosa si guadagna a metterci dell'acqua.) Andavamo già troppo veloci per poter saltare giù, e sul nostro trespolo lo spostamento d'aria della velocità ci tagliava la faccia. Bestemmie venivano su dalla cabina, seguite all'istante dallo stridore del pignone della terza che si spezzava, poi dallo scatto secco del freno a mano che seguiva la stessa sorte. Il meccanico bloccò il clacson e si lanciò al finestrino sbraitando per liberare la pista. Davanti a noi, due gruppi di Kaoli scoppiarono simili a melagrane troppo mature. Passammo a tutta velocità, senza investire nessuno, e la prima curva fu presa di stretta misura. C'erano un'altra discesa più o meno sgombra e un secondo tornante nascosto dalla montagna. Il camion accelerava sempre più. Mi ripetevo: dietro quella curva ci sarà sicuramente una spianata... mi rifiuto di credere che il nostro viaggio finisca così. Ma non c'erano spianate, e trenta metri più avanti la strada era nera di bestiame, donne e bambini. Stracci agitati al vento, maledizioni, scampanii impazziti, galoppo di cammelli spaventati, esplosioni di galline, cadute, grida, forme colorate che si precipitavano verso le cunette della strada. In fretta ma non abbastanza. Il meccanico ci rivolse un gesto di impotenza e scomparve dallo sportello. Persuasi che ci avremmo lasciato la pelle, ci stringemmo la mano calandoci il copricapo per proteggerci la faccia; poi l'autista, con una abilità prodigiosa, spinse il camion contro la montagna. Urto seguito da un silenzio da cui trapelavano ancora i singhiozzi di una ragazza in crisi di nervi...

Quando mi ripresi, la polvere si era posata. Molto più avanti a noi, i Kaoli, raggruppati, proseguivano la discesa. Eravamo sporchi di sangue, noi, il vetro, i bagagli. Ferite non molto gravi, ma che sanguinavano ben bene. Cercammo con lo sguardo l'equipaggio: addossati a una roccia, con una metà del cranio all'ombra, i tre compari della cabina sbucciavano e salavano un piccolo cetriolo. Qualche dente rotto certamente, e delle escoriazioni, ma visto che era scritto che per quella volta non sarebbero morti, tanto valeva metter qualcosa sotto i denti. Sgranocchiavano lentamente, col viso corrugato dal piacere, e parlavano – tanto per cambiare – della baldoria che avrebbero fatto a Shiraz. Non accennavano neanche all'incidente.

Per quattro ore vedemmo sfilare, con le teste dritte sotto il sole torrido, i nomadi che avevamo sorpassato nella salita. E quando la strada fu infine libera, i camionisti si stiracchiarono un po', fecero una stima dei danni e si misero con calma a riparare la loro ferraglia. A colpi di pietre, tipo mazze da cantoniere, o con la grossa lesina – per le gomme scoppiate – proprio come si ripara una carretta. Io li avrei presi a modello: in meccanica come in ogni cosa, si ha sempre troppo rispetto. Alle cinque il motore girava. Tirandoci dietro a guisa di freno una roccia di almeno mezza tonnellata, ci lasciammo scendere verso la pianura.

Shiraz. Quella sera

Seduti a tavola sotto alberi di alloro nel cortile della taverna Zend, guardavamo senza crederci le nostre camicie coperte dal sangue coagulato, il mais e la bottiglia che un ragazzo aveva appena portato, e i nostri due coltelli piantati nel tavolo. Teheran ci sembrava già ad anni di distanza. E che cosa sarebbe stata Kabul! Non avevamo ancora percorso un quarto del tragitto, ma cercavamo di persuaderci che ormai il più era fatto. Rivedevo noi, a rotta di collo in cima a quel camion impazzito, e gli zingari spaventati scansarsi in tutta fretta e volar via come fiocchi di lana, durante quei dieci secondi interminabili in cui avevamo creduto di morire sul serio... E adesso, in questa città squisita e silenziosa, che odora di limone, che parla il più bel persiano di Persia, dove per tutta la notte si sente il mormorio dell'acqua corrente, e il cui vino è come uno Chablis leggero, purificato da un lungo soggiorno sottoterra. Le stelle cadenti piovevano sopra la corte e io avevo un bel cercare: non desideravo niente se non quello che già avevo. Quanto a Thierry, era convinto che quel dono del destino non stava là che per annunciarne altri. E già si domandava quali. Faceva parte della sua natura il pensare che invisibili ingranaggi, larghi meccanismi celesti lavorassero giorno e notte in suo favore.

L'hammam era ancora aperto, e i nostri letti pronti sulla terrazza. Ma la fatica ci inchiodava sulle sedie, come il piacere di masticare tranquillamente nell'oscurità, tra l'ombra signorile della morte e la vita da signori che l'estate ci aveva preparato.

Hotel Zend

Intravista, nel cortile dell'albergo, una famiglia di contadini che, seduta in cerchio sui propri bagagli, circondava e pigliava in giro un vecchio stordito di felicità. Una donna gli faceva indossare, a forza e ridendo, una camicia pulita sopra i suoi stracci. Dei bambini lo carezzavano con la mano, come si fa con un cavallo. Tra di loro, si passavano di bocca in bocca una sigaretta. Ognuno tirava con parsimonia la sua boccata, con gli occhi chiusi, per non perderne niente. Si levava da quella giostra una gioia così intensa che si era come obbligati a fermarsi. Non un solo viso volgare, e in tutti quell'attitudine a cogliere la più piccola briciola di felicità. Mi spiegarono gentilmente che stavano festeggiando il nonno, il quale era appena uscito di prigione. Di prigione? Con quella faccia? E che volevano ancora rubargli a uno così per imprigionarlo a quel modo?

Eppure Shiraz è una città dolce, dove l'arte di vivere giunge persino alla polizia; pure non passa giorno, in questo paese, in cui non si capiti su uno di quegli spettacoli rivoltanti d'ingiustizia, e nello stesso tempo toccanti per la loro virtù, per quel qualcosa di "quintessenziale", di lentamente distillato, di sagace che è la Persia. Malgrado la miseria degli uni e la turpitudine degli altri, rimane la nazione del mondo in cui la finezza si manifesta con più costanza, e anche con più rassegnazione. Per quale motivo un contadino privato di tutto può ancora assaporare una poesia tradizionale che non ha in sé nulla di rustico, ripitturare immancabilmente la porta di casa nei toni più rari, ritagliarsi in vecchi pneumatici delle espadrille (*ghivé*) di una forma scarna, precisa, elegante e che suggerisce a prima vista un paese vecchio di cinquemila anni?

Per me nulla è più vicino del cielo che certe *tchâikhane* sul bordo della strada, nella luce di brace dei loro tappeti consumati.

Da questo cortile si scorge, pochi gradini più in basso, una cantina ombrosa, fresca, attraversata dagli scarafaggi, ove le massaie nei loro chador fioriti si accovacciano per preparare il pasto.

Grida stridule, litigi, odori forti: è la stanza delle donne. Ma io ho qualcosa di meglio: sulla terrazza dove ho spinto il mio letto si affaccia una camera occupata da una famiglia di Bahrein che si reca al pellegrinaggio di Mequeb con una giovane serva tzigana: ciò che ho visto di più bello da molto tempo. Porta un fazzoletto verde sulla testa, indossa una casacchina rossa che le copre le braccia e i seni, e dei pantaloni ondeggianti della stessa seta verde del fazzoletto, stretti alle caviglie da due anelli d'argento. Durante la notte viene silenziosamente a bere all'otre di cuoio lasciato al fresco davanti alla porta. Non ho mai visto nessuno muoversi con tanta leggerezza! Finito di bere, rimane accovacciata a guardare il cielo. Mi crede addormentato. Io socchiudo un occhio, non mi muovo, e la guardo: i piedi nudi, il getto scuro e divergente delle cosce, la linea del collo teso e gli zigomi che brillano nel chiaro di luna. È perché si crede sola che è così commovente e libera nell'atteggiamento. Al minimo gesto, scapperebbe via. Faccio il morto, sazio anch'io la mia sete accumulando provviste di grazia. Ed è veramente necessario qui, dove tutto ciò che è giovane e desiderabile si vela, si sottrae o si tace.

Quanto alle prostitute che a volte vi lanciano una parola o anche una frase intera, non sono tutte così male; ma conosciamo bene quelle voci da orchesse che gli vengono dal fare la vita.

Takht-e Jamshid (Persepoli)

Le migliori carte geografiche dell'Iran sono pur sempre inesatte. Segnalano borgate che spesso si riducono a una bastia abbandonata, punti d'acqua a secco da ormai molto tempo, piste cancellate dalla sabbia. Così, quella che, via Saidabad, collega direttamente Shiraz a Kerman, semplicemente non esiste più. Dovremo dunque risalire la strada di Esfahan fino al posto di Jusak, e di là biforcare verso est.

Quello che resta della città regale occupa una terrazza rettangolare addossata alla montagna, affacciata verso ovest sulla pianura di Marvdasht. All'epoca (nel VI-V secolo a.C.) in cui il Re dei Re veniva a ispezionare i lavori della futura capitale dinastica, questa pianura era ancora coperta di messi. Poi il sistema di irrigazione è andato in rovina assieme al sito, e ciò che si può soprattutto vedere oggi dall'alto delle rovine è l'aridità, il secco, o la scia polverosa di un camion, o ancora una di quelle trombe di polvere, verticali verso il cielo, che all'inizio dell'estate vagano svogliatamente a due o a quattro tra il muro di sostegno della spianata e le montagne violette che delimitano la pianura verso occidente. Quanto alla città, non era ancora stata terminata quando i greci la diedero alle fiamme. A eccezione della rampa monumentale che conduce alla terrazza, dei muri di sostegno di una scalinata coperta da bassorilievi e delle due immense sale ipostili di cui sarebbe difficile oggi immaginare l'aspetto, essa non è che un cantiere di enormi pietre, messo a sacco ventiquattro secoli fa. A fianco delle colonne distrutte dal calore dell'incendio, si ritrovano quelle colossali teste di toro che aspettano ancora le loro orecchie – le quali dovevano essere scolpite separatamente e poi applicate. Questa vicinanza del non finito e del demolito conferisce alle rovine una sorta di amarezza ambigua: la tristezza dell'esser distrutto prima di aver veramente vissuto.[46]

I viaggiatori di passaggio possono occupare qui una camera ammobiliata, negli appartamenti della regina Semiramide, la sposa di Serse. Contiene due letti in ferro, un grazioso tappeto qasqâi e una vasca da bagno stile Napoleone III a motivi neri e gialli. Il responsabile del sito archeologico – un personaggio subalterno – vi ci sistema di malavoglia, a causa del piccolo lavoro cui sarà obbligato dalla vostra presenza, ma anche perché non ama per nulla gli occidentali, greci in testa. Considera Alessandro e i suoi una banda di pastori alcolizzati, buoni solo a distruggere e a saccheggiare, e giudica la battaglia di Arbela dei Campi Catalaunici finiti male. Bisogna abituarsi. Non è che nazionalismo uggioso, ma così antico da diventare quasi rispettabile. E poi, noi non siamo certo più obiettivi, e seguiamo solo un'interpretazione più recente: Alessandro, colonizzatore illuminato che portava Aristotele ai barbari; la mania insomma così diffusa di pensare che i greco-romani abbiano inventato il mondo; il disprezzo – nella scuola superiore – delle cose d'Oriente (solo un po' di Egitto, Luxor, le piramidi, per insegnare ai ragazzi a disegnare le ombre). Gli stessi greco-romani – e si pensi a Erodoto o alla *Ciropedia* – non erano così sciovinisti e rispettavano molto questo Iran, a cui dovevano tante cose: l'astrologia, il cavallo, la posta, numerose divinità, alcune buone maniere, e senza dubbio anche quel *carpe diem* nel quale gli iraniani sono maestri.

Comunque, il responsabile del sito è ancora peggio informato di me. Rifiuta assolutamente di ammettere che ci siano stati dei greci nel VI secolo alla corte di Dario I.

"No signore, no... non sono comparsi che molto dopo. Hanno rovinato tutto."

Così tanti secoli e la sorveglianza di rovine tanto celebrate devono avergli dato alla testa. Non amando che si vada in giro in sua assenza, ci mette in guardia a lungo contro i porcospini, che nidificano e amoreggiano nelle canalizzazioni del re Serse. Pretende anche che essi lancino i loro aculei, proprio come delle frecce; e me lo figura usando la sua penna stilografica. Del resto, ha le labbra scure e l'occhio febbrile del fumatore disturbato nel momento meno opportuno. Biascica qualcosa, si scusa, mi pianta nel bel mezzo di una frase e, trascinando per il braccio la sua graziosa figlioletta, va a ritrovare le sue pipe, le cronologie chimeriche e i porcospini arcieri.

Persepoli, 7 luglio

Sveglia all'alba. Il bagaglio era già pronto, e noi pieni di entusiasmo. Ognuno aveva segretamente voglia di guidare, di macinare chilometri verso l'India, gli alberi, l'acqua e altre facce. Thierry prese il volante, tirò la leva dell'avviamento e si rialzò, ansante di delusione.

Non appena un camionista consultato per il caso alza gli occhi dal motore mormorando *automat sukhté*, ciò non significa necessariamente che il ruttore si sia bruciato. Ma ciò vuol dire sicuramente che, da qualche parte sotto la macchina, in un recesso inaccessibile, in un'invisibile bobinatura, un filo – uno dei venti – è uscito fuori dalla guaina isolante, o che un piccolo contatto di platino si è fuso all'interno di uno di quei pezzi ben chiusi, che non si aprono mai nelle nostre officine d'Europa, e che tutti i nostri progetti sono rimandati, il nostro viaggio posticipato – e per quanto tempo?

Ciò significava: scaricare tutto il bagaglio, smontare la batteria, lavorare sotto un sole terribile, perché non c'è qui modo di mettersi all'ombra, cercare dei cortocircuiti nascosti nella morchia, maneggiare nell'abbacinamento più completo viti grosse come un ritaglio di unghia, che vi sfuggono di mano, che cadono nella sabbia rovente o nei cespuglietti di menta, che si cercano poi interminabilmente giù a quattro zampe perché non se ne possono trovare di simili che a Shiraz, dove certo noi non possiamo tornare con i permessi scaduti.

Ciò significava: spingere la macchina fino al villaggio, sotto una terrazza, fermare un primo camion e trattenerlo con mille promesse fino a che non ne passi un secondo, e innestarsi su entrambe le batterie per tentare di far ripartire il motore, visto che il nostro funziona a dodici volt e quello dei camion a sei; oppure farsi vanamente rimorchiare cercando di mettere in moto, lungo tutta la pianura, fino ai bassorilievo del *Trionfo di Shâpur* dove notiamo appena l'imperatore Valeriano nell'atto di piegare il ginocchio davanti al suo vincitore sassanide, tanto abbiamo ormai lo stomaco sottosopra a causa di quei misteri magnetici.

Ciò significava: darsi da fare nella riparazione senza arrendersi, tra le lamiere arroventate, fino al momento in cui, nella luce d'acetilene, attorno alla macchina smontata a pezzi, quelle vecchie volpi della meccanica che siete andati a scovare nella *tchâikhane* vicina provino uno dopo l'altro tutti i loro trucchi per farla partire, visto che in questa regione essere in panne può diventare mortale, e si protendano scuotendo la testa sul distributore, la bobina, il motorino d'accensione, la dinamo, come degli aruspici su fegati di pessimo augurio – ricco folklore – e diagnostichino infine un impercettibile odore di bruciaticcio, un punto nero su una vite platinata... forse, forse, ma nulla di meno certo...

Ciò significava: spedire un camionista sconosciuto verso Shiraz, con del denaro, la batteria e i pezzi sospetti; aspettare per ore e ritrovare al suo ritorno le medesime aspettative di speranza o disperazione perché, con ogni evidenza, il guasto è altrove; e montare, smontare, grattare, cercare in fondo a un cervello ormai torrido l'idea che ancora non si è avuta e che... forse...

E così dalle sei del mattino e per trenta ore di fila fino alla sera del giorno successivo. All'improvviso, sotto il suo peso di sole, l'Iran ci appariva davvero sornione. Io misuravo la pazienza da certosino che sarebbe occorsa per ottenere una proroga dei nostri permessi. Thierry disperava di essere in tempo per il suo appuntamento a Ceylon e, quando un uovo che il giorno prima egli aveva razziato a una delle galline del sorvegliante, e poi dimenticato, gli si ruppe in tasca, credetti che stesse per scoppiare in lacrime.

Il sole si faceva rosso quando uno dei nostri ausiliari, che si era assopito sulla sabbia, si stiracchiò con un mezzo sorriso, strappò via i fili di connessione del cruscotto, li riannodò in una sorta di treccia e rimise in moto il motore. Avremmo dunque attraversato il deserto di Kerman con quel gomitolo di fili alla rinfusa, e viaggiando di notte per recuperare il ritardo accumulato.

La tecnica, il progresso: bene! Ma si misura male la propria dipendenza, e quando ci pianta in asso siamo messi peggio di quegli uomini che credevano alla Dama Bianca e al Monacello, o che dovevano contare, per i loro raccolti, sui geni più restii. Almeno potevano redarguirli, come gli ittiti; scoccargli contro delle frecce prendendo a bersaglio il cielo, come i Massageti; o punire la loro svogliatezza ritirando per un po' di tempo gli alimenti rituali dai loro altari. Ma come prendersela con l'elettricità?

Non avevamo ancora trovato dell'alcol in una *tchâikhane*, ma quella sera una bottiglia di vino ci aspettava in quella del villaggio. Un camion di passaggio l'aveva consegnata all'oste espressamente per noi. Un altro autista aveva lasciato per noi un pezzo di ghiaccio e una corda da rimorchio. In quell'ambiente in movimento le notizie circolano veloci, e tutti i camionisti che salivano da Shiraz erano già al corrente dei nostri guai. Ci siamo ripresi bevendo lentamente sul tappeto rosso e bianco che copriva il gradone dove riposavamo. Cetrioli, cipolle, quel vino scuro, e l'amicizia, davvero preziosa in simili traversie. Fuori il vento si era messo a soffiare in tempesta, mentre noi ci calavamo nella partita di giacchetto cominciata a Tabriz.

Risalire a dormire in quelle rovine ci avrebbe ripagato di tutti i grattacapi. Soprattutto di notte erano belle: luna color zafferano, cielo offuscato dalla polvere, nuvole di velluto grigio. Le civette stavano appollaiate in cima alle colonne mutile, sulla mitra delle sfingi che sorvegliavano il portico; i grilli cantavano nel nero delle muraglie. Un Poussin funebre. Non ce l'avevamo troppo con Alessandro: la città comunicava molte più cose in quello stato; la sua distruzione ce la rendeva più vicina. La pietra non appartiene al nostro regno; ha altri interlocutori e un ciclo diverso dal nostro. Possiamo, lavorandola, farle parlare il nostro linguaggio, ma soltanto per un momento. Poi essa ritorna al suo, che significa: distacco, abbandono, indifferenza, oblio.

"Tchâikhane" di Surmak

Eppure qui non c'è che questa bicocca, il posto dei gendarmi che la fronteggia e, a perdita d'occhio, la luna sulla sabbia color salmone: ma si direbbe che tutti gli autotrasportatori d'Iran facciano scalo davanti a questa porta.

Volti consumati, riccioli grigi sotto i baschi di lana provenienti dalle scorte di magazzino americane, berrette nere degli azeri, qualche volta persino il turbante curdo o belucistano. Magri semidei dalle mani di pianisti – malgrado la manovella e la morchia – che varcano la soglia come ciechi, ancora storditi dal rumore del motore, dagli enormi paesaggi notturni, e svelti

svelti vanno a raggiungere la combriccola dei colleghi attorno al braciere, dove stanno tiepide pipe d'oppio. Contro la notte ben presto glaciale, i mastodonti – quei camion di venticinque tonnellate che a quindici all'ora percorrono interminabili tappe – innalzano un nero bastione attorno alla casa di terra. All'interno, una volta abituati alla luce violenta del carburo, quei nomadi sfiniti si salutano, si riconoscono, si interrogano. Dove si va in quel modo? Gesti discreti delle dita, risposte mormorate: si va dal Golfo Persico al Khorasan, si va a caricar nocciole a Erzerum d'Anatolia, si va *insh'Allah* sullo Stretto di Hormuz, per la maledetta pista di Bander Abbas. Al muro, sopra i samovar, si possono vedere delle immagini appese: la morte dell'imam Reza, l'imperatrice in tre colori, e vecchie ganze dai grossi seni pallidi scovate nelle riviste italiane di anteguerra. I discorsi si fanno rari; l'oppio crepita e moltiplica lo spazio attorno ai corpi scarnificati. La carne per il giorno seguente, sospesa al soffitto, dondola al riparo dalle mosche, avvolta in uno strofinaccio a fiori.

A volte capita che una Cadillac imperiosa si fermi in mezzo a quei camion e a colpi di clacson metta la *tchâikhane* sottosopra. Si tratta di un governatore che sta raggiungendo la sua sede, oppure della corsa frettolosa verso l'ospedale di un *arbab* che sta per morire. Nell'agitazione generale, nella confusione delle coperte multicolori, si scarica un vecchio moribondo rattrappito, con le braccia penzoloni, appesantite dagli anelli e l'orologio d'oro fino. Spose in chador lo circondano e gli fanno aria agitando inutili ventagli, mentre l'autista e il suo aiuto ingoiano, impassibili, una porzione di riso alle ciliegie.

Talvolta poi, dalla porta socchiusa si scorge, alla luce delle stelle, uno sbirro armato di un lungo spiedo, il quale – come nei bei giorni in cui vigeva il dazio – sonda con gran colpi assurdi il carico di un camion. "Cerca Dio..." sospira uno dei fumatori, e un sorriso sornione circola tutt'intorno.

Ma Surmak significa ancora la strada principale. Strada che abbandoniamo qui, per deviare verso l'Est dove, quanto più si va avanti, tanto più la vita si fa esile, i camion rari, gli esseri viventi dispersi, e il sole caldo.

Strada di Yezd, 10-12 luglio

Lasciando Surmak si attraversano dapprima distese rosse e nere disseminate di macchie di sale. In capo a cento chilometri è il sale a prevalere, e sono guai per chi non ha con sé il necessario per proteggersi gli occhi. Avevamo proseguito dalle quattro alle sette di sera su questa ottima pista di terra, senza incontrare anima viva. A causa della secchezza dell'aria, lo sguardo raggiunge distanze incredibili: quella costruzione, laggiù, sotto un albero isolato, a quanti chilometri sarà? Thierry dice quattordici; io, diciassette. Scommettiamo, proseguiamo, e la sera scende senza che nessuno dei due vinca: è a quarantotto chilometri in linea d'aria. Scorgiamo anche delle alte montagne che sono a diversi giorni di viaggio. Si distingue perfettamente il limite della neve – in quella fornace! – e della roccia.[47] Siccome la curvatura terrestre nasconde la loro base, solo le cime compaiono: dita, denti, baionette, mammelle: un arcipelago immensamente sparso che galleggia su un cuscino di nebbia ai confini del deserto. Avanzando, altri strambi contorni sorgono da un orizzonte vasto come il mare, a farvi segno.

Abarqu

Un'estesa e rocambolesca architettura di terra gialla, di alti muri friabili, di minareti quadrati irti di lunghe pertiche, di viuzze profonde. Solo uomini sicuri di sé, altezzosi e anche un po' ricercati potevano costruire a quel modo. Abarqu: diciottomila abitanti, dicono le antiche geografie. Sotto i Qajar la città doveva avere un certo peso. E poi?...

Invero, questo labirinto in rovina, abbandonato, silenzioso, è ancora una città? Dovunque ci si trovi, si sente cigolare la stessa macina da grano in fondo alla stessa casa; dovunque si vada, ci si imbatte nello stesso asinaio a piedi nudi e in giacchetta nera, che sembra aver perso la lingua. Dopo un'ora di ricerche siamo comunque riusciti a trovare quattro uova che abbiamo succhiato di fronte a una moschea mezza franata, con in cima una vertiginosa gabbia di legno nella quale il muezzin si era appena sistemato. Lo vedevamo agitarsi, piccolo e lontano tra le sbarre, come la vittima designata per il sacrificio, come una cicala veemente; poi si è messo a gridare a squarciagola e a cantar salmi con una calda voce di negro, su quella città dove regnava un silenzio da Peste Nera, e più che di preghiera dava l'impressione di recriminazioni furiose e lamentazioni terribili. Dormito male di fianco all'auto; ripartiamo all'alba.

...??

C'eravamo interrogati a lungo su quella torta di terra dritta davanti a noi sul bordo della pista: che somigliava, più o meno, a un bussolotto per dadi capovolto, o a un uovo appoggiato sulla sua base. Si tratta invece di una cinta quadrata di mura, cieca, la cui sommità merlata si eleva a trenta metri sopra il deserto di sale. Silenzio assoluto e sole verticale. Un ruscello che attraversa la pista passando sotto una porta larga appena per permettere il passaggio di un asino col basto. L'abbiamo spinta, e dietro c'erano una pecora scuoiata appesa a una volta, grida di bambini, stradine fiancheggiate da vari piani di case, una grande vasca di acqua turchese circondata da noci, mais, piccoli campi che salivano a gradini fino all'altezza delle mura. In breve, tutta una città che viveva sopra quel filo d'acqua. Alzando gli occhi si potevano contare strette rampe di scale che salivano a zigzag fino al livello dei merli, mentre il sole appariva come dal fondo di un pozzo. I pochi viventi di quella piazzaforte hanno superato l'iniziale sorpresa prima di noi, e il più ardito ci ha offerto il tè a casa sua. Un centinaio di abitanti si arroccano ancora a questo luogo che si chiama Fakhrabad, e sopravvivono grazie alle piccole greggi che posseggono e pascolano tra le montagne, a due giorni di cammino. A volte un camion di generi alimentari proveniente da Yezd si ferma davanti alla porta; a volte anche una settimana intera trascorre senza che si veda passare alcunché sotto le mura.

Qui non entra neppure il vento. Foglie morte di diverse annate tappezzano i tetti, le terrazze, le scalinate acrobatiche, e crocchiano sotto i passi.

Yezd

A Yezd la maggior parte dei prodotti arrivano già dall'Ovest a mezzo camion, la vita è cara e gli abitanti – che passano per i più gran codardi,[48] i migliori giardinieri e i più fini commercianti d'Iran – si accordano per renderla ancora più cara. Ma ai primi di luglio il calore, la sete e le mosche si hanno davvero gratis.

Nel deserto di Yezd il casco e gli occhiali scuri non bastano più; bisognerebbe imbacuccarsi come fanno i beduini. Ma noi viaggiamo a camicia aperta, e sbracciati, cosicché in una giornata il sole e il vento ci spillano quatti quatti diversi litri d'acqua. A sera, si crede di ristabilire l'equilibrio con una ventina di tè leggeri, che però si trasformano all'istante in sudore, e poi ci si getta sul letto bollente con qualche speranza di dormire. Ma, nel sonno, il caldo infuria e cova come

un incendio; tutto l'organismo spasima, impazzisce e ci si ritrova in piedi, ansimanti, il naso tappato, le dita incartapecorite, brancolanti nel buio alla ricerca di un po' di umido, di un fondo d'acqua salmastra, o di vecchie bucce di melone dove immergere il viso. Tre o quattro volte per notte il panico vi costringe ad alzarvi, e quando si riesce infine a prender sonno, ecco l'alba, e le mosche che già ronzano, mentre nel cortile dell'albergo vecchi in pigiama cicalano con alte voci stridenti e fumano la prima sigaretta. Poi il sole si leva e ricomincia a succhiare...

Fa troppo caldo anche per tenere i capelli lunghi. Uscendo di città, in un sobborgo di fumo e rovine, ci siamo fatti rasare la testa da un barbiere che lavora all'ombra di un platano. Mentre mi maneggia il mento, guardo le "torri del silenzio" nelle quali gli zoroastriani, numerosi in città, un tempo esponevano i loro morti.[49] Guardo anche il platano: tenetelo a mente! Proseguendo verso est non avrete più occasione di vederne molti altri.

Strada di Kerman

Da due ore scorgiamo una *tchâikhane*, posata come un oggetto assurdo al centro del deserto grigio ferro. Quando la tempesta di sabbia ce la nasconde, rallentiamo per non mancarla, poi la visuale si libera e la ritroviamo che naviga a varie leghe davanti a noi. Ma, per quanto si proceda lentamente, l'abbiamo infine raggiunta verso le undici del mattino: una cupola di terra secca con una sagoma perfetta, il cui interno annerito dal fumo riceve un po' di luce da un buco aperto sulla cima.

In Persia, dove pure molte cose sono permesse, è vietato scoreggiare, fosse pure in pieno deserto. Quando Thierry, che sonnecchia steso sul gradone, mezzo rincitrullito dalla stanchezza, infrange tale divieto, la padrona si volta verso di noi come una vipera e ci minaccia con l'indice. È una vecchia briccona ossuta e sporca, che va e viene nella sua cambusa con due enormi gattoni alle calcagna, e canticchia con una voce rauca attizzando il samovar. Servito il tè, si stende di schiena e si mette a russare. Quanto al suo uomo, eccolo che dorme contro la porta sotto un lenzuolo costellato di mosche, immerso nell'odore dell'oppio.

Quando gli occhi si sono abituati alla semioscurità, si riesce a vedere che una sorgente sgorga dal suolo al centro della stanza, alimenta una piccola vasca rotonda, e scompare, due passi più in là, nelle profondità della terra. Alcuni pesci incolori, saliti in superficie da quella vena d'acqua sotterranea, nuotano pigri nella vasca o succhiano la scorza di un'anguria messa là a rinfrescarsi. Un sacco di latte cagliato gocciola sopra l'acqua con una lentezza letargica. Mezzogiorno dev'essere ormai passato. Fuori c'è sempre lo stesso vento di sabbia, e il sole batte come un tamburo. Bisogna aspettare: non possiamo rimetterci in marcia prima delle cinque senza il rischio di far scoppiare le gomme. Di tanto in tanto, uno dei pesci spicca un salto per papparsi una mosca, producendo un miracoloso *plop* lacustre che ci riporta assai indietro nei nostri ricordi.

Posto militare di Qam, ore sette di sera

Un fortino tarchiato dagli spigoli erosi, su cui la tempesta viene a infrangersi come contro una scogliera. Una donna compare sulla soglia e ci fa segno di fermarci ed entrare. Porta alle orecchie degli anelli d'oro, indossa gli stretti pantaloni neri tipici dell'Est iraniano e tiene in mano una pentola di rame che le raffiche di sabbia fanno cantare come un gong. Ci siamo rifugiati dentro quella cinta, pazzi di sete e di vento.

Al riparo delle alte mura di terra, abbiamo trovato un mandorlo, un pesco, un quadratino di verdura e tre soldati canuti, seduti alla turca, che imparavano a scrivere su un abbecedario dalle lettere grosse come una mano. Vecchi scolari toccati dal tracoma, che faticano tanto più duramente sulle sillabe in quanto il comandante del forte ha approfittato della nostra presenza per infliggere loro un dettato: "Baghdad... Shah-ra-zad...", senza dubbio una gran bella storia, ma, siccome egli ha anche forzato un po' il ritmo, il risultato non è davvero granché. In due righe, il più anziano ha commesso sei errori... ma di errori se ne faranno sempre in questa vita. Risa, confusione, un'ospitalità meravigliosa. Hanno steso per noi un piccolo tappeto blu lavanda e preparato il tè. La donna alta, che è la compagna di quei signori, culla un neonato che essi ora coccolano ora solleticano con un filo d'erba per farlo sorridere; poi ognuno si fa fieramente fotografare col bambino in braccio. Una compagnia intera di pernici accecate dalla sabbia si è abbattuta come grandine sul giardino, e pigola tra i legumi.

Anar. Ore undici della sera

I fari non fanno luce neppure a dieci metri e turbini di polvere oscurano le stelle. Proseguiamo molto lentamente, fino a che un muro cieco che rasenta la pista per quasi duecento metri non ci rivela la borgata che aspettavamo. La postierla è minuscola e, come a Fakhrabad, tutto il villaggio riposa dietro quel battente rivestito di ferro. Busso con il pugno. Silenzio. Poi, a lungo, con una pietra raccolta nel fossato. Sentiamo allora un rumore di passi che si avvicinano, si attenuano, ritornano, e una voce rauca: "*Qi yé?...*". Ci spieghiamo. Fracasso interminabile di chiavistelli tormentati, e la porta si apre a metà su un contadino mal rasato che regge in una mano una lanterna e nell'altra un randello. Sostiene che lì non si può né mangiare né dormire. Ci indica invece una luce sospesa nella notte a due *farsakh* più in là, e subito richiude il battente sul sonno e sulla sicurezza.

Piccola *tchâikhane* dove siamo rimasti distesi per qualche ora nel buio, senza riuscire a chiudere occhio. Non vi era che un camion, proveniente dall'Est, fermo davanti alla bicocca, e all'interno, seduto sul gradone, un camionista barbuto con un turbante rosa, gli occhi liquidi e un'aria ancora più spaesata della nostra, che parlava da solo in un dialetto incomprensibile. Abbiamo creduto d'intendere che proveniva da Quetta e aveva fatto la nostra strada in senso inverso. Non siamo riusciti a capire nient'altro. È la prima volta che il mondo dell'India ci fa segno.

Partenza prima dell'alba.

Rafsanjan. Ore sei del mattino

La città ci sembrava tanto più mattiniera perché non avevamo dormito nemmeno un po'. Tra due mucchi di pistacchi, il rasoio sbrecciato del barbiere ci svegliò a metà. L'hammam fece il resto.

Era una casupola deliziosamente fresca, costruita attorno a una cisterna di acqua verde e putrida. Stesi sul pavimento umido, ci abbandonammo al lavatore che ci strofinava il corpo con un sapone esfoliante, traeva dalla sua spugna gonfia come una vescica grossi mucchi di schiuma e massaggiava energicamente le nostre giunture servendosi di mani e piedi. Socchiudendo le palpebre, vedevamo dal basso il suo viso magro e affaccendato, e, sotto la biancheria che gli cingeva i fianchi, lo scampanellio gioioso di un paio di testicoli dorati da quel sole che faceva già brillare le pozzanghere. Insetti semiannegati ci passavano al volo sulla faccia. Grugnendo di piacere sentivamo la fatica che se ne andava, la notte che ci lasciava e la vita che ritornava ineffabile.

Kerman

Raggiunta infine Kerman, ci accorgiamo che il peggio deve ancora arrivare: seicento chilometri di fornace e di montagne deserte fino alla frontiera, e altrettante attraverso il deserto belucistano per raggiungere Quetta. Per i primi duecento chilometri, fino all'antica fortezza di Bam, la pista è ancora frequentata. Più in là si insabbia, il traffico si esaurisce, la vita si inaridisce e il paese si distende come se non avesse più la forza di finirla. Meglio poi non dir nulla del sole! Quanto ai ripari e agli incontri: circa la densità di un pugno di riso sparpagliato dalla tempesta.

Centocinquant'anni fa Kerman era celebre per i suoi scialli e i suoi ciechi – il primo imperatore Qajar aveva fatto cavare gli occhi a ventimila abitanti. Oggi lo è per i suoi giardini e i tappeti arabescati rosa e blu. I due giorni che vi trascorremmo furono spesi al fresco, nella fossa d'ingrassatura del "Punto IV", sotto la macchina e maneggiando gli attrezzi. Non eravamo certo scontenti del posto: dopo tanto deserto, un poco d'ombra, un piccolo spazio chiuso, ci sembrava anzi il massimo a cui aspirare. Il secondo giorno – un venerdì – avemmo persino compagnia. La città intera aveva saputo che due *firanghi* (stranieri) passavano la giornata del Signore a lavorare sul loro motore e numerosi camionisti vestiti a festa erano venuti a fare salotto nel garage: armeni, zoroastriani, musulmani; scarpe di vernice, turbanti nuovi, colli inamidati, tuniche bianche o bretelle. Quelli a cui passava per la testa un'idea ripiegavano con cura le maniche pulite prima di impugnare una chiave inglese o un cacciavite; alcuni andavano pure a prendere i loro attrezzi; altri sparivano per un po' e ritornavano carichi di dolciumi e di vodka. Tutto molto allegro; non mancava che la musica.

Non avremo quasi visto Kerman durante il giorno, quel tanto che basta per scoprirle quell'aspetto di rovina, di saccheggio – come dopo il passaggio di Tamerlano – che l'implacabile luce di mezzogiorno conferisce a tutte le città dell'Est iraniano. Ma di notte, sì. Una volta lavati e rinfrescati, vi passeggiavamo, accompagnati da alcuni giovani ciclisti che ci sorpassavano, ritornavano indietro, si fermavano sui pedali per rivolgerci interminabilmente sempre la stessa frase in inglese. E la notte, Kerman diventava bella; il suo lato bruciato, decaduto, distrutto, faceva posto alla dolcezza del più gran cielo del mondo, a quella di qualche fogliame, di mormorii d'acqua, di cupole che si gonfiano contro il grigio luminoso dello spazio. All'uscita della città la nostra scorta ci mollava. Tre alberi immensi, un muro di fango secco, poi un altopiano sabbioso più vasto del mare. Distesi sulla sabbia ancora tiepida del deserto, fumavamo senza dire una parola, e domandandoci se, di quel deserto, avremmo mai visto la fine. Unghie spezzate, furtivi brillii di fiammiferi, traiettorie graziose e stanche dei mozziconi che volavano nella sabbia, e stelle, stelle, stelle così chiare da poter disegnare le montagne che chiudevano, verso est, l'orizzonte... e, a poco a poco, la pace.

Partenza da Kerman, 17 luglio

In capo a due giorni e mezzo, trovato il guasto e riparato la macchina. Quelli che ci avevano aiutato – e alcuni per una notte intera – non volevano in cambio denaro; e avrebbero voluto invece un po' di musica, ma la fisarmonica era piena di sabbia. Al tramonto, si ammucchiarono tutti in una bagnarola stracarica di cibarie, per accompagnarci fino al colle che sovrasta la città. C'era là un ruscello largo appena un cubito che, non so bene per quale superstizione, temevano di superare. Si sedettero dunque sulla riva occidentale, con i piedi immersi nell'acqua chiara; noi, sull'altra riva, restammo pure a far festa, a lungo, guardando la luna piena alzarsi sopra un paesaggio senza confini. Poi gli armeni ci strinsero la mano, gli altri ci abbracciarono alla maniera musulmana, e tutti rimontarono nella loro macchina, cantando a squarciagola, e sparirono verso Kerman.

Noi ripartimmo verso est, con la macchina pesantemente zavorrata di acqua potabile, benzina, meloni, una bottiglia di cognac – indispensabile per quel genere di traversate – e più di un fiasco di quel vino di Kerman, rosso come sangue coagulato e così forte da risvegliare i morti.[50] La pista era buona, e saliva in leggera pendenza. La luna brillava a sufficienza per permetterci di spegnere i fari e risparmiare così la batteria. Che gran piacere rosicchiare, a quindici all'ora e spenta ogni luce, quegli enormi valloni solitari color corallo!

Quella stessa notte
Dopo cento chilometri circa, raggiungemmo una *tchâikhane* tenuta da tre ragazzette morte dal sonno, che ci servirono il tè senza levare nemmeno per un attimo i pugni dagli occhi. I due autisti che fumavano sul gradone non parevano punto più svegli. (I pochi fantasmi che incontrammo in quella notte sembravano non aver dormito da secoli.) Quanto a noi...

Ma ancora, come dormire in quella nebbia di oppio? Se ne consuma molto nell'Est dell'Iran; soprattutto i camionisti, la cui vita è estenuante. Quando parlate di oppio a un persiano, ecco che si mette a protestare. Insistete; ed egli vi spiega allora che sono stati gli inglesi a impiantarlo nel paese, a incoraggiarne la vendita ecc. Bisogna precisare che qui non cade grandine sulle risaie o autobus in una scarpata, senza che si accusi subito l'Inghilterra. E c'è forse qualcosa di vero in questa storia; com'è vero che gli inglesi hanno sicuramente fatto una guerra contro la Cina per l'oppio. Sta di fatto che l'abitudine si è affermata e che, sulla strada da Surmak a Bam, abbiamo ritrovato fumatori almeno in una *tchâikhane* su due. A me piace il fumo; avrei avuto cento volte l'occasione di provare. Ma quell'odore! Tanto quello dell'hashish è gradevole e liturgico, tanto questo qua... odore di cioccolato carbonizzato, di bruciaticcio, di guasto elettrico, che subito suggerisce la disperazione, i polmoni ridotti a carta sottile, le budella di velluto viola, e il mercato delle prese in giro; che, infine, non ha nemmeno il vantaggio di tener lontane le mosche.

L'oppiomane assicura che dopo due o tre pipe egli pensa più velocemente, e meglio; che ordina più armoniosamente le sue immagini. Ma il più delle volte se le tiene per sé, e il vicino non ne approfitta per nulla. Invece – tutto si paga – i suoi movimenti sono goffi, maldestri; e con quale lentezza insopportabile vi rovescia inavvertitamente la sua tazza di tè sulle ginocchia! Bisognerebbe fumare personalmente per comprendere l'oppiomane e il suo ritmo, e nemmeno la curiosità è mai riuscita a farmelo fare. Tutto ciò spiega perché non ci trattenemmo a lungo.

Alle due, intravisti i fari di un camion che incrociammo alle quattro. Alle cinque, i palmeti e le formidabili rocce merlate di Bam si innalzarono contro la striscia verde dell'alba. I cammelli in fila e le prime greggi di capre passavano fumanti nelle stradicciole profonde. Enormi mura di terra, postierle labirintiche proteggevano tutte le case. Una sorta di imperiosa Africa, con la grandezza supplementare che conferiscono mille anni di storia scritta.

Per secoli e secoli, Bam è servita da avamposto e roccaforte contro le incursioni belucistane e il pericolo afghano. La città alloggiava in permanenza un generale e una guarnigione, e lanciava di tanto in tanto verso est una spedizione punitiva la cui partenza era accompagnata, si dice, da torrenti di lacrime, tanto i soldati temevano di non ritornare. Oggi il Belucistan è tranquillo, questi dispiaceri sono spariti assieme al generale, e Bam è soprattutto un mosaico di giardini circondati da grosse mura che servono a proteggere le tenute di campagna degli *arbab* del Kerman.

Bam. In un giardino, 18 luglio

> *L'Eterno richiamerà le mosche che stanno all'estremità dei canali d'Egitto.*
>
> L'Ecclesiaste

Deve averle richiamate da qui. Dirò una buona volta ciò che bisogna pensare delle mosche d'Asia. Hai trovato un posto all'ombra, con rumore di fontana, morbidi tappeti e sfinimento: c'è tutto insomma, e non rimane che addormentarsi. Ma basta il sopraggiungere di una sola mosca e devi rinunciare al tuo progetto. Io almeno sono costretto a rinunciarvi, e quando si hanno quattro o cinque notti da recuperare non esiste frustrazione più cocente. (Thierry, lui, già dormiva come un ciocco e lo spettacolo di quel sonno mi riempiva di vero rancore.) Non si ha allora altra soluzione che lavorare, con la speranza di sfinirsi completamente: pulire le puntine platinate, le candele, e ingrassare le sospensioni. Rifare il bagaglio, riempire il bidone dell'acqua potabile, mettere un manico alla pala. O contrattare qualcosa da mangiare al bazar, notando che le donne, bardate di nero e di blu, che passeggiano lente quando sono all'ombra, balzano a correre quando attraversano le plaghe di sole, per non scottarsi i piedi, cosa che dà alla strada un ritmo assurdamente spezzato.

Sono passato da un camionista per mettere in carica la batteria. Non ce n'è che uno in città, un greco, unico armatore in quel porto di sabbia, che ogni tanto lanciava i suoi camion nei marosi del sole, verso Zahedan. Non lo fa da due settimane, a causa di una duna che copre la pista subito dopo il posto di Shurgaz, ma mi assicura che si può comunque passare. Non sa nulla della jeep del "Punto IV" che doveva fare quel percorso in questi giorni. Pure, noi eravamo partiti prima espressamente per coordinarci "a rastrello".

Faragh. Quella stessa sera

A est di Bam, la pista attraversa una depressione di sabbia gialla dove la tomba di un capo mongolo si innalza come un dito solitario. Come arriviamo alla sua altezza, un gruppo di nomadi che sta costeggiando il bordo della pista ci ferma per consegnarci un pezzo di giornale strappato. Era un messaggio dell'autista del "Punto IV". La jeep era già passata e ci avrebbe atteso al posto di Faragh il più possibile. "Possibile" significava: fino alle dieci di sera circa, perché egli doveva valicare la duna di Shurgaz prima dell'alba, al momento in cui la rugiada e il freddo danno un po' di consistenza alla sabbia. Aumentammo la velocità. Verso le nove, a trenta chilometri da Faragh, il pignone della terza – la marcia di crociera – si ruppe. Bisognava proseguire a dieci all'ora e in seconda, profittare della minima discesa per lanciare un po' la macchina, innestare la quarta col motore al di sotto del regime normale, e pregare che recuperasse. Non avanzavamo. Quando, verso le undici, raggiungemmo Faragh, la jeep era appena partita.

Faragh... un posto in cui vi aspettano! E voi v'immaginate un villaggio. Non c'era invece che la bastia isolata del telegrafo, con *una* tamerice tremante e *una* lampada al carburo sotto la quale tre nomadi silenziosi attorniavano un gendarme addormentato. Lo svegliammo perché telegrafasse al posto di Shurgaz per fermare la jeep e rimandarcela indietro. Se il messaggio fosse passato, essa avrebbe potuto essere là per le due del mattino. Ancora una volta non era il caso di mettersi a dormire. Pazientammo senza che nulla accadesse, bevendo cognac e maledicendo il telegrafo. (Quell'attesa da sonnambuli, la vertigine del deserto, il gesto lento di uno dei nomadi che schiacciava uno scorpione sotto la babbuccia...)

All'inizio del secolo, sotto gli ultimi Qajar, il telegrafo appena installato ronzava per trasmettere alla corte, dal fondo delle province, rapporti che cominciavano più o meno con: "Re dei Re, Perno del Mondo, Pastore Serenissimo..." e solo dopo un bel po' si arrivava alle storie di rivolta, fame o soldoni. Tutta quella pompa! E adesso, un modesto messaggio di soccorso da cui dipendevamo così tanto, e che quell'apparecchio non era proprio capace di far passare.

Alle due, sempre nulla; ma avendoci l'alcol ridato un po' di coraggio, ripartimmo verso Shurgaz con la macchina ormai moribonda. Se la jeep aveva fatto dietrofront, non avremmo certo rischiato di non incontrarla: certo non c'era così tanta gente in quella parte del pianeta.

Più tardi

Guido fino all'alba per cercare di tagliare quel nodo che mi impedisce di dormire. Il deserto aveva assunto un malefico colore di cenere. La luna illuminava l'orizzonte e quella specie di cumulo gigantesco che, su quella tappa, serve da riferimento ai camionisti quando la tempesta di sabbia ha cancellato la pista. Siamo nell'estremità meridionale del deserto del Lut, dove, in buona media, per un asse rotto o una batteria prosciugata dal sole, una mezza dozzina di autisti all'anno ci lascia la pelle. Il Lut è, come se non bastasse, anche un posto malfamato: Lot – che gli ha dato il nome – vide proprio qui sua moglie trasformarsi in statua di sale; legioni di geni e di demoni vi gironzolano, e i persiani vi collocano una delle dimore del Diavolo. E hanno ben ragione, se l'inferno è quell'antimondo di silenzio minaccioso, turbato solo dal ronzio delle mosche.

Pur minacciandoci da più di mille chilometri – già a Teheran ci avevano messo in guardia – la duna di Shurgaz non si rivelò poi così pericolosa. La pista si perdeva per circa trecento metri e, nella deviazione, la carcassa annerita di un camion disperso indicava almeno dove non bisognava arrischiarsi. Il cielo già inverdiva. Sgonfiammo interamente le gomme per aumentare la superficie portante, e tre bambini – da dove sbucavano? – che dormivano attorno a quel relitto ci aiutarono a spingere. In un'ora eravamo passati.

Ore cinque-sette del mattino
C'era là un ultimo avamposto militare.

Io rispetto i soldati capaci di vivere in una tale geenna: due solitudini, due cammelli da sella, due gavette, un sacco di fave o di farina e due revolver. Due foderi piuttosto, perché il più delle volte le armi non ci sono più. È pericoloso, un uomo armato e abbandonato a se stesso: potrebbe prendere un colpo di sole e mettersi a sparare a dritta e a manca; oppure, chissà, spararsi addosso. E inoltre, come è risaputo, un'arma è un oggetto di desiderio. E se i malviventi vi accoppassero per rubarvela? No, è più saggio anticiparli e vendere la pistola, forse agli stessi che dovevate sorvegliare. Così nessuno vi teme, e potete dormire tranquilli. Con il denaro si può comprare un po' di cibo, o dell'oppio, per passare il tempo aspettando di essere trasferiti. È il miglior sistema per campare in questo posto, e per quanto ingrata possa diventare la vita, una tale prospettiva ha sempre un suo fascino.

Per quanto ci riguardava, noi volevamo solo interrogarli sulle condizioni della pista. Thierry uscì dalla macchina e si diresse verso l'avamposto. Io lasciai il volante per seguirlo, ma fatti due passi, caddi, faccia nella sabbia – che ancora non scottava – e mi addormentai. Di ritorno, Thierry mi trascinò per le braccia fino allo sportello, poi mi issò sul sedile del passeggero senza peraltro riuscire a svegliarmi. Ci riuscì poco dopo il sole. Alle sette, già si alzava come un pugno e le lamiere cominciavano a scaldarsi. Avevo pensato spesso al sole, ma mai come a un assassino. Quando mi ripresi, sentii il mio compagno borbottare tra sé: "Tagliamo la corda... andiamo via da qui...". Mi riferì anche che, a dire dei gendarmi, c'erano ancora dei tratti sabbiosi da superare prima di Nosratabad.

Ore dieci del mattino
Per trenta metri di sabbia quasi liquida: scaricare i bagagli in modo da alleggerire la macchina; spalare e livellare; raccogliere festuche e sassi per consolidare la carreggiata, poi ricoprire quell'armatura con tutti i vestiti in nostro possesso; sgonfiare le gomme, innestare la marcia e spingere urlando come matti per far arrivare l'aria ai polmoni; rigonfiare le gomme e risistemare i bagagli.
Avremmo finito per non vedere tutto nero con quel sole. Pure ci accorgemmo che avevamo braccia, viso, petto coperti da spesse croste di sale.

Mezzogiorno
Facevamo finta di non averla vista, ma era proprio una montagna, e la pista la scalava con una pendenza impossibile. Il piccolo passo di Gaulaq, di cui ho ritrovato il nome solo due anni più tardi su una vecchia carta tedesca. Non così imponente, certo: un caos di rocce nere e fumanti, tre scheletri di tamerice che i licheni ricoprivano di barbigli malinconici, e qualche tornante selvaggio. Neppure molto alto, ma posto con tanta esattezza nel punto in cui la vita rinuncia, il coraggio non ne può più e l'acqua se ne esce dal corpo come da un vaso rotto. E quella stagione, e quell'ora! Dovemmo scalarlo quattro volte per portare su, fino in cima e a spalla, i bagagli. Poi afferrammo la macchina con degli stracci, ché le lamiere non si potevano più toccare a mani nude. La prima, la frizione, poi saltar fuori, spingere... fino a che tutto si fa buio. In cima al passo, i pistoni picchiavano con un rumore sinistro e

le lacrime ci schizzavano dagli occhi. Misi Thierry, che singhiozzava, all'ombra, sotto la macchina. Era tempo che arrivassimo da qualche parte.

Due ore più tardi, gli occupanti mezzo addormentati della *tchâikhane* di Nosratabad credettero di sognare sentendo il rumore di un motore sopraggiungere in quell'ora proibitiva. A sud del Lut, di luglio, nessuno circola dopo il levar del sole.

"Tchâikhane" di Nosratabad, ore 14.00-16.00

Accasciati al suolo e troppo sfiniti per riuscire a prendere sonno, guardiamo la giara dell'acqua potabile che suda a goccioloni. È sistemata su una sorta di altare circondato di rovi, come un dio. Vediamo anche le tuniche bianche dei bevitori di tè scaricare a ondate successive la carica di luce ricevuta sotto il sole. Ci accorgiamo che quel piccolo e maledetto passo ci ha condotto in un altro mondo, e che i volti non somigliano più a quelli a cui eravamo abituati: con i loro turbanti bianchi, i capelli neri tagliati a frangia, i musi calcinati dei fanti delle carte da gioco e quelle arie di ceppi ritirati dal fuoco, ecco già i belucistani.

Passa qualche ora... perdiamo la concezione del tempo; e

poi torniamo in noi per vedere il padrone che insegue a lunghe falcate minacciose un pollo che vorrebbe sgozzare, e le sue mani che palpitano come fiaccole dietro l'uccello terrorizzato.

Subito dopo è la trama del tappeto su cui siamo allungati a interessarci, o quel piccolo muscolo che si contrae sulla guancia come un animale preso in trappola. Poi, man mano che i nervi si rilassano e il sole cala, ci prende quella stanchezza piacevole, quella voglia di adorare, di rischiare e giocarsi il proprio destino, che sopraggiunge all'improvviso, e libera, a una profondità di cui in genere non si ha coscienza, quel sovrappiù di vita violenta che non si sa come impiegare. Se fosse ancora questione di muovere un muscolo, ci si metterebbe a ballare. Ben presto il cuore – questa pompa da emozioni – si quieta; lo si sente battere più generosamente, fedele sotto le costole, grosso muscolo che si è fortificato.

Più tardi
Proseguiamo dalle sei a mezzanotte attraverso montagne color antracite per raggiungere Zahedan: scarni eucalipti, una luna da commedia e, al centro di un incrocio di sabbia, un poliziotto che proprio non riesce a credere di veder sorgere a un'ora simile e in un tal luogo questa macchina senza luci, da cui fuoriescono il manico di una chitarra e il collo di una bottiglia, guidata da due spettri che sembrano appena usciti dalla salamoia.

Zahedan, sera del 20 luglio

L'unico meccanico della città era una sorta di maestoso eremita che passava le sue giornate seduto alla turca all'angolo del bazar, dove vendeva anche della verdura. Già da un po' stava esaminando il pignone rotto, che brillava come una gemma sopra la sua candida veste. Io guardavo quel viso di Cristo ben nutrito, i suoi alluci abbronzati, puliti e gonfi come quelli di un neonato. Pareva inconcepibile che quel sant'uomo potesse occuparsi di meccanica. Ci restituì finalmente il pezzo: "*Quetta doros mich*" (È a Quetta che si ripara questo). La piccola compagnia della North Western Railway che, una volta a settimana, percorre la Quetta-Zahedan con tre vagoni di acqua potabile, domandava, per caricare la macchina, mille favolose rupie d'argento, di cui noi non possedevamo neppure la prima. Avremmo dunque percorso in seconda i settecento chilometri del deserto belucistano. Avevamo lavorato per tutto il giorno, stesi sulla schiena, per tirar fuori il motore e smontare la scatola del pezzo. Avremmo rimontato tutto il giorno dopo. Nell'attesa, potevamo deporre le armi.

Ritorniamo all'albergo Chalchidis. Ancora un greco. Immersi in una luce dolcissima, l'oste e la sua famiglia – una grossa mamma con chignon bianco e due ragazzette – cenavano sotto il noce del cortile sbucciando pistacchi. Parlavano in greco; le *phi*, le *psi*, le *thêta* ronzavano attorno al tavolo, si attorcigliavano nell'aria tiepida, rotte da *omega* più spaccone che riecheggiavano contro il fusto azzurro dell'acqua potabile. Un ramoscello d'olivo seccato era attaccato alla porta, e qualche tavolo di legno consumato era posto rasente ai muri bianchi. Una cameriera belucistana, color cenere, lavava un paiolo vicino al pozzo. Tutto ciò sospeso, leggero, equilibrato: un pezzo di Tessaglia, quel cortile, sotto un lembo di cielo che volgeva alla notte.

Un'anguria, uova, un cosciotto di pecora, birra e tè.

Il cucchiaio girava dentro il bicchiere mischiando la fatica ai ricordi. Deliberatamente dimenticavo i pericoli che ci attendevano sulla pista di Quetta. Cedevo alle sirene. Un piccolo spaccio d'alcol perduto in una provincia d'Asia, rifornito da camion o triremi, e che per certo somigliava a quello che un tempo Giasone doveva gestire in Crimea.

Dogana di Mijawé, 21 luglio, sera

Lo stabile della dogana circondava una spianata di sabbia dove alcuni soldati scamiciati e un doganiere con i baffi tremolanti cercavano di farci portar pazienza in attesa del loro superiore. Nessuno osava andare a disturbare quel satrapo, sulle cui attività ben presto cessammo di interrogarci: una serva carica di bottiglie aveva appena attraversato il cortile; un viso di donna, stravolto, scarmigliato, era apparso ai vetri di una stanza illuminata a petrolio, e adesso inverosimili gemiti di piacere cominciavano a crescere nella notte.

Ah, quella dogana! Quei clamori selvaggi come grida di un dormiente alle prese con un brutto sogno. Qui non ci sono donne. Pensavo alle ore di camion che quella aveva dovuto sorbirsi, e alla polvere, alle mosche... per quattro soldi e per la bisboccia di quel vecchio, solo e marcio, che a nessun prezzo doveva essere disturbata. Quali strani destini si compiono sotto il sole!

Più tardi, l'ufficiale ci raggiunse, pulendosi la bocca con il dorso di una mano, mentre utilizzava l'altra per rimettersi in ordine. Firmammo in un registro nero, grande come una pietra tombale, qualche riga al di sotto di Aurel Stein che era passato di lì vent'anni prima. Poi bevemmo i tè che il vecchio ci offriva con gentilezza. Quando gli chiesi notizie della pista, rispose serenamente che era cancellata per circa sei chilometri, e che aveva seri dubbi che si potesse passare. Del resto, non potevamo neppure tornare indietro una volta registrata la nostra uscita, e il primo avamposto pakistano era a cento chilometri a est. Se non avessimo domandato nulla, il capitano non ci avrebbe neppure avvertiti. Era ancora tutto preso dalla sua avventura. E dovemmo sprecarne di parole per ottenere che i soldati ci accompagnassero e ci aiutassero a spingere.

...Ci ritrovammo soli sotto i miliardi di stelle davanti alla distesa del deserto belucistano. Non ce la facevamo più. Era notte fonda. Detestavamo l'Iran quasi con la stessa intensità con cui in altre circostanze l'avevamo amato. L'Iran, questo vecchio malato che ha creato così tanto, amato tante cose, tanto peccato per orgoglio, ingannato, e sofferto. Vecchio patrizio dalle mani d'avorio, ora capace, nei suoi attimi di lucidità, di un incanto ammaliante, ora offerto alla morte, nel torpore dei ricordi che si cancellano; e caduto oggi in potere di creditori più robusti e meno raffinati di lui. Non bisogna esser severi con ciò che declina. Non si rimprovera ai vecchi malati di essere vecchi e malati, ma, giunto il momento, con quale sollievo ce ne allontaniamo.

Deserto belucistano

La notte era blu, il deserto nero perfettamente silenzioso, e noi seduti sul bordo della pista, quando un camion proveniente dall'Iran si fermò alla nostra altezza. Saluti, e una chiacchieratina. Uno dei viaggiatori sistemati sui sacchi del carico scese a precipizio al nostro incontro, stringendo a sé una valigia di fibra. La aprì e porse a ognuno un pacchetto di sigarette Ghorband, sottili, con una pallida iscrizione in persiano a una delle estremità, e di un gusto fine, un po' aspro, segnato da un leggero aroma chic di lutto, usura e oblio: come la Persia.

A due giorni dalla frontiera la ricordavamo con tenerezza; la vedevamo, la Persia, come un largo spazio notturno, con dei blu dolcissimi, compassionevoli. Già le rendevamo giustizia.

Note

¹ Ogni spostamento all'interno dell'Iran necessita, oltre che del visto, di un'autorizzazione speciale, il *giavass*.
² Proprietario di villaggi.
³ La cui coltivazione e vendita sono state proibite nel 1955.
⁴ Le acque amare.
⁵ Da allora, la ferrovia Teheran-Qazvin è stata allungata fino a Tabriz.
⁶ Sciita: nome dei musulmani che considerano Ali, genero del profeta, il solo califfo legittimo, a esclusione degli altri successori di Maometto, riconosciuti dai sunniti. La maggior parte dei persiani è sciita.
⁷ Villaggio dell'Iraq dove l'imam Hussein fu assassinato dai sunniti.
⁸ Organismo americano di assistenza tecnica.
⁹ Dal 1959 la diocesi di Tabriz si è unita al *catholikos* di Antelia, Libano.
¹⁰ Una buona parte della mitologia greca ricadrebbe oggi nella sfera di competenza giudiziaria.
¹¹ *Korsi*: sorta di scaldino nel quale ci si installa fino alla vita.
¹² Casa del tè. I persiani dicono spesso *ghafékhane* (caffè), anche se il caffè non è servito mai in questo luogo.
¹³ Un'eccellente analisi della situazione politica in Persia si può leggere nell'ottima opera di Vincent Monteil, *Iran*, collana "Petite Planète", Éditions du Seuil, Paris 1972. Gli anni del viaggio di Bouvier corrispondono alla fortuna e poi alla caduta dell'uomo di stato iraniano, fautore della nazionalizzazione petrolifera [*N.d.T.*].
¹⁴ Invece di scegliere le carte, il cliente "pesca" con una spilla una quartina (in una raccolta di Hâfiz) che il mago interpreterà per lui.
¹⁵ Carne cotta, conservata nel grasso di cottura [*N.d.T.*].
¹⁶ Centocinquanta a testa. Un operaio della filatura ne guadagnava circa cento.
¹⁷ *Shiré*: il *dross*, il residuo dell'oppio fumato. Estremamente tossico.
¹⁸ Erodoto, *Première enquête*, traduzione di Jacques Lacarrière. [Tradotto in italiano dal francese, *N.d.T.*]
¹⁹ Personaggio comico, popolare in tutto il Medio Oriente.
²⁰ Bardo popolare armeno del XVIII secolo le cui canzoni sono sempre di moda.

[21] Raccolti dalla missione Lescot, nella regione di Diyarbakir.
[22] Fondatore della dinastia Sassanide. Citato da Altheim in *Gesicht vom Abend und Morgen*, Fischer Bücherei.
[23] Seguaci di Zardosh (Zoroastro) ancora assai numerosi nella regione dell'Urmia.
[24] Contemporanea e gemella della Repubblica democratica dell'Azerbaigian, conobbe la stessa sorte.
[25] Letteralmente: "di un tè dal barbiere", il quale lo offre ai clienti in attesa.
[26] I contadini non parlano che il curdo, lingua iraniana molto vicina al pehlvi dell'epoca parta, insegnata nelle università di Parigi, Londra e Leningrado.
[27] Discendenti delle ultime comunità che, dopo la caduta dell'Impero assiro, trovarono rifugio nel Nord dell'Azerbaigian. Sono in maggioranza cristiani monofisiti.
[28] Nel Medio Oriente una grande brocca d'acqua è il solo accessorio delle toilette.
[29] Il pellegrino lak-lak: l'onomatopea imita lo schioccare del becco.
[30] Confusione fonetica tra i due verbi francesi *mourir* (morire) e *mûrir* (maturare) [*N.d.T.*].
[31] Nome dato nel Nord della Persia ai nomadi tzigani, musicisti e fabbri.
[32] Dinastia che sedette sul trono di Persia dal 1779 al 1925.
[33] Situata a sud-est di Teheran, è una città celebre per i suoi tappeti e il vasellame, particolarmente quello del XIV secolo.
[34] Sorta di chitarra iraniana.
[35] Alla biblioteca dell'Istituto, le opere di Proust, Bergson, Larbaud erano fitte di annotazioni a margine.
[36] Henri Michaud, *La Nuit remue*.
[37] Autore della scuola di Lautréamont e di Kafka, conosciuto per il romanzo *La civetta cieca*.
[38] Partito popolare di tendenza comunista: fuorilegge in Iran.
[39] Settimanale illustrato sovietico.
[40] Profondo canale che delimita i bordi della strada e la cui acqua serve per tutti gli usi.
[41] Circa sei chilometri. Questa misura corrisponde alle antiche parasanghe dell'*Anabasi*. [L'autore usa il termine *farsakh*, anche altrove, *N.d.T.*]
[42] "Chi sono questi diavoli?"
[43] Grande tribù transumante di iraniani turchizzati, i cui pascoli si stendono a nord-est di Shiraz.
[44] I soli veri nomadi di Persia. I Kaoli erano, nei tempi antichi, giunti in Iran dall'Est e appartengono agli stessi gruppi dei nostri zingari.
[45] Si può, così, tirare avanti per ottanta chilometri con una batteria aspirante.
[46] Gli Achemenidi se ne servirono soprattutto come necropoli, mentre risiedevano più volentieri a Susa.

[47] Alcune di quelle montagne a sud-est di Yezd superano largamente i quattromila metri.

[48] Un reggimento di fanteria di Yezd che ritornava, sotto lo scià Nadir, con armi e bagagli dalla conquista dell'India domandò una scorta per attraversare il Belucistan non sottomesso (cfr. Sykes, *The Glory of the Shia*).

[49] Per non sporcare la terra o il fuoco, espongono i morti che gli avvoltoi divoreranno.

[50] Almeno quindici gradi. Nei giardini attorno alla città le vigne sono piantate in fossati profondi diversi metri, in modo da poterle meglio irrigare.

Intorno al Saki Bar

Quetta

Il cartello incontrato all'alba annunciava: QUI STRADA ASFALTATA. Ci credevamo fuori dai guai; ma, passata Nuchky, un valico tutto rampe e strati di polvere, che dovemmo conquistare metro dopo metro bloccando le ruote con dei cunei, ci obbligò a doparci. A mezzogiorno passavamo la barriera di Quetta. Pioppi bianchi e quadrati di meloni circondati di spine rimpiazzavano il deserto. La pista era diventata strada, poi viale, sotto le mosse fronde di immensi eucalipti. Attorno a noi, la città spiegava generosamente il poco di cui è fatta: lembi d'ombra fresca, coppie aggiogate di bufali grigi, qualche portale in stile vittoriano fiancheggiato da garitte e cannoni di bronzo, e viuzze sabbiose dove vecchi inturbantati, di grande prestanza fisica, fluttuavano sopra bellissime biciclette oliate e silenziose. Una città sparsa, leggera come un sogno, piena di pause, di imponderabili cianfrusaglie e di frutti acquosi. Anche il nostro arrivo fu leggero. Tutti e due insieme non raggiungevamo i cento chili. E dovevamo pizzicarci per non cadere addormentati; man mano poi che l'effetto della droga diminuiva, una sorta di notte si adagiava nel cuore della giornata.

Il piccolo hotel Station View, imbiancato a calce, a strati e sporgenze come una torta di nozze e costruito attorno a un gelso centenario, faceva proprio al caso nostro. Il proprietario, scuro come un'icona e con un berretto di astrakan sul capo, era seduto all'entrata del suo cortiletto, dietro un registratore di cassa in ottone lavorato a sbalzo, la cui debole suoneria ci svegliava prima del canto del gallo. La minuscola camera dava su uno di quei rudimentali stanzini da bagno – un rubinetto, un buco nel suolo umido – tipico dell'India di una volta, nei quali ci si lava da un mastello a grandi spruzzi d'acqua, di fronte a una monumentale sedia-gabinetto i cui braccioli levigati splendono dolcemente.

C'era anche una terrazza, dove, la sera del nostro arrivo, ci siamo messi a tavola per cancellare il deserto. Avevamo finalmente raggiunto la città dove per questa notte i nostri letti erano pronti. I whisky scendevano su di noi in ondate compassionevoli e i malefici del Lut ci sembravano scongiurati. Sentivamo il tonfo leggero delle more che precipitavano giù nel cortile, dove due clienti, seduti alla turca sui loro letti, si scambiavano poche e circospette parole da zanzariera a zanzariera. Una felicità stremata ci faceva tacere. Da ogni lato scricchiolio di fronde. Il mondo era pieno di alberi. Tra i nostri bicchieri, un mucchietto di lettere *care of Quetta's Postmaster* aspettava che avessimo voglia di leggerle.

"Puoi tenerti il tavolo," disse Thierry, "io dipingerò nella stanza da bagno."

Ma non avevo così tanta fretta di scrivere; per qualche giorno almeno, l'"essere arrivato a Quetta" mi sarebbe certo bastato come occupazione.

Per via di un sant'uomo assai famoso arrivato da Kabul, l'hotel era a soqquadro. Camere e corridoi ronzavano di devoti. Appena terminato il breakfast, la sala da pranzo si trasformava in un oratorio dove un mullah, seduto tra una pila di rotocalchi inglesi e le marmellatine sparecchiate in tutta fretta, riceveva i credenti. Una coda di fedeli vestiti a festa aspettava ore e ore per baciargli la mano, farsi benedire, guarire, consigliare; o ancora per porgli una di quelle domande a trabocchetto di argomento teologico così care ai musulmani. Si sentivano risate, scatti di accendini, la recitazione continua delle sure, il *plop* conturbante delle bottiglie di gazzosa (anche se gonfi di tè, noi avevamo ancora sete). Dopo il deserto, questi rumori di società mi davano le vertigini. Bisognerebbe rientrare con prudenza nella vita cittadina.

Dirimpetto all'ingresso dello Station View, un mendicante di bell'aspetto era steso all'ombra di un platano, sopra un giornale aperto che sostituiva ogni mattina. Dormire a tempo pieno è un'operazione delicata, e malgrado una lunga carriera di dormiglione, il nostro vicino cercava ancora quella posizione ideale che ben pochi trovano nel corso della vita. A seconda della temperatura o delle mosche, egli provava nuove varianti che evocavano di volta in volta il seno materno, il salto in alto, il pogrom o l'amore. Da sveglio era un uomo cortese, senza quell'aria consumata e profetica che hanno così sovente i mendicanti iraniani. C'è poca miseria qui, e tanta di quella frugalità che rende la vita più fine e più leggera della cenere.

Sulla destra, guardando dal portale, davanti al chioschetto di un fruttivendolo, un ragazzo completamente nudo era legato per un piede a un anello incastonato nel muro. Canticchiava, tirando un po' sulla sua cavezza e tracciava strane figure nella polvere; rosicchiava pannocchie di mais o fumava le sigarette che il bottegaio veniva a piantargli in bocca già bell'e accese. "Ma no, non è mica in castigo; è pazzo," mi diceva il padrone dell'hotel. "Quando lo lasciano libero, fugge e ha fame; così lo leghiamo un giorno qui un giorno là per non perderlo. È una cosa ragionevole, no?"

La fatica del Lut persisteva tenace. Ci addormentavamo

dappertutto. Dal barbiere, poggiati allo sportello dell'ufficio postale, o al trotto delle gialle vetture russe che qui sostituiscono i taxi. Nelle poltrone striate del piccolo cinema Cristal, cullati dai ventagli dei vicini, ci assopivamo, con un vassoio di tè posato sulle ginocchia, mentre una Elizabeth Taylor che un debolissimo proiettore rendeva più misteriosa e perfetta scopriva l'amore. Poi la notte la trascorrevamo a cercare il sonno; col lenzuolo tirato sugli occhi, l'orribile canto del motore in seconda ci riempiva le orecchie e attraversavamo il deserto fino al mattino. Stanchi morti, sbadigliando sotto un sole già forte, andavamo a sondare a piccoli passi la città.

Il 31 maggio 1935 un terremoto l'aveva interamente rasa al suolo, uccidendo un terzo degli abitanti. Ma gli alberi avevano resistito, e qui l'acqua e l'ombra bastano per dar vita a un centro abitato. Quelli di Quetta avevano ricostruito il resto da uomini che non si sarebbero fatti fregare ancora. Né fondazioni né pietre. Invece, muri d'argilla imbottiti di paglia, graziose pareti divisorie in legno, e stuoie e bidoni, e tappeti dai colori stinti. Nel quartiere belucistano: botteguccie così fragili ed esigue che un uomo robusto se le sarebbe caricate e portate via a spalla. Persino Jinah Road, la strada "moderna", spina dorsale della città, ondeggiava con le sue costruzioni non più alte di un piano e con le sue facciate in legno verniciato. Era il set di un western messo su durante la notte. Solo i grandi alberi, le zucche inclinate sul letame dei cortiletti e la porta di bronzo della Grindlay's Bank avevano un po' di stabilità e di serietà. Un'ammirabile profusione di cartelli, insegne, ingiunzioni a sproposito, pubblicità... *Cornflakes... Be happy... Smoke Capstan... Keep left... Dead slow...* arricchiva questa urbanizzazione frugale. A dispetto di quella retorica imbrattata d'anilina, la città non pesava nulla. Nessuna pania. Un vento forte se la sarebbe portata via. Ma il suo fascino stava nella sua fragilità.

Quetta; altitudine: 1800 metri, 80.000 anime, 20.000 cammelli.

Ottocento chilometri più a ovest, al capolinea della ferrovia, la Persia dorme in un mantello di sabbia. È l'altro versante del mondo e nulla lo ricorda qui, eccetto il contrabbando.

A nord della città una piccola strada militare attraversa la zona delle colture, si inoltra in un'arida pianura e poi risale fino al valico del Khojak e ai massicci della frontiera afghana, dove le tribù dei dintorni di Quetta hanno i loro pascoli estivi. Malgrado l'eccellente pista che conduce dalla frontiera a Kandahar, il traffico è praticamente inesistente e la piccola dogana di Shaman è una fornace dove nulla passa fuorché il tempo.

Verso nord-est, una diramazione della ferrovia raggiunge Fort Sandeman ai piedi dei monti del Waziristan. I clan patani che vi abitano – Massud e Waziri – sono i più coriacei di tutta la frontiera, talmente esperti in rapine, aggressivi e pronti a non tener fede alla parola data che i vicini sono unanimi nel non ritenerli neppure musulmani; ci vollero ben quattordici spedizioni punitive per convincerli che non l'avrebbero più spuntata.

Infine, verso sud, la linea ferroviaria principale, affiancata da una pessima strada, scende sulla piana dell'Indo e la città di Karachi, attraverso il passo di Bolan che nel periodo della transumanza si ingorga di immense mandrie di cammelli intirizziti e dilaganti verso il tepore e l'erba dell'autunno.

Ecco i punti cardinali. Sono lontani l'uno dall'altro. Situano, dunque, la città, ma non pesano su di essa, che vive per sé, tra la stazione simile a un giocattolo stile Napoleone III, il canale insabbiato e vibrante di zanzare, e gli acquartieramenti della guarnigione, in cui l'appello delle *bag-pipes* precede il mattino.

Dopo dieci ore di lavoro tra i camion smantellati del Ramzan Garage avevamo finito di rimontare il motore. Scendeva la sera. Il garzone della vicina *tchâikhane* ficcava il naso tra i cric per recuperare i bicchieri sporchi. Quando aveva finito, i meccanici lo afferravano amichevolmente e, con energici spintoni amichevoli, cominciavano a lanciarselo, proprio come un pallone; poi si mettevano in testa la comica calotta ricamata dei belucistani e lasciavano il cortile trascinando le babbucce, in una nuvola di polvere rossa. Con i capelli sudici di morchia, anche noi emergevamo da sotto il telaio e la guardia notturna ci porgeva uno straccio inzuppato di petrolio per pulirci viso e mani. (Non provatelo adesso, il motore; vedrete che domani funzionerà meglio: a ogni giorno la sua parte di fortuna.)

Nella sua gabbia di vetro, Ramzan Sahib archiviava fatture canticchiando con voce forzata. Era un gigante nero come la pece, con zazzera leonina e palmi rosa: il volto, una maschera regolare e superba. Era anche un asso della meccanica, che tagliava il *gun metal* quasi fosse torrone, e un uomo dalle molte risorse. Il suo Khyber Pass Mechanical Shop – un capannone fatto di latte per la benzina sovrapposte, un piccolo cortile e un ponte sollevatore – meritava quel nome signorile: Ramzan e la sua équipe riparavano di tutto e regnavano indiscutibilmente in un raggio di quattrocento chilometri. Dall'Afghanistan, da Fort Sandeman, da Sibi gli mandavano macchine che usavano le loro ultime forze per superare i valichi montani e poi resuscitavano da lui.

Qui, dove gli autoveicoli si strapazzano fino alla rottamazione e senza il pensiero di rivenderli, i meccanici ignorano quel repertorio di gesti e mimiche costernate e sprezzanti che, dalle nostre parti, fanno vergognare il proprietario di una "carretta" e lo obbligano a comprare del nuovo. Sono artigiani, non rivenditori. Una testata scoppiata, un albero a camme in frantumi, un carter pieno di una specie di farina d'acciaio: ci vorrebbe ben altro per turbarli. Le parti buone: fari, sportelli che si chiudono, telai solidi, li impressionano di più; quanto alle altre, ebbene, sono là precisamente per ripararle! I macinini più raccapriccianti li smontano, li rinforzano con pezzi strappati ai camion e li trasformano in blindati indistruttibili. È un ammirevole lavoro di improvvisazione, mai uguale a se stesso. A volte, firmano a colpi di cacciavite una rappezzatura particolarmente riuscita. Non ci si annoia, si guadagna bene. Saldando e aggiustando, si fanno dorare dei toast sul carbone della fucina, si sgranocchiano pistacchi i cui gusci risputati coprono il banco di lavoro, e la teiera bollente non è mai lontana. La maggior parte di questi meccanici sono ex camionisti che hanno viaggiato; i loro luoghi e ricordi e amori sono distribuiti su un grande spazio. E ciò vi mette di fronte a dei tipi aperti e facili al riso. Impossibile lavorare con loro senza farseli amici.

Quando ci arrendevamo, il pensiero fisso sulle carcasse spolpate dal Lut, riponevamo gli attrezzi e raggiungevamo una delle *tchâikhane* del quartiere chiuso. Seduti davanti alla botteguccia, con una tazza cremosa sulle ginocchia, guardavamo le tre stradine che si animavano dopo la preghiera della sera. C'erano un selciato fatto di pietre arrotondate e semicoperte di sabbia, negozi dalle dimensioni di un armadio che vendevano zucchero di canna, sapone, una manciata di albicocche posata sopra della carta stagnola, oroscopi e piccoli sigari. Qualche sottile figura se ne stava al fresco davanti alla propria casa, dritta nel suo sari rosso e oro. C'erano anche delle porte blu in cui si apriva uno sportellino con le sbarre, e dietro giovani volti incorniciati da ciocche nere aspettavano il cliente. Un colloquio discreto procedeva attraverso quegli spioncini, poi il battente si apriva sullo spasimante che, se in vena di generosità, faceva venire anche un vassoio di tè e un musicante. Il liuto risuonava dietro le porte chiuse e le stelle salivano su quel quartiere rustico dove grossi bricconi paciosi, venuti dal deserto per le loro compere, passeggiavano con le mani dietro la schiena e una rosa canina sul cappello, respirando l'odore della sera e dirigendo i loro passi a seconda dei richiami provenienti dalle oscure soglie.

Nessuno schiamazzo qui, nessun segno di fretta; la gente cercava non tanto il piacere quanto il piacere del tempo libero. E io pensavo ai neon, ai selciati sudici, ai festaioli color mattone, a quel che una certa Europa chiama "baldoria". Non diventa canaglia chiunque lo voglia. I belucistani hanno troppo spazio intorno a loro, troppe razze; sicché tutto ciò che li riguarda – e persino l'amore a pagamento – evoca un certo grado di finezza e di semplicità.

La meccanica mette sete: spendevamo le ultime rupie in tè, in succhi di mango, spremute di limone. Grazie ad alcuni frammenti di "Paris-Match" vecchi di un anno ci informavamo dei fatti del mondo e domandavamo, in plico sigillato, cinque o sei visti per certe contrade montuose e tutte innevate. Quetta non era che un incrocio, e noi avremmo scelto in seguito. Nel frattempo, mandavamo giù, con la fronte imperlata di sudore, delle porzioni di curry incendiario e ci concedevamo con foga ogni sorta di ghiottoneria, per ingrassare un po' prima delle strade d'autunno, per dare di nuovo al nostro corpo un'ombra meno esile, e per sentire ancora il rumore dei nostri passi nella sabbia. La salute è come la ricchezza, bisogna averla spesa per accorgersene.

Station View

Seduto davanti alla locanda, vedevo transitare venditori di crêpes, con il fornello sulla spalla, o mercanti di flauti dalle guance gonfie di gamme stridenti, e anche cammellieri che piantavano là le loro bestie, per andare, a grandi falcate e con aria avida, a comprarsi *una* sigaretta. I belucistani continuavano a costituire la mia felicità.

Secondo una delle etimologie proposte,[1] *Ba-luch* significa "la sfortuna", che si cerca in tal modo di scongiurare. Similmente, i tibetani danno ai neonati nomi come "Tignoso", "Merdoso" o "Amarezza" per allontanare gli spiriti fino al momento dello svezzamento. C'è molto ottimismo e coraggio in tale maniera di giocare d'astuzia con la disgrazia. Si lascia a Dio la sua bella onniscienza, attribuendo invece assai poca perspicacia ai demoni, se si spera di ingannarli per mezzo di una semplice antifrasi. Questo metodo è riuscito molto bene ai belucistani; conosco pochi altri popoli più lontani di loro dal far pensare alla malasorte.

Il belucistano è piuttosto sicuro di sé. La sua tranquillità d'animo esplode in quel sorriso che galleggia all'altezza della barba e nel drappeggio di pezze sempre pulite. È molto ospitale e raramente importuno. Per esempio, non si mettono in cinquanta per sghignazzare stupidamente attorno allo straniero che sta cambiando una ruota; al contrario, offrono tè e prugne, poi vanno a cercare un interprete e vi subissano di domande molto pertinenti.

Non maniacalmente dediti al lavoro, si dedicano volentieri al contrabbando sui confini della Persia e sparano razzi verdi per attirare le meravigliose pattuglie dello Shagaï Frontier Corps mentre i sacchi passano da una mano all'altra, sotto gli occhi di Dio, all'estremità opposta del deserto.

Qui, nell'ora della preghiera serale, i prati sono coperti di forme prosternate di fianco ai loro pacchi: devozioni vigorose, ma che non escludono la frottola. I belucistani sono buoni musulmani sunniti, senza traccia di fanatismi. Un cristiano sarà accolto bene come un correligionario, e con in più una sfumatura d'interesse, e con domande, poiché sono curiosi come donnole. Il bigottismo, i toni nasali, l'atteggiarsi, ecco cosa non è proprio il loro forte. Nomadi, *sardar* laureati a Oxford o rattoppa-babbucce vivono senza metterla giù dura, con un forte senso del comico. Il luogotenente Pottinger, della Compagnia inglese delle Indie, che all'epoca di Bonaparte attraversava il paese sotto un travestimento subito chiarissimo agli occhi degli abitanti, salvò la pelle in alcuni momenti difficili facendoli ridere e in tal modo rendendoseli complici. Tale gaiezza è una virtù cardinale. Molte volte a Quetta ho visto vecchi di fiera nobiltà cadere dalle loro biciclette Raleigh, piegati in due dalle risate perché una battuta lanciata da un negozio li aveva colpiti al cuore.

Il pignone della terza, che già avevamo molato al Khyber Pass Garage, si ruppe nel tentativo di montarlo. Ramzan rigirava nelle mani quel pezzo di acciaio mutilato che ci bloccava in città. Non riusciva a capire; eppure l'aveva tagliato in un pezzo di blindatura "preso a prestito" dalle scorte della guarnigione. Si offriva di rifarlo sorvegliando di persona il trattamento termico, ma ciò significava perdere una settimana e rischiare una nuova rottura. Telefonammo a Karachi per ordinare il pezzo; stretti in una cabina dal pavimento imbrattato di betel, sentimmo una voce nasale articolare a ottocento chilometri da lì un prezzo che metteva fine alle nostre vacanze. Sarebbe stato necessario lasciare l'hotel: non avevamo ancora recuperato e stavolta la povertà mi faceva paura.

Neri di morchia, a testa bassa, ritornavamo dall'ufficio postale, quando due giornalisti in cerca di notizie ci tagliarono la strada. Fumiamo insieme sotto le tamerici e raccontiamo i nostri guai. "Andate a stare al Lourdes Hôtel! Il proprietario alloggia a prezzi stracciati i viaggiatori venuti dalla Persia; ha appena aperto ed è il suo modo di farsi pubblicità. Sarete trattati ottimamente." E fattisi volubili per il piacere di averci reso un favore, cominciarono a enumerare ogni sorta di piatto. Dicevano la verità: col suo grosso corpo stretto in un *fil-à-fil* superbo, il viso mogano gocciolante di sudore, il direttore ci indicò l'ora dei pasti e ci spalancò una camera ombreggiata dagli eucalipti. Un'ora più tardi avevamo traslocato. Thierry stendeva una tela sul suo cavalletto; io srotolai davanti al tavolo il tappeto avuto in dono una sera in Persia – dei motivi color arancio e limone disseminati su un fondo ardesia – e ritornai da Ramzan, con la macchina da scrivere sotto il braccio, per saldare qualche maiuscola. La sera stessa ci mettemmo al servizio – chitarra, fisarmonica, giava e valzer musette – del padrone dell'unico bar in città, e la vita prese una piega differente.

Mi ricorderò a lungo del Saki Bar e del suo proprietario Terenzio, che ci diede lavoro per tre settimane. Dal giorno in cui avemmo notizia della sua sparizione, mi aspetto continuamente di vederlo risorgere, con i suoi pantaloni di flanella ben tirati, gli occhi pazienti, gli occhialetti di ferro e quell'abbronzatura marcata degli invertiti che lascia all'altezza degli zigomi due zone ben irrigate di couperose, dove affiorano le emozioni. Era un uomo distratto, benevolo, con qualcosa di luminoso e di spezzato nei modi. Sebbene fosse assai riservato su questo punto, sembrava soffrire di un'inclinazione a cui, pure, in quella città, erano numerosi a cedere – una breve canzone patana che Saadik il cuoco canticchiava attizzando il fuoco lo rivelava con candore:

> *...Un giovanotto traversa il fiume*
> *Il suo viso è come un fiore*
> *Il suo didietro come una pesca*
> *Ah! Perché non so nuotare...*

Terenzio cucinava lui stesso dei piatti eccellenti: zuppe al peperone, bistecche alla brace di legna e soufflé al cioccolato

che faceva montare con una paletta arroventata. In quei momenti, curava tutto fin nei minimi dettagli, aveva trucchi e trovate, dispensava con sobria passione spezie ed erbette. I suoi menu somigliavano a ricette di maghi o tzigane innamorate, ed era in quei preparati che la sua natura femminile si tradiva maggiormente, così come una fortissima nostalgia per la qualità – fare, cioè, perfettamente ciò che stava facendo – che dava a volte ai suoi prodotti l'aspetto di una liberazione o di una conquista.

Saki è il Ganimede della poesia persiana, il coppiere del paradiso, colui che introduceva a quelle delizie che un'insegna di legno sospesa al di sopra dell'ingresso rappresentava molto bene: un fiasco di vino dal collo lungo, un narghilè, un liuto e un grappolo d'uva – ogni chicco brillante come una finestra ben lavata – dipinti in toni sordi e squisiti. Dietro quell'insegna cominciava il territorio sorprendente del Saki Bar, dove Terenzio regnava sui suoi neri e languidi lavapiatti.

Era una sala stretta e fresca, che si prolungava in un cortile-terrazzo imbiancato a calce dove, giunta la sera, i sognatori della città si sedevano a tavola tra l'odore dei lauri e dove, dalle nove a mezzanotte, dietro l'ingannevole etichetta di Continental Artists, noi due grattavamo coraggiosamente i nostri strumenti.

Terenzio aveva provato a trasformare il suo cortiletto in un pergolato alla francese; due alberi in vaso, una pista da ballo coperta da un parasole roso dalle tarme, poltrone di giunchi, un pianoforte con su due candelieri contorti e, sui muri, quattro copertine della "Vie parisienne" con delle donne tutte occhiate furtive, seni stupendi e ricciolini. Ma la distanza, la lontananza dei suoi ricordi avevano reso lineare, quasi astratto, questo abbozzo di balera; e quelle bionde immagini tutte arricciate dal sole non bastavano a scongiurare tanta aridità e biancore. Terenzio si accorgeva della sconfitta: il muro nudo che delimitava e fiancheggiava il cortile lo tormentava e gli metteva sete. La prima sera ci propose di coprirne tutta la superficie con un affresco: pesci, banchi di sardine, qualche piccola onda, dell'umido, del blu. Ma come no? Ritornammo verso l'alba all'hotel cercando di ricordarci l'aspetto degli ultimi pesci che avevamo visto: erano i siluri incolori e baffuti saliti dal centro della Terra lungo una vena d'acqua purissima nella *tchâikhane* di Abarqu. Ma il giorno seguente, squame e delfini si erano dissipati come in un sogno. Terenzio aveva ricevuto delle visite dopo che noi eravamo andati via. Appariva inquieto; aveva dimenticato l'affresco e fantasticava su un nuovo progetto: lasciare Quetta.

Terenzio aveva conosciuto altri tempi, poiché quasi tutti i suoi clienti – capi belucistani o patani, liberali afghani in esilio, commercianti del Punjab, ufficiali scozzesi al servizio del Pakistan – sembrava l'avessero conosciuto altrove e lo chiamavano "Colonnello". Cuciti insieme, i racconti che ci faceva lui aspettando l'alba permettevano d'immaginare quanto segue: era cresciuto nel Sud della Persia, dove suo padre era console britannico; aveva preso i gradi di ufficiale in Inghilterra, in un Reggimento della Guardia, e speso la sua parte di eredità nella Parigi dei Ballets Russes e dei coupé sport Delage. Aveva trascorso qualche anno in Abissinia, sloggiato poi dall'arrivo degli italiani. Dopo alcune tribolazioni e peripezie sulle quali manteneva il silenzio, si era ritrovato colonnello a Peshawar e "agente politico" di un distretto patano, cioè responsabile di cento chilometri di montagne quasi inaccessibili, e piene zeppe di fucili inclini a sparare da soli. L'indipendenza dell'India e i disordini della Partizione l'avevano sorpreso su quei confini esplosivi e salubri, di cui avrebbe saputo disegnare la mappa anche a occhi chiusi. La piccola guerra del Kashmir gli aveva permesso di sfruttare per qualche tempo ancora le sue competenze... E adesso, eccolo: cordon bleu, proprietario di un bar in un vicolo cieco sabbioso, tra il negozio di un fotografo franco-indiano e quello di un sikh mercante di biciclette, a sospirare di sollievo dopo che l'ultimo cliente ha lasciato il locale, e a rinviare l'ora di andare a letto, come se temesse, durante il sonno, di mancare a un appuntamento a cui sarebbe venuto da molto lontano.

Quando gli domandammo come si reclutassero le ragazze così belle del quartiere chiuso, borbottò qualche parola imbarazzata sui protettori patani che venivano a bere al Saki; poi, credendo che volessimo spostare sulle donne la conversazione e temendo di dare l'impressione di uno che volesse sottrarvisi, saltò indietro di trent'anni e ci raccontò la storia di una certa signora Fitt's, che all'epoca dirigeva, nella North Audley Street (Londra), una casa d'appuntamenti assai chic e d'accesso difficile, celebrata con voce velata di rispetto dai cadetti del suo reggimento. Una sera di maggio, un Terenzio molto felice e molto su di giri si ritrova a trottare verso quell'indirizzo. Il quartiere è ricco, la porta austera, e una governante socchiude per domandargli chi è e cosa desidera. A prezzo di un grande sforzo, Terenzio ritrova un certo contegno e porge il suo biglietto e quello del suo "padrino". Dopo averlo fatto attendere sotto alcune belle stampe patrizie, lo introducono alla presenza di Madame Fitt's. Era una dolce vecchietta in liseuse di pizzo, seduta ben diritta in un letto a colonne. Terenzio è intimidito; ecco che lo si interroga sulla sua famiglia, il reggimento, i colleghi che ha frequentato, e poi, con lo stesso tono uniforme e distante, sulle sue preferenze... un'annamita? Un'alsaziana?... Materna? o lubrica? Madame Fitt's gli lascia in quel modo capire che sta aspettando il suo denaro. Non ha parlato di prezzi – se lui è un uomo di mondo deve sapere come si retribuiscono i favori di una casa così distinta. Non ne ha idea. Assolutamente a caso, scrive un assegno di dieci sterline e lo porge con aria incerta.

"Molto bene, mio giovane amico, ma vogliate piuttosto scriverlo in ghinee."

"In ghinee! ma pensate un po'," ci ripeteva Terenzio che ancora non riusciva a capacitarsi. Per me che non conoscevo l'Inghilterra, questa ubbia dello standing in un commercio così terra terra, questo gusto delle sfumature di classe esteso fino alla moneta mi sembravano singolari quanto il sacrificio di un gallo nel plenilunio, o la danza dei dervisci rotanti. Sotto la lente d'ingrandimento del sole belucistano, noi scoprivamo l'Inghilterra a Quetta come i gallo-romani la Grecia a Marsiglia: immagine ingrandita e semplificata di una mentalità che, al di fuori del suo contesto di mattoni e di nebbie, era più sconcertante di tutto ciò che avevamo incontrato fin lì. Se il Turkestan ci avesse annoiato, avremmo sempre avuto la scappatoia di andare a vivere a Plymouth.

Di quell'origine, Terenzio aveva conservato le virtù più facilmente trasportabili: l'umorismo, la discrezione, un grande autocontrollo. Si era spogliato del resto per seguire la propria strada e raggiungere dopo non so quali risvolti ciò che egli chiamava la sua vocazione di "clown-ristoratore", vivendo alla giornata, lavorando come un acrobata senza rete, e costretto, come tutti i suoi concorrenti, a fare i conti con i capricci di un'amministrazione corrotta. Questa situazione dava peso alle sue opinioni e ai suoi gusti. Non si possono amare veramente che le cose da cui si dipende; per tre settimane noi dipendemmo dal Saki Bar, e lo amammo. Terenzio dipendeva invece dall'Asia, con la quale egli si era "compromesso", e sognava di staccarsene; ma l'amava anche, e aveva pagato abbastanza per avere il diritto di rubare al disegno di un tappeto o alla poesia persiana quel piacere aspro e profondo che non conosceranno mai coloro che non hanno "grattacapi da temere".

Troppo superficiali e poco volenterosi per riuscire nel grande commercio, i belucistani avevano abbandonato i negozi di Jinah Road ad alcuni negozianti del Punjab, culoni fissati con la considerazione sociale e imberrettati d'astrakan, che appendevano l'immagine della regina Elisabetta con puntine da disegno sopra la cassa e salivano con enfasi nelle loro piccole e altissime auto Standard. Quelli che frequentavano il Saki ci offrivano da bere, assicurandoci che a Peshawar o a Lahore non avremmo avuto altra dimora che la loro e ci supplicavano, nel frattempo, di visitare i loro negozi.

A guardarli da vicino, quei negozi di Jinah Road offrivano uno spettacolo penoso. Più nessuna traccia di artigianato. Portata fin qui da un'onda maestosa, la schiuma della cianfrusaglia occidentale aveva toccato e sporcato il commercio locale; pettinini da delinquente, Gesù di celluloide, penne a sfera, armoniche, giocattoli di latta più leggeri della paglia. Miserabili campionari che ti facevano vergognare di essere europeo. Senza contare l'uso atroce della terza maggiore – prova della scarsa attenzione che gli anglicani accordano alla bellezza – che, prodotta dall'armonium della cappella militare, aveva contaminato persino i musicisti ambulanti; e senza parlare delle vertiginose e grandi biciclette, pagate a caro prezzo, sulle quali i belucistani vagavano in equilibrio instabile, con la grande scomodità dei lunghi vestiti. Ma è in questo modo che si crea un mercato.

Io mi consolavo pensando che, almeno a tal proposito, l'India si era ben vendicata rifilandoci i suoi scarti: "balsamo tonico dei Bramini", guru di paccottiglia, imitazione di fachiri e yoga d'infima scelta. Ma era pur sempre un reso per un prestato.

Terenzio, che ci voleva bene e cercava di collocare sul mercato i nostri talenti, ci fece incontrare Braganza, proprietario del Gran Stanley Cafè. Ricco, con molti denti d'oro, con indosso uno stupefacente *dothi* e una canna da passeggio,

Braganza, cristiano e goanese, apparteneva a una delle famiglie di origine portoghese che, attraverso qualche generazione e con un senso di panico e di frustrazione, sono passate dal bistro chiaro al mogano. Gestiva di fronte al Saki un'oscura sala da tè con una quarantina di tavoli – dove la clientela patana veniva, senza badare molto alla tenuta, a bere della "gazzosa" – e ci offriva centoventicinque rupie per decorarne due pareti: un soggetto esotico – francese, per esempio – e che invogliasse alla consumazione. Per non disturbare il servizio, ci avrebbe lasciato libera la sala tra la mezzanotte e le sette del mattino. Ci fece visitare i locali; attraversando il retrocucina, aprì la dispensa facendo apparire delle frittelle visitate già dalle mosche... "molto olio, fortificante, vi potrete servire".

La sera stessa, Thierry fece due progetti: per il muro di destra una balera illuminata da lampioni dove degli aristocratici servivano champagne a qualche stordito; per quello di sinistra un bar spagnolo con hidalgo e gitane che si consumavano in lascive habanera. Decisamente figurativo. Più o meno ciò che passa per il capo a un debosciato stanco quando si ritrova a gridare "Montmartre", oppure "Olé". Due ampie superfici di colore uniforme – una grossa cassa e la groppa di una giumenta – fecero sì che potessi rendermi utile nelle operazioni di pittura. Braganza si dichiarò sedotto. Passammo dunque, dopo il lavoro da Terenzio, diverse nottate in quel bar torrido, a mescolare colori fumando piccoli sigari per combattere il tanfo di curry che saliva dalle tovaglie sporche. Mentre io rimescolavo la colla sulla fiamma del fornellino, Thierry dava forma, una di fronte all'altra, a quelle incarnazioni del tango e del valzer inglese che i colori velenosi del droghiere locale e la luce del neon rendevano così piacevolmente satanici. Ci interrompevamo, grondanti di sudore, per mettere in infusione alcuni grossi frammenti di tè nero. I soliloqui del cuoco belucistano che sognava disteso sulla sua stuoia salivano da dietro il bancone. La notte trascorreva con meravigliosa lentezza. Cominciavamo a sentirci decantati dalle veglie, logorati e incredibilmente felici; dietro le rupie di Braganza scorgevo la partenza, Kandahar e l'autunno. Avremmo dormito in Afghanistan.

Rientri sonnambulici. Gli eucalipti spargevano a ondate il loro odore sulle viuzze marezzate di sabbia sottile. Davanti ai negozi chiusi, caprette nere tiravano le corde cui erano legate. Costeggiavamo il canale prosciugato, superavamo la Grindlay's Bank e il guardiano notturno patano che, la carabina posata sulle ginocchia, dormiva sotto i suoi lunghi baffi come sotto un ombrello chiuso. Raggiunto il ponte, lasciavamo le frittelle prese dalla dispensa a un mendicante che ritrovavamo a ogni alba nello stesso punto, rannicchiato per terra come un cane. Solo uno sguardo affamato e un paio di mani agili distinguevano quel pacco di stracci da un cadavere. Troppo miserabile per stupirsi più di alcunché: quei magri stranieri che apparivano allo spuntar del giorno, imbrattati di pittura, con dei dolciumi avvolti in una carta di giornale non gli strappavano una sillaba. Tendeva la mano e la richiudeva, muto come una carpa. Quando aveva finito di masticare e di deglutire, poggiava la testa sul solo oggetto in suo possesso: un piccolo cuscino sporco che aveva su ricamata, in caratteri gotici e a punto croce, la scritta SWEET DREAMS.

A passi leggeri filavamo via sotto i grandi alberi nel canto delle prime zanzare. Il sole rosso saliva in un cielo grigio. Non ci eravamo ancora stesi sul letto che le *bag-pipes* delle caserme scoppiavano su quella dolce polvere con accenti stridenti e redentori. Quasi come se si dovesse riprendere Gerico. Eppure, quelle fanfare così settentrionali e vittoriane suonavano molto qui.

Oltre all'umorismo, quella specie di atmosfera da Antico Testamento aveva forse creato un legame tra quei puritani e queste sabbie.

La macchina, che ci faceva spendere un sacco di soldi, aveva perso le targhe nel deserto dell'Iran; il permesso di circolazione temporaneo era scaduto, sicché giuridicamente non esisteva più. Ci recammo allora in una villetta vicino alla stazione per pregare il soprintendente delle dogane di sistemare la faccenda. Era un uomo nero porcino, con le orecchie piene di lunghi peli serici. Sotto un ventilatore che rimescolava l'aria rovente, lottava contro una terribile voglia di dormire, e le sue palme sudate lasciavano mezzelune sulla carta assorbente. Due timbri e mise fine ai nostri guai, non senza farci notare che lì a Quetta le cose erano più semplici che in Persia, per poi farci l'elogio degli affreschi del Gran Stanley Café. Alla fine, con la voce di un ragazzetto colpevole, domandò a Thierry qualche nudo per la sua "collezione" e ci invitò da lui per il pomeriggio del giorno dopo.

Non ci sono mestieri stupidi, e con dieci rupie a disegno ci sarebbe stato per noi di che ricomprare quattro gomme nuove. Svegli dall'alba, ci mettemmo al lavoro ricopiando da alcune "Vie parisienne" prese in prestito da Terenzio. I giornali aperti coprivano il pavimento. Annata 1920: occhi truccati con *khôl*, bocche a orchidea su piccole facce prognate e troppo incipriate, vestiti a sacco, a frange, spalle freddolose e caviglie arcuate. Dio! Che tipette! Avevo mal giudicato l'epoca. Qui, dove le donne passavano murate nei loro veli bianchi, simili a nuvole montate su babbucce chiodate, quello spiegamento di grazie non poteva non coinvolgerci. Ma non si trattava di noi. Per guadagnare tempo, scarabocchiai anch'io qualche foglio, senza però riuscire ad andare oltre la caricatura o lo sgorbio. Saper disegnare un corpo dovrebbe essere naturale quanto esprimersi con precisione nella propria lingua. Invece di riempirmi la testa con Ulpiano e Beccaria, sarei stato più previdente se avessi imparato a tenere in mano una matita. È una mancanza seria, un'infermità mortificante non poter rappresentare ciò che si ama. In mezz'ora, Thierry disegnò tre ondine che ancheggiavano senza modestia; io coloravo via via: capelli giallini e occhi pervinca per dare in sovrappiù un certo tocco di esotismo. Ma per via dell'ora mattutina e di una certa malinconia felice che si esalava da quei vecchi giornali, il risultato finale era più elegiaco che sconcio. Il soprintendente vi avrebbe trovato ciò che cercava? Dubitavo ci fosse lì di che turbare quella montagna, ma noi non avevamo l'età per fare di meglio: la pornografia è cosa da vecchi. Sulla soglia di un oscuro salone decorato con piume di pavone, il soprintendente ci strinse interminabilmente la mano. Sembrava imbarazzato per l'incarico datoci il giorno prima, e per provarci che non era il libertino che potevamo sospettare, insisté per presentarci le sue figlie: tre ragazzette nere dalle gambe storte, vestite con abiti a volant, che interrogammo sulla scuola mentre loro non riuscivano a trattenere le risatine guardandosi i piedi nudi. Davanti a una tavola colma di praline, confetti e dolci appiccicosi trascinavamo stancamente una conversazione che languiva. Poi il nostro ospite scacciò la sua discendenza ed esaminò, con sospiri da straziare l'anima, le nostre creature. Con le mani sulle ginocchia e la bocca piena, ci guardavamo bene dal disturbare la sua contemplazione; trenta rupie avrebbero ben risolto i nostri guai.

"E non ne avreste altri? Più..."
"No."
"Proprio no?"

Riprese i disegni e dopo averli lungamente scolpiti nella retina ce li riconsegnò ricoperti da ditate di grasso.

"Sono troppo... artistici, vedete io... ma servitevi pure," aggiunse riempiendo i nostri piatti.

Mortificati, rientrammo a piedi, con la grande cartella sottobraccio. Almeno un'ora sotto un sole di piombo, con le tasche piene di dolciumi. Ecco qua, pensavo, a cosa portano gli studi. Thierry borbottava: "Non riuscire a vendere i miei quadri, passi pure... ma questi!". Incaricammo allora Saadik, il barman del Saki, di spacciare con discrezione quella robaccia agli allibratori patani che venivano a bere dei bicchierini nella sua cucina. E invece, durante tre giorni, egli sfinì tutti i nostri amici ficcando loro sotto il naso quei disegni. Agli indifferenti e ai timorosi precisava: "*Nice lady to f... Sir*" e, indicando Thierry, "*he did, Sir*".

Gli inglesi avevano vissuto a lungo qui. Nel XIX secolo avevano acquistato da un potentato locale ciò che allora non era che una borgata di stracci; vi avevano fatto giungere con grandi sforzi la ferrovia di Karachi, piantato alberi a centinaia, asfaltato qualche strada e acquartierato circa diecimila soldati con fanfara, cappella e cavalli da polo, per sorvegliare i valichi a sud dell'Afghanistan e le montagne patane. Questa installazione fu opera di negoziatori di prim'ordine, come Pottinger o Sandeman, i quali si intesero senza difficoltà con i belucistani e, lungi dallo sconvolgere la loro sobria felicità, la garantirono rinforzando la struttura tribale e distribuendo ai Sardârs dei diplomi di buoni e leali sudditi controfirmati dalla lontana Vittoria. Se i belucistani, che sono eccellenti cavalieri e capaci di prendere un'allodola con i loro vecchi sputafuoco, non si sono ribellati, è perché vi trovavano il proprio tornaconto, vendendo i loro puledri, i loro frutti e il loro bestiame a quei reggimenti venuti a bella posta dall'altro capo del mondo per suonarle ai turbolenti vicini patani. L'amore comune per i cavalli, il comico e i compromessi ragionevoli erano riusciti a trasformare quella "protezione" in uno dei rarissimi idilli della storia coloniale. All'ombra degli eucalipti, tra la sabbia, le lettere d'Inghilterra e la sveglia rauca delle *bag-pipes*, migliaia di Tom e di John avevano scoperto qui una nuova forma di felicità. Erano ripartiti con la caduta dell'India britannica, e a volte questa città così leggera appariva gravida di tutte quelle nostalgie che ancora convergevano su di essa.

Quelli che erano rimasti al servizio dei pakistani venivano al Saki tutte le sere: qualche maggiore, due colonnelli brizzolati, in smoking bianco, con gli occhi azzurri umidi di whisky, che si stupivano cortesemente del soufflé al cioccolato, collocavano sopra ogni nostro altro pezzo *Triste domenica* o *Le foglie morte* e ci canticchiavano, con voci più sottili del vetro, qualche vecchia ballata delle Highlands per arricchire il nostro repertorio. Tutti parlavano un po' l'urdu, amavano il reggimento e preferivano l'Oriente all'Inghilterra. Ma l'Oriente era cambiato. In una repubblica di appena sette anni, i vecchi sudditi erano oggi i loro datori di lavoro. Da padroni, loro erano diventati soci: un passaggio che è sempre difficile. Abitudini discriminatorie, fondate e rese valide dalla tradizione, diventano dall'oggi al domani inaccettabili; si è quindi costretti a improvvisare nuovi rapporti per la cui elaborazione la buona volontà non basta. Per gettare nuove basi, sono necessari un po' d'immaginazione, e degli outsider come Terenzio. Il cortile del Saki era la sorgente di un folklore a cui egli dava il la. Bastava che circolasse tra i tavoli, con un bicchiere in mano e la sua andatura così libera e spezzata, perché quella piccola compagnia di bevitori disparati si sentisse subito in accordo. A ogni occasione, piantava lì le salse e veniva a ispezionare la corte come si tira su una nassa, per fare la partita a scacchi con un sensale di cavalli del posto che gli dava delle soffiate sulle corse, o per salutare uno degli antichi sospetti patani, che aveva visto solo da un binocolo al tempo del suo mandato e che adesso ritrovava tranquillamente seduto dietro una limonata.

Malgrado la legge in vigore, Terenzio serviva alcol ai musulmani, senza mai "farli bere" e con un tatto a cui la sua clientela si abbandonava interamente. Quando un bicchiere di tè prendeva il posto del terzo whisky ordinato, lungi dal protestare, essi si sentivano riconoscenti di essere l'oggetto di una diagnosi così sfumata, e di un controllo tanto più necessario in quanto le pattuglie notturne portavano via inesorabilmente i Credenti dall'alito sospetto. A volte, persone in vista come il capostazione o il direttore delle poste, che avevano eluso la sua sorveglianza e alzato un po' il gomito, restavano in un angolo del cortile, ben dopo la chiusura, a masticare chicchi di caffè prima di arrischiarsi con composta fermezza nelle stradine deserte.

Qui, dove l'invenzione decorativa si riduce alle reticelle di zucchero sulle torte dei pasticcieri, alle cromografie di Jinnah e ai gatti lustri e rigidi dipinti su cuscini di velluto, i personaggi comparsi in due notti sui muri del Gran Stanley Café avevano attirato i curiosi. Braganza, che faceva lauti introiti con la sua trovata, ne voleva altri. Liberò dunque il muro di fondo dalle bottiglie e ci domandò, per trenta rupie, atolli, palme da cocco e bagnanti tahitiane. Il soggetto era azzeccato, tanto più che ci restava molto blu. Fu questione di una notte: cielo ceruleo, onde azzurro oltremare dove sirene color tabacco strizzavano i lunghi capelli e in un angolo, per finire i barattoli di colori, un piroscafo variopinto. Tutto era rassicurante e fresco così come i buoni selvaggi ornati di piume delle scatole di avana. Il mendicante del canale ebbe diritto per un'ultima volta alla porzione di frittelle; Braganza ritrovò con piacere il mare di cui aveva nostalgia e suggerì con la punta del suo bastone di arrotondare un po' le bagnanti, che mancavano di opulenza per i gusti locali. Tre colpi di pennello e Thierry trasformò i posteriori in veri e propri bersagli, tornandosene poi rasserenato a una tela d'Iran – un lembo di deserto magro sotto nuvole oblique – che aveva appena iniziato.

A sera, uscendo dal Ramzan Garage facevo un salto da

Tellier, il fotografo, per imparare a sviluppare. Tellier, che aveva il negozio a fianco del Saki, si era stabilito qui prima del terremoto e aveva imparato da solo il mestiere. Per la clientela britannica di una tal città di guarnigione, si era specializzato in "flou", "sfondi perduti" e "sfumature" di un marezzato signorile che il calore terrificante della sua camera oscura faceva riuscire perfettamente. Era nei ritratti delle mogli degli ufficiali che aveva dato il meglio di sé: donne bionde dai lineamenti vaghi, dalle pettinature precise che, per l'occasione, indossavano le loro perle. Una goccia di gomma arabica assicurava agli occhi un luccichio romantico, poi, usando il bianco di zinco e il pennellino, Tellier ripassava quelle collane che prendevano una luce magica e nevosa. Di notte, nella sua scura vetrina, le si vedeva luccicare sotto volti appena percettibili, come sottili falci di luna.

L'indipendenza e la partenza degli inglesi avevano messo in subbuglio la sua tecnica; una clientela più scura aveva sostituito gli aspiranti rosa e come sovraesposti di una volta; e così egli tirava adesso in nero su fondo chiaro, usando una carta più sensibile. I giovanotti di buona famiglia che – in mancanza di fidanzata – appuntavano sopra i loro letti varie languide copie del proprio ritratto, passavano e ripassavano davanti alla vetrina di Tellier per rifarsi la riga della pettinatura.

Non ottenendo che risultati insoddisfacenti dalla carta da stampa che riceveva da Karachi, Tellier mi chiese di ordinargliene in Svizzera, e poi mi avrebbe rimborsato. Ne ordinai. Totale: cinquanta rupie. In seguito vi furono diverse circostanze in cui riavere questo denaro avrebbe fatto prodigi, togliendomi dai guai. Scrissi dunque: *Please Mister Tellier...*, oppure: *S'il vous plaît mon cher Tellier* – perché egli era nativo di Pont-Saint-Esprit. Ma Tellier faceva lo gnorri e non potei infine che maledirlo nelle numerose bettole tra Kabul e Colombo. Molto probabilmente lui stesso non aveva ricevuto nulla: il pacchetto APRIRE AL BUIO era passato per le mani del nostro lubrico amico ufficiale delle dogane che, subodorando un contenuto sozzo, l'aveva probabilmente aperto nel segreto del suo studio, per scoprire poi quei fogli così vergini e puri nell'atto di trasformarsi sotto ai suoi occhi in un grigio gelido e accusatore.

I tre camerieri del Saki appartenevano a quella frazione volubile di umanità che canticchia strabuzzando gli occhi vivaci, cammina scalza e porta su di sé tutta la sua fortuna annodata in un fazzoletto. Quindici giorni bastavano loro per amarsi, tenersi il broncio e ritrovarsi. Fughe, litigi, ardori, languori, rotture; persino Saadik il barman, pure così grullo e terra terra, non mangiò per una settimana quando fu "scaricato". In tali sere di crisi Terenzio, sovraccarico di lavoro, non lasciava i fornelli che per prendere un po' di fresco in terrazza, col viso gocciolante di sudore, perduto... "Suonatemi un po' quella cosa... quella che sapete," e si trattava di un motivo serbo:

*...Avevo un fiore rosso dentro al petto
E questo fiore guardava il mondo...*

o di un'aria persiana; sempre un qualcosa di straziante, e in un paio di occasioni lo vedemmo anche piangere.

Perché per un uomo della sua età quel lavoro, gli alti e bassi, e la città così leggera e lontana, e quei fornitori imbroglioni erano davvero troppo. E aveva l'impressione di impantanarsi, di sperperare qui il suo talento. A volte, recandoci fino alla stazione per vedere se i nostri pezzi fossero infine arrivati, lo scorgevamo nel suo cortiletto a fare avanti e indietro sotto il sole cocente, e redarguiva i camerieri con voce forzata, curvo, i pugni piantati in fondo alle tasche che i rattoppi di Saadik avevano allungato fino ai ginocchi. C'era da credere che stesse lì lì per caricare qualcuno a testate; ma no, era solo un po' di solitudine che trovava così uno spiraglio, e l'Asia, così buona per il cuore e così dannosa per i nervi.

Terenzio ci chiedeva spesso notizie della Francia, dove sognava di aprire un giorno una locanda discreta e segreta, perduta tra gli alberi, con rivestimenti in legno di quercia, discoteca e noleggio di cavalli. Gli avevamo consigliato la Provenza interna, dove la terra si dava via per nulla, poi la Savoia – più battuta – di cui egli aveva ritrovato nella sua tana un'eccellente carta Michelin. Accompagnato l'ultimo cliente fino all'ingresso e posati gli strumenti contro il muro, buttavamo un'occhiata su quelle rive, quei tetti rossi, quelle macchie di boschi familiari, celebrando l'eleganza del fogliame, la malinconia austera degli intonaci grezzi, un certo velato edonismo – molto "stile Terenzio" – esagerando un poco, per incoraggiarlo, ma anche perché i nomi di Thoiry, Nernier o Yvoire ci ricordavano troppo i lillà o i tavolini di ferro dei caffè, su cui avevamo progettato questo viaggio prima di intraprenderlo.

Per molte notti di fila, aspettando l'alba sotto un fogliame di stelle, avevamo avuto quel pezzo di provincia, colorato dei più teneri verdi, spiegato tra i nostri tre bicchieri. Terenzio si informava, annotava con cura quella *Carte du Tendre*[2] che gli permetteva di sognare con precisione e di crearsi dei punti di fuga lontano dalle abitudini o dai creditori che lo legavano qui. La ritrovavamo il giorno seguente, dimenticata sul bar, con delle zone tratteggiate in rosso, qualche croce sopra il nome di un villaggio, e persino su qualche fattoria isolata – quelli che vi abitano conoscono la loro fortuna? – dei punti esclamativi.

In una nicchia sotto la scala di ferro che collegava il bar alla terrazza sul tetto, Terenzio conservava gli oggetti che lo avevano seguito nelle sue tribolazioni: la foto di una muta di setter davanti a una facciata a guglie, qualche volume di Tennyson, tutto Proust in una rilegatura di tela verde, tre anni di "Vie parisienne" e quaranta chili di vecchie registrazioni *His Master's Voice*: Alfred Cortot, l'*Orfeo* di Gluck, *Il flauto magico*. A volte si allontanava per mettere su un disco, e scompariva in quel ciarpame. Dietro alla musica, lo sentivamo spostare oggetti, disfare pile di riviste, sempre parlando da solo, rileggere vecchie lettere; e non lo si vedeva più per tutto il pomeriggio: saliva fin nel sottotetto che gli serviva da camera, per restare solo con i suoi ricordi, e qui il sonno lo sorprendeva. Un giorno che un patano veemente lo richiedeva al bar, io lo sorpresi nel suo rifugio, addormentato sopra un letto da campo malfermo, tutto raggomitolato, con un'espressione attenta, quasi seguisse al galoppo un itinerario interiore. Un grosso binocolo d'artiglieria era poggiato al suo fianco. Mi chiesi cosa poteva mai osservare dalla sua terrazza e scesi dabbasso in punta di piedi a dire a quell'imperioso cliente di ripassare in serata.

Nelle ore morte, redigendo le schede del totalizzatore, Terenzio accendeva l'altoparlante del cortile per ascoltare le sue arie preferite. Erano ammirabili registrazioni d'anteguerra, ben logorate dalla sabbia e dal sole, e riservavano qualche sorpresa. I violini, i legni, una prestigiosa voce femminile si innalzavano da una sorta di mitragliata e poi bruscamente l'ago scartava verso il centro con un graffio terribile, e la frase tagliata di netto, enigmatica come certe parcelle d'oracolo che si possono rigirare in ogni senso, se ne volava sopra il Saki. Terenzio trasaliva come se gli avessero sparato a bruciapelo e ci guardava quasi a prenderci per testimoni: questa maniera che hanno le cose di consumarsi, deteriorarsi, invecchiare alle nostre spalle lo addolorava enormemente.

In un'altra pila di dischi destinata al bar vi erano delle canzoni sentimentali americane – Doris Day, Lena Horne – vellutate e cromate, che personalmente non potevo ascoltare senza abbandonarmi subito al sogno di far soldi. Immaginavo giovani donne dai lineamenti perfetti dietro rutilanti macchine da caffè, camicie inamidate, e tanti soldi per sedurre quelle sirene. Vendere a metro, come se fosse nastro, quella libertà così poco certa. Il sogno non durava a lungo. Era la stanchezza. Bisognava dormire un po'.

Mentre mi aspetta davanti all'ufficio postale, Thierry chiacchiera con lo spazzino che ammucchia le prime foglie cadute. Poi va a fare il giro dell'edificio e di nuovo inciampa sul suo interlocutore che, non avendolo riconosciuto, gli grida: "Il tuo amico che ti cerca è andato di là". Quando a mia volta sopraggiunsi, Thierry stava già da un po' girando sulle sue proprie tracce. Era naturale; tutto girava: a poco a poco, la fatica e la mancanza di sonno introducevano nella nostra vita i meccanismi rotatori del sogno. E nessun verso di dormire, con quella luce smagliante e quelle mosche; si parla instancabilmente da un letto all'altro, si suda, si veglia; e un certo spessore si perde, si finisce per vivere di profilo. La minima emozione, un sorriso, un riflesso su una guancia, un brano di canzone vi trafiggono. E anche la febbre faceva il giro. Ogni quattro o cinque giorni: una debolezza, e brividi che mi obbligavano a venir via da sotto la macchina con la sensazione di avere il corpo coperto di foglie e di acqua sporca. Niente di serio, ma abbastanza per distrarre.

Il lavoro al garage, e poi da Terenzio, e la notte nei barattoli di vernice... Ritornavamo al Lourdes Hotel spossati e muti, senza quell'espressione che piace vedere sul viso delle persone che vi devono qualcosa. Metta, il proprietario dell'albergo, ne pagava le conseguenze: noi non aggiungevamo alcun lustro alla sua clientela. Temeva perciò di vederci stabiliti là da lui per sempre, e rispondeva con aria assente ai nostri saluti mattutini. Meglio sarebbe stato, fino alla partenza, sistemarsi sul tetto del Saki, dove Saadik e gli sguatteri dormivano su una lettiera di vecchi giornali.

Preparando i bagagli, mi accorsi che tutto il mio lavoro dell'inverno era scomparso, spazzato via dal cameriere. (Una grossa busta che avevo poggiato per terra per fare spazio sul tavolo.) Era mezzogiorno, il sole scivolava tra gli alberi: tutto riposava. Andai a rovistare con mano tremante nella pattumiera della cucina, attraversai l'office, che in ogni dove risuonava di gente che sospirava e russava, e ritrovai il fattorino che dormiva sotto una tovaglia sporca. Si ricordava, sì, aveva creduto che... Mezzo addormentato, mi guidò fino allo steccato dei rifiuti posto sul ciglio della via principale. Era vuoto; il camion della nettezza urbana con i suoi scheletrici spazzini mascherati di feltro nero era già passato all'alba, in un pennacchio di polvere, per sparir via col mio manoscritto. Nessuno all'albergo sapeva esattamente dove. Bisognava salire sul camion seguente, raggiungere la discarica, reperire il luogo in cui i rifiuti di quel giorno erano stati lasciati e cercare. Nell'attesa, ammazzare quel tempo irreversibile che avrei tanto voluto risalire per riprendere ciò che era mio. Cominciai col vomitare; poi andai a lavorare al nostro motore. Facendo a pezzi i bulloni grippati, vedevo danzare il camion dell'immondizia sopra una pista disuguale, seminando i miei fogli nella polvere assieme ai rifiuti e ai gambi del cavolo. Ricomponevo anche la prima pagina, i paragrafi, le righe più tenui, battute quando le dita si erano intorpidite, e rivedevo Tabriz, e l'ombra dei pioppi sulla terra gelata, il profilo raggelato dei malavitosi, con i berretti in testa, quando venivano a bere alla taverna armena i soldi dell'ultimo colpaccio. Tutto quell'inverno sofferto, oscuro, irrecuperabile, scritto sotto la luce del lume a petrolio o sui tavoli del bazar, dove le pernici da combattimento dormivano nelle loro gabbie, scritto da qualcuno che non ero più io.

Quella sera, al Saki, Thierry si sobbarcò tutto il lavoro. Il buon Terenzio ci serviva un bicchiere dopo l'altro. Capiva bene ciò che stavo provando; del resto, non c'era davvero nulla che egli non potesse capire. Ma io evitavo di bere, per paura di mancare il camion del giorno seguente e vedere quelle magre speranze di salvamento sepolte sotto un nuovo carico di rifiuti. Passai la notte in una poltrona, sopra il colonnato, e seminando tutt'attorno a me i mozziconi, senza che nessun sogno mi indicasse il punto preciso in cui il mio pacchetto era stato abbandonato. Alle cinque il cielo si tinse di verde mela, la chioma degli eucalipti scintillò come mercurio e poi il sole annegò ogni cosa nella sua fiumana di luce scoraggiante. Il proprietario ci portò due pale. Era stato messo al corrente della faccenda, e aggiunse anche un aneddoto: un suo amico aveva perso un manoscritto nel corso dei massacri della Spartizione – "ha passato anni interi a ricomporlo, a ricordarsi, a riscrivere... e credetemi, il risultato non era granché".

Con lo stomaco gonfio di tè bollente e le pale sulle ginocchia, ci sedemmo sul bordo della strada per attendere quelli della nettezza urbana. Cercavo di leggere un Proust trafugato a Terenzio, ma le sofferenze di Albertine non mi coinvolgevano per nulla e d'altronde la strada offriva quel giorno ben altre distrazioni. Ricorreva l'anniversario dell'Indipendenza nazionale; una folla vestita a festa defluiva verso la piazza: barbuti raggianti di gioia trasportati sul telaio di biciclette multicolori, sorrisi inestinguibili, turbanti con la piuma, piccoli sbraitoni imbrattati di zucchero fermi attorno a un ammaestratore d'orsi, e ilari contadini che facevano sedere i loro bufali tra i cannoni dell'assedio di Kabul. Una vera mattinata di festa. Eravamo bombardati di saluti stupefatti e cordiali. Il camion non venne, avendo gli autisti e i lavoranti raggiunto la festa. Un gendarme a cavallo ci indicò l'ubicazione della discarica: una decina di chilometri più in là, sulla pista di Picin; con quell'odore era impossibile sbagliarsi.

A mezzogiorno eravamo già in cantiere, nel cuore di una cerchia di monti calvi, ritti nel bel mezzo di una pianura di spazzatura nerastra, disseminata di cocci scintillanti. Enormi zaffate deleterie, regolari come il respiro di uno che dorme, salivano vibranti verso il sole e offuscavano l'orizzonte. Alcuni asini pelati trotterellavano là intorno, scavavano col muso il terreno o si rotolavano in quegli avvallamenti infetti, con dei ragli strazianti. Tutto solo in mezzo a quella pestilenza, un vecchio completamente nudo setacciava delle scorie di ferro. Lo interrogammo sul camion del giorno prima, senza molti risultati perché era muto. A ogni nostra domanda, si infilava in bocca un dito terroso e alzava le spalle. Sono stati gli avvoltoi e le aquile brune a condurci sull'immondizia più recente. Erano là in un buon centinaio, appollaiati attorno alle ultime provvigioni, digerendo il banchetto, defecando e ruttando. Gli lanciammo contro scorie, ossa, barattoli arrugginiti. Li schivavano con delle capriole ridicole e, non comprendendo nulla del perché di quella lite, ripiegavano le ali tendendo verso di noi i loro colli di carne guasta. Allora li caricammo gridando a squarciagola e brandendo le pale. Si alzarono tutti in volo in uno sventolio di panni sporchi e, poggiatisi un po' più in là, ci osservarono lavorare.

Visti da vicino, quei rifiuti esprimevano curiosamente la miseria. Diversi prelevamenti si erano succeduti – domestici, straccivendoli, mendicanti malati, cani, corvi – e li avevano completamente scremati. Francobolli, mozziconi, chewinggum, pezzi di legno avevano reso felice più di un rovistatore ben prima del passaggio del camion. Solo l'innominabile e l'informe era pervenuto fino a qui, ridotto, dopo l'ultima spazzolata degli avvoltoi, a un pastone di cenere, acido e morto, pieno di protuberanze traditrici sulle quali le pale immancabilmente andavano a cozzare. A torso nudo, con un

bavaglio sulla bocca, ficcando il naso tra zoccoli di lampade, scorze di melone raschiate fino alla fibra, fogli stracciati di giornale rossi di betel e tamponi mestruali semicarbonizzati, trattenevamo il respiro e cercavamo una pista. Ritrovammo in quei detriti come un'immagine sbiadita della struttura della città. La povertà non produce la stessa spazzatura del benessere; ogni strato sociale ha il suo letamaio, e leggeri indizi testimoniavano anche qui di quelle inuguaglianze transitorie. A ogni palata cambiavamo di quartiere; dopo i biglietti rosa del cinema Cristal, vecchi pezzi di pellicola mescolati a resti di gamberetti ci segnalarono il negozio di Tellier e il Saki Bar. Qualche metro più in là, Thierry esplorava il filone più ricco del Club Chiltan – giornali stranieri, buste di posta aerea, pacchetti di Camel già rosi dalla fermentazione – e scavava prudentemente in direzione del nostro hotel. Il calore, l'odore pestifero e soprattutto gli avvoltoi ci impedivano di rimanere concentrati; e non appena ci si fermava per riprender fiato, appoggiandosi sulle pale, quelle bestiacce trottavano verso di noi, ingannate dall'immobilità promettente, ed emettendo gridi di una sinistra contentezza, fino a che una zolla ben piazzata non li informava del loro errore. Ve n'erano altri che planavano lentamente sopra le nostre teste, proiettando su quella trincea un'ombra della taglia di un vitello, che noi preferivamo non perdere di vista. Si comprendeva senza fatica quella loro impazienza; a tener conto di ciò che stavamo rivoltando in quell'immondezzaio, non erano certo abituati bene. A metà del pomeriggio, Thierry lanciò un urlo e tutti gli avvoltoi se ne volarono via nello stesso istante. Egli brandiva la mia busta: sporca, cocente, ma vuota. In un'ora di lavoro frenetico ritrovammo ancora quattro frammenti strappati della prima pagina, poi le pale cominciarono a intaccare un aggregato nero e miserabile. Ci stavamo allontanando dal Lourdes Hotel. Inutile cercare altrove; cinquanta grandi fogli di carta solida rappresentavano un capitale il cui posto non era qui.

Arresi, trascinandoci dietro gli attrezzi, raggiungemmo la macchina con quella busta merdosa e quattro pezzetti di carta che parevano essere scuriti dal fuoco.

Sull'ultimo si poteva leggere... *neve di novembre che chiude le bocche e ci addormenta.* Qui tutto cuoceva a fuoco lento, il volante bruciava il palmo della mano, i nostri volti e le mani erano coperti dal sale della traspirazione. E la memoria rimaneva un nonnulla ottenebrato: consistenza del freddo, Tabriz, cuore dell'inverno?!? ...Avevo forse solo sognato tutto ciò.

Verso le sei, la preghiera serale interruppe per un po' la festa. La città riposava in una luce fruttata. Lungo il canale, gli sfaccendati biascicavano le loro preghiere, prostrati accanto alle biciclette poggiate a terra.

Terenzio contava sulla serata per rimettere in sesto la cassa. Tendeva febbrilmente delle ghirlande di lampadine e bandierine da un capo all'altro della terrazza. Una lavagna appesa alla porta annunciava: *Caccia al tesoro con premi*, la *Merry Maker's Band* – tre musicisti patani procurati da Braganza – e ci presentava senza modestia come *Genuine artists from Paris*.

Attaccammo con l'inno pakistano: una successione di candide terze che avevamo appena imparato per l'occasione. C'era molta gente e anche delle facce nuove; una tavolata di esiliati afghani, una vecchia armena un po' ubriaca, che indossava una veste ornata di lustrini e danzava tutta sola a lunghi passi incerti, con la testa appoggiata alla spalla di un cavaliere immaginario, mentre i passanti del vicolo vicino si accalcavano all'ingresso per godersi lo spettacolo. Si era in famiglia. Quando noi cominciavamo a essere stanchi, la Merry Maker's Band ci sosteneva con bellissimi passaggi di batteria e ci dava il cambio. Instancabilmente ci veniva richiesto *Il tempo delle ciliegie*:

> ...*Ciliegie d'amore*
> *Dalle vesti vermiglie*
> *Cadute sul muschio*
> *Come gocce di sangue...*

Terenzio traduceva per i vicini; e sostituendo "ciliegie" con "melagrane", sembravano quasi versi di Omar Khayyam. Questa limpida tristezza piaceva ai belucistani. Saadik veniva in continuazione a riempire i nostri bicchieri e ci indicava dei lindi vecchietti che si inchinavano con una mano sul cuore ai loro tavoli. Si alzava un po' di vento; l'armena si era rimessa a sedere, schiacciando le sue lacrime con il palmo sporchiccio. Il Saki non albergava più che sospiri di contentezza, barbe ben curate, turbanti nuovi e piedi al fresco.

Senza l'odore sarei riuscito a dimenticare la giornata. Ma nonostante il sapone, la doccia e una camicia pulita puzzavo di rifiuti. A ogni respiro, rivedevo quella pianura fumante e nera liberare a zaffate le sue ultime instabili molecole, per giungere infine all'inerzia elementare e al riposo; quella materia al limite delle sue pene, al termine di ogni reincarnazione, da cui cent'anni di acquazzoni e di sole non avrebbero più prodotto un filo d'erba. Gli avvoltoi che razzolavano in quel luogo nullo non mancavano certo di ostinazione; la grassa succulenza della carogna doveva essere ormai da molto tempo scomparsa dalle loro menti. Il colore, il gusto, persino la forma, frutti di associazioni deliziose ma fugaci, non erano frequenti nel loro menu. Trascurando questi orpelli passeggeri, appollaiati in piena permanenza, in pieno torpore, essi digerivano la dura affermazione di Democrito: né il dolce né l'amaro esistono, ma solamente gli atomi e il vuoto tra gli atomi.

Per non indisporre gli dei, dal cui aiuto si aspettava molto, Terenzio aveva a volte una ventata di realismo; fare fronte alle avversità, saper mediare, approfittare dell'occasione ecc. Allora organizzava una festa, o spostava in toto il Saki Bar – cioè l'orchestra, due camerieri, qualche cassa di bevande gasate e un mastello pieno di ghiaccio – fino al campo delle corse, che distava circa sei miglia, per il Gran Derby domenicale. Spedizioni patetiche; ci pigiavamo tutti in una *droshky* gialla, con la chitarra tra le gambe, e sulle ginocchia un involto di bistecche da arrostire imballate in vecchi numeri del "Karachi Tribune". I camerieri stretti l'uno contro l'altro bisticciavano teneramente, il cocchiere faceva risuonare il suo campanello d'ottone, puro e melanconico come quello di una drogheria di provincia, e pian piano, attraverso sentieri di terra elastica costeggiati da pioppi, avanzavamo verso l'ippodromo.

Installavamo la nostra buvette vicino al *pesage*, sotto una corona di eucalipti. Nell'ombra, dove riluceva il mantello dei cavalli, gli *horse-people* di Quetta tenevano le loro riunioni: grossi proprietari pakistani col viso butterato dal vaiolo che avevano dismesso i turbanti per la bombetta da caccia, e la coroncina a grani di ambra per l'occhialino. Ultime puntate in un inglese nasale attorno alle casacche rigate dei jockey. Più in là, lo sciame degli scommettitori ronzava attorno al totalizzatore, mentre noi scaricavamo le nostre bottiglie nel bel mezzo di questa miniatura Moghul ritoccata da Dufy. Lo spettacolo era bello e le corse truccate. A volte, avendo il cavallo migliore distrattamente superato il "vincitore", il suo fantino lo frenava così brutalmente che le tribune scoppiavano a ridere. Invero, ciò non diminuiva in nulla l'interesse per le scommesse; si puntava sui proprietari. Ci volevano altrettanta finezza e perspicacia.

Tra una corsa e l'altra suonavamo a più non posso; poveri arpeggi, toni bassi dispersi, sommersi dalle grida dei bambini, dai nitriti e dalle *bag-pipes* del reggimento belucistano che, dietro una siepe di gelsi, si preparava per la parata.

Non ho ricordo di folle mosse dai Continental Artists. Il cameriere si massaggiava le caviglie e canticchiava. Terenzio rileggeva *Le Côté de Guermantes* in un'edizione macchiata di gin, fingendo educatamente di scoprire quei tanghi che gli avevamo ripetuto già cento volte, o batteva il tempo con l'aria tutta presa, nella speranza di attirare qualche cliente. Vanamente. Avevamo così scarso successo anche perché il reggimento dei belucistani, proprio nell'ora della sete, non la finiva più di sfilare. E nessuno si sarebbe deliberatamente perso quello spettacolo; dietro a un capo fanfara scozzese color carota avanzavano due file di tamburi rivestiti di pelli di tigre, seguite da quaranta cornamusieri neri come l'ebano, con tanto di kilt e con le grandi cappe di tartan del colonnello Robertson, fondatore del reggimento. Infine veniva la truppa: pugnali e tracolle di bufalo incomparabili, turbanti verdi con la piuma d'argento. Sfilava con una gioia entusiasmante. Un largo sorriso fendeva ogni volto. Completamente assente quell'aria di circostanza, malmostosa e pomposa, delle sfilate nostrane. Durante la pausa, esaminai le iscrizioni che coprivano i tamburi: *Delhi, Abissinia, Afghanistan, Cina 1900, Ypres 1914, Messina, Birmania, Egitto, Neuve-Chapelle, Kilimangiaro, Persia, Le Ardenne,* e numerosi altri luoghi di triste rinomanza dove il sostegno delle cornamuse non aveva dovuto essere di troppo. Musica tonificante: tesa, incisiva, ironica, senza nessun dubbioso profumo di olocausto. Gli ufficiali britannici che il Pakistan aveva conservato al suo servizio precedevano con aria soddisfatta quel reggimento, alla cui disciplina consacravano tutti gli istanti di sobrietà. In un obliquo pulviscolo di sole sfilarono i migliori clienti del Saki Bar.

...Lucciole. Odore di foglie. Leggere ventate di frescura. Scendeva la notte. Gli ultimi purosangue, ammantati in gualdrappe persiane, avevano ripreso la via di Quetta. Neri di sonno, con le dita nervose, noi suonavamo piano piano, come un corridore che cammina ancora cento metri prima di fermarsi. Terenzio contava sospirando le bottiglie invendute. Si rimproverava già quell'incursione nella realtà; non c'era davvero bisogno di scomodarsi. Come aveva potuto cascarci di nuovo? Attorno al campo delle corse una dolce campagna quadrettata da sentieri si allungava fino al deserto. Siepi di cactus la interrompevano, e grossi alberi simili a parasoli su cui dormivano i pappagalli verdi.

Ritorno sul sedile di dietro della carretta, un vassoio di bicchieri sporchi stretto al cuore. Il cavallo, che dormiva in piedi, ci faceva fermare di tanto in tanto. Un pennacchio di vapore bianco e brillante saliva al di sopra della stazione, dove il piccolo convoglio della North Western Railway, zeppo di tè di contrabbando e di acqua potabile, si preparava a partire alla volta di Zahedan.

"Senta Terenzio, lei che è inglese..."

"Inglese? *I'd rather shoot myself...* Io sono gallese, non un commerciante, *and a very vicious man at that*," aggiungeva placido.

In effetti... Aveva, per fare un esempio, amici a sufficienza nella capitale per far tacere i suoi creditori, ma preferiva impiegare queste relazioni per ottenere prioritariamente da Karachi ceste di gamberetti freschi, di cui alla fine gettava via la metà. Servire scampi in mezzo a quel mare di sabbia al suono di una fisarmonica da balera, ecco cosa gli pareva degno di lui. Era la sua maniera di riuscire, mentre, sotto la sua gestione senza durezza, il Saki declinava come una civiltà troppo raffinata per durare. Gli amici di Terenzio almeno, pagavano i loro bicchieri, ma gli amici degli amici se ne andavano senza saldare il conto. Poi venivano i poliziotti e i bookmaker per cui ci voleva un occhio di riguardo... poi i loro amici; e al limite estremo della catena apparivano i magnaccia patani e degli sconosciuti dal turbante mal annodato che bevevano in piedi in un angolo.

Mi ricordo di una notte. Erano le due. L'ultimo avventore era andato via da tempo. Noi divoravamo sul banco del bar un pezzo di carne che Terenzio ci aveva appena arrostito, quando un tale varca la soglia a grandi falcate, passa rasente a noi senza salutare e scompare nella cucina oscura che ripiomba in un perfetto silenzio. Alto com'era, e sotto quel soffitto basso, doveva star piegato nell'oscurità, perfettamente immobile. Terenzio non aveva neppure interrotto la sua lettura. Io non mi sentivo a mio agio.

"Ma chi è 'sto tizio?"

"Come diavolo posso saperlo! Non ha neppure detto buonasera," rispose Terenzio con una punta di irritazione nella voce. Sembrava più divertito che inquieto. Sentimmo in quel momento un leggero tintinnio di pentole, poi un rumore di masticazione, e il suo viso si distese in un sorriso.

Altre ombre fameliche e furtive sarebbero venute appresso alla prima di quella sera, e ben presto l'accento di Oxford e i clienti in smoking bianco non sarebbero stati che un ricordo. Un'attrazione fedele e quotidiana traeva il Saki verso il basso; il gusto delle metamorfosi e delle sorprese, il dolore che nasce da certi abbandoni spingevano Terenzio a seguirlo.

Il giorno precedente alla nostra partenza non un solo cliente varcò la soglia del Saki. Stavamo salendo a coricarci quando due timidi colpi risuonarono al battente. Era un musicista kutchi[3] con il suo minuscolo armonium sottobraccio. Uno di quei saltimbanchi che vagabondano per tutto il Subcontinente indiano, con una scimmia grigia sulle spalle, e salassano i cavalli, pronunciano incantagioni, vivono alla giornata, di furtarelli e di canzoni, evitano i templi e le moschee e professano che l'uomo è nato per *errare, morire, imputridire ed essere dimenticato.* Lo stesso Braganza non lo avrebbe ospitato; ma Terenzio lo fece entrare e gli offrì un bicchiere. Egli si accovacciò al centro del cortile per azionare il suo strumento. La mano sinistra faceva andare un mantice sistemato di lato, mentre la destra, una larga zampa annerita dal sole, passeggiava lungo una graziosa tastiera di due ottave. La musica equivoca, allusiva, tremante copriva appena il soffio del mantice; frasi sospese in aria, pezzi di melodie che non si legavano a nulla – quando il grosso pollice pigiava due note per una – seguiti in seconda come da un'ombra fedele. Poi si mise a cantare, con gli occhi bassi, e una voce rauca che si elevava come un filo di lana rossa tra le note nasali dell'armonium. Quasi dei sospiri cantati che ricordavano in maniera sorprendente le canzoni *sevda* di Bosnia. Riscoprivamo l'odore dei peperoncini, i tavoli sotto i platani di Mostar o di Sarajevo, e gli tzigani dell'orchestra nei loro completi consunti, che si davano da fare sugli strumenti come se bisognasse liberare al più presto il mondo da un peso intollerabile. Erano la stessa tristezza sfuggente e folle, l'incostanza, il seme dell'elleboro.

Nella città di Quetta – dice una leggenda persiana – Bahrâm Gôr il Sassanide reclutò per allietare la sua corte diecimila giocolieri e musicisti tzigani che, una volta pagati, lo ingannarono e scomparvero verso l'Ovest per stabilirsi in Occidente, proprio in quelle campagne dei Balcani dove l'anno prima, nella stagione delle cicogne, noi avevamo vuotato tanti bicchieri con i loro discendenti.

Dopo una giornata spossante al garage, quel tuffo nei ricordi era il Paradiso. Il viaggio, simile a una spirale, saliva avvolgendosi su se stesso. Ci faceva segno e a noi non rimaneva che seguirlo. Terenzio, molto sensibile alla felicità, toglieva i sigilli all'ultimo suo fiasco d'Orvieto. Il tappo saltava via, aumentando di ventitré rupie il passivo del Saki. Poco gli importava. Aveva superato il grado dell'efficienza, il genere "a me non mi fregate". Mezza-paga bloccato in quel bar in rovina, carico delle confidenze di tutta una città, di debiti e di vecchi dischi di Mozart, egli viaggiava più lontano e più libero di noi. L'Asia costringe quelli che ama a sacrificare la carriera al loro destino. Fatto ciò, il cuore batte più libero, e numerose sono le cose di cui si riesce a cogliere il senso. Mentre il vino si faceva tiepido nei nostri bicchieri e Terenzio guardava camminare le stelle, immobile e attento come un uccello notturno, mi ritornava in mente un verso di Hâfiz:

*...Se il mistico ignora ancora il segreto di questo mondo
mi domando allora da chi il bettoliere può averlo appreso...*

Note

[1] Vedi: Balsan in *Ricerche nel Belucistan persiano*.
[2] La carta geografica che illustra il paese dell'amore è una citazione tratta da un celebre romanzo del Seicento francese, *Clélie*, di Mademoiselle de Scudéry [*N.d.T.*].
[3] Nome afghano delle tribù di stirpe tzigana rimaste nelle loro aree originarie.

Afghanistan
La strada di Kabul

"Il valico di Khojak? Non è una pista per voi quella!"
"È molto facile."
"Impraticabile con la vostra macchina."
"La pista è eccellente."
"La pista è molto malridotta."
"Prendete la deviazione a destra."
"Non dovete per nessuna ragione prendere a destra!"

Ecco qua un campionario delle opinioni che avevamo potuto raccogliere a Quetta riguardo al passo che collegava la città alla frontiera afghana. Sempre la stessa storia qui: gli europei che hanno percorso una pista ne esagerano a loro fantasia le difficoltà; quanto ai belucistani, non ti darebbero mai informazioni scoraggianti; contrariare il prossimo non è da loro. La cosa migliore è andare a vedere da sé, aspettandosi il peggio.

La strada del valico di Khojak è curata con ogni riguardo dall'esercito e si arrampica decisa attraverso pietraie fumanti. Ai piedi della seconda salita il nostro motore si strangolò. Davvero, se vuoi viaggiare dovresti andare a piedi! Quella macchina, l'avremmo volentieri regalata... ma a chi? Non c'era un'anima viva per trenta chilometri tutt'intorno. Pulimmo, senza crederci troppo, lo spinterogeno e le candele, regolammo l'anticipo dell'accensione. Il sole era allo zenit.

Come se non bastasse, non avevamo più sigarette. La febbre mi rendeva così maldestro che infilai la mano sinistra nella ventola, ferendomi quattro dita con un taglio profondo fino all'osso, e finendo per terra sulla strada col respiro mozzato dal dolore. Thierry mi avvolse la mano in alcuni asciugamani per fermare l'emorragia, e quella fu la sola occasione nel corso del viaggio in cui la morfina che portavamo con noi ebbe modo di essere utilizzata. E fece meraviglie: spingere, tirare, sistemare dei cunei per bloccare l'auto in discesa con quella mano fuori uso mi parve quasi uno scherzo. Alle cinque del pomeriggio eravamo in cima. Un vento fresco ci investiva la faccia. Dall'alto, scorgevamo la macchia lebbrosa della città di Shaman e l'altopiano afghano che si stendeva verso nord a perdita d'occhio, in una bruma di luce.

Laskur-Dong, frontiera afghana

Visitare l'Afghanistan è ancora un privilegio. Non molto tempo fa era un'impresa rischiosa. Non riuscendo a governare con stabilità il paese, l'armata inglese delle Indie ne chiuse ermeticamente gli accessi verso est e verso sud. Da parte loro, gli afghani si impegnarono a vietare l'accesso al loro territorio a tutti gli europei. Hanno quasi mantenuto la parola e si sono trovati assai bene. Dal 1800 al 1922, è già molto se una dozzina di temerari (disertori del reggimento del Bengala, mezzi-mistici, agenti dello zar o spie della regina travestiti da pellegrini) sono riusciti a forzare la consegna e a percorrere il paese. Gli scienziati erano meno fortunati. Non potendo traversare il passo di Khyber, l'indianista Darmesterer, specialista del folklore patano, si ridusse a cercare degli informatori nelle prigioni di Attok o di Peshawar. L'archeologo Aurel Stein attese ventun anni il suo visto per Kabul, e lo ricevette giusto in tempo per andarvi a morire.

Oggi bastano un po' di tatto e di pazienza; ma quando ci si presenta a notte fonda nel villaggio di frontiera di Laskur-Dong, sulla strada Quetta-Kandahar, muniti di questo prezioso visto, non c'è nessuno a cui mostrarlo. Né ufficio, né barriera, né controllo di nessun tipo; solo la campata bianca della pista tra le case di terra e il paese aperto come un mulino. I tre soldati che stanno bevendo, tra nugoli di falene, nella *tchâikhane*, non hanno nulla a che vedere con la dogana. Quanto al doganiere, si è, a quel che si dice, ritirato a casa per la preghiera della sera.

Thierry andò a cercarlo. Io restai in macchina, troppo stanco per muovere un solo passo. Attesa interminabile. Il villaggio era nero e caldo come un forno. Mi tenni occupato per un lungo momento osservando un camion, vertiginosamente carico di oggetti di vimini, che manovrava nella piazza, guidato da una voce di bambino; poi schiacciai un pisolino, con la testa abbandonata sulle ginocchia. Quando la febbre mi raddrizzò, vidi, incollato contro il vetro, il viso camuso di un soldato pieno di benevolo stupore, e mi riaddormentai ancor più profondamente...

Il rumore dello sportello mi svegliò di soprassalto: un vecchio mi spingeva una lanterna sotto il naso, esortandomi in un persiano veemente. Portava un turbante bianco, una veste bianca, una barba curata e, appeso al collo, un sigillo d'argento grosso come un pugno. Mi ci volle un momento per comprendere che si trattava del doganiere. Si era scomodato apposta per augurarci il buon viaggio e fornirmi l'indirizzo di un medico a Kandahar. Il suo costume, la prestanza fisica, i modi accoglienti con cui esercitava le sue funzioni mi resero quel vecchio così simpatico che gli segnalai stupidamente – per evitargli seccature – come i nostri visti fossero scaduti da sei settimane. L'aveva già notato, senza per questo esserne particolarmente scosso. In Asia non ci si attacca all'orario, e poi, perché rifiutarci in agosto un passaggio che ci era stato accordato per giugno? In due mesi l'uomo cambia così poco!

Kandahar, ore tre del mattino

Kandahar quella notte: le sue strade di terra silenziose e fresche, le bancarelle abbandonate, i platani, i gelsi storti le cui chiome facevano nell'ombra un'ombra più calda; tutto ciò, più che vederlo, l'abbiamo forse sognato. La città non emetteva un sospiro. Solamente qua e là, il fremito del *gjiu* o lo sghignazzare di una cornacchia svegliata dai nostri fari.

A me, era soprattutto dormire che interessava. Mentre gironzolavamo a dieci all'ora alla ricerca di un hotel, e le stelle si spegnevano una a una, la parola "Kandahar" assumeva via via la forma di un cuscino, di un piumino, di un letto profondo come il mare in cui sdraiarsi, ad esempio, per cent'anni.

Hotel di Kandahar

Fu l'arrivo del medico che mi svegliò. Un italo-greco, credo. Ma guarda! Me l'ero immaginato tutto diverso. È invece un grosso Romeo attivissimo, in shorts e sandali, con una di quelle belle facce imperiose che diventano così imbarazzanti quando l'espressione non riesce a riempirle. Si indovina un rivolo di vita interiore ben poco all'altezza di quel viso pomposo, come un umile cortiletto dietro una porta a frontone. E lui stesso pare ne sia impacciato e si muove senza naturalezza. Percorre a gran passi la camera, altezzoso e incerto, afferra con forza una sedia, si siede a cavalcioni e mi lancia un: "E allora!" meravigliosamente marcato. Io mi spiego, con l'economia che impone la stanchezza, ma questa placidità non fa proprio al caso del dottore. L'assenza di enfasi lo disorienta. Ha azzeccato l'entrata in scena grazie a un certo tono virile, provvidenziale, e che non sa come mantenere desto se noi non gli diamo corda. Ne viene fuori, infine, esaminandomi ruvido: la mano? Tempo due settimane e non si vedrà più nulla; la febbre? Una semplice malaria *vivax*, una sciocchezza che guarisce come niente, non facciamola tanto lunga. Può capitare di peggio; lui stesso più di una volta... Quando si accorge che io sto guardando la curiosa cicatrice che ha alla base del collo, si interrompe, sorride, dice laconicamente: "troppo violino" come un soldato della vecchia guardia, mostrando una manica vuota avrebbe detto: "Austerlitz"; poi mi fissa con un'intensità del tutto superflua, come se conservasse la segreta speranza di essere provocato, ferito in un punto vivo a noi ignoto, e di poter uscire con altrettanto scalpore di come era entrato. Ma io esco appena da trenta ore di sonno e non ho proprio voglia di insultare chicchessia. Ben lungi dall'offenderlo, gli facciamo festa, complimentandoci del suo francese, offrendogli qualche sigaretta belucistana mentre lui canticchia, con aria assente, battendo il tempo sulla sedia.

Ciò che lo mette a disagio in quel ruolo in cui ancora si costringe, è non sapere esattamente con chi ha a che fare. Sento che cerca di "classificarci", per poterci poi parlare con il linguaggio che riterrà essere il nostro. E vedo i suoi occhi curiosare per la camera, interrogare il nostro bagaglio, soffermarsi sui vestiti gettati ai piedi del letto, e temo che il suo tono divenga bruscamente confidenziale, volgare, familiare. Alcuni oggetti – il cavalletto di Thierry, il mio registratore – lo costringono ancora al dubbio, impedendogli di fare una scelta. Ma il tempo stringe, sono già dieci minuti buoni che è entrato da noi. Lo prende una sorta di panico; rinuncia, e all'improvviso la maschera di Colleoni lascia il posto a un viso di dimensioni più modeste, da cui trapelano sollievo, solitudine

e giovinezza. Un altro personaggio si fa spazio: competente, vulnerabile, affamato di compagnia, che parla di prestarci libri, di venire a scambiare quattro chiacchiere, di curarmi gratis. D'improvviso, tutto gli sembra facile: non tormenta più la sigaretta il cui fumo sale dritto nel sole levante. Mi preleva del sangue e prepara gli esami senza smettere di monologare. Ci piace Wilde? Giustamente lo sta traducendo in italiano nei momenti d'ozio. E Corelli? C'è quel famoso *Concerto di Natale*, la cui dolcezza sovente gli viene in aiuto. Il fatto è che lui è un *artista*, ce l'aveva già detto? Ha con sé quantità di dischi a cui si consacra con una passione così esclusiva che la sua giovane sposa ha rinunciato a raggiungerlo qui. Meglio così: le donne non capiscono nulla delle passioni estreme. Egli dunque passa le notti da solo, all'ultimo piano del suo ospedale, a scrivere, accompagnato da quelle onde di armonia, un romanzo afghano, un grande affresco psicologico, il cui intrigo gli pare così ingegnoso che non sa ancora se confidarcelo. Da anni vi lavora; è il suo tormento. Portata a termine l'opera, potrà uccidersi...

"Cosa?"

Potrà... esattamente. Si è appena fatto scappare quella parola ed è già pentito. Ma è troppo tardi; ha visto prodursi in noi come l'ombra di un sorriso che lo ha rituffato irrimediabilmente nel suo esibizionismo. La mascella si protende, la fisionomia si irrigidisce. A proposito di Mozart, rieccolo tutto togato e pedante, canterellando sfrontatamente dei motivi, gettandoci sotto il naso alcuni numeri di "Köchel" che non ci dicono proprio nulla, bocciandoci su infimi dettagli di orchestrazione. Un vero e proprio esame. Siamo davvero degli amabili svitati che folleggiano in Asia! Bene bene. Non scordiamoci però che, dal canto suo, lui ha spinto l'amore per l'Arte e il violino fino a ferirsi sul collo. E mica un violino ordinario, badate bene! Uno dei cinque Amati d'Italia, che non viaggiano che tra due carabinieri.

Ma il tempo passa, ecco che si è troppo attardato con noi e che il lavoro lo chiama. Qualche montagna da spostare, nessun dubbio. Ci lancia uno sguardo indagatore, attraversa la camera con l'aria di scavalcare un cadavere a ogni passo e ci lascia con un breve sorriso.

"Spero per te che non scriva troppo velocemente," disse Thierry richiudendo la porta.

Bravo medico, nonostante tutto ciò; e rifiutò risolutamente di sentir parlare di onorario. Ritornò molte mattine di seguito. Sempre come un ciclone, febbrile, riempiendo tutta la camera col suo magnetismo fuori luogo, la sua aria di purosangue tormentato dai tafani, e correndo dietro, con una tenacia che costringeva al rispetto, al personaggio enigmatico e nietzschiano che era così preoccupato di incarnare. Troppa solitudine, senza dubbio. Avrei voluto vederlo guardarsi allo specchio. In mancanza di ciò, lo osservavo dal fondo del letto con una sorta d'invidia. A conti fatti, quel narcisismo ansioso era preferibile all'apatia a cui la fatica mi aveva ridotto.

La febbre andava e veniva.

A sera, con una debolezza da ubriaco nelle gambe, andavo a sedermi in un angolo della piazza principale. Il vapore dei samovar e il fumo dei narghilè salivano nel cielo calmo, e una punta di giallo annunciava l'autunno. La città fresca e sonora traboccava di fichi e di uva come un paniere. Sapeva di tè verde e di untume di lana. Le vespe folli di zucchero rigavano con traiettorie impazzite la penombra delle *tchâikhane*, sopra i crani rasati, i turbanti, i berretti di astrakan, i volti collerici e taglienti. Di tanto in tanto, un gregge di capre o un fiacre color giunchiglia attraversavano la piazza in una nuvola di polvere. Un po' la Persia orientale, con in più quella vitalità caparbia dei popoli di montagna, e in meno quella stanchezza che i persiani risentono dal loro passato troppo lungo, quella specie di erosione morale che, laggiù, frena l'ambizione, smussa gli slanci e finisce per logorare Dio stesso.

La notte tornava e riportava la febbre. Le voci, i negozi, le sagome e le luci si mettevano allora a girare come le pale di un mulino, portandosi via ben presto il tavolo a cui mi aggrappavo, con le orecchie ronzanti e una pozzanghera di sudore sotto ogni gomito, troppo fragile per contrapporre alle impressioni quella resistenza che permette loro di imprimersi nella memoria. Rivedo comunque assai nettamente il piccolo monumento al centro della piazza e, tutt'intorno, la folla bianca degli sfaccendati che passa e ripassa con un'allegria discreta davanti a sei cannoni "presi agli inglesi".

La malaria non è più pericolosa di un'influenza molto forte; il primo venuto fra i medici ve lo confermerebbe. A ogni modo, essa approfitta della sua reputazione. Vi trasforma in esseri tremolanti, deboli e desiderosi che ogni cosa vi sia resa facile. Non si pensa che a dormire; e il letto è buono. Ma ecco, ci sono le mosche!

Avrò vissuto a lungo senza sapere granché dell'odio. Oggi odio le mosche. Il solo pensiero mi fa venire le lacrime agli occhi. E un'intera vita spesa alla loro distruzione mi sembrerebbe il migliore dei destini. Le mosche d'Asia, s'intende, perché chi non si è mosso dall'Europa non ha voce in capitolo. La mosca d'Europa si limita ai vetri, agli sciroppi, e ripara nell'ombra dei corridoi. A volte si perde persino sopra un fiore. Non è più che l'ombra di se stessa, esorcizzata, vale a dire innocente. Quella d'Asia invece, viziata dall'abbondanza di ciò che muore e dalla trascuratezza di ciò che è vivo, è di un'impudenza sinistra. Caparbia, accanita, nero bruscolo di un materiale schifoso, essa si leva all'alba e il mondo è suo. Alzatosi il giorno, non c'è più sonno che tenga. Al minimo istante di riposo, vi scambia per un cavallo schiattato e attacca i suoi angoli preferiti: commessure labiali, tessuti connettivi, timpani. Vi sorprende nel sonno? Eccola che si avventura, impazzisce e finisce per esplodere in un modo tutto suo nelle mucose più sensibili delle narici, rimettendovi bruscamente in piedi sull'orlo della nausea. Se poi ci fosse qualche ferita, ulcera o punti di sutura malchiusi, si potrebbe forse comunque riuscire ad appisolarsi un po', poiché essa andrà a posarsi là, subito, e bisogna vedere quale immobilità inebriante prende il posto dell'abituale e odiosa agitazione. Si può allora osservarla con comodo: non ha stile alcuno, evidentemente, mal carenata com'è; ed è meglio poi tacere di quel suo volo spezzato, erratico, assurdo, fatto apposta per tormentarvi i nervi – la zanzara, di cui pure si farebbe volentieri a meno, è un'artista al confronto.

Scarafaggi, ratti, corvi, avvoltoi di quindici chili che non avrebbero il fegato di ammazzare una quaglia; esiste certo un sottomondo che vive di carogne, e tutto nel grigio o nei bruni sputacchiati: manica d'indigenti dai colori pietosi, dalle livree di subalterni, sempre pronti a darsi da fare se capita un'occasione. Ma questi domestici pure hanno i loro punti deboli – i ratti temono la luce, lo scarafaggio è timoroso e un avvoltoio non starebbe certo nel cavo di una mano –, cosicché senza difficoltà la mosca si dimostra superiore a questa marmaglia. Niente la può fermare, e sono convinto che passando al setaccio l'etere vi troveremmo ancora qualche mosca.

In ogni dove in cui la vita cede, rifluisce, ecco la mosca che si affaccenda in orde meschine, a predicare il peggio – e falla finita... rinuncia un po' a queste derisorie palpitazioni e lascia che ci pensi il solleone – con un attaccamento da infermiera e quella maledetta pulizia delle zampe.

L'uomo è troppo esigente: si immagina una morte eletta, perfetta, personale, coronamento e punto riassuntivo della sua vita. Ed egli vi lavora anche, e a volte l'ottiene. La mosca d'Asia non entra in questi distinguo. Per quella schifosa è davvero lo stesso se sei morto o vivo, e basta osservare il sonno dei bambini del bazar (sonno di massacrati sotto sciami neri e tranquilli) per rendersi conto che essa mescola tutto a suo piacere, da perfetta ancella dell'informe.

Gli antichi, che vedevano chiaro in molte cose, l'hanno sempre considerata creatura del Maligno. Ne possiede tutti gli attributi: l'ingannevole insignificanza, l'ubiquità, la proliferazione fulminante e più fedeltà di un mastino (molti vi avranno piantati quando lei sarà ancora là).

Le mosche avevano i loro dei: Baal-Zeboud (Belzebù) in Siria, Melkart in Fenicia, Zeus Apomyos d'Elide, ai quali si offrivano sacrifici e che erano pregati insistentemente affinché andassero più lontano a pascere i loro infetti armenti. Durante il Medioevo si pensava che nascessero dallo sterco, o resuscitassero dalla cenere; e le si vedeva uscire dalla bocca del peccatore. Dall'alto del pulpito, san Bernardo di Chiaravalle le fulminava a grappoli prima di celebrare l'uffizio. Lo stesso Lutero assicura in una delle sue lettere come il Diavolo gli inviasse le mosche per "lordare di escrementi le sue carte".

Nelle grandi epoche dell'Impero cinese si è legiferato contro le mosche, e io sono persuaso che tutti gli Stati potenti e vigorosi si siano, in un modo o nell'altro, occupati di questo nemico. Si prende in giro a ragione – ma anche perché è di moda – l'igiene morbosa degli americani. Ma il giorno in cui con una squadriglia zavorrata di bombe al DDT hanno stecchito in un sol colpo tutte le mosche della città di Atene, i loro aerei navigavano esattamente nel solco di san Giorgio.

Strada di Mukur

In Afghanistan non ci sono ferrovie, ma qualche strada in terra battuta di cui è luogo comune dire male. Io non mi associo a questo coro. Quella che sale da Kandahar a Kabul è seminata di sterco fresco, di orme di zoccoli e di quelle tracce di cammello che lasciano nella polvere delle specie di larghi quadrifogli. Si snoda tra ampi versanti che si allungano sotto il cielo d'alta quota. L'aria di settembre è trasparente, lo sguardo si perde nelle lontananze; domina il vivace bruno della montagna interrotto qua e là da un volo di pernici, un mazzetto di pioppi di cui si distingue ogni foglia, o dalle volute di fumo di un villaggio. Nei punti in cui l'acqua lo consente, qualche albero stento fiancheggia la strada; si passa allora sopra un tappeto di nespole, o di piccole pere ingiallite che si frantumano, che profumano, e il cui odore veemente basta a trasformare quelle solitudini in campagne.

Solitudini? Non del tutto. Certo, la presenza dell'uomo è poca cosa rispetto alla forza della natura, ma non passa ora senza che ci si imbatta in uno di quegli alti camion dipinto come un giocattolo di blu pervinca, di verde pistacchio, e che sembra brillare in tutto quel bruno. Un contadino sul suo asino, con una falce calda di sole sotto il braccio. Un porcospino. O un gruppo di gitani kutchi accampati sotto a un salice con orsi e cocorite, e due scimmie vestite con gilè rossi ornati di sonagli, mentre le donne – grosse megere vociferanti – si danno da fare attorno a un fuoco che non vuole accendersi. Ci fermiamo, ci divertiamo con loro così come loro con noi, ripartiamo.

C'è, tra un incontro e l'altro, esattamente l'intervallo necessario; e la strada si mantiene abbastanza percorribile per viaggiarci a trenta chilometri all'ora. E poi, niente ci mette fretta ed è così bello bighellonare di buon mattino, col tettuccio aperto, il gomito fuori dal finestrino, parlando poco e impregnandosi di quella selvatichezza rustica.

A quell'andatura, può ben accadere che, giunta la sera, non si sia scalato che un piccolo passo. Ma null'altro ci passa per la testa. Il passo è diventato una sorta di proprietà. A cena ne riparliamo; poi ci dormiamo su, ce lo sogniamo. In pieno notte, la carovana sorpassata nella salita raggiunge la tappa, scarica i materiali e libera gli animali dai basti, con una confusione di lanterne e di voci che inevitabilmente ci svegliano: ed è ancora del passo che si sta parlando. Eppure non merita neppure una menzione sulla carta, e le montagne veramente degne di questo nome sono ancora lontane, là a nord. Non si tratta che di una quarantina di rampe che attraversano alpeggi ingialliti, con in cima una moschea di pietre a secco il cui stendardo verde schiocca come un moschetto nel vento. Alla fin fine, si è spesa tutta la giornata per raggiungerlo, traversarlo e appropriarsene. Qui in Afghanistan, prendersi il tempo necessario è il mezzo migliore per non perdere tempo.

Saraï

Il proprietario della *tchâikhane* di Saraï fa uso di una pubblicità senza giri di parole: un tronco messo di traverso sulla strada. Ci fermiamo – come evitarla? – e scorgiamo allora, sotto una pensilina di foglie secche, due samovar che fumano tra ghirlande di cipolle, e teiere decorate di rose sistemate in fila sul braciere; raggiungiamo poi all'interno altre vittime del tronco che ci concedono un momento di attenzione cortese per riprendere subito dopo la loro siesta, o partita di scacchi, o pranzo.

Bisogna proprio conoscere l'abominevole indiscrezione che regna in altre regioni dell'Asia per misurare quello che ha di eccezionale e di apprezzabile questa riservatezza. Si pensa qui che testimoniare troppo interesse o cordialità nuoccia all'ospitalità. Secondo una canzone popolare afghana, personaggio grottesco è colui che riceve il suo ospite domandandogli da dove viene, e poi lo "subissa di domande".

Avendo a che fare con degli occidentali, gli afghani non cambiano di una virgola le loro abitudini. Nessuna traccia di poltroneria, né di quell'astuto "psichismo" che vi oppongono certi indiani mediocri. Effetti dell'alta montagna? Direi piuttosto che dipende dal fatto che gli afghani non sono mai stati colonizzati. Per due volte gli inglesi li hanno battuti, hanno forzato il passo di Khyber e occupato Kabul. Per due volte, gli afghani hanno impartito a quelle stesse truppe inglesi una lezione memorabile, e riportato in parità l'esito degli scontri. Dunque, nessun affronto da lavare, né complesso da cui guarire. Uno straniero? Un *firanghi*? Un uomo, alla fin fine! Gli si fa posto, si sta attenti a che sia ben servito, e ognuno ritorna alle proprie faccende.

Quanto al tronco, che non lascia proprio alcun posto all'incertezza, è il buonsenso materializzato. Come resistere alla strampalata comicità di un simile espediente? Eravamo pronti a tutto. Ma non è davvero il caso: il tè bollente, il melone maturo al punto giusto, il conto modico; e, venuta l'ora della partenza, il proprietario si alza e va cortesemente a spostare la sua trave.

Kabul

Quando il viaggiatore venuto dal Sud scorge Kabul, la sua cinta di pioppi, le montagne viola fumiganti di un sottile strato di neve e gli aquiloni che si librano nel cielo autunnale sopra il bazar, pretende di essere arrivato in capo al mondo. Ne ha invece appena raggiunto il centro, ed è ciò che afferma persino un imperatore.[1]

Il principato di Kabul è situato nel quarto clima e si trova perciò nel centro del mondo abitato... Le carovane che provengono dal Kashgar, da Fergana, dal Turkestan, da Samarcanda, da Bukhara, da Balkh, dal Badakhshan raggiungono tutte quante Kabul... Kabul è il punto di mezzo tra l'Hindustan e il Khorasan, e ospita uno dei più convenienti mercati di queste zone. Quand'anche i suoi commercianti facessero il viaggio del Cathay o del Ruin (della Cina o dell'Asia Minore) non riuscirebbero a realizzare profitti migliori... ci sono a Kabul molti mercanti che non si contentano di un guadagno di trenta o quaranta su dieci.
I frutti a Kabul città e nei villaggi del circondario sono l'uva, le melagrane, le albicocche, le mele, le mele cotogne, le pere, le pesche, le susine, le mandorle; abbondano le noci. I vini danno subito alla testa... Il clima di Kabul è delizioso e

non c'è altro paese al mondo sotto tale aspetto che possa esserle comparato. Anche Samarcanda e Tabriz sono rinomate per il clima, ma vi fa molto freddo...

La popolazione del principato di Kabul è molto varia: nelle vallate e nelle pianure ci sono turchi, aimak e arabi. Nelle città, si trova in maggioranza la popolazione dei sarti; in altri villaggi del distretto vivono anche tagiki, bereki, afghani. Si parlano, nel principato, circa undici o dodici lingue, come l'arabo, il persiano, il turco, il mongolo, l'hindi, l'afghano... in nessun altro paese del mondo si ritrova una simile diversità di popolazioni e d'idiomi...

Già che c'è, l'imperatore Bâbur enumera anche le trentatré specie di tulipani selvatici che crescono sulle colline attorno alla città, e i numerosi ruscelli che egli stima in termini di "mulino", mezzo-mulino, un quarto di mulino. Ma non si ferma neppure a tanto, e il suo minuzioso inventario prosegue su almeno altre dieci pagine delle *Memorie* che egli redasse in turco giakatai dopo essersi rifugiato nel paese di Kabul (1501) ed esservisi imposto quasi senza colpo ferire. A quel tempo non aveva ancora vent'anni, e nulla gli era andato bene: i parenti l'avevano spogliato dell'appannaggio di Fergana; i principi uzbeki di Samarcanda gli davano la caccia; lui stesso si logorava ormai da anni a ordire intrighi infruttuosi, a radunare partigiani, battersi, fuggire senza posa, dormire all'addiaccio sotto il fiato dei cavalli e in compagnia di pochi fedelissimi.

A Kabul, per la prima volta, poté dormire tranquillamente. Se ne innamorò subito. Ne riparò la cinta muraria, vi creò dei giardini, aumentò il numero dei bagni turchi, fece scavare delle vasche ornamentali – ah, la passione musulmana per l'acqua corrente – e piantare nuove vigne per quelle bevute che tanto gli piacevano e per cui pagava di persona.

Dovette trascorrere lunghe giornate a cavalcare, col falcone sul pugno, in quei frutteti del Kabulistan pieni di pernici e di tordi; e serate ancora più deliziose, seduto sotto un melo o sul tetto piatto di una piccionaia, a fumare hashish aspettando la notte, scambiare indovinelli ed epigrammi con i più svegli fra i suoi compagni, o a inventare con attenzione qualche verso – in virtù di quel gusto persiano del "saper ornato" così caro ai Timuridi – per non dover arrossire davanti al suo vicino, il principe di Herat, la cui corte era tanto letterata "che non ci si poteva metter piede senza pestare le natiche di un poeta". Tal genere di ricordi legano intensamente a un luogo; e quando Bâbur si fu ritagliato nell'India un impero alla sua altezza, le rendite di due miliardi e cinquecento milioni di rupie – e qui noi spalanchiamo tanto d'occhi – non lo consolarono di aver lasciato Kabul. Tutti i suoi soldati, e lui per primo, ne avevano nostalgia. Si affrettò del resto a inviarvi due cavalieri incaricati di misurare la distanza esatta che divideva Kabul da Agra, e organizzare, lungo tutto il percorso, un cambio di cavalli e di cammelli che permettessero di percorrerlo più velocemente. Per anni fece dunque istradare verso la nuova capitale del vino d'Afghanistan, e dei meloni il cui profumo lo faceva "piangere proprio sul serio". Ma troppe questioni lo trattenevano in India perché egli potesse rivedere mai Kabul. Non vi ritornò che da morto. La sua tomba è situata in un giardino a ovest del bazar, all'ombra di giganteschi platani.

È un privilegio per una città l'ammaliare così un uomo di tal sorta. Fino all'irragionevolezza. Lui, di solito così circospetto, riporta candidamente nel suo scritto tutte le favole e le leggende che la riguardano: Caino l'avrebbe costruita con le sue mani, Lemek, padre di Noè, vi sarebbe sepolto, Faraone l'avrebbe popolata con la sua discendenza...

Ma quanto al "centro del mondo", dobbiamo proprio dargli ragione. Questa pretesa, formulata in ogni dove, per una volta si trovava a essere giustificata. Per secoli la provincia di Kabul, che domina i valichi dell'Hindukush e quelli che discendono verso l'India, ha funzionato da setaccio tra le culture dell'India, dell'Iran ellenizzato e, attraverso l'Asia Centrale, della Cina. Non è certo un caso che i Diadochi, che vi si sono trattenuti così a lungo, tributassero un culto all'Ècate-a-tre-teste che è la dea degli incroci; e quando all'alba dell'era cristiana, Hermaios, l'ultimo reuccio greco d'Afghanistan, incide il diritto delle sue monete in scrittura hindi e il rovescio in cinese, questo crocevia pare sul serio diventare quello del "mondo abitato".

D'altronde, quanta gente di passaggio, dal tempo dei macedoni di Alessandro, che gridano "Dioniso" a ogni arpento di vigna incontrato e credono già di essere tornati a casa! I cinquecento elefanti che Seleuco Nicatore ha comprato in India per battere i suoi rivali dell'Ovest; carovane cariche di avorio lavorato, di vetri di Tiro, di profumi e cosmetici iraniani, di dozzinali statuette di Sileno o di Bacco fabbricate in serie negli atelier dell'Asia Minore; cambiavalute, usurai, zingari; il re mago Gaspare, forse un re indo-parto del Punjab di cui i redattori degli *Atti di san Tommaso* avrebbero storpiato il nome; nomadi sciti o kushan, scacciati dall'Asia Centrale, che arrivano a briglie sciolte e si affrettano, per la gioia degli archeologi e dei numismatici, a seppellire disperatamente i loro gruzzoletti. Altri mercanti. Un semplice curioso come ce ne saranno in ogni tempo, seguito da un domestico e che prende appunti (che un giorno forse saranno ritrovati). Nessuno storico, purtroppo. Buddhisti cinesi che, borbottando, tornano a casa dal loro pericoloso pellegrinaggio in India, con i bagagli zeppi di testi sacri. Altri nomadi, degli Unni questa volta, che fanno l'effetto di bruti ai primi, che nel frattempo si sono civilizzati...

Poi l'islam rigido e senza memoria. Correva il VII secolo. In seguito, questo crocevia ne vedrà passare molti altri; ma io mi fermo qui. Che il viaggiatore di oggi, conscio di arrivare dopo tutta questa gente, si presenti dunque con la dovuta modestia, e senza sperare di stupire nessuno. In questo modo sarà ricevuto con ogni riguardo dagli afghani, la maggior parte dei quali, del resto, ha completamente dimenticato la propria storia.

Nei confronti dell'Occidente e delle sue seduzioni l'afghano conserva una bella indipendenza di spirito. Lo considera un po' con lo stesso interesse prudente con cui noi occidentali guardiamo all'Afghanistan. Lo apprezza anche, ma da lì a esserne intimidito...

C'è a Kabul un piccolo e mirabile museo dove sono esposte tutte le scoperte degli archeologi francesi che, dalla proclamazione dell'indipendenza del paese, scavano in Afghanistan. Ci sono anche altri oggetti. Un po' di tutto: frammenti di collezioni, una donnola impagliata, monete ritrovate nel corso della riparazione delle fogne, cristalli di rocca. Al piano terra, in una vetrina un po' in disparte e dedicata ai costumi, si poteva vedere nel 1954, tra una gonna di piume maori e il cappotto di un pastore del Sin-kiang, un pullover arcicomune con su la scritta IRLANDA, o forse BALCANI. Rosso anilina, e certamente lavorato a mano, ma un pullover... mio Dio! Come lo si può vedere da noi sul tram in ottobre. Esposto per distrazione? Spero bene di no! In poche parole, l'ho guardato a lungo, con particolare attenzione, e confesso che da un punto di vista oggettivo la civiltà rappresentata da quella camiciola vinaccia faceva una ben misera figura di fianco alle piume di un uccello del paradiso e alla pelliccia kazaka. Per decenza, non si poteva che esserne desolati. In ogni modo, non si era per nulla tentati di visitare il paese dove degli uomini indossavano quel "coso".

Quella presentazione degli oggetti mi ha incantato: avevo

l'impressione che mi avessero giocato uno di quei tiri alla Swift, che danno il batticuore e fanno fare un balzo all'intelletto. D'altronde, un pizzico di afghanocentrismo era il benvenuto dopo ventiquattro anni di questa Europa che ci fa studiare le Crociate senza parlarci dei mamelucchi, scoprire il Peccato Originale in mitologie dove non c'entra per niente, e interessarci all'India a partire dal momento e nella misura in cui delle compagnie di mercanti e qualche intrepido furfante venuto dall'Ovest ci hanno messo sopra le mani.

A una settimana dal nostro arrivo siamo tutti e due malati. Prima o poi, necessariamente, dovevamo pagare la traversata del Lut, il logorio nervoso di Quetta e le veglie del Saki Bar. Ci ritroviamo senza più interesse per nulla, senza capacità di ripresa, spenti. Inclini a veder tutto a tinte fosche, attenti soprattutto a ciò che non va bene. L'idea di recarsi, in quello stato, a importunare gente per piazzare conferenze o acquerelli non ha nulla che ci rallegri. E cominciavamo ad avere un po' di paura, quando la fortuna ci fece capitare su un medico svizzero, esperto alle Nazioni Unite, che viveva solo a Kabul e che ci propose di abitare da lui il tempo necessario – cioè molto – per ristabilirci. Un uomo aperto a tutto, generoso, gentile, scrupoloso nonostante un'aria di distrazione perpetua, e come imbarazzato della sua stessa gentilezza. Davvero l'opposto del medico di Kandahar che la metteva giù dura. Egli, al contrario, quando parlava teneva la testa piegata in modo tale che sembrava rivolgersi al suo taschino, come se dubitasse di ciò che affermava. Con ciò, amava ridere, e ci curava molto bene. In breve, un amico.

Grazie a questo provvidenziale aiuto, conservo di Kabul un ricordo che si avvicina al delizioso ritratto che di essa traccia Bâbur. Una sola riserva: l'odore di grasso di pecora che impregna letteralmente la città,[2] e che si fa insopportabile quando il fegato comincia a dare qualche fitta. E un solo ritocco: il vino. Ai tempi di Bâbur scorreva a fiumi, la Legge era quotidianamente trasgredita e non si potevano contare gli ubriachi addormentati, i quali, con il turbante sfatto, smaltivano la sbornia sull'erbetta di un prato. Oggi, nonostante una delle migliori uve del mondo, gli afghani sono ritornati all'astinenza. Non una goccia d'alcol a Kabul. Solo i diplomatici avevano il permesso di importare vino; gli altri stranieri erano costretti ad acquistare l'uva del bazar a quintali e a prepararsi da sé la propria riserva. I francesi avevano lanciato la moda, seguiti a ruota da qualche austriaco. Venuto settembre, geologi, professori e medici si trasformavano in vignaioli. Ci si aiutava tra vicini per pigiare i grappoli o per mettere il mosto nelle damigiane. Nelle cene facevano la loro comparsa sulle tavole delle bottiglie di un vino bianco, sigillato con la cera, dal gusto di manzanilla, decente, a volte un po' troppo secco, ma in ogni caso – vi si sussurrava all'orecchio riempiendovi il bicchiere – superiore a quello del caro Z. o del povero B. Tuttavia le bottiglie migliori rimanevano sempre quelle del cappellano dell'ambasciata d'Italia, che da anni si era fatto la mano fabbricando il vino per la messa, e che distribuiva ai più meritevoli le bottiglie che aveva omesso di benedire.

Per avere nel corso dei secoli abbondantemente depredato i vicini, gli afghani hanno sospettato a lungo lo straniero di voler fare altrettanto a casa loro. Senza sbagliarsi molto, del resto. Agli europei, nel corso del XIX secolo, si sparava a vista. È solo nel 1922 che si sono socchiuse un po' le porte, per lasciarne passare qualcuno. Tale eclettismo ha i suoi vantaggi, perché laddove l'Occidente è incapace di imporre i suoi trafficanti, i caporioni e la paccottiglia, si rassegna a inviare uomini d'ingegno – diplomatici, orientalisti, medici – che hanno curiosità, tatto, e capiscono molto bene come si può essere afghani.

Così la piccola comunità occidentale di Kabul offriva molta varietà e fascino con le sue risorse umane: etnografi danesi che scoprivano, a due giorni dalla città, valli dove nessun occidentale aveva mai messo piede; inglesi a loro agio in quel ruolo di antichi avversari che sanno incarnare così bene in Asia; alcuni esperti delle Nazioni Unite e soprattutto francesi, che davano a quella società il suo centro e il suo buonumore. Questi francesi – più o meno una quarantina – gestivano una sorta di club, in fondo al giardino di un prete, dove, una volta a settimana, si poteva andare a bere qualcosa di fresco, ascoltare dischi, servirsi della biblioteca e incontrare uomini bizzarri, che conoscevano a meraviglia il paese e ne parlavano senza pedanteria. Un'accoglienza deliziosa, un po' di animazione e tanta buona grazia. Dopo quattordici mesi passati sulla strada, e senza una lettura, riscoprii che cosa fosse il piacere di ascoltare, ad esempio, un archeologo, appena tornato dal suo scavo di Arachosia o Bactriana, e dunque ancora tutto entusiasta dell'argomento, che si animava, col bicchiere in mano, prorompendo in meravigliose digressioni sull'iscrizione di una moneta o la lavorazione di una statuetta. C'erano diverse donne piene di spirito, e altre anche graziose che andavamo a guardare da vicino; per non dire di quelle signore che – non perdendo mai la provincia i suoi diritti – esattamente come poteva succedere a Montargis o a Pont-à-Mousson, questionavano per infime ragioni di precedenze, di sguardi corrucciati, di futilità. In breve, un ambiente vivace, buffo, interessante, i cui personaggi avevano sufficiente libertà di spazio per affermarsi, e sembravano usciti da Beaumarchais, da Giraudoux o da Feydeau.

A volte, un eccesso di bovarismo, un vociare divertito o una "passione" che i colpevoli – si spettegolava in quel microcosmo – andavano ad appagare a Lahore o a Peshawar, espiando in anticipo il loro traviamento e la loro colpa sui trecento chilometri di abominevole pista che li separava dalla frontiera.

Quassù i conflitti ideologici sembrano riportati a un livello provinciale, e i diplomatici russi meno abbottonati che altrove; legati forse a quell'immagine di grande vicino agricolo e bonaccione, con cui si sforzano di apparire alla frontiera ossidiana. Potevamo vederli quando si recavano in gruppo dal barbiere, di fronte all'unico cinema della città, in una vecchia Ziss a reticelle color limone che sobbalzava sul fondo stradale dissestato sollevando una nuvola di polvere. Lì, tra il clicchettio delle forbici, si rilassavano un po', azzardavano qualche frammento di conversazione, seri, testardi (con i loro cappelli di paglia calati dritti sugli occhi e i nodi della cravatta grossi come un pugno), cercando goffamente qualche forma di simpatia elementare, che nessuno si sognava di rifiutar loro.

Li si incontrava anche a casa di J., un dentista tedesco con una moglie talmente carina che, malgrado il trapano a pedale e la sistemazione rudimentale, il suo studio era sempre pieno. Ma qui li si trovava sulla difensiva: mancava loro l'atmosfera conciliante, il terreno neutro del negozio afghano. Quell'anticamera rappresentava già l'Occidente con le sue trappole. Leggevano dunque, senza mai sollevare il naso dalle pagine, numeri dell'"Ogonek" disposti per loro sul tavolo; e non saltavano una virgola, scorrendo accuratamente le pagine pubblicitarie, la cronaca, la dottrina, per giungere infine, meritata oasi, alle foto a colori di un kolchoz turkmeno dove un contadino in costume, con gli stivali lucidi come specchi, manovrava il suo trattore davanti all'obiettivo, rivolgendo un gran sorriso ai lettori. Aspettavamo a lungo, seduti gli uni di fronte agli altri. Dopo un po' provavamo compassione per queste persone che non sapevano più ridere e, proprio per questo, ci apparivano così indifese. Ci immaginavamo di suggerire piccoli consigli d'eleganza a quelle grosse signore, oppure di dire a quegli uomini tetri: "Suvvia, lasciate perdere la pubblicità, non è così grave, scioglietevi, prendete una sigaretta, e facciamo quattro chiacchiere! A duemila metri di altitudine, nel paese più singolare del mondo, tutto ciò non potrà far torto a nessuno". Forse, semplicemente non ci vedevano. Forse la pensavano come noi, ma *noi* eravamo liberi di cercare il contatto, noi e non loro, e questa differenza ha il suo prezzo.

I più giovani venivano ogni tanto a bere un bicchiere di nascosto alla Casa dei francesi: uomini tarchiati, dal viso muscoloso, stretti in completi troppo piccoli, che si presentavano sempre in coppia. Parlavano un po' di francese imparato alla Scuola di artiglieria, alla Scuola di aviazione o a quella di sminamento, mai semplicemente "a scuola". Erano ben accolti, interrogati su tutto e su niente, più spesso su niente, poiché tutti gli argomenti di discussione, eccetto Gor'kij, Chačaturjan e il Museo dell'Ermitage, gli puzzavano di eretico. Restava il fatto che essi erano là, circospetti ma gentili, con i calici da champagne che scomparivano in quelle mani enormi, neppure troppo spaesati poiché potevano leggere nei loro manuali che Diderot era il padre della riforma agraria, Molière il nemico giurato dei borghesi e Thorez uno statista sottile.

Nel 1868, l'emiro Abduhr Rahman assumeva già un tono da "tartufo" nel parlare della "povera capra afghana intrappolata fra l'orso russo e il leone britannico". Del resto, sotto il suo governo la capra afghana è riuscita sovente a infinocchiarli entrambi, mettendo un vicino contro l'altro, e la sua abilità politica in tal senso ha fatto scuola. Si ha, in questo paese, una sorta di abitudine naturale a tale spinosa vicinanza, della cui natura la Rivoluzione non ha cambiato granché. Non vi è neppure tanto disagio per le contraddizioni che si

rilevano tra i princìpi e i fatti, perché, da buoni orientali, nessuno aveva creduto ai princìpi. Nessuno si stupisce quando quella Repubblica socialista e laica offre otto cavalli al sovrano di questo regno dove l'islam è religione di Stato: si sa che tale regalo è il primo passo per una richiesta, e che, se necessario, i russi offrirebbero anche la costruzione di una moschea.

Quanto agli americani, li si vedeva ancora più di rado. Vivevano ai margini, com'è loro solito; studiavano il paese nei libri, circolavano poco e bevevano la loro bell'acqua bollita, per timore di quei virus e di quelle malattie che del resto non mancavano mai di fregarli.

Ben presto fregarono pure noi: Thierry ebbe giusto il tempo di esporre e vendere un po', prima di beccarsi un'itterizia dalla quale guarì solo dopo diverse settimane. Senza il nostro amico Claude, il dottore, e senza la cortesia che incontravamo dappertutto in città, non so proprio come ne sarebbe uscito. A metà novembre, prese l'aereo per Nuova Delhi, da dove contava di scendere in treno fino a Ceylon, per preparare l'arrivo di Flo. Era troppo preso da questa scadenza per aspettare che io mi ristabilissi, ed era ancora troppo debole per superare altri valichi con la macchina e reggere le fatiche di un percorso su strada verso l'India. Io li avrei raggiunti laggiù dopo qualche mese, con i bagagli e la macchina, in tempo per celebrare le nozze.

L'aviazione civile afghana del tempo era formata in tutto e per tutto da una piccola società, l'Idomer, che trasportava i pellegrini verso La Mecca, traeva il meglio dei suoi ricavi dal contrabbando dei tappeti e di cui lo Stato, sempre prudente, tratteneva in permanenza in prigione uno degli amministratori. Quanto all'aeroporto, si trattava di un campo munito di segnali, umilmente soggetto alle intemperie e chiuso con l'arrivo della prima neve, in cui i bimotori dell'Air India o della Klm facevano scalo quando la stagione lo consentiva.

Vi accompagnai Thierry all'alba. Faceva freddo e le lunghe sodaglie brune che si allungavano a sud della città erano coperte da uno strato di brina bianchissima, che ci ricordava i primi mesi di Tabriz. L'aereo indiano pilotato da un sikh barbuto era già sulla pista. Prima di passare la barriera doganale ci dividemmo il denaro che Thierry aveva guadagnato a Kabul, dove io non avevo racimolato un solo centesimo.

Ritorno in jeep. Il sole si alzava toccando la cima dei pioppi e le nevi dei Monti Suleiman, mentre l'orzo spulato brillava sui tetti piatti del bazar. A metà strada dalla città, un autobus verde e blu – con quale genialità questi colori si riconciliano sempre – era rovesciato nel fosso. Tutt'intorno, i passeggeri accovacciati fumavano una sigaretta; altri facevano placidamente quattro passi, con l'aria di gente che non si aspettava nulla. Amavo questo paese. Pensavo anche a Thierry: il tempo dell'Asia scorre più vasto del nostro, e questo nostro perfetto connubio mi sembrava durare da dieci anni.

Alcuni giorni più tardi Claude scese nel Sud del paese, dove lo chiamava il suo lavoro. Io partii verso nord attraverso la montagna, per raggiungere la regione della Bactriana, dove gli archeologi francesi mi avevano invitato a lavorare per qualche tempo.

L'Hindukush

Sessanta chilometri a nord di Kabul si estende il massiccio dell'Hindukush. Con un'altezza media di quattromila metri attraversa l'Afghanistan da est a ovest, innalza a quota seimila i ghiacciai del Nuristan e separa due mondi.

Versante sud: un altopiano bruciato, interrotto da vallate-giardini, che si allunga fino alle montagne della frontiera belucistana. Il sole è forte, le barbe nere, i nasi a becco. Si parla e si pensa in pashtun (la lingua dei patani) o in persiano. Versante nord: una luce filtrata attraverso le nebbie della steppa, le facce rotonde, gli sguardi blu, i mantelli imbottiti dei cavalieri uzbeki al trotto verso i loro villaggi di yurte. Cinghiali, otarde, effimeri corsi d'acqua percorrono questa piana di giunchi che scende in lieve pendenza verso l'Oxus e il Mare d'Aral. La gente è taciturna. Si parlano sobriamente i dialetti turchi dell'Asia Centrale. Sono più che altro i cavalli a pensare.

Nelle sere di novembre, il vento del Nord scende su Kabul a raffiche, spazza via il tanfo abituale del bazar e lascia nelle strade un sottile odore di altitudine. È l'Hindukush che si manifesta. Non lo si vede, ma lo si indovina dietro le prime catene, teso nella notte come un mantello. Tutto il cielo ne è invaso. E anche lo spirito: in capo a una settimana non si ha in testa altro che la montagna, e il paese che si estende al di là di essa. E a forza di pensarci, ci si va.

Per attraversare l'Hindukush e raggiungere il Turkmenistan afghano – l'antica Bactriana – sono necessari un passaporto della polizia di Kabul e un posto nell'autobus dell'Afghan Mail o su uno qualsiasi dei camion che salgono verso nord. Il più delle volte il permesso è rifiutato; ma quando le si fornisce una ragione semplice, evidente e che le dice qualcosa – vedere il paese, vagabondare –, allora la polizia è ben disposta. Ogni musulmano, pur se sbirro, è un nomade potenziale. Dite: *djahan* (il mondo) o *shahrah* (la strada maestra), e lui si vede già libero di tutto, partire alla ricerca della Verità sfiorando la polvere del mondo sotto un'esile falce di luna. Aggiungendo poi che non avevo fretta alcuna, ho ottenuto subito il mio permesso.

Bazar di Kabul. I pesi di pietra tintinnano dentro al piatto delle bilance. E le pernici da combattimento affilano il becco contro i vimini delle gabbie. Nel suk dei ferraioli i camion sono parcheggiati col muso contro le fucine. In attesa che il metallo incandescente si raffreddi, i conducenti chiacchierano seduti sui talloni. Il narghilè passa di mano in mano, i messaggi e le informazioni risuonano nell'aria piuttosto fresca... l'autobus di Kunduz è caduto nel fiume... il colle del Labadan tutto pieno di pernici rosse... mentre si scavava un pozzo, hanno trovato un tesoro a Ghardez. I nuovi arrivati raggiungono la compagnia, ognuno col suo pezzetto di storia o la sua notizia, e ora dopo ora il giornale parlato del regno cresce assieme al fumo tra le masse scure dei camion.

Una parola su questi camion. L'afghano rumina lungamente le sue decisioni, ma, una volta che ha deciso, si lascia prendere dall'entusiasmo. Se compra un camion, subito sogna carichi mostruosi, da lasciare di stucco il bazar. Si farà un gruzzolo in cinque o sei viaggi. Tutti sentiranno parlare di lui. Le sedici tonnellate Mack o Internash bastano appena alla sua ambizione. Il motore o il telaio, passino ancora! Ma il cassone gli pare davvero meschino. Così lo rivende come legna e al suo posto sistema una sorta di camera a cielo aperto dove ci starebbe una dozzina di cavalli da tiro. Poi va a cercare il pittore. I camion afghani sono decorati con minuziose pennellate e su tutta la superficie: minareti, mani sospese nel cielo, assi di picche, pugnali che trafiggono un seno surrealista circondato da iscrizioni coraniche che si attorcigliano in tutte le direzioni, perché l'artista lavora, naso contro la lamiera, con la preoccupazione di riempire tutto lo spazio, invece di creare un certo ordine. Terminato il lavoro, il camion è letteralmente scomparso sotto quelle decorazioni frivole; ciò che ne resta assomiglia un po' a un'icona e un po' a una bomboniera "Vecchia Berlino".

Poi il camionista si mette a caricare. E facendo ciò percorre a mente tutta la strada per cui dovrà passare: se i rami bassi dei noci sono a sette metri, lui si fermerà a sei. Adesso, il suo camion ha un bell'aspetto; ma è tanto se riuscirà a smuoverlo dal fango dei suk. Si limiterà forse a questo carico? Vorrebbe dire conoscerlo poco: egli si ferma nei sobborghi vicini, e carica dei passeggeri diretti a nord, a cinquanta afghani per corsa, e li sistema tra i sacchi. Solo allora si avvia verso l'Hindukush, verso Mazar o Kunduz, *insh'Allah*, e due, cinque, o otto giorni più tardi eccolo arrivato, grazie a una successione di miracoli di cui qui nessuno si stupisce, poiché Dio è afghano e musulmano. A meno che il camion non sia rimasto da qualche parte, in fondo a un precipizio.

Mi reco al suk dei ferraioli a notte fatta. I pezzi usciti dalla fucina sulla punta delle tenaglie emanavano un alone rosso che attirava lo sguardo. Le voci si facevano rare: gli autisti che lavoravano ancora sarebbero partiti durante la notte o di buon mattino. Non ho avuto nessuna difficoltà a trovare un camion diretto a nord.

Il giorno seguente, sveglia all'alba. Coperto con vestiti invernali che non erano usciti dalla sacca dal tempo di Tabriz, e con gli stivali ingrassati ascoltando cantare la caffettiera. La città era glaciale. Attraversando qualche piccola macchia di sorbi incrostati di polvere sono arrivato ai frutteti appena fuori città, dove due ladri di mele sgattaiolavano lungo le mura con sorrisi grandi come i loro sacchi. Non un canto di motore dalle parti del bazar, da cui salivano le prime nuvole di fumo. L'uomo aveva detto: alle sette, senza sentirsi però impegnato per così poco. Qui le parole contano meno dei pensieri, e chi mai potrebbe rispondere di ciò che penserà l'indomani? Il tempo appartiene solo a Dio, e gli afghani non fanno volentieri promesse che fissano scadenze nel futuro. Domani mattina... domani sera, fra tre giorni, oppure mai. Io mi sono avviato lungo la strada. Il sole era alto quando il camion mi ha ripreso a suon di clacson. Ho raggiunto in cima al carico un gruppetto di vecchi molto in vena, e ho terminato la mattinata, con le mani dietro la nuca, disteso sulla ruota di scorta. A ogni curva, le gambe magre, le babbucce e le barbe dei vicini mordevano nel mio campo di cielo. Scalavamo il piccolo passo che separa la valle di Kabul da quella di Charikar.

Ho preso il tè e il riso di mezzogiorno a Charikar insieme agli altri passeggeri. La borgata stava aspettando il re, di ritorno dalla caccia; perciò era tutta sottosopra. I soldati avevano sbarrato la strada con dei tronchi e bloccavano tutto il traffico diretto all'Hindukush fino all'arrivo del convoglio. Ciò intralciava non poco i piani del mio camionista che, asciugandosi al vento le mani appena lavate in un catino, ruttava e rifletteva sul da farsi. Si è ritrovato tra le guardie un cugino, il quale ha preso il volante e, al termine di una manovra assai discreta, il camion si è ritrovato dall'altro lato delle travi. Ci si scopre volentieri cugini in Afghanistan, e sempre a proposito.

Il sole cominciava a calare quando il camion prese verso ovest per inoltrarsi nella vallata di Ghorband: una lunga colata di terra nera, piantata a castagni, a noci e a vigneti, da dove gli stornelli e i tordi ubriachi spiccavano il volo a nugoli con rumore di grandine. Lungo il percorso del re la vallata respirava l'attesa. In ogni *tchâikhane* della strada si erano fatte le pulizie, sistemate nel cortile tavole cariche di pere, e decorato ciascun posto a sedere con fiori di piretro o di vaniglia sparsi a manciate sul lino bianco. Accovacciati dietro le teiere fumanti, i gestori tormentavano le babbucce con alluci nervosi, e sorvegliavano la polvere del convoglio reale che scendeva lentamente verso la notte: benedetti se il re avesse scelto proprio il loro cortile, due volte benedetti se si fosse fermato a mangiare, tre volte se il ciambellano si fosse anche ricordato di pagare alla partenza.

A mezza costa lungo la vallata abbiamo incrociato la piccola carovana ferma sotto un castagno. Alcuni cavalieri, moschetto a tracolla e lancia fissata alla staffa, affiancavano la jeep reale e il rimorchio, pieno di mufloni, daini e otarde ancora calde, il cui sangue nero gocciolava sulla strada. Il re stava sul sedile anteriore, tra due ufficiali. Tutti e tre indossavano esattamente la stessa tunica color oliva e, poiché i volti erano in ombra, facevo fatica a distinguere quei lineamenti fini che le stampe del bazar avevano reso familiari. I soldati della scorta, preoccupati di incontrare quel camion vagabondo oltre gli sbarramenti, interrogavano rudemente il conducente, spingendosi con le cavalcature fin contro gli sportelli per gettare sguardi sospettosi nella cabina. Malgrado l'ecatombe di pelo e di piume, si era ben lontani dalla stanca noncuranza che di solito accompagna il rientro da una battuta di caccia. Le domande rauche dei cavalieri, il nervosismo dei cavalli e le tre figure immobili e attente suggerivano piuttosto la marcia prudente di un gruppo di viaggiatori attraverso frontiere poco sicure. Eppure la vallata era tranquilla e il regno più tranquillo che mai; ma, da che esiste il trono d'Afghanistan, quelle precauzioni sono di rito, e permettono a un re su tre di morire nel suo letto. In un paese di passioni in cui l'attaccamento alla terra, la rivalità delle tribù e il fardello delle vendette fanno mettere mano ai fucili in un attimo, è difficile regnare senza "prevenire" un po', e ogni avversario eliminato vi mette tra i piedi tutto un clan di vendicatori. Dacché suo padre, il re Nader, è stato abbattuto a bruciapelo dal paggio di un generale allontanato dal servizio e il ragazzo è morto sotto tortura senza una parola, il re Mohammed Zaher si guarda a destra e a manca e dorme con un occhio aperto. "Dieci dervisci trovano posto sotto un misero mantello, ma a due Padishah non basterebbe un mondo," dice il proverbio. Ancor meno basterebbe questo appannaggio bucolico che ha davvero di che far perdere il senno.

Calata la notte, abbiamo raggiunto i contrafforti del villaggio di Shardeh Ghorband, all'entrata sud del valico dello Shibar. Tralci di vite grossi come una coscia tappezzavano le case di paglia e fango e si ricongiungevano a volta scavalcando la stradina. Tra i grappoli intravedevamo i formidabili strapiombi di roccia che dominano il villaggio, e le prime stelle. Eravamo parecchio saliti di quota e il freddo cominciava a mordere. Una carovana scesa dal passo occupava lo spiazzo: una ventina di cammelli dell'Asia Centrale coperti da spessi manti ricciuti che fumavano attorno all'abbeveratoio. Dietro le sue bestie, il capocarovana turcomanno, completamente fuori di testa, teneva le redini alte, facendo piroettare il suo cavallo che eccitava con una sorta di pigolio. Gli occhi a mandorla brillavano nella sua faccia rossa mentre il mantello gli volteggiava tutt'intorno. In un cattivo persiano, ha dato ai nostri autisti le informazioni necessarie: otto camion russi, trattenuti sull'altro versante durante la caccia, sarebbero passati questa notte; no, non c'era neve fresca in cima. Soffiandoci sulle dita, ci siamo rifugiati nella *tchâikhane* dove il camionista, messo di buon umore da quelle notizie, ha offerto zucchero e tè a tutta la compagnia. Le focacce sono uscite dai fagotti, e all'inizio non si udivano che rumore di mascelle e sospiri, poi, man mano che le orecchie si sturavano, il rumore del fiume, sempre più vicino. Il gestore, che conosceva tutti quelli che transitavano, aveva ripreso con l'equipaggio le conversazioni dell'ultimo passaggio. Mentre parlava, caricava la sua lampada ad acetilene, il cui chiarore illuminava sempre più la stanza; e quando la luce mi investì, egli si interruppe per chiedere da dove veniva mai quello straniero.

"Dalla Svizzera, e sono in cammino verso Mazar."

La Svizzera? Ma certamente! Egli aveva avuto sovente, fermo nel suo cortile, un camion di Kabul con sopra dipinto un castello svizzero. Il castello – imprendibile – si specchiava in un lago attorniato di rocce; sull'acqua blu navigavano barche con antenne incrociate, simili ai sambuchi della costa dell'Oman. Quel motivo doveva essere uno dei più cari del repertorio dei pittori del bazar, a causa dell'acqua, così difficile da rendere, e soprattutto delle onde che molti qui non conoscono che per sentito dire. In Svizzera – aggiungeva poi – le montagne dovevano essere come aghi, così alte e con delle vallate così profonde da non far distinguere la notte dal giorno. Per questo gli orologi svizzeri erano luminosi. Qualcuno mi domandò che cosa si doveva pensare delle rose e dei meloni della mia terra. Per le rose: superbe; quanto ai meloni, nulla che valga quelli di Kabul. E di ciò tutti si rallegrarono. Bisogna sapere infatti che dal Turkestan al Caucaso si misura la prosperità di un angolo di mondo dalla qualità dei suoi meloni. È un argomento oggetto di controversie, di orgoglio e di prestigio. Per dei meloni sono state tagliate gole, e molti uomini stimati hanno affrontato volentieri una settimana di viaggio per assaggiare quei famosi meloni bianchi di Bukhara. Ciò per dire quanto fu apprezzata la mia dichiarazione. Ero sul punto di ricordare il fucile e le quaranta cartucce che ogni soldato svizzero conserva a casa sua – privilegio considerevole –, ma la compagnia aveva già perso di vista l'Occidente e disteso le pellicce, abbandonandosi al sonno. Il puzzo di capra delle pelli mal conciate, puzzo onesto certo, ma pur sempre puzzo, mi spinse dopo un po' fin nel cortile.

La notte era glaciale. La luna piena rischiarava le pareti di roccia, la spianata del villaggio, facendo luccicare il muso dei camion e le collane di peperoncini sospese sui balconi delle case. Sopra di noi, enormi distese di montagne scricchiolavano di solitudine e di freddo. Non un brusio di motore; il passo non dava segni di vita, ma lo si sentiva scavarsi pazientemente la sua trincea dentro la notte.

Nonostante gli altri valichi[3] a fargli concorrenza, lo Shibar non è mai stato privo di clientela. Di ritorno dall'India, i buddhisti cinesi lo scalavano ("la neve vola su mille lì") per recarsi in pellegrinaggio ai santuari di Bamiyan. Bâbur lo varcò più di una volta, con le orecchie gelate che gli si gonfiavano "grosse come una mela". Per lungo tempo non ci si era arrischiati che in buon numero e in armi, a causa dei razziatori hazareh[4] – scismatici, bevitori di arak, arroccati sui massicci dell'Est – che piombavano all'improvviso sui viaggiatori. Poi c'erano state feroci guerriglie in quota, fra le popolazioni dei due versanti; e tradimenti, scalate, scariche di moschetti riecheggiati mille volte dall'eco. Anche spedizioni punitive, con i cammelli usati per calpestare e schiacciare la neve in modo da far passare i cannoni. Ma tutto ciò apparteneva al passato. Oggi sul valico regna la pace. Gli hazareh, ridotti alla ragione, vendono sottobanco il loro vinello al bazar di Kabul, e i viaggiatori che circolano in cima a un camion non devono temere nient'altro che il gelo, la burrasca e le valanghe.

Come un fiume pescoso, lo Shibar nutre le popolazioni rivierasche. Il proprietario della stazione di posta di Ghorband ne sa certamente qualcosa. Egli si è sistemato giusto alla cerniera del tracciato: in tal modo i camion scesi dal Nord festeggiano da lui perché sono riusciti a superare il passo, quelli provenienti dal Sud per farsi coraggio prima della salita. Nel suo cortile, gli equipaggi dei camion e i carovanieri si scambiano oggetti, chiacchiere, notizie; e, grazie alla mediazione di questi nomadi, senza mai allontanarsi dalla sua soglia, anche lui ha l'occhio aperto sul mondo. Il suo gruzzoletto di afghani, rupie e ruble, il curry di Lahore, la stufa russa in ghisa, il pellegrinaggio alla Mecca, la sua abilità e quella sua conoscenza delle cose per frammenti, tutto lo deve al passo. Ne parlava con riverenza. Meno bene parlava dell'aereo postale russo Taškent-Kabul che sentiva certe mattine d'estate passare alto a est nel cielo. Aveva persino rappresentato, in un affresco sopra un muro della *tchâikhane*, quella macchina che, insomma, ignorava la montagna e minacciava perciò la sua fonte di reddito. Non una rappresentazione di cui l'apparecchio potesse trar vanto: una sorta di mosca, perduta tra i picchi acuminati; e, a giudicare dalla sua inclinazione e dalle fiamme che ne scaturivano, si poteva dedurre che anche questa volta la montagna avrebbe avuto la meglio.

Silenziosamente, facendo attenzione a non svegliare i cani, sono salito fino all'abbeveratoio. Avvolto in una pelle di capra, il turcomanno dormiva per terra di fianco alle sue bestie. Il villaggio era silenzioso, ma lo Shibar era appena uscito dal suo mutismo: dall'alto delle stelle, il canto intermittente di un motore in prima scendeva verso di noi. Sono tornato dentro, tutto intirizzito. Ho sistemato i soldi in uno stivale, e gli stivali a mo' di cuscino, mi sono addormentato, con i piedi nella barba di un vicino.

Mattina. Gli autisti russi arrivati nella notte si erano allungati tra gli altri per dormire un po', e ci siamo risvegliati fra questi sconosciuti. Erano musulmani tagiki, vestiti di camici polverosi e con ai piedi stivaletti neri. Erano partiti da Stalinabad quattro giorni prima, avevano traversato l'Oxus con il traghetto di Termez e scendevano per consegnare quei camion nuovi a Kabul. Piccoli, vivaci, taciturni, sembravano a loro agio e rispondevano *salaam* per *salaam* stropicciandosi gli occhi gonfi di sonno.

Millecinquecento chilometri di frontiera comune e una dipendenza economica sempre più stretta obbligano gli afghani a trattare con ogni riguardo il loro potente vicino. La "cortina di ferro" si apre per lasciar passare: in un senso, benzina, cemento e tabacco sovietico; nell'altro, frutta secca e soprattutto cotone grezzo afghano che viene poi lavorato nel Tagikistan. Si apre anche davanti ad alcune tribù nomadi che hanno i loro pascoli estivi nell'Hindukush e la cui transumanza è regolata da un trattato. Meno ufficiale è il passaggio dei disertori tagiki, che attraversano l'Oxus e si rifugiano in Afghanistan. Dopo un annetto di sorveglianza, questi nuovi venuti sono assimilati e si stabiliscono come coltivatori nella grande piana di Bactriana, dove da qualche anno i loro villaggi spuntano come funghi. Malgrado questo viavai clandestino, e le scaramucce che ne nascono a volte tra "passatori" uzbeki e guardie di frontiera comuniste, i rapporti tra gli abitanti dei due versanti sono stranamente distesi. Gli afghani non provano né timore né odio né attrattiva di sorta nei confronti dell'Urss, e le sono confinanti, conservando un riserbo che non ha eguali, se non in Finlandia.

I tagiki ci raggiunsero con estrema naturalezza intorno al narghilè. Tra camionisti musulmani si bada più agli uomini che alle dottrine, e il cannello passava da una bocca all'altra senza il minimo cenno di sosta. A proposito del Ramadan, gli afghani hanno preso un po' in giro quegli sfortunati correligionari costretti a lavorare durante il digiuno, e senza il permesso di recarsi in pellegrinaggio più lontano di Bukhara. Da entrambe le parti, come esige il galateo, ci si è rivolti domande di cui si conoscevano già le risposte. Al momento della partenza, i tagiki, come se stessero eseguendo a malincuore una consegna tardiva e inopportuna, hanno distribuito alcune grossolane focacce, accompagnate da saluti politici, poi hanno messo in moto e sono spariti nella polvere, verso Kabul.

Il proprietario della stazione di posta stava esaminando il carico del nostro camion. Con aria perplessa. Certo non era male, ma un camionista accorto sarebbe riuscito a fare ancora meglio. E per l'appunto egli si trovava ad avere, a destinazione di Mazar-i-Sharif, alcuni pacchi dei quali aveva accennato al conducente. Le sue mani sottolineavano le offerte, volteggiando in orbite seducenti attorno al camionista, che a poco a poco stava cedendo. A mezzogiorno l'affare era ben avviato, ma prometteva ancora troppe piacevoli trattative per concludersi prima di notte. Sono partito dunque per conto mio. Ho seguito il sentiero tenendo le orecchie bene aperte per qualche chilometro; non li ho mai più rivisti.

Per tutto il pomeriggio ho camminato lungo il passo, respirando l'odore ferroso di novembre. Venuta la sera, mi sono seduto su un muro di terra secca e ho mangiato la focaccia dei russi. Ero sfinito e la montagna non era più vicina di un metro. La strada attraversava larghe chiazze di neve, che la notte stava inghiottendo rapidamente, ma, sopra i cinquemila metri, le alte pendici del Koh-i-Baba balenavano ancora di sole. Mi sono addormentato. Per un istante, poi il rumore di un camion che saliva sbattendo e stridendo mi ha svegliato. Non era il mio. I tipi hanno rallentato, mi hanno fatto segno, mi sono aggrappato dietro e mi sono arrampicato.

In equilibrio instabile, tastavo il carico: balle di tappeti umidi di rugiada. Una vera fortuna! Perché non tutto quello che attraversa l'Hindukush ha un così bell'aspetto. Si può andare a sbattere sui fusti di carburante sovietico, puzzolenti e gocciolanti, o su quei sacchi di cemento che vi ghiacciano la schiena. Sul davanti del carico, dove gli scossoni sono meno forti, due forme imbacuccate occupavano già i posti migliori. Un vecchio sdentato, sorto da un mucchio di stracci di lana, mi rivolse la domanda rituale: "*Kodja miri insh'Allah?...*" – dove te ne vai a Dio piacendo? L'altro passeggero era interamente nascosto sotto un tappeto, da cui spuntavano due babbucce chiodate, agitate da un continuo tremolio. Ma il suo fagotto lo tradiva: un Corano, un accendino-esca, un'anguria e un ombrello al cui manico erano fissati, con un elastico, degli occhiali dalla montatura di ferro: un mullah. Andava fino a Zebak. Il che voleva dire che non avrebbe finito tanto presto di tremare dal freddo: da lì a Kunduz, almeno un giorno; poi la strada gira verso est, e raggiunge Fayzabad, da dove una pessima pista l'avrebbe portato a Zebak – due o tre giorni quando tutto va per il meglio. E Zebak non è che una moschea di paglia e fango, con attorno una ventina di catapecchie affumicate dalla pattuglia di guardia che controlla l'accesso dell'alto Wakhan e della frontiera cinese.[5] Oltre, si estendono solo i versanti solitari del Pamir, dove un pugno di trapper caccia la volpe blu e il leopardo delle nevi. Un viaggio in capo al mondo, insomma, che non si augura a nessuno. Zebak, Piogre.[6]

Il camion si arrampicava attraverso i pendii di neve sporca ondeggiando terribilmente. La strettoia del passo era annunciata da rampe brevi e pericolose, che facevano inclinare il telaio come per rovesciarlo. Procedevamo con le marce lente, cambiando spesso e brutalmente il regime del motore. Nella cabina il livello di attenzione aumentava; non l'angoscia, poiché ogni cosa è già scritta e destinata, ma la vigilanza, assieme a quella grande capacità di sopportazione e di rassegnazione che si deve ravvivare prima degli arresti improvvisi, dei guasti, degli smottamenti e dei cappottamenti che il valico dello Shibar riserva ai suoi clienti abituali.

Su tutti i camion "a lunga percorrenza" dell'Asia, la composizione dell'equipaggio è all'incirca la stessa. Il vero proprietario del veicolo è Allah, e le iscrizioni che coprono la carrozzeria lo richiamano alle sue responsabilità. Il titolare terrestre è chiamato Motar-sahib. È lui che sceglie i carichi, prende il volante nei punti più difficili, decide degli itinerari, delle tappe, dei pasti o delle fermate in piena steppa per sparare a un'otarda che becchetta a portata di tiro. La cacafuoco, il gioco di giacchetto e il tappeto delle preghiere piazzati sotto il sedile gli appartengono. Il suo secondo e luogotenente ha il titolo di Mesteri. Egli è elettricista-fabbro-meccanico e ripara qualsiasi cosa, dovunque, con tutto ciò che gli capita sottomano. Quando i danni sono seri, prende il comando, ferma i camion dei compagni, invia messaggi alle fucine più vicine, contratta i baratti di pezzi di ricambio o gli aiuti. Ogni sera smonta il distributore e le candele, e si incammina verso la stazione di posta con un cartone bisunto sotto il braccio. Da un lato per prudenza – non si ruba certo un camion privo del sistema di accensione – dall'altro per tenere occupate le mani. Difatti, bevuto il suo tè, egli passa la serata a lucidare gli elettrodi, i platini, tutte quelle piccole superfici che producono luce o scintilla e sono perciò l'anima del camion. Questo commercio quotidiano con gli spiriti magnetici gli procura una sorta di personale piacere, e gli vale prestigio. Dopo qualche anno speso sulle piste, quando il Mesteri ha accumulato il necessario per comprarsi un vecchio telaio, e pezzi a sufficienza dalle più varie provenienze per completarlo, diventa lui stesso Motar-sahib. Succede anche che acceleri i tempi sposando la figlia del padrone, per mercanteggiare il cui prezzo egli si trova in buona posizione, durante quelle lunghe tappe notturne in cui tante cose dipendono da lui.

Il terzo compare, e non certo il meno importante dei tre per il convoglio, è la vittima sacrificale: un giovane vestito di stracci che viene chiamato Kilinar – corruzione dell'inglese *cleaner*. Si occupa dei pieni di carburante e dei cambi dell'olio, prepara il tè a ogni tappa, e lava ogni giorno con una spugna prudente le decorazioni della carrozzeria. Lungo i passi, viaggia aggrappato dietro al camion, col viso storto dal freddo, la mano stretta sul cuneo di legno che serve a bloccare la ruota posteriore nelle rampe e nei tornanti. Passa in questa posizione nottate intere, sballottato fino a render l'anima, schiaffeggiato da un vento glaciale, che gli soffia negli occhi le scintille del suo mozzicone, mentre i dialoghi dalla cabina non gli giungono che a spezzoni, mischiati al tiepido odore delle pellicce. A quindici anni i Kilinar sono tutti muscoli, ossa e rogna. Sono le anime più dure del paese. Impossibile strappare un sorriso a quelle grinte da lupi. Vivono ai margini. Alle stazioni di posta, quei ragazzi spingono i loro pagliericci negli angoli bui, e bisogna sentirli quando coprono di ingiurie un gestore che non li serve in tutta fretta. Anche i Kilinar hanno i loro momenti di potere. Lungo le strade che costeggiano le scarpate, negli stretti tornanti che non si possono superare senza manovre, sono loro a dirigere a grida l'autista di turno: "Ancora un po'... frena... Frena! Figlio di putt...", e approfittano della situazione per maltrattare aspramente i colleghi della cabina, che non reagiscono e sopportano docilmente, ché non hanno scelta, perché senza il Kilinar e la sua testardaggine il camion, sempre troppo carico, dovrebbe vedersela direttamente con il precipizio, così mal preparato a riceverlo.

Nell'Hindukush i Kilinar che fanno fortuna sono rari. La maggior parte, a forza di rudezza, vivono sulle piste quattro o cinque anni di una vita troppo dura, poi crepano una sera, all'improvviso, sulla soglia di una *tchâikhane*. Circondati per la prima volta – sorpresa tardiva ma incomparabile – da sguardi di calore, lasciano questo mondo di passaggio, avendo vissuto meno del loro cuneo di legno, che passa al successore.

Mezzanotte o l'una. Scendevamo. Sotto di noi rumoreggiava un torrente le cui acque ghiacciate andavano a gettarsi nell'Oxus, per finire poi nel Mare d'Aral, in piena Asia Centrale. Eravamo appena passati in un altro mondo. La strada proseguiva infilandosi in un canalone vertiginoso, più nero della notte. In certi punti, era franata sul lato del fiume, non lasciando che un passaggio stretto e inclinato. Il Motar-sahib fermò il camion e scese borbottando per saggiare il terreno con un piede. Dapprima, il camion si arrischiò nella frana, inclinandosi verso l'acqua, dove le zolle staccate dalle ruote piombavano con un rumore lontano; poi, centimetro dopo centimetro, riguadagnò il terreno fermo e si ristabilizzò, mentre un commento calmo e sollevato veniva dalla cabina.

...In panne. Da almeno due ore sentivamo il Mesteri che martellava e bestemmiava sotto il telaio. Sul nostro trespolo il vento ci investiva in pieno. Il vecchio, scavalcando i fagotti, venne a dividere la mia coperta. Aveva scovato nel carico un grappolo di polli moribondi, ancora caldi e legati l'uno all'altro per le zampe; se ne servì da scaldapiedi. Io mi tirai il berretto foderato sulle orecchie, misi le mani tra le gambe e chiusi gli occhi cercando di ricordarmi tutto il calore che avessi mai potuto dare o ricevere. Invano. Indubbiamente non ne avevo dato abbastanza. In fondo agli stivali, i miei piedi erano morti da tempo; le labbra erano insensibili, pur avendo l'interno della bocca ancora tiepido per effetto della sigaretta. Appoggiato ai tappeti umidi, avevo visioni di vino caldo, secchi di carbone, castagne scoppiettanti sulla brace. Brevi colpi di sonno, da cui l'odore acre dei polli o il mozzicone consumato che mi bruciava le labbra mi strappavano di soprassalto.

Una luna splendente. Pareti di roccia nere e rosse si stagliavano a gettate di trecento metri tutt'intorno a noi. Rovesciando la testa, si potevano vedere, come dal fondo di un pozzo, le cime del Koh-i-Baba mordere su un bordo di cielo dove le stelle sembravano respirare. Infine, ho dovuto cedere all'ibernazione di quella natura invernale. E non ho sentito il camion ripartire.

Risveglio al sorgere del sole. I richiami rochi delle pernici e delle upupe. Il camion era di nuovo fermo, ma eravamo scesi notevolmente di quota durante il mio sonno. Il torrente era diventato un fiume: magro, pigro, divagante. Lungo i due lati della strada, delle morene erose si inclinavano dolcemente verso la pianura. L'equipaggio era sceso a terra e raccoglieva bracciate di lentisco per alimentare il fuoco appena acceso. Saltai anch'io giù e raggiunsi il cerchio di quelle figure accovacciate con le mani screpolate distese verso la fiamma. Il Kilinar riempiva la teiera. Quanto al mullah... non avendo visto che le sue gambe magre e i suoi occhiali, immaginavo di trovarmi davanti un vecchio: era un ragazzo di vent'anni, con la testa tonda e rasata, che mi esaminava con curiosità. Non è cosa di tutti i giorni vedere uno straniero viaggiare in cima a un camion. Un cristiano, per di più. Aprì il coltello a serramanico, mi offrì una fetta di melone e accettò da me una sigaretta che fumò seduto sui talloni senza smettere di fissarmi. Incuriosito, ma senza dubbio più a suo agio con me che con quegli indù del bazar di Kabul, che hanno un milione di divinità negli occhi. Dopotutto, appartenevamo entrambi alle "genti del Libro", eravamo attestatori dell'Unico e dunque cugini in religione. L'essersi massacrati per mille anni non cambiava di molto le cose, soprattutto qui, dove ci si è uccisi molto anche in famiglia, e dove la stessa parola: *tarbur* significa "cugino" e anche "nemico".

I nostri dei hanno, volenti o nolenti, un lungo passato in comune. Il folklore afghano è ricchissimo di riferimenti biblici, e l'Antico Testamento si trova a essere come saldato alla vita quotidiana. Si sa che Caino ha fondato Kabul e che Salomone ha il suo trono su una montagna a sud del passo di Khyber. Quanto a Issa – Gesù Cristo – qui lo conoscono meglio di quanto noi conosciamo un Mosè o un Geremia. Nel giorno della morte lo si conta persino tra gli intercessori e, in un lamento funebre che si canta nel paese patano, gli agonizzanti diranno a Noè, a Mosè, a Gesù e a Ibrahim (l'amico di Maometto): "A parte voi e secondo voi, chi altri potrebbe ancora aiutarci?".

Questo Issa, di cui a volte si trova per soli dieci afghani l'immagine a colori in un bazar – non crocifisso, certo, ma librato in cielo in mezzo ad arcangeli solidamente armati, oppure che compie il suo grave e generoso destino al trotto instabile di un asinello – appartiene più al loro mondo che al nostro. Tutti conoscono la sua pietosa vicenda, e nessuno se ne addolora. Era un dolce, Issa, smarrito in un mondo duro, con la polizia contro, e per compagni dei conigli buoni solo a dormire, a tradire e a filar via davanti alle torce dei soldati. Troppo dolce forse; in terre come questa, dove fare del bene ai cattivi significa fare del male ai buoni, ci sono mansuetudini che non si possono capire. La scelta, per esempio, di disarmare Pietro nell'Orto degli Ulivi, ecco un'azione davvero incomprensibile! Forse un figlio di Dio può spingere così lontano la sua clemenza, ma di certo Pietro, che non era che un uomo, avrebbe dovuto fare orecchie da mercante. Con qualche patano al Getsemani, la polizia non l'avrebbe avuta vinta così facilmente, né Giuda avrebbe intascato i suoi trenta denari.

Si commisera dunque, la sorte di Issa; lo si rispetta, ma ci si guarda bene dal seguire il suo esempio. Prendete piuttosto Maometto! Un giusto anche lui, ma inoltre: buon generale, condottiero di uomini e capoclan. La predicazione della parola di Dio, la conquista, la famiglia: ecco un capo spirituale che vi dà il buon esempio. Ma Issa? Chi vorrebbe mai quaggiù vivere da solo, "finire" inchiodato a due travi in mezzo a due ladroni, e senza nemmeno un fratello per vendicarlo? Passi ancora se Issa fosse stato vittima di un complotto familiare, una di quelle questioni in cui il primogenito vende il fratello minore per un angolo di vigna o qualche capo di bestiame; ecco infine qualcosa che terrebbe desta l'attenzione. Invece lui ha ignorato la sua famiglia terrestre. Essa è inghiottita nell'ombra, e quando per puro caso egli ne parla, lo fa con durezza. Non una parola su Maria, sua madre, che lo ha seguito fino alla fine, e soprattutto nulla su Giuseppe che ha così tanto camminato per metterlo al sicuro, e ha accettato senza neppure una protesta dei fatti così... strani; nulla dunque sulla parte maschile della sua famiglia, quella più interessante.

Eppure, non si deve credere che l'islam, in queste alte montagne, sia tanto attaccato alla terra e al successo terreno. C'è invece un'insaziabile fame di essenzialità, alimentata senza sosta dallo spettacolo di una natura dove l'uomo appare un umile accidente, e dalla sobrietà e lentezza di una vita in cui la frugalità uccide la meschinità. Il Dio dell'Hindukush non è, come quello di Betlemme, il padre amorevole dell'uomo, ma il suo creatore misericordioso e grande. È un credo semplice, che fa effetto. La gente di qui lo pratica con più forza e vigore di noi. L'*Allah u akbar*, tutto si risolve in questo: un Nome la cui magia basta a trasformare il nostro vuoto interiore in spazio, e quest'ampiezza divina che, a forza di essere scritta a calce sulle tombe o urlata in cima ai minareti, diventa davvero proprietà di ognuno: una ricchezza di cui ogni volto contiene furtivi ma incontestabili riflessi. Fatto che non impedisce, naturalmente, l'inganno, né gli eccessi di violenza; né le risa salaci che fioriscono allegramente nelle barbe.

Sopra una pista uniforme, seminata di sterco fresco di cavalli, il camion superava grandi schiere di cavalieri, dividendoli come un'acqua corrente. Eravamo arrivati nel paese turcomanno, con la montagna alle nostre spalle, lontana. Il Motar-sahib cantava guidando, adesso le gole e gli abissi erano finiti, non rimaneva che lasciarsi scendere e raggiungere Kunduz prima di notte. Il mullah non pensava più né a Dio né al Diavolo, e schiacciava noci tra i palmi delle mani. Il vecchio, col vestito tutto sporco di merda di gallina, dormiva a bocca aperta di traverso sui fagotti e il sole della steppa gli carezzava la spalla. Verso mezzogiorno, al bivio del Pul-i-Khumri, ho lasciato il camion che continuava verso nord. La borgata era piena di bei cavalli color paglia, con le bardature lucenti di grasso. Non si sentivano intorno che nitriti e scalpitii. Pranzo in una *tchâikhane* odorosa di avena, e riparto a piedi. Non ero più tanto lontano dagli scavi dei francesi: due o tre ore di cammino sulla vecchia strada di Mazar. Il sentiero attraversava una pianura di torbiere dove pioppi bianchi innalzavano le loro chiome mormoranti. Si incontravano piccole civette rintanate nelle forcelle dei salici e miriadi di topi campagnoli che prendevano il sole sul bordo delle loro buche. Ho tagliato un bastone in un crespino e raccolto qualche pietra per i cani. Il tempo era bello. Io ero ubriaco di fatica. Attraversando quel gran paese così ampio e dolce, dove l'autunno sa a chi parlare, mi domandavo se Eutidemo, Demetrio o Menandro, i re greci di Bactriana, avessero davvero lungamente rimpianto i loro olivi, le loro spiagge salate e i loro delfini.

Il Castello dei Pagani

Dopo un'ora e mezzo di passo sostenuto, si attraversa un bel boschetto di pioppi, comodo per fare una siesta, perché già si sono macinati otto chilometri dal canale che alimenta la filanda del Pul-i-Khumri. Poi si riprende il cammino, e i cavalieri interrogati indicano un'altura situata a nord-est: Kafir Khale – il Castello dei Pagani.[7] Si procede ancora per un'oretta e si raggiunge la base della collina, convinti di essersi sbagliati, perché il versante sventrato dagli scavi è invisibile da quel punto della strada, e per di più non si distinguono tracce di occupazione, né si sente alcuna voce. Poi si scoprono delle impronte di pneumatici che solcano a tornanti quella rude salita di terra gialla, e ci si dice: certamente dev'essere là, e si grida forte per chiamare, si aspetta un po' e si vedono apparire, sulla cresta, figurine stagliate contro il cielo grigio, piccoli personaggi che, con le mani attorno alla bocca, vi gridano:
"Ha la posta?".
"No."
"Ahhh..."
E scompaiono.
Ci si arrampica, e si capisce allora che ciò che si era scambiato per la cima del colle non è in realtà che il crinale di un ripiano ben riparato dal vento, che ospita cinque grandi ten-

de militari disposte come il campo di un re shakespeariano, con la tavola della merenda ancora apparecchiata all'aria aperta – tè, pane nero, miele di Francia –, una specie di chiosco che dev'essere una doccia e, sulla destra, un riparo dove il cuoco musulmano è tutto indaffarato tra i secchi e le pentole fumanti.

Si stringono delle mani.

"Eccola qua... ma, e la camionetta? E il materiale che doveva contenere?"

"L'ho lasciata in panne quando sono partito da Kabul, ma l'autista mi ha giurato che sarebbe partito la notte stessa e che sarebbe arrivato qui prima di me. Sono venuto in camion e a piedi, ecco perché non ho portato nulla con me."

"Ah!"

Giunto l'autunno, la posta, dal mondo esterno a Kabul, si fa irregolare. Ancora di più tra Kabul e Pul-i-Khumri (la montagna, lo stato dei passi, gli incidenti, i guasti meccanici), dove bisogna andarsela a prendere ogni tre o quattro giorni.

"In compenso, ho raccolto sulla vostra scrivania dei giornali appena arrivati."

Il professore e i suoi aiutanti spianano la fronte corrugata.[8] "Le Figaro littéraire", cinque numeri di "Le Monde" e delle pubblicazioni russe sugli scavi in corso nel Tagikistan, che hanno impiegato tre mesi per arrivare, via Taškent-Mosca-Parigi-Karachi-Kabul, quando invece, senza la cortina di ferro, il cantiere dei colleghi sovietici sarebbe stato distante due o tre giorni di camion appena.

Nonostante il sole sia nascosto, il panorama dalla collina è stupendo: si domina un'immensa distesa di giunchi, di paludi, di campi arati coperti da spine, tra i quali serpeggia un ruscello bordato di salici. A sud-est si scorge per più chilometri il cammino che ho seguito io. Misuro solo adesso la delusione degli uomini dello scavo, che hanno ampiamente avuto il tempo di vedermi avvicinare, con la speranza che portassi delle lettere. A est: due villaggi di yurte color grano, immersi nell'argilla e nelle pozzanghere, qualche boschetto, tutte le tonalità dell'autunno. Diluito in questo spazio rossiccio dove ogni tanto un cavaliere lascia una traccia di polvere, il presente non pesa tanto. Quanto al passato: la sommità della collina, livellata dagli scavi, rivela le fondazioni accuratamente portate alla luce di una sorta di *oppidum* che forma un lungo rettangolo collegato alla pianura sottostante da una gigantesca scalinata, ancora parzialmente sepolta e che occupa l'altro versante. È il Tempio del Fuoco, risalente alla dinastia dei Grandi Kushan. Mi sento di una completa ignoranza: bisognerà che da domani mi faccia spiegare tutto ciò.

"Ha avuto molto freddo lungo lo Shibar?"

"Mi considero fortunato di avere ancora le orecchie."

Alle cinque, la nebbia della pianura raggiunge la collina; alle sei, la campanella che segnala la cena fa sorgere da essa alcune figure familiari: l'orientalista belga già incontrato in Persia; l'assistente libanese del professore, un asso della meccanica alla cui cortesia devo più di una riparazione; Dodò e Cendrat, due viaggiatori della nostra specie che hanno trovato lavoro qui. Si avvicinano, con le unghie piene di terra e il passo sfinito e soddisfatto che si ha dopo una giornata di lavoro all'aria aperta. Ho ritrovato anche Ashur, il globe-trotter algerino intravisto a Kabul, che qui riprende quei colori che due anni di tribolazioni gli hanno fatto perdere. Egli occupa da solo la grande tenda in cui vado a sistemarmi: una lampada a petrolio, il suo foulard rosso corsaro steso sul letto assieme al taccuino di tela cerata su cui tiene il diario, una stecca di Camel comprata con i soldi dell'ultima paga, un coltello Opinel e un'ocarina che non sentiremo mai suonare, perché lui ogni volta si fa pregare, mentre, da parte nostra, non insistiamo a sufficienza. In compenso egli canta volentieri, e gradevolmente: "*L'usignolo e poi la ro-o-sa*", oppure:

"*Tu non andrai alla guerra, Giroflée, Girofla...*", qualche vecchio motivetto anarchico che risaliva al Fort-Chabrol – dove diavolo li aveva imparati? – poi di nuovo *L'usignolo...* Un po' monotono. E tuttavia un "simpatico talento d'artista", come si dice nei banchetti.

Per ritrovare il filo, scritto sei anni più tardi

Ma il senso di questi scavi? Dopotutto, quegli stranieri che passano anni e anni – se si somma una campagna all'altra – a vivere da pionieri in un angolo di steppa solitaria, per resuscitare Magi o sovrani morti da diciotto secoli; e quei costruttori kushan venuti dal Nordest, di cui non si conosce quasi più niente, da che le Cronache cinesi li hanno persi di vista nei dintorni dell'Oxus[9]: ecco una situazione proprio adatta a far riflettere. Esiste forse un modo ordinato, gerarchico, di dire ciò che si sa riguardo a un luogo simile? Certamente. Ma per quanto io mi sforzi non mi viene in mente nulla. Eppure ho riempito ben venti pagine di considerazioni su quel mestiere, e di date anche; venti pagine di questi fogli di carta gialla che utilizzo di solito per i testi di cui non sono sicuro. Del resto, man mano che gli anni passano, sicuro lo sono sempre meno. Perché aggiungere parole che hanno già vagabondato in ogni altro luogo a quelle cose fresche che ne facevano così bene a meno? Come puzza di mercantile questo desiderio di trarre vantaggio da tutto, di non sprecar nulla... e benché ciò sia risaputo, ecco ancora tutta la fatica che ci si accolla, il lavoro di persuasione, la lotta contro quell'evidente e così insistente spegnersi della vita.

E poi perché ostinarsi a parlare di questo viaggio? Che rapporto ha con la mia vita presente? Nessuno, certo, e io non ho più un presente. Le pagine si accumulano, intacco un po' del denaro che mi hanno dato, sono quasi un morto per mia moglie, che è così buona da non avermi ancora piantato. Passo dalle fantasticherie più sterili al panico, senza rinunciare, ma non potendone più, e rifiutandomi d'intraprendere altro per paura di compromettere questa narrazione fantasma, che mi divora senza ingrassarsi, e di cui alcuni mi domandano ogni tanto notizie con un'impazienza da cui comincia a trapelare la derisione. Se potessi, tutto in una volta, darle corpo e sangue e farla finita! Ma tal genere di trasfusione è impossibile, poiché le capacità di patire e di sopportare non possono mai sostituirsi, lo so bene, all'invenzione. (Di sopportazione ne ho in genere più di quanta ne serva: magro regalo delle fate.) No, bisogna passare attraverso la progressione cronologica, attraverso ogni filo di paglia del mucchio, e la loro durata e le cause e gli effetti. Cioè ritornare al Castello dei Pagani, a quel vuoto di memoria, a quei versanti di creta gialla di cui non rimane che grigiore, debole eco, frammenti di idee che si sfilacciano appena provo a impossessarmene; a quell'autunno aspro e felice in cui la mia vita mi appariva tracciata meglio; a quei francesi così vivaci e attivi, che stavano in cima a quella collina e che mi prodigarono un'accoglienza squisita, mi rivelarono un mondo, mi nutrirono con i frutti della loro pesca e della loro caccia. Ritornare sì, ma soprattutto scavare il terrificante strato di terra che mi separa da tutto ciò. (Ecco qualcosa che può a buon diritto chiamarsi archeologia! Ognuno ha i suoi cocci e le sue rovine, ma è sempre lo stesso disastro quando si perde un pezzo del passato.) Trivellare attraverso questa indifferenza che annulla, che sfigura, che uccide, e ritrovare il brio di un tempo, i movimenti dell'anima, la scioltezza, le sfumature, i riverberi della vita; e la ricchezza del caso, le musiche che vi capitano all'orecchio, la preziosa connivenza con le cose, quel piacere così grande che vi si prova.

Al posto di tutto ciò, questo luogo deserto in cui si è mutata la mia mente, la silenziosa corrosione della memoria, questa distrazione perpetua che è un'attenzione a nulla d'altro (neppure alla più tenue delle voci interiori), questa solitudine im-

posta che non è che menzogna, queste compagnie che sono altre menzogne, questo lavoro che non è più lavoro e questi ricordi che sono appassiti come se una volontà maligna e potentissima ne avesse tagliate le radici, privandomi di tante cose piacevoli.

Ancora una volta: ritornare allo scavo. Rivedo cento dettagli, ma nulla che si muova più. Bisogna dunque descriverne gli attori, immobili a tavola, a sera, nella grande tenda dove si cenava.

Il professore occupa il posto a capotavola, e ha in testa il suo berretto di lana gialla che cala a punta sulle orecchie e sulla fronte, simile a quelli che indossavano i Riformatori. La moglie siede alla sua sinistra. La figlia di nove anni – appare a volte sulle foto del sito per dare un'idea della scala – si è già ritirata, portando con sé il cranio umano "dubbio" (che non era kushan), diventato il suo giocattolo preferito. L'architetto, un bretone che vale tanto oro quanto pesa, siede a destra del professore. Il filologo belga occupa l'altro capo della tavola, vicino all'uscita, con la sua maschera toepferiana illuminata di sbieco dalla lampada a petrolio. Noialtri, nel mezzo. Il cuoco ha appena servito in tavola una pentola di lenticchie e di carne che dopo aver fatto il giro viene appesa, ancora bollente, al montante della tenda. Mentre i cucchiai martellano i piatti di ferro, io leggo i pensieri scritti nel cerchio sospeso sopra ogni testa, come in certe icone bizantine: il professore pensa che tra non più di due giorni i picconi raggiungeranno il muro di fondo della seconda rampa della scalinata, e che su quell'ampia superficie verticale – insh'Allah, insh'Allah, insh'Allah *– egli ritroverà l'iscrizione di fondazione a cui dà la caccia da tre campagne: qualche riga di quell'alfabeto greco bizzarramente traforato che usavano i kushan, un testo sufficientemente lungo per permettere di decifrare questo dialetto ancora mal conosciuto dell'Iran periferico.*[10] *Cendrat pensa al cinghiale che ha abbattuto quasi per caso qualche sera prima, con la prima cartuccia* *che sparava in vita sua; che poi ha trasportato fin qua in cima con grandissima fatica e che ha dovuto successivamente – per via del cuoco musulmano che si era rifiutato categoricamente di scuoiare quella carogna impura – abbandonare ai vermi della palude. Antoine, un viaggiatore francese come me di passaggio, vanta in modo esagerato André Malraux al professore, quasi si proponesse di venderglielo. È didattico in modo insopportabile, non ascolta una virgola delle obiezioni che gli si pongono e gela col suo entusiasmo ottuso tutto un settore della conversazione. Preferirei di molto che lasciasse la parola all'interlocutore che gli sta di fronte. Sono d'accordo con Gor'kij, nell'andarsi a cercare sulla strada la propria università, ma, quando per avventura ci si imbatte in un vero studioso, si avrebbe davvero torto a non approfittarne. Soprattutto di uno come il professore, che si prende sempre la briga di rispondere alle domande, di informare gli altri; e si anima al punto di avanzare verso il suo interlocutore come se volesse divorarlo, e che ha infine, nei confronti di quel passato che recupera, quella passione profonda, senza la quale gli storici non sarebbero che dei cancellieri e la conoscenza sarebbe impossibile. Da parte mia penso a questi kushan che motivano la nostra presenza qui; un bel nome oscuro, ambiguo, irto di resistenze. Penso a Ceylon, dove Thierry e Flo si bagnano usando senza risparmio interi secchi d'acqua, tirati da un pozzo, in un paesaggio di ananas e palmizi. Penso a una passeggiata che ho appena fatto insieme ad Antoine, il quale non cessa di rimproverarmi, di dimostrarmi che le mie nozioni sono false, che viaggio male. Lui, che ha già girato molto per il mondo, sa un'infinità di cose, ma non per questo il pedante che porta dentro di sé è sazio di conoscenze. Ho cercato di spostare la conversazione sulle donne, per dare al suo monologo un tono più vivace. Mi ha risposto: "Ti sei già fatto un'iraniana? Io sì... nulla di straordinario". La parola "farsela" mi ha scoraggiato; non ho cercato di andare oltre. Eppure egli ha visto tutta l'Europa, la Russia, la Persia, ma senza mai voler cedere al viaggio un pollice della sua integrità. Sorprendente programma! Conservare la propria integrità? Restare integralmente il babbeo che si era prima? Allora non ha visto granché, perché un chilo di carne di Shylock – lo so bene adesso – non c'è paese al mondo che non l'esiga.*

Dodò

Non so se quel soprannome, Dodò, gli fosse stato dato lì agli scavi. Il suo vero nome mi sfugge. Era nativo di Grenoble, vicino ai quarant'anni, di cui venti passati sulla strada. Imperturbabile, ironico, color mattone e con ciò osservatore attentissimo, più distaccato di un derviscio ma di compagnia molto piacevole. Possedeva soprattutto quella flemma – che non è che una forma di più forte resistenza – così necessaria alla vita di viaggio, dove gli esaltati, gli irascibili finiscono sempre per scontrarsi e andare in pezzi contro l'immagine che si costruiscono di loro stessi. Dodò aveva vissuto un po' dappertutto, lasciato un buon numero di impieghi proprio nel momento in cui diventavano redditizi, aveva appreso molto e senza dubbio letto molto. Ne parlava raramente. Diceva "voui" per "oui", e credo lo facesse apposta; dissimulava le sue competenze letterarie e i suoi talenti sotto un'aria un po' sonnacchiosa e rozza, per timore di ritrovarsi troppo sfruttato, poiché amava disporre liberamente del suo tempo. La sola occupazione a cui si consacrasse interamente era la formazione del suo compagno d'équipe Cendrat, un simpatico elettricista-acquerellista, più giovane di lui di almeno quindici anni. Nella tenda che dividevano in fondo al campo, a notte avanzata e ormai sicuro di non esser sorpreso in flagrante delitto di erudizione, Dodò ritrovava tutte le sue risorse per arricchire lo spirito del suo allievo. Una sera che mi avvicinai per prendere in prestito il loro lanternone, sentii attraverso la tela: "E là in mezzo, considera questa grande famiglia che manovra tutti i fili... sono i Medici...".

All'inizio dell'anno, Thierry e io li avevamo già incontrati in Persia; arrivavano dall'Egitto, dove avevano soggiornato a lungo. Questa volta invece ritornavano dall'India, non gli era andata bene. Contavano di ritornare in Europa, attraverso Taškent e la Russia; per prepararsi, si portavano dietro dappertutto una copia stracciata della grammatica Potapova. Responsabili di cantieri adiacenti, recitavano ad alta voce delle coniugazioni che i loro operai scambiavano senza dubbio per una sorta di preghiera. Pure in questo, era Dodò a iniziare il suo compagno alle insidie del participio o del perfettivo. Ignoro se sia andato a buon fine il loro progetto, ma se il viaggio è durato davvero per tutto il tempo previsto, Cendrat dev'essere diventato più sottile di un gruppo di gesuiti. Dodò aveva un altro progetto, che spero attenda il più a lungo possibile: morire in Giappone.

Il sabato e la domenica, quando uscivamo a cavallo attraverso il pantano, Dodò sceglieva sempre l'animale più lento: un vecchio ronzino indolente e coperto di piaghe, sellato con un fascio di paglia, e che lui stuzzicava con un rametto di salice per farlo avanzare. Per prudenza, e anche per il piacere di attraversare tranquillamente quei meravigliosi paesaggi autunnali, rimuginando qualche sua idea o canticchiando *La Belle Hélène* e *Lakmé*, che conosceva quasi a memoria. Lo rivedo chiaramente, eterno ritardatario tra i giunchi, dove i suoi occhiali saettavano riflessi. Per ridurre al minimo la sua toletta, si era fatto rasare a zero, e portava sul capo un cappello di feltro grigio informe, che si levava cerimoniosamente per salutare i contadini. Non potevo vederlo a capo scoperto senza sbellicarmi dalle risate: appollaiato sul suo piccolo cavallo, col cranio lucente, il sorriso sottile e beffardo, l'aspetto di un vecchio prevaricatore corrotto e viziato dalle bustarelle.

Di solito, giunti che si è alla quarantina, questa sorta di vagabondaggio planetario perde il suo incanto e si incupisce. Necessariamente ci si ripete. Si persevera, si va avanti, si diventa coriacei; gli anni si assommano agli anni; la ricerca perde di vista il suo scopo, si muta in fuga; e l'avventura, svuotata del suo contenuto, si prolunga a forza di espedienti, senza più entusiasmo. Ci si accorge che, se i viaggi formano la giovinezza, la fanno anche passare in fretta. In breve, ci si inasprisce.

Ma non Dodò. Egli era completamente a suo agio in quel nomadismo frugale. L'anima risciacquata dalle tribolazioni, la mente ben disposta e disponibile. A volte, la modica nostalgia di un bicchiere di vino bianco, o di noci e camembert, ma davvero nessuna voglia di rientrare in Francia o di stabilirsi da qualche parte... "Non tanto per pigrizia," diceva stendendosi sotto il tremulo a cui aveva legato la sua giumenta, "ma piuttosto per curiosità... *voui*, proprio per curiosità," e sbuffava via degli anelli di fumo verso un cielo che a poco a poco non aveva più luce.

Quelle passeggiate ci facevano far tardi. Rientravamo a notte fonda, con i cavalli sfiniti. Nelle vicinanze degli scavi, i contadini trascorrevano la nottata nei campi, con un moschetto tra le ginocchia, per allontanare i cinghiali che devastavano le colture. Malgrado la pipa e la teiera, il tempo passava lentamente per loro. Così, di tanto in tanto, si potevano sentire uno spezzone di un soliloquio o un interminabile sospiro salire da un quadrato di cetrioli. L'aria era di una deliziosa freschezza.

La strada del Khyber

Rientro a Kabul. Partenza per l'India. 3 dicembre. Solo

In questa stagione, e in questo angolo del paese, ogni mattina si è svegliati da un acquazzone distratto che investe la tettoia della *tchâikhane* e risuona sopra i samovar. Poi un sole obliquo e rosso disperde la nebbia, fa brillare la strada, i giunchi, le colline, e, dietro, gli alti massicci bianchi del Nuristan. Il fumo sale dai bracieri mentre gli occupanti mezzo addormentati si lavano il viso – veloce pulizia delle dita, della bocca, della barba –, sbrigano le preghiere ed escono a mettere il basto ai cammelli impastoiati, il cui pelame fuma nel freddo. Conversazioni rauche si consumano attorno alle tazze di tè verde.

Dormito bene. Mi sento in forma e le sbucciature che mi sono fatto ieri sera riparando le sospensioni anteriori della macchina si stanno cicatrizzando. Mi vesto e vado a reclutare attorno al samovar qualcuno che spinga, poiché la mia batteria è scarica. Ci sono lì una dozzina di vecchi dalle mani delicate, che si scambiano vicendevolmente grandi pacche per riscaldarsi, e due patani cotti dal sole e silenziosi. Mi si è fatto posto con le risatine mondane. Ho offerto il tè. Dopodiché mi hanno spinto, naturalmente. In mezzo a un vortice di abiti bianchi, di barbe, di babbucce e di gambe inzaccherate, la macchina ha spiccato il volo verso Jalalabad.

5 dicembre. Frontiera afghana. Passo di Khyber

A Kabul, tutti quelli che interrogavo riguardo al Khyber, non sapevano mai cosa dire: "...È indimenticabile, soprattutto la luce... o le dimensioni... o forse l'eco, ma come spiegarlo?...", poi si impantanavano, rinunciavano a spiegare e, per un buon momento, li si sorprendeva rivolti con la mente dentro al passo, a rivedere le mille sfaccettature, i mille ventri della montagna, abbacinati, ebbri, fuori di sé, come la prima volta.

Il 5 dicembre, a mezzogiorno, dopo un anno e mezzo di viaggio, ho raggiunto i piedi del passo. La luce toccava la base dei Monti Suleiman, e il fortino della dogana afghana, immerso in un ciuffo di salici che brillavano al sole come le squame di un pesce. Neppure l'ombra di un'uniforme sulla strada sbarrata da un leggero cancello di legno. Salgo fino all'ufficio. Scavalco le capre stese sulla soglia ed entro. Il posto odorava di timo, di arnica, e ronzava di vespe. Il luccichio blu dei revolver appesi al muro sembrava pieno di allegria. Seduto diritto dietro a un tavolo con sopra una bottiglietta d'inchiostro viola, un ufficiale mi stava di fronte. Gli occhi a mandorla erano chiusi. A ogni respiro sentivo scricchiolare il cuoio nuovo del suo cinturone. Dormiva. Senza dubbio un uzbeko della Bactriana, straniero quanto me in quei paraggi. Ho lasciato il mio passaporto sul tavolo e sono andato a mangiare. Non avevo fretta. Non se ne ha quando si tratta di lasciare un paese simile. Mentre davo un po' di sale alle capre, ho riletto l'ultima lettera di Thierry e di Flo. Si erano sistemati in una vecchia cittadella olandese, a sud di Ceylon.

Galle, 1 dicembre
...Non fosse che per tentarti, ecco qua i nomi dei bastioni del forte: della Stella, della Luna, del Sole, di Zwart, dell'Aurora, Punta di Utrecht, del Tritone, di Nettuno, di Clippenberg e di Eolo. In un posto come questo, dove ti capita di vedere uno di fianco all'altro un bonzo color zafferano brillante, un vecchio in sarong violetto, una giovinetta in sari rosa, e il tutto su uno sfondo di tramonto e mare color giada, si diventa pittori per forza. Un tavolo è pronto per i tuoi scartafacci. La sera ci si fa la doccia insieme tra balletti di lucciole. A presto, per cozzare la noce di cocco fraterna...

Un altro mondo. Non se ne sarebbe andato senza una ragione.

Poi ho fumato un narghilè guardando la montagna. Di lato a quest'ultima, il posto di frontiera, la bandiera nera-rossa-verde, il camion carico di bambini patani, con i loro lunghi fucili di traverso sulle spalle: tutte le cose umane apparivano fruste, assottigliate, separate da troppo spazio, come in quei disegni dei bambini in cui la proporzione non è rispettata. La montagna non si sprecava in inutili gesti: saliva, si riposava, saliva ancora; con assise possenti, larghi fianchi, pareti intagliate come un gioiello. Sulle prime creste, le torri delle case fortificate patane luccicavano come unte dall'olio; alti versanti color camoscio si innalzavano dietro di loro per poi spezzarsi in circhi d'ombra in cui le aquile alla deriva sparivano in silenzio. Poi delle pareti di roccia nera su cui le nuvole si aggrappavano quasi fossero lana. In cima, a venti chilometri dalla mia panca, altopiani magri e dolci fremevano di sole. L'aria sembrava di una trasparenza straordinaria. La voce arrivava lontano. Sentivo delle grida di bambini, molto più su, sulla vecchia pista dei nomadi, e i leggeri smottamenti del ghiaione sotto gli zoccoli di capre invisibili, che risuonavano in eco cristallina per tutto il passo. Passai un'ora buona immobile, ubriaco di quel paesaggio apollineo. Davanti a quella prodigiosa incudine di terra e di roccia, il mondo dell'aneddoto era come abolito. La distesa

di montagne, il cielo chiaro di dicembre, il tepore di mezzogiorno, il crepitio del narghilè, fino agli spiccioli che mi tintinnavano in tasca, diventavano gli elementi di uno spettacolo a cui ero giunto dopo un'infinità di ostacoli, e in tempo per recitare la mia parte. "Perennità... trasparente evidenza del mondo... tranquilla appartenenza..." neanche io so più come dire... perché, per parlare con Plotino: "Una tangente è un contatto che non si può né concepire né formulare".

Ma dieci anni di viaggi non avrebbero potuto ripagare quegli attimi.

Quel giorno, veramente ho creduto di afferrare qualche cosa e che la mia vita davvero ne sarebbe stata inevitabilmente cambiata. Eppure nulla di ciò può essere acquisito in maniera definitiva. Come un'acqua, il mondo filtra attraverso di noi, ci scorre addosso, e per un certo tempo ci presta i suoi colori. Poi si ritira, e ci rimette davanti al vuoto che ognuno porta in sé, davanti a quella specie d'insufficienza centrale dell'anima che in ogni modo bisogna imparare a costeggiare, a combattere e che, paradossalmente, è il più sicuro dei nostri motori.

Ho ripreso il passaporto siglato, e lasciato l'Afghanistan. Mi pesava farlo. Sui due versanti del passo la strada è buona. Nei giorni dei venti dell'Est, ben prima di raggiungere la cima, il viaggiatore riceve a tratti l'odore maturo e bruciato del continente indiano...

...e il beneficio è reale, perché abbiamo diritto a queste vastità, e, una volta oltrepassate le frontiere, non ridiventeremo mai più quei miserabili pedanti che eravamo.
RALPH WALDO EMERSON

Note

[1] L'imperatore Zahir-al-Din Bâbur (la tigre), fondatore della dinastia moghul dell'India. *Mémoires*, traduzione di Pavet de Courteille, Paris 1904.

[2] In tutta la cucina afghana si adopera questo tipo di grasso.

[3] Quello di Salang, e soprattutto quello di Hawak: più alti e un tempo anche più frequentati. Si trovavano a est dello Shibar.

[4] Popolazione centroasiatica creduta a lungo discendente dagli eserciti di Gengis Khan. Organizzata in gruppi di mille (*hazarah*: "mille", in persiano). Questa ipotesi è stata abbandonata, e si pensa oggi che tale gruppo etnico discenda da un antico popolamento sino-tibetano del Pamir.

[5] Il posto è situato a più di cinquemila metri. Nessuno vi transita.

[6] Piogre è il nome di un luogo immaginario, lontanissimo [*N.d.T.*].

[7] Per il contadino afghano, greci, parti, kushan, sassanidi e tutto ciò che precede l'islam si riassume con *kafir* (pagani).

[8] Il professor Daniel Schlumberger, capo della Delegazione archeologica francese in Afghanistan.

[9] Non si avevano notizie dei kushan che dalle loro emissioni di moneta, dall'epigrafia indiana e da alcune testimonianze, lontane e marginali, che nemmeno collimavano tra loro, come cocci dagli spigoli consumati, sparsi frammenti di un vaso cui mancherebbe il fondo. Fondo che si trovava senza dubbio in Bactriana, dove si stava scavando per la prima volta un monumento che poteva essere loro attribuito.

[10] L'iscrizione fu scoperta due anni e mezzo più tardi e trenta metri più in basso: circa venticinque righe, intatte, quasi fossero state scolpite il giorno prima. Al di là di ogni più rosea aspettativa.

Tradurre Bouvier

Tout est brûlé, défait, reçu dans l'air
À je ne sais quelle sévère essence.

PAUL VALÉRY

Ho conosciuto Nicolas Bouvier; l'ho letto, tradotto; ne ho presentato la produzione, revisionato la traduzione: ogni volta – dalla faccia scavata, dalla pagina scabra, dal lessico sobrio, dalle foto lineari – si ripeteva l'immagine di un'essenzialità raggiunta "per via di levare", come certa scultura. Ma il risultato non era la retorica eroica della forma michelangiolesca: una tonalità di grigio (forse quella stessa che Bouvier attribuiva all'amato Giappone) ne annegava il disegno letterario e fotografico nella modestia, ne smussava il gesto. La sapienza di vita, la qualità dello sguardo, la perizia faticosamente mascherata della scrittura scolorivano la materia, depuravano le forme. Così, leggere Bouvier diventava una lezione di misura oltre che di scoperta (l'esotismo del viaggio cancellato dall'attenzione alle dimesse liturgie del quotidiano); revisionarne la traduzione comportava non solo introdurre l'esattezza del riferimento, ma evitare le tentazioni del sovraccarico o della banalizzazione; tradurlo, infine, ha significato correre nel brio di una prosa (e domani, forse, di una poesia) che procede con la finzione dell'immediatezza, ma è distillata dagli anni e dal lavoro. Viaggio nella scrittura, sicuramente, più che scrittura di viaggio.

Ho conosciuto Nicolas Bouvier grazie ad Anne-Marie Jaton, un'amica di forti passioni letterarie che a Bouvier avrebbe poi dedicato un saggio denso ed elegante: *Nicolas Bouvier. Paroles du monde, du secret et de l'ombre* (Lausanne 2004). Era già uno dei grandi scrittori di lingua francese, coronato da riconoscimenti come il Grand Prix Ramuz. Venne a un convegno sulle letterature svizzere, che organizzavo in una Milano paralizzata dagli scioperi, e parlò della nostalgia. Conobbi poi, soprattutto dopo la sua morte, lettori entusiasti che si dichiaravano invidiosi di quell'incontro e scoprii che era diventato un autore di culto, di cui ognuno si credeva devoto depositario in elitaria solitudine. Oggi, mentre le edizioni e riedizioni dei suoi testi si completano, si moltiplicano gli studi su di lui, e la grande biografia dedicatagli da François Laut ne consacra il ruolo letterario e insieme la fascinazione di personaggio (*Nicolas Bouvier. L'œil qui écrit*, Paris 2008).

I sommari riferimenti biografici che può desiderare il lettore di questa *Polvere del mondo* sono sintetizzabili in un arco di vita ginevrina (1929-1998) interrotta da larghe fratture di spazi lontani: la strada verso le Indie, che si tradurrà nell'*Usage du monde*, un soggiorno a Ceylon le cui scorie daranno *Le Poisson-Scorpion*, e infine la vita in Giappone, che diventerà *Japon* e *Chronique japonaise*. Al ritorno in Europa, nel 1957, c'è il matrimonio con Eliane Petitpierre, le difficoltà di lavoro, la nascita di un primo figlio e la decisione di tornare in Giappone, da cui rientrerà definitivamente nel 1966. Altri più brevi spaesamenti ne segneranno il ruolo riconosciuto di viaggiatore-scrittore: la Scozia (*Voyage dans les Lowlands*), l'Irlanda (*Journal d'Aran*), e i reportage "*d'autres lieux*" in cui volta a volta trovano posto la Cina e la Corea, la Finlandia e l'Algeria... A Ginevra restano le *Tribulations d'un iconographe*, ricerca professionale d'immagini soprattutto svizzere, e le radici personali che si fanno materiale d'intervista, come nel bellissimo *Routes et déroutes* scritto nel 1992 dopo l'esperienza tardiva di un soggiorno americano.

All'inizio – chiede l'intervistatrice-amica, aprendo il percorso alle rievocazioni d'infanzia – per lui, che cosa c'è?
"Una donna di servizio. Ha contato più dei miei genitori," risponde Bouvier.

I primi anni non hanno avuto, per lui, nessun aspetto simile ai "verdi paradisi" rimpianti dai poeti: ricorda di essere stato un bambino fragile, mal amato, che ha profittato dell'agio e della cultura familiare in un'atmosfera di riserbo e di rispetto delle convenzioni. E ben presto ci sono stati i viaggi, prima fatti di sogni a occhi aperti sugli atlanti, poi intrapresi verso la Francia, l'Italia, il Nord lappone. Il precoce possesso di una Fiat (non la Topolino amaranto del '46, come nella canzone di Paolo Conte, ma una altrettanto leggendaria Topolino nera, ambizione di ogni giovane universitario) determina nel '53 la partenza verso l'Est. Sarà un lungo viaggio, attraverso la *Polvere del mondo*.

L'Usage du monde è formula di Montaigne. E difficilmente si potrebbe pensare a un miglior compagno di viaggio del signore bordolese dall'amicizia profonda, dall'interesse paziente per gli altri, dalla maturata meditazione, poi, delle cose viste. Se è il giovane pittore Thierry Vernet ad accompagnare Bouvier lungo la strada delle Indie, non è impossibile immaginare, durante la lettura di questo testo ampio e parziale, fatto anch'esso di "assaggi" (dalla Jugoslavia si passa alla Turchia, dalla Persia si sale e ci si interrompe al passo di Khyber) una specie di santo laico a protezione del viandante: l'autore degli *Essais*.

Leggere *L'Usage du monde* è infatti, come negli *Essais*, seguire un "io" che osserva, filtra, si fa da parte, seleziona i momenti di felicità o di comprensione degli altri: momenti che spesso coincidono. Bouvier presta i suoi sensi al paesaggio: una diversa tonalità dell'azzurro, un nuovo ritmo linguistico, un odore di vento introducono panorami rapidamente disegnati, indimenticabili. La sobrietà si vuole persino elusiva. Quanto più il luogo è insolito tanto più la descrizione si fa sintetica, o si interrompe, lasciando il lettore opportunamente insoddisfatto. Il pericolo minaccia i due viaggiatori in un villaggio iraniano "piantato sul bordo di una scogliera a picco su di un fiume in secca. Più che un villaggio, una sorta di potente termitaio merlato i cui muri scricchiolavano e si sfaldavano nel riverbero inimmaginabile del sole meridiano". Tutto qui. Altrove appare "una cinta quadrata di mura, cieca, la cui sommità merlata si eleva a trenta metri sopra il deserto di sale". Racchiude una cittadina a pozzo: "Un ruscello attraversa la pista passando sotto una porta larga appena per permettere il passaggio di un asino col basto. L'abbiamo spinta, e dietro c'erano una pecora scuoiata appesa a una volta, grida di bambini, stradine fiancheggiate da vari piani di case, una grande vasca di acqua turchese circondata da noci, mais, piccoli campi che salivano a gradini fino all'altezza delle mura. In breve, tutta una città che viveva sopra quel filo d'acqua". La concretezza di una condizione di vita è riassunta nell'astrazione elegante dei sensi: "Qui non entra neppure il vento. Foglie morte di diverse annate tappezzano i tetti, le terrazze, le scalinate acrobatiche, e crocchiano sotto i passi".

La lezione stilistica di scegliere "fra due parole, la minore" non è solo letteraria: Bouvier viaggia "per assottigliarsi sempre più". Sarà un più tardo libretto, il *Diario delle Isole Aran*, a illustrarne compiutamente l'intento. Ma già nella *Polvere del mondo* esso si rivela nella difficoltà che pone al traduttore tutto un lessico che indica a un tempo la scarsezza e la felicità. Abituati a un'estetica del "pieno", all'agio dell'abbondanza, il nostro vocabolario fatica a tradurre quell'estetica del "vuoto" che Bouvier troverà perfetta in Giappone, ma che già si manifesta nel cuore dell'Asia: qui – rileva Bouvier – "c'è un'insaziabile fame di essenzialità, alimentata senza sosta dallo spettacolo di una natura dove l'uomo appare un umile accidente, e dalla sobrietà e lentezza di una vita in cui la frugalità uccide la meschinità".

Questa estetica (forse etica, forse persino mistica) è simbolicamente racchiusa in un superbo, insistito passaggio ambientato a Quetta, nel Pakistan: al momento di lasciare la camera d'albergo, Bouvier si accorge che tutto il suo lavoro di scrittura è scomparso, spazzato via dal cameriere. Segue una ricerca spasmodica che lo conduce dalle pattumiere della pensione fino alla discarica urbana, fra monti calvi e immobili fetori; qui gli oggetti sono ridotti a pura materia, illeggibili nelle loro passate funzioni; e qui le pagine appaiono definitivamente perdute. Una descrizione inusitatamente ampia di questo processo di dissoluzione sembra anticipare un tema che riapparirà anche nelle malinconie della parte finale del testo: all'opposto di quella poesia delle rovine che per secoli è stato l'appannaggio dei viaggiatori, il percorso di scarnificazione privilegiato da Bouvier apre nel fondale colorato del paesaggio squarci di nulla ("Dio ha tratto il mondo dal nulla," ha scritto Valéry, "ma il nulla fa capolino"). Se la permanenza di archi e colonne, la bianca bellezza infranta eppure suggestiva degli edifici classici ricordavano al viaggiatore mediterraneo la fugacità della gloria ma anche la grandezza del passato, qui l'archeologia stessa appare vanamente operosa: "Ma il senso di questi scavi? Dopotutto, quegli stranieri che passano anni e anni [...] a vivere da pionieri in un angolo di steppa solitaria, per resuscitare Magi o sovrani morti da diciotto secoli... E poi perché ostinarsi a parlare di questo viaggio?".

Ma l'episodio di Quetta non è solo una discesa nell'inferno di un comune futuro di annullamento; esso ricorda che le pagine appena lette non sono quelle scritte durante il soggiorno e segnala che la freschezza di quelle notazioni puntuali nasce in realtà da un lavoro fatto a posteriori; lavoro a volte ripreso a grande distanza di tempo, con fatica da archeologo; né mancano, al ginevrino rientrato nell'opulenta Svizzera, il sottile scrupolo e la consapevolezza di star trasformando un'esperienza viva in merce editoriale.

Un viaggio verso le Indie compiuto negli anni 1953-54, fattosi libro nel 1963 (e pubblicato inizialmente a spese dell'autore) è oggi ripercorso dai lettori con sottile nostalgia. Gli anni cinquanta erano quelli in cui Jack Kerouac si apprestava al cammino *On the Road* e Claude Lévi-Strauss percorreva i suoi *Tristes Tropiques*: il mondo appariva ancora sotto il segno della diversità piuttosto che della globalizzazione e fiorivano i più bei libri di viaggio, le più belle campagne fotografiche. Come, nei secoli passati, i colti viaggiatori del Nord Europa scendevano verso il Mediterraneo a conoscere la storia e l'arte di cui si voleva erede la loro stessa cultura, artisti e antropologi usciti dal dopoguerra si protendono – nell'entusiasmo di una ritrovata pace mondiale – verso le terre in cui si può ritrovare un'origine o un modello di origine: un'Africa fantasma (Leiris), un'Italia del Sud con i suoi riti di magia (De Martino), un'Asia di antiche civiltà (Nicolas Bouvier). Il viaggio è la felicità di un desiderio che si realizza. I nomi letti da bambino sugli atlanti come meravigliose parole di fuga – Costantinopoli, Shiraz, Quetta, Kabul – si fanno suono e colore, volti e figure. Si aprono mondi usciti da poco dalla guerra, come la poverissima Jugoslavia titina, mondi appena sconvolti dalla rivoluzione occidentale, come la Turchia dopo Atatürk, mondi in cui lo straniero è raro e sospetto, come la campagna persiana (dove peraltro una quartina di Hâfiz, scritta sulla portiera dell'auto, serve da guiderdone), mondi di arcaismo medievale, come l'Afghanistan percorso dalla caccia regale. Mezzo secolo dopo, sfogliandone il resoconto, i lettori ripensano con qualche inquietudine che l'itinerario della Topolino di Bouvier è poi diventato una sanguinosa, progressiva strada di sangue: guerre nel Kossovo, in Iraq, in Afghanistan, fondamentalismi in Iran e in Pakistan. La smentita al mito del progresso è data dal confronto fra i paesaggi e le folle visti da Bouvier e quelli che servizi fotografici di guerra e di informazione fanno conoscere ai lettori attuali. Così *L'Usage du monde* disegna anche una speranza sconfitta dalla storia: ed è paradossale che la sua chiusa gridi il miracolo di una rivelazione fugace e perfetta ("Quel giorno, veramente ho creduto di afferrare qualche cosa...") come frutto di quell'Afghanistan luminoso ora martoriato di violenza e di polvere.

Non senza ragioni, al momento di proporre al pubblico italiano la maggior opera di Nicolas Bouvier, l'editore scelse di trascurare la citazione di Montaigne per un titolo più immediato: *La polvere del mondo*. E questo titolo è stato conservato anche in questa edizione, ove ho potuto portare a termine il lavoro di fedele restituzione del testo francese nella versione italiana. Certo, nell'immagine scelta, si accentua la fatica del viaggio rispetto all'insegnamento che può esserne tratto, e la desolazione del paesaggio invece del suo fiorire in oasi, prosperare in culture. Ma la prosperità è faticosa e rara, minacciata (o forse redenta) dall'uso e dall'usura, dalla sua sproporzione rispetto ai bisogni, dalla sua irregolare distribuzione. Il dissolversi, venir meno, farsi polvere è un processo continuamente attivo: eppure il *memento* di polvere che le strade dell'Asia riservano alla Topolino, ai camion, alle robuste scarpe da camminatore di Bouvier è meno angoscioso della stasi fra quattro mura, fra rituali e visi noti.

Lo Shakespeare amoroso di *Romeo e Giulietta* è sulla porta del lungo cammino di scrittura: *I shall be gone and live / Or stay and die.*

Maria Teresa Giaveri

Indice

11 *La felicità dell'andare*
    di Paolo Rumiz

19 *Premessa*

23 Un odore di melone

95 La strada d'Anatolia

131 Il leone e il sole
131   *Frontiera iraniana*
136   *Tabriz - Azerbaigian*
191   *I turbanti e i salici*
215   *Tabriz II*
231   *Shahrah*

307 Intorno al Saki Bar

351 Afghanistan
351   *La strada di Kabul*
366   *Kabul*
380   *L'Hindukush*
400   *Il Castello dei Pagani*
411   *La strada del Khyber*

419 *Tradurre Bouvier*
     di Maria Teresa Giaveri